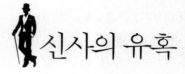

§ 신사의 유혹 §

2014년 5월 7일 초판 1쇄 인쇄
2014년 5월 9일 초판 1쇄 발행

지은이 § 류시하
발행인 § 곽중열
기획&편집디자인 § 신연제, 이윤아
발행처 § (주)조은세상

등록 § 2002-23호.(1998년 01월 20일)
주소 § 경기도 연천군 미산면 청정로 1355
Tel § (02)587-2977
e-mail romance@comics21c.co.kr
블로그 http://goodworld24.blog.me
값 9,000원

ISBN 979-11-5512-476-5

CIP제어번호 : CIP2014014504
이 도서의 국립중앙도서관 출판시도서목록(CIP)은 e-CIP홈페이지(http://www.nl.go.kr/ecip)와
국가자료공동목록시스템(http://www.nl.go.kr/kolisnet)에서 이용하실 수 있습니다.

GOOD WORLD ROMANCE NOVEL

류시하 장편소설

신사의 유혹

(주)조은세상

contents

프롤로그.

며칠 동안 날이 포근하더니 갑자기 몰아친 한파에 세상은 꽁꽁 얼어버렸다. 지난밤에 내린 폭설로 거리는 발목을 덮을 정도로 눈이 쌓였고 겨울의 정점을 찍으려는 듯 바람은 칼날처럼 날카롭게 파고들어 바쁘게 움직이는 사람들의 몸을 한껏 움츠러들게 만들었다.

이가 딱딱 부딪히게 추운 날이었지만 라지는 따뜻한 자신의 방 아랫목을 포기하고 집 밖으로 나왔다. 그리고 푹푹 잠기는 눈길을 파헤쳐 겨울미술관으로 향했다.

건물 정면이 유리벽으로 된 겨울미술관은 오픈한 지 2년도 채 되지 않은 신생 건물로 깨끗하고 규모도 생각 외로 컸다. 2층짜리 건물로 1층의 넓은 공간이 전시관으로 사용되고 있었고 2층은 사무실과 휴게실이 있었다. 휴게실은 이곳을 찾는 사람들을 위해 석 달 전부터 커피숍으로 바뀌었다. 그래서 전시회와 상관없이 이곳을 찾는 사람들도 느는 추세였다.

미술관이 가까워지자 라지는 재촉하던 걸음을 잠시 멈추고 아래로 향해 있던 시선을 위로 들어 올렸다. 눈 덮인 세상은 미술관도 예외는 아니었다. 새하얀 눈으로 덮인 둥근 형태의 미술관은 마치 동화 속에서나 나올 법한 얼음궁전을 연상케 했다. 멋스럽게 변신한 원형 건물을 응시하던 그녀는 입구에 걸린 유명 화가 장우승의 작품 전시회라는 현수막으로 시선을 옮겼다. 처음 보는 것도 아닌데 그녀는 마치 그것을 처음 본다는 듯 빤히 올려다봤다. 눈송이가 머리 위로 촘촘히 쌓이려고 할 즈음 그녀는 하얀 입김을 내뿜으며 입구 쪽으로 발을 디뎠다.

"어서 오세요, 오늘도 오셨네요?"

입구 근처에 서 있던 미술관 직원이 방긋 웃으며 라지에게 알은 척을 해왔다.

"네, 서울 가기 전에 실컷 봐두려고요."

"서울에서 오셨어요?"

"집은 여긴데 직장이 서울이에요. 휴가 받아서 잠시 내려온 거거든요."

"아…… 그러셨구나. 미술을 좋아하시나 봐요. 황금 같은 휴가를 이곳에서 보내시고."

직원의 말에 라지는 눈으로 웃으며 고개를 끄덕였다. 사실 그녀가 이곳을 찾는 이유는 미술 전시회를 보기 위해서만은 아니었다.

'언젠가 내 작품도 이곳에 걸리는 날이 오겠지?'

비록 지금은 그녀의 꿈과 하등 상관없는 일을 하고 있지만 그녀는 언젠가 이곳에서 자신의 꿈을 이루는 그날을 상기시키며 한순간도 잊지 않으려 노력했다. 그게 어렵게 얻은 휴가 때 고향을 찾은, 그리고 이곳을 찾은 이유이기도 했다.

"그럼 천천히 감상하세요, 오늘부터 3전시실에서 사진전도 하는데 그것도 보시고요."

"사진전이요? 어느 작간데요?"

"익명이라 정보가 없어요. 팸플릿도 없고 그냥 사진만 있는데 그래도 괜찮더라고요."

"사진전인데 익명이라고요?"

"그러게요. 보통은 이름 알리려고 전시회를 하는데, 이분은 전시가 목적인 것 같더라고요."

"네……."

희한한 사람이네? 이 비싼 미술관을 빌려 전시를 하면서 익명이라니.

"날도 추운데 차 한 잔 드릴까요?"

"주시면 고맙죠."

직원의 친절을 라지는 거절하지 않았다. 안 그래도 따뜻한 차가 간절하던 참이었다.

"유자차예요."

"잘 마실게요."

라지는 종이컵에 담긴 유자차를 받아들며 1전시실로 들어갔다. 전시실 안에는 장우승 화가의 스케치, 사진, 드로잉 등이 보기 좋게 진열되어 있었다.

라지는 김이 모락모락 나는 유자차를 입가로 가져가며 천천히 작품을 감상하기 시작했다.

벌써 세 번째의 방문. 휴가 5일 중 3일을 미술 작품을 보는 데에 써버린 셈이었다.

그래도 좋다. 이러려고 휴가를 받은 거니까.

그녀는 현재 대한민국 톱스타 한택주의 매니저였다. 모르는 사람이 들으면 부럽다, 대단하다, 그렇게 생각하겠지만 그건 사람들이 몰라서 하는 소리였다. 매니저란 직업은 하나부터 열까지 스타의 뒤치다꺼리를 하며 쫓아다녀야 하는 노가다에 가까운 일이었다. 하루만 그 일을 겪어보면 부러운 마음은 쏙 들어갈 것이 분명했다.

그래도 라지가 이 일을 버리지 못하고 계속하고 있는 건 순전히 돈 때문이라 할 수 있었다. 물론 처음 그의 매니저를 맡게 된 것도 돈의 유혹이 가장 컸다. 중학교 때부터 알고 지낸 택주가 연예계로 데뷔하면서 그녀에게 매니저 일을 제안했고 돈이 궁한 그녀는 그걸 받아들일 수밖에 없었다. 그렇게 하게 된 일이 지금껏 이어져온 것이다.

운 좋게 택주는 2년 만에 드라마 주연을 꿰찼고 그 드라마가 대히트를 친 덕에 톱스타라는 타이틀을 얻게 되었다. 그가 승승장구하는 것과 동시에 그녀도 덩달아 눈코 뜰 새 없이 바빠지게 되었다. 물론 휴가는 꿈도 꾸지 못했다. 남들 다 가는 여름휴가도 그녀에겐 그림의 떡이었다. 그런 그녀가 오래간만에 휴가를 얻게 된 건 감독이 교통사고로 팔이 부러져 촬영이 중단되었기 때문이다. 그렇지 않았다면 이런 달콤한 휴가는 어림도 없었으리라.

휴가 없이 그렇게 열심히 일하는 건 다 자신의 꿈을 이루기 위한 발판 마련이었다. 동양미술을 전공한 그녀는 이 일을 시작할 때부터 지금까지 미술에 대한 갈망을 놓은 적이 단 한 순간도 없었다. 언젠가 자신이 목표한 돈이 모이게 되면 그땐 그녀도 매니저를 그만두고 자신의 전시회를 열 것이다. 누구나 그렇겠지만 그녀가 지금 원치 않는 일을 하는 이유 또한 다른 목적을 위해서이니까.

·나도 언젠가는!

라지는 들뜬 기분으로 벽에 걸린 작품들을 감상했다. 어제 본 작품들이었지만 다시 보니 색다른 느낌으로 다가왔다.

2전시실까지 이어진 전시회를 다 보는 동안 이곳을 찾는 관람객은 없었다. 시내에서 약간 떨어진 위치인데다가 날이 굳어 사람들의 발길이 끊어진 듯했다. 여유롭게 감상하는 그녀에겐 좋은 일이었다.

사진전이라고 그랬지?

3전시실 입구 앞에 멈춘 그녀는 아무것도 붙어 있지 않은 푸른 빛깔의 문을 바라봤다. 보통은 전시회를 하면 그것을 홍보하기 위해 문 입구에 홍보를 하거나 알림글을 놔두기 마련인데 3전시실 앞에는 어떤 홍보성 광고도 붙어 있지 않았다.

'익명이라더니, 알릴 생각이 정말 없나보네?

대체 어떤 사람이기에 자신의 존재도 알리지 않고 이렇게 소리 소문 없이 전시회를 여는 것일까? 궁금함에 그녀는 3전시실 문을 슬며시 밀고 안으로 들어갔다.

'어……?

그녀 말고도 3전시실에는 또 다른 사람이 있었다. 사진 하나를 뚫어지게 쳐다보고 선 남자는 첫눈에 라지의 눈을 사로잡고 말았다.

'대박!'

한택주의 매니저로 장장 7년을 살아왔다. 그러니 그녀의 눈은 웬만한 연예소속사 대표들의 눈처럼 날카로웠다. 물론 발굴 능력도 탁월했다. 그런 그녀의 눈에 들어온 남자의 뒤태는 정말 깜짝 놀랄 정도였다.

'모델인가? 아님 연예인?'

하지만 모델이나 연예인이 이런 외진 곳까지 올 리가 없었다. 것도 곁에 아무도 없이 혈혈단신으로 말이다.

이 미술관이 제법 알려졌다고는 하나 이런 궂은 날씨에 찾을 정도는 아니었다.

"저……."

라지는 저도 모르게 그에게 다가가 말을 걸고 말았다. 일종의 직업병이었다. 놓치고 싶지 않은 사람이 눈에 띄면 욕심이 난다고나 할까. 소속사 대표와 친분이 두터운 만큼 소속사를 위해서라도 괜찮은 신인이 눈에 들어오면 그녀는 물불 안 가리고 뛰어들었다. 물론 그렇다고 다 명함을 뿌리는 건 절대 아니었다. 매니저 7년 동안 그녀의 눈에 들어온 사람은 다섯 손가락 안에 뽑을 정도니까.

"혹시 연예인이세요? 소속사 연습생이거나."

연습생처럼 보이진 않았지만 그녀는 조심스레 입을 열었다. 같은 분야에 종사하고 있을지도 모르니 조심해서 나쁠 게 없었다.

그녀의 질문에 사진에 박혀 있던 그의 시선이 천천히 움직였다. 그와 동시에 라지의 입도 스르륵 벌어졌다.

대…… 대박! 초대박!

이 바닥에서 톱스타를 케어하는 그녀였다. 수많은 연예인을 봐 왔고 그 내부를 속속들이 알고 있었다. 그런데, 이런 인물은 처음이었다. 첫눈에 사람의 눈길을 확 휘어잡는, 꾸미지 않아도 빛이 나는 그런 얼굴은 연예계 어디에도 없었다. 이런 귀한 얼굴은 놓치면 안 되는 일이었다.

무조건 잡아야 해.

이 사람을 데려간다면 소속사 대표가 월급과 인센티브를 두둑이 챙겨줄 것이 틀림없다. 그렇게 되면 적금통장은 더 빨리 채워질 것이고 자신의 꿈도 앞당겨질 수 있었다.

"아닙니다. 그리고……."

그의 짧은 대답에 그녀의 얼굴에 화색이 돌았지만 이어진 말에 밝았던 표정은 이내 사그라졌다.

"그쪽 분야는 전혀 관심 없습니다."

엥? 관심이 없어?

이게 아닌데…….

보통 이 정도 되면 무슨 일인가 싶어 호기심을 보여야 정상이다. 그런데 눈앞의 남자는 귀찮다는 듯 시선을 다시 사진 속으로 돌려 버렸다.

라지는 멍하니 자신을 무시해버린 그를 올려다봤다.

한택주의 매니저인 자신의 명함을 받는다는 건 톱스타가 될 길을 열어준다는 것이다. 일반인에게는 둘도 없는 절호의 기회란 말씀. 그런데 그는 관심이 없다고 한다.

이것 봐요, 그건 곤란하지. 그런 얼굴을 본인 혼자만 보겠다는 건 국가적 손실이라고.

라지는 남자의 시선을 따라 사진으로 눈을 돌렸다.

뭘 그렇게 유심히 보는 거야?

액자 속에는 어린애를 목마 태운 남자의 뒷모습과 그 너머로 전원주택이 있었다. 흑백이라 분위기 있게 찍히긴 했지만 특별나게 멋진 사진은 아니었다. 그런데도 남자는 그 사진을 뚫어지게 바라보고 있었다.

"저……."

라지가 뭐라 입을 뻥긋 열려고 하자 남자가 갑자기 등을 보이며 반대쪽으로 걸어갔다. 말 걸지 말라는 뜻이다.

지금 튕긴다 이겁니까?

하긴, 잘났으니 그 정도 튕기는 거야 애교지.

라지는 이런 사람들의 습성을 잘 알았다. 자신이 우월하다고 믿는 이런 사람들은 기본적으로 도도함이란 것이 몸에 배어 있었다. 한 번이 아니라 여러 번은 매달려야 자신의 값어치가 올라간다고 믿는 부류. 잘난 것을 제대로 뽐낼 줄 아는 사람들이다.

라지는 숨을 크게 들이켜며 종이컵을 내려놓았다. 그리고 잽싸게 가방에서 명함을 꺼내며 그의 뒤를 쫓아갔다.

"저기요, 그러지 말고 이것 좀 받아요. 제우스엔터테인먼트라고 아시죠? 모르시면 인터넷 검색하면 바로 나오거든요? 제가 거기 매니저인데 관심 있으시면 나중에 이쪽으로 연락……."

탁.

그가 전시실을 나가버렸다. 그녀의 말이 채 끝나기도 전에.

그녀는 닫혀버린 문을 멀뚱멀뚱 쳐다보며 금세 황당한 표정을 수습했다.

"아니, 뭐 저런 인간이 다 있어? 내가 돈을 빌려 달래, 뭐래? 좋은 기회 주겠다는데 사람 개무시하네?"

라지는 문을 열고 밖으로 나갔다. 그리고 복도 저만치 걸어가는 그를 보고 소리쳤다.

"이봐요!"

그녀의 큰 목소리에도 그는 뒤도 돌아보지 않고 입구를 열고 나

신사의
유혹

가버렸다.

"아, 진짜, 일부러 무시한 거지, 지금?"

오기가 생겼다. 그녀는 그를 쫓아 곧바로 주차장까지 나갔다. 하얀 눈이 내려 몇 대 안 되는 차 지붕에는 벌써 눈이 두텁게 쌓여 있었다. 라지는 차를 향해 걸어가는 그의 뒷모습을 발견하고는 서둘러 뛰어가다시피 걸어갔다. 그리고 차문을 열려는 그의 팔을 덥석 붙잡았다.

"저기요, 제가 그쪽한테 해될 만한 소릴 한 것도 아닌데 왜 무시해요? 연예인 해볼 생각 없냐는 게 기분 나쁜 소린 아니잖아요? 이래봬도 제가 한택주 매니저거든요? 한택주 알죠?"

"모릅니다."

뭐, 뭐라고? 한택주를 몰라?

세상에! 대한민국 톱배우를 모르다니. 기가 차고 코가 막혔다.

라지는 놀란 표정을 다스리며 남자의 무덤덤한 얼굴을 올려다봤다.

"한국 사람인데 한택주를 몰라요?"

"그쪽은 국무총리 이름이 뭔지 압니까?"

국무총리 이름이…… 뭐더라?

갑자기 물으니 생각이 나지 않았다. 이름을 들어보긴 들어봤어도 국무총리가 누구인지 관심조차 없으니 이름을 기억할 리가 없었다.

어벙벙 입을 벌린 그녀를 향해 그가 처음과 마찬가지로 담담하게 말했다.

"한국 사람인데 국무총리 이름도 모릅니까?"

그가 그녀가 말했던 그대로 돌려줬다. 그의 말에 라지는 할 말이 없어졌다. 잠시 그녀가 주춤하는 사이 그가 문을 열고 차에 타려고 했다. 라지는 다시 그의 팔을 붙잡았다. 이대로 놓치면 절대 후회할 것이기에.

"미안해요! 한택주 모른다고 이상하게 봤던 거 사과할게요. 그쪽 말 듣고 보니 저도 국무총리 이름 하나 모르면서 그쪽 무시했던 거 같네요. 서로 관심 분야가 다른 거니 그러려니 이해해요. 나중에 국무총리가 누군지 알아볼게요. 그러니까 그쪽도 한택주가 누군지 한 번 알아보세요. 그리고 나서 관심이 생기거든 이쪽으로 연락을 주세요."

그녀가 들고 있는 명함을 그에게 내밀었다. 그는 그 명함을 물끄러미 내려다보며 눈을 가늘게 떴다.

"연락할 일 없을 겁니다. 그건 다른 사람을 위해 넣어두시죠."

하지만 그녀는 고집스러운 손을 거두지 않았다.

"혹시 모르죠. 한택주에 대해 알아보다 관심이 생길지 누가 알아요? 내가 이런 외진 곳에서 그쪽을 만나게 될 줄 몰랐던 것처럼 그쪽 마음도 어디로 튈지 모르는 거 아니겠어요? 꼭 연락해달라는 거 아니고, 연락하고 싶어지면 하라는 거니까 받아두죠?"

"……그러죠."

그가 천천히 그녀가 내민 명함을 받아들자 라지는 싱긋 웃음을 내보였다. 라지는 차에 오른 그를 보며 뒤로 물러섰다. 연락을 하는 건 그의 몫이지만 이렇게 밑바탕을 깔아두지 않으면 연락조차 기대하기 힘들었다. 유비가 제갈량을 얻기 위해 삼고초려 했듯 그녀는 대박 날 인물을 얻기 위해 최선을 다할 뿐이었다. 무시 정도

신사의
유혹

야 이 바닥에선 워낙 흔하게 당하는 거라 이 정도는 고개 돌리면 잊을 정도였다. 그저 그가 그녀의 명함을 받아든 것만으로도 그녀는 만족스러웠다.

그녀는 멀어지는 차를 흐뭇하게 바라보며 다시 미술관으로 걸음을 돌렸다.

✽

수한은 룸미러를 통해 멀어지는 여자를 흘끔 쳐다봤다. 차갑게 말하고 무시해도 이상하리만치 낙천적인 여자. 얼굴의 반을 가리는 답답한 앞머리와 두꺼운 뿔테안경 때문에 소심하게 보였는데 의외였다. 전시실에서는 그렇다 쳐도 주차장까지 쫓아올 줄은 몰랐는데 여자는 끈질기게 그를 쫓아와 자신의 명함을 건넸다. 이깟 명함이 뭐라고, 왜 그렇게 끈덕지게 구는 건지.

오늘은 처음으로 자신의 사진전시회를 열었다. 아무도 모르게 하고 싶어 이름까지 숨기고서 사진을 전시했다. 그리고 그 첫날을 기념하기 위해 궂은 날씨에도 부러 걸음을 하였다.

어머니가 죽기 전 남긴 사진들.

사진작가가 꿈이었던 어머니는 결국 그 꿈을 이루지 못하고 불의의 사고로 돌아가셨다.

미안해요, 너무 오래 기다리게 해서.

어머니가 살아계셨다면 기뻐하는 모습을 두 눈으로 직접 볼 수 있었을 텐데…….

오랫동안 묵혀두었던 어머니의 사진을 전시해놓고 보니 감회가 남달랐다. 옛날 생각이 몽실몽실 떠오르면서 온 가족이 행복하게 살던 그때의 기억이 다시금 머릿속을 떠다녔다.

수한은 천천히 차를 몰며 옆자리에 던져놨던 은색의 명함을 쳐다봤다.

도라지?

먹는 도라지는 아닌 것 같고…… 이름인가 본데, 독특하군.

돌이킬 수 없는 과거를 눈으로 찾고 있는 그때 그 여자가 연예인이 아니냐며 말을 걸어왔다.

연예인이라니.

물론 그런 말을 가끔 들어보긴 했지만 이런 곳에서 그렇게 뻔뻔하게 물어보는 여자는 처음이었다. 그리고 보통 차갑게 굴면 무안해하며 나가떨어지기 마련인데 그 여자는 달랐다. 당장이라도 욕을 퍼부을 것처럼 기분 나쁜 표정을 지으면서도 끝끝내 자신의 명함을 건네줬다. 한 마디로 끈질긴 여자였다.

오래된 일본 저주인형에서나 볼법한 앞머리와 긴 부스스한 머리에 두꺼운 안경을 쓰고 집요하게 따라오니 솔직히 조금 섬뜩하기까지 했다. 하지만 떠나는 차를 향해 손을 흔들어주는 걸 보니 자신에게 접근한 목적이 단순히 명함을 건네주기 위한 것임을 알았다.

도라지라…….

친근한 단어라 잊히지 않을 것 같은 이름. 그렇다고 관심이 이는 건 아니었다. 연락할 생각도 없고 말이다.

연예인이라니, 생각만 해도 우스운 일이었다. 자신과 어울리지 않는 단어이기도 하고.

수한은 굵은 눈송이를 가르며 천천히 차를 몰았다.

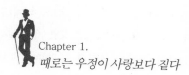

Chapter 1.
때로는 우정이 사랑보다 짙다

8개월 후.

탁.

문이 닫혔다. 그와 동시에 현관으로 들어선 그의 입술이 성마르게 그녀를 찾았다. 억눌린 감정을 표출하듯 그의 입술은 뜨겁고 강했다. 격한 입맞춤에 그녀의 숨소리가 거칠어졌다. 서로의 혀가 한 쌍의 넝쿨처럼 엉키었고 가쁜 숨소리가 터졌다.

구두는 제멋대로 나뒹굴었고 현관에 걸린 액자는 비뚤어졌다. 둔탁한 소리를 내며 작은 물건이 떨어졌다. 그래도 그는 멈추지 않았다. 그는 숨을 헐떡이며 자신의 품 안에서 흐물거리는 그녀를 안았다. 그리고 곧바로 침대로 인도했다.

작은 원룸 안, 침대는 몇 발짝 되지 않는 곳에 있었다. 그는 그녀를 침대에 요란하게 올려놓았다. 그와 동시에 그녀 위로 가쁘게 쓰러졌다. 그녀를 바라보는 그의 눈빛이 열망으로 가득했다.

다시 이어지는 짙은 키스. 그는 그녀의 머리칼에 손가락을 집어넣으며 그녀의 고개를 뒤로 젖혔다. 혀가 더욱 깊게 들어갔다. 그녀의 입술 사이로 옅은 신음이 흘렀다.

　그의 손가락이 그녀의 머리칼에서 빠져나왔다. 그 손은 그녀의 작은 머리통을 거쳐 얼굴로, 그리고 가는 목선을 따라 아래로 내려왔다. 성마르게 그녀의 블라우스 단추를 풀어낸 그의 손이 브래지어에 감싸인 풍만한 가슴을 움켜잡았다.

　"하아."

　두 사람의 입에서 뜨거운 숨이 뱉어졌다. 이어 그녀의 가느다란 손가락이 그의 셔츠를 풀기 시작했다. 탄탄한 구릿빛 근육이 모습을 드러내자 그녀의 손이 재빨리 가슴을 쓸어내렸다. 그는 풀어진 셔츠를 단박에 벗어 던지고 그녀의 블라우스를 벗겼다. 그리고 성급한 손길로 자주색 브래지어 버클을 풀어내어 저 멀리 던졌다. 탄력 있는 가슴이 출렁하며 그 앞에 나타났다. 그는 숨을 훅 들이켰다. 그녀가 부끄러운 듯 가슴을 가리려 했다. 하지만 그는 그녀의 양팔을 어깨 위로 올려 고정시킨 다음 분홍빛 정점을 덥석 물었다.

　"아아!"

　그녀의 붉은빛 입술 사이로 색정적인 음색이 흘렀다. 그 소리가 마치 멈추지 말라는 소리로 들렸다. 그는 축축한 혀로 그녀의 정점을 집요하게 농락했다. 그녀의 허리가 참을 수 없다는 듯 들썩였다.

　"아아, 택주 씨……."

　신음 섞인 목소리에 여자의 가슴에 얼굴을 묻고 있던 남자의 눈이 단박에 일그러졌다. 곧이어 굵직한 음성이 작은 공간을 울렸다.

　"컷!"

택주가 인상을 찌푸리며 곧바로 몸을 일으켜 나체로 누운 여자를 사나운 눈으로 쳐다봤다.

"야, 넌 거기서 내 이름을 부르면 어떡하냐?"

"미안해요, 택주 씨. 나도 모르게 그만……."

"몰입하는 것까진 좋은데 연기라는 거 잊지 마. 여기서 난 한택주가 아니라 민곤석이라고."

"알았어요, 이제 잘할게."

"이제? 이제라는 말이 나와? 지금 몇 번짼지는 알고 그런 소릴 하는 거냐고."

"아이, 화내지 말아요. 이번엔 진짜 잘할게요. 아! 그리고 가슴 애무할 때 살살 좀 해줘요. 실리콘 터질까 봐 조마조마해."

"그럼 실리콘 빼고 오든가."

"택주 씨는 농담도 잘해. 나 욕실 좀 다녀올게요, 좀 전에 택주 씨 때문에 진짜 느껴서 젖어버렸거든."

상대 여배우가 윙크를 날리며 커다란 타월을 몸에 척 걸치고는 욕실로 사라졌다. 그에 택주는 한숨을 푹 내쉬며 감독을 향해 소리쳤다.

"조금만 쉬었다 가죠."

"그래요, 다들 30분 쉬었다 갑시다!"

감독이 자리에서 일어나 크게 소리치자 모두의 얼굴에 화색이 돌았다.

벌써 11시간째.

좁아터진 원룸에서 나가지도 못하고 내내 촬영하느라 배우는 물론 스텝까지 모두 지친 상태였다. 저녁도 굶어가면서 같은 장면을 몇 번이나 찍어대는 바람에 모두의 얼굴엔 짜증이 묻어나 있었다.

쓰디쓴 커피로 속을 달래며 촬영이 무사히 끝나길 바라는 그 와중에 주어진 휴식은 사막의 오아시스와 같았다.

"도라지, 가운!"

택주가 벌떡 일어나 손을 내밀자 그의 손에 하얀 가운이 쥐어졌다.

"내가 성까지 붙여서 부르지 말라고 그랬지?"

가운을 건네자마자 라지는 검은색 뿔테안경을 고쳐 쓰며 택주를 노려봤다. 그러나 택주는 그녀의 분노어린 눈길에도 태연했다. 그는 가운을 입으며 콧방귀를 뀌었다.

"그럼 도라지를 도라지라고 부르지, 김라지라고 부르냐? 넌 네 부모님이 지어주신 이름이 그렇게 싫냐?"

"야, 탁주 한 사발!"

"그 별명 싫다고 내가 분명 그랬지?"

"너는 내 별명 마음대로 부르면서 난 부르지 말라고? 왜 그래야 하는데?"

"그걸 말이라고 하냐? 넌 성이 '도'고 이름이 '라지'니까 도라지라고 부르는 게 당연한 거고 난 내 이름과 전혀 다른 걸 부르니까 안 되는 거지."

"아니, 넌 충분히 고의적이야. 내가 누누이 성과 이름을 붙이지 말라고 하는데도 넌 말을 안 듣잖아? 상대방이 싫어하는 걸 계속 하는 건 악의적인 행동인 거거든."

두 사람이 언성을 높이며 말다툼을 하는데도 아무도 그들을 신경 쓰지 않았다. 늘 있는 일이기 때문이다. 옆을 지나가는 사람조차 두 사람의 대화 내용에 관심도 없었다.

"아아, 됐으니까 콜라나 줘."

"콜라? 없는데."

"없으면 나가서 사와. 갈증 나."

"지금? 지금 몇 신 줄 알고서 그런 소릴 해?"

택주는 벽에 걸린 소품용 시계를 흘끔 봤다.

"밤 10시네."

"이런 미친! 지금 정확히 새벽 2시 28분이거든? 그리고 이 주변엔 편의점도 없어."

"그럼 차 끌고 갔다 와."

이 야밤에, 그것도 콜라 하나 먹고 싶다고 연약한 여자를 밖으로 내몰아? 몰상식하고 야멸찬 줄은 알았지만 진짜 해도 해도 너무하네!

라지는 택주의 **뻔뻔한** 면상을 보며 주먹을 꽉 그러쥐었다.

'연예인만 아니었다면, 아니, 지금 찍고 있는 영화만 아니면 시원하게 한 방 먹여줄 텐데.'

하지만 마음만 그럴 뿐 실행에 옮길 순 없었다. 얼굴에 멍이라도 들면 촬영이 연기될 테니까 말이다. 혹 재수 없게 기자들이 냄새라도 맡는 날엔 뻥 튀겨진 기사가 사람들의 입에 오르내릴 것이고, 그럼 매니저인 자신이 뒷감당을 해야 할 터, 이래저래 자신만 손해였다.

차라리 참고 말지.

젠장! 누굴 탓하리, 이 또라이 매니저를 하겠다고 한 내가 미친 년이지.

라지는 한숨을 길게 뿜으며 구석에 처박아둔 가방을 집어 들었다.

"콜라 하나면 돼? 다른 건?"

이왕 가는 거 한꺼번에 사오는 게 나았다. 몇 번이고 필요한 거 시켜먹는 게 이놈 특기니까.

"음…… 그럼 도시락이랑 삼각김밥 종류별로 사와. 이거 마지막 촬영이라 끝나면 마음껏 먹을 거거든."

"그래, 배 나올까 봐 먹지도 못했는데 실컷 먹어라. 갔다 올게."

차키를 흔들며 현관으로 향하던 라지는 문을 열고 들어오는 키 큰 여자와 딱 마주쳤다.

정주아.

한택주의 공식적인 애인이자 일명 대한민국 여신으로 불리는 톱배우. 하지만 라지에겐 반갑지 않은 손님에 불과했다.

"어디 가?"

주아가 도도한 말투로 물었다.

"택주 간식 사러 가는데요."

동갑임에도 주아는 반말을, 라지는 존댓말을 해야 했다. 불공평한 현실이지만 어쩌겠는가. 저 여자는 모두가 비위를 맞춰야 하는 인기 여배우이고 자신은 사람들 비위를 맞추며 살아야 하는 일개 매니저인 것을 말이다.

"갈 필요 없어. 내가 다 준비해왔거든. 아! 고맙다는 말도 필요 없어. 내 애인 내가 챙기는 건 당연한 일이잖아?"

주아가 특유의 눈웃음과 보조개로 사람들의 시선을 끌며 늘씬한 국보급 다리를 자랑하며 안으로 들어섰다.

"안녕하세요, 다들 수고가 많으시네요."

"엇! 이게 누구야, 정주아 씨 아냐? 여긴 어쩐 일이야? 애인 보러 온 거야?"

홍인식 감독이 주아를 반기며 의자에서 일어났다. 감독뿐 아니라 그 외 다른 스텝들 모두 주아의 예쁜 미소에 넋이 나간 듯 쳐다보기 바빴다. 단 한 사람, 한택주만 빼고 말이다. 그는 늘 그렇듯 시큰둥한 표정으로 침대 옆에 자리한 소파에 앉아 너덜너덜해진 시나리오만 뒤적거렸다.

라지는 나가려던 몸을 틀어 그에게 다가갔다.

"야, 정주아 씨 왔어."

"그게 왜?"

"먹을 거 가져왔대. 그러니까 나 안 나간다고."

큼직한 글자에 박혀 있던 그의 시선이 그녀에게 옮겨왔다.

"삼각김밥이랑 콜라 가져왔대?"

"글쎄, 모르겠는데."

"그럼 갔다 와. 난 보글거리는 탄산과 삼각모양의 MSG가 듬뿍 들어간 김밥을 꼭 먹어야겠으니까."

"걱정 마, 콜라랑 삼각김밥도 챙겨 왔어."

사람들에게 인사를 마친 주아가 두 사람을 향해 다가와 종이가방을 내밀었다. 라지는 냉큼 종이가방을 받아 안을 들여다봤다.

나이스!

정말로 콜라와 삼각김밥이 종류별로 들어 있었다. 얄미운 주아의 면상이 처음으로 조금 예뻐 보였다.

라지는 콜라를 꺼내 캔 뚜껑을 딴 다음 택주에게 건넸다.

"일단 이거부터 마셔. 김밥은 촬영 끝나고 먹고. 이제 된 거지?"

이제 안 나가도 되냐는 라지의 눈빛에 택주는 마지못해 고개를 끄덕이며 콜라를 들이켰다. 주아가 그의 옆에 자리하며 한껏 벌어진 가운 깃을 어루만졌다.

"우리 자기 이렇게 보니까 엄청 섹시하네? 초콜릿 근육까지 있고. 다른 사람들한테는 다 보여주는 식스팩을 왜 나한테는 안 보여줬어? 섭섭하게."

"넌 틈만 나면 날 덮치려고 하니까 내 보호차원에서."

"호호, 누가 들으면 진짠 줄 알겠네."

말도 안 된다는 주아의 넉살에 택주가 옆에 서 있는 라지를 쳐다봤다.

"너도 봤지? 지난번 차 안에서 이 여자가 내 입술 덮치려고 하는 거."

대꾸하지 말라는 주아의 날선 눈빛에 라지는 뒤통수를 긁적이며 다른 곳으로 시선을 돌렸다.

"그, 그랬던가……?"

그 틈을 타 주아가 택주의 듬직한 팔에 매달렸다.

"연인끼리 키스하는 게 어때서? 우리 지난번 드라마에서 뽀뽀만 해봤지 아직 제대로 된 키스 한 번 못해봤잖아."

"그건 당연한 거 아냐? 키스와 섹스, 이 두 가지는 진짜 연인 사이에서만 하는 거니까."

"그럼 진짜 연인 해. 결혼까지 하면 더 좋고."

"내가 너랑 결혼을? 참나, 네 덫에 걸려서 공식 연인이 된 것도 억울한데 내 인생까지 바치라고?"

"무슨 말을 그렇게 해? 내가 택주 씨 잡아먹기라도 한데? 같은

배우니까 공감도 해줄 수 있고 도움되는 게 더 많을 텐데 뭐가 문제야?"

택주는 긴 한숨과 함께 의자에 등을 묻고 심드렁하게 말했다.

"사랑이 없잖아."

"어머, 우리 택주 씨 사랑 타령하는 그런 남자였어? 차도남인 줄 알았는데 의외로 순박한 구석이 있네? 그러니까 더 마음에 든다."

"너 마음에 들라고 한 말 아니고 너는 아니라고 거절하는 말이야."

"선수끼리 왜 이래, 우리 결별 소식 나가면 누구보다 타격 받는 거 택주 씨면서."

"알아. 그러니까 참고 견디는 거잖아. 더 이상 긁지 말고 돌아가. 눈 뒤집히면 언제 사고 칠지 모르니까."

"사고? 나만큼 사고 칠 자신 있어?"

"너 사고 쳤어?"

"내일 기사 뜰 거야. 소속사 바꿨거든."

"재계약한 거 아니었어?"

"하긴 했지. 근데 트러블이 생겨서 옮겼어."

못 말리겠다는 듯 택주의 고개가 좌우로 흔들렸다. 그는 반쯤 남은 콜라를 라지에게 건넸다. 17세기 귀족 집사처럼 라지는 그가 내미는 것을 당연하게 받아들였다.

"계약도 안 끝났는데 소속사 바꾸면 꽤 시끄러워질 텐데, 괜찮겠어?"

"지금 내 걱정해주는 거야?"

"네 걱정 아니고 내 걱정이야. 네가 문제 일으키면 나한테도 불똥

이 튀니까."

"치, 그냥 걱정하는 거라고 해주면 어디가 덧나? 초등학생처럼 심술궂기는."

"심술 아니고 이기주의라고 하는 거야. 넌 나를 그렇게 겪어보고도 모르겠나?"

"속살을 안 섞어봐서 모르겠는데?"

"하여튼 음탕하긴. 너처럼 밝히는 애도 손에 꼽힐 거다."

"좋아하는 남자하고 자고 싶다고 하는 게 뭐 나쁜 건가? 사귀는데 섹스 안 하는 게 더 이상한 거지. 안 그래, 라지 씨?"

"예? 아, 그, 글쎄요……."

라지는 안경을 고쳐 쓰며 애꿎은 가방만 뒤적거렸다. 그 모습에 주아가 입꼬리를 얄궂게 끌어올렸다.

"라지 씨는 마지막으로 해본 게 언제야?"

"뭐, 뭘요?"

"남자랑 그거 말이야."

"뭘 그런 걸 물……."

"아마 10년도 더 됐을걸? 아니다, 소개팅할 때마다 차였으니 아직 없을지도."

택주가 라지 대신 답하며 혀를 끌끌 찼다.

"인물이 안 되면 성격이라도 좋아야 하는데 성격마저 저 모양이니 어느 남자가 침대에서 뒹굴고 싶겠어? 자고로 여자는 얼굴이 안 되면 쭉쭉빵빵 몸매라도 볼 게 있어야 하는데."

라지의 눈이 사냥을 할 때의 맹수처럼 매섭게 택주의 면상에 꽂혔다.

아! 열 받아! 누구 때문에 내가 이 모양 이 꼴로 지내는데?

꽃다운 어린 시절 택주 저놈만 아니었다면 남자를 사귀어도 족히 백 명 넘게 사귈 수 있었을 것이다. 하지만 저놈 매니저를 시작한 뒤로 너무 바빠 남자 만날 시간이 도통 나질 않았다. 저놈이 5시간 자면 자신은 3시간, 저놈이 3시간 자면 자신은 1시간밖에 못 자는데 무슨 수로 남자를 만나러 다닌단 말인가! 근데 저놈의 뻔뻔한 자식은 절대 자신의 탓이라 생각지 않는다.

라지는 아랫입술을 지그시 깨물며 휴대폰을 꺼냈다. 그리고 연예기사를 훑으며 끓어오르는 분노를 다른 곳으로 돌리려 했다. 하지만 주아는 그녀를 가만 내버려두지 않았다.

"라지 씨, 내가 남자 좀 소개해줄까? 아는 후배 중에 괜찮은 애가 있어서 말이야. 스물여덟 살 제약회사 연구원이야."

"스물여덟……."

"정차순, 제정신이야? 라지 우리랑 똑같은 서른이야, 무슨 제약회사 영계남이야? 소개해주고 뺨 세례 맞고 싶냐?"

"택주 씨 무슨 말을 그렇게 해? 라지 씨도 안 꾸며서 그렇지 얼굴도 작고 스타일 괜찮아. 그리고, 나 정주아야, 정차순으로 부르지 마."

"네 본명이잖아."

"촌스럽잖아! 어쨌든, 라지 씨, 어때, 소개해줄까? 생긴 것도 괜찮아."

"그, 그게…… 괜찮아요. 지금은 일이 우선이라……."

라지는 거절했다. 다른 사람도 아니고 정주아랑 엮이는 건 딱 질색이었다.

주아가 그녀를 쏘아보더니 다시 택주의 팔에 매달렸다.

"라지 씨는 싫다니까 우리라도 뜨겁게 연애 좀 해보자. 촬영 끝나고 어때? 내 침대 엄청 큰 걸로 바꿨는데."

"침대 자랑할 거면 그만둬, 내 침대도 만만찮게 크니까."

"택주 씨는 이런 상황에 농담이 나와?"

"진담이야. 그리고 옷 갈아입고 촬영해야 하니까 그만 돌아가. 방해돼."

"다들 먹느라 시간 좀 걸릴 것 같은데 천천히 해."

주아의 말대로 주변은 그녀의 매니저가 나눠주는 도시락을 먹느라 정신이 없었다. 그럼에도 택주는 자리에서 일어나 가운을 훌러덩 벗고는 침대에 걸쳐놓은 셔츠를 입었다. 그의 곁으로 샤워를 끝낸 여자주인공 하경이 처음 모습 그대로 블라우스와 정장치마를 입고 걸어 나왔다. 생각지도 못한 손님에 하경이 놀란 눈이 되었다.

"선배님이 여기까지 어쩐 일이세요?"

주아의 입술이 차갑게 비틀렸다.

"넌 선배를 보면 인사부터 해야 하는 거 아니니?"

"안녕하세요."

"글쎄, 애석하게도 내 애인의 베드신을 봐야 해서 기분이 썩 안녕치가 못하네?"

솔직한 불평에도 하경은 태연하게 웃었다.

"쿨해 지셔야죠. 액션만 있다 마지막에 달랑 하나 나오는 베드신인데. 시나리오는 읽어보셨어요?"

"당연하지. 내가 제일 먼저 러브콜 받았었거든."

신사의
유혹

"알아요. 몸값을 너무 비싸게 불러서 안 됐다면서요?"

"그, 그건 나도 모르는 일이야, 소속사에서 결정한 일이라."

"어쨌든 선배님 덕에 저만 행운이네요. 이번 영화 할리우드에서도 상영할 거라고 하더라고요."

"정말이야? 금시초문인데……."

"조용히 진행 중이겠죠. 홍보 시작하면서 크게 터트리려고."

주아는 일그러지려는 눈매를 억지로 다잡으며 연기자답게 미소를 지었다.

"잘됐네. 크게 히트 친 작품 없었잖아, 이걸로 이름 좀 올려봐."

"고마워요, 선배님. 소문만큼이나 마음이 참 넓으시네요."

하경과 주아의 눈빛이 허공에서 맞부딪혔다.

라지는 조금 떨어진 곳에서 두 사람을 지켜보다 택주에게 시선을 돌렸다. 역시나 그는 두 사람과 전혀 상관없다는 듯 옷을 다 입고는 팔굽혀펴기를 하고 있었다. 자신 때문에 일어나는 미미한 신경전보다는 근육 만들기가 우선인 듯했다. 이쯤 되면 중간에서 말려야 될 것 같은데 그는 그럴 생각이 없어 보였다.

하긴, 저놈한테 그럴 의지가 있을 리가 없지. 귀찮은 일에 휘말리는 건 딱 질색인 놈이니까.

주아는 택주의 옆에 여자가 있는 것만 봐도 눈에 불을 켜고 경계했다. 그리고 그 상대가 여배우라면 더더욱 눈에 쌍심지를 켰다. 거의 집착 수준이었다.

라지는 주아가 무서웠다. 진짜 사귀는 것도 아닌데, 하는 행동은 정실부인 뺨칠 정도였다. 다른 여자들이 다가올 틈도 주지 않았다. 그런 정주아의 고의적인 애정을 이용해 택주는 자신에게 들러붙는 여자들을 떼어냈다. 아주 고차원적인 방법이었다. 그래서 주아가 일부러 흘린 열애기사를 부러 부인하지 않았던 것이다.

'가만 보면 택주 저 자식이 젤 나쁜 놈이야. 지 손 안 더럽히고 정주아를 이용해서 여자들 정리하잖아. 싸움만 붙여놓고 지는 쏙 빠지고. 썩을 놈.'

이이제이以夷制夷. 지금의 상황에 이보다 맞는 표현이 있을까.

주아는 블라우스 위로 풍만하게 부푼 하경의 인조 가슴을 보며 입술을 비틀었다.

"아무리 연기라지만 적당히 해. 베드신 잘 찍는다고 칭찬해주는 건 야동제작사밖에 없으니까."

"그럼 미국 영화제작사는 다 야동만 만드는 거겠네요? 게네들 영화는 액션이라도 진한 베드신은 곧잘 들어가거든요."

"말장난해? 미국이랑 왜 비교를 해? 여기가 미국이야?"

"영화 완성되면 미국에도 넘어갈 텐데 당연히 미국 사람들처럼 리얼하게 연기해야죠. 한국 배우들 발연기라고 소문나면 곤란하지 않겠어요?"

"누가 발연기 하래? 적당히 하라고, 적당히."

뾰족해지는 날선 음성에 하경은 귀찮다는 듯 성의 없는 대답을 내놓았다.

"노력은 해볼게요. 음, 근데 이게 무슨 냄새야? 감독님! 안 그래도 배고파 죽겠는데 못 먹는 사람 앞에 두고 이렇게 음식 냄새 풍겨도 되는 거예요?"

하경이 꼬리를 내리며 감독에게 가버렸다. 주아는 아랫입술을 잘근잘근 씹으며 택주에게 다가가 운동하고 있는 그를 일으켜 세웠다.

"약속해."

"뭘?"

"바람피우지 않겠다고."

"그건 진짜 애인 사이에서나 가능한 요구 아냐?"

"가짜든 진짜든 일단 내 애인인 건 사실이잖아. 그러니까 바람 피우지 마."

그녀의 고집스러운 눈매 위로 진심이 묻어 있었다. 택주는 그 진심을 회피하며 미간을 구겼다.

"알았어."

아무 의미 없는 대답 하나에 주아의 얼굴이 금세 핑크빛으로 돌아왔다. 조금 전의 서운한 마음도 잊은 채 그녀는 그의 팔을 껴안으며 속삭이듯 말했다.

"촬영 끝나면 좀 쉬다가 저녁 7시까지 '옹드'로 와. 중요한 파티가 있어."

"싫어."

예상했던 답이라 주아는 당황하지 않았다. 그녀는 원래의 오만한 표정으로 돌아와 입술 끝을 올렸다.

"파티에 오면 지금 얌전히 돌아가 줄게. 거절하면 촬영 끝날 때까지 있을 거야."

어이없는 협박에 택주가 눈을 찡그렸다. 어림없는 협박이긴 하지만 정주아라면 얘기가 달랐다. 그녀가 떠나지 않고 이곳에 남아 있으면 분명 그녀의 성격상 태클을 걸며 감독의 심기를 건드릴 게 뻔했고 그건 공식적인 연인인 자신에게 원망의 화살이 돌아온다는 말이었다. 차라리 그녀의 요구대로 파티에 잠깐이라도 얼굴을 내비치는 게 백배 나았다.

"시간 맞춰 갈게."

"약속한 거다?"

"알았으니까 빨리 가기나 해."

"알았어. 아차! 그리고 내 프로필 새로 올려놨으니까 검색해서 봐. 꼭!"

주아는 '꼭!'이라는 단어를 재차 강조하며 감독에게 다가가 가겠다는 인사를 끝으로 촬영장을 빠져나갔다.

사막 한가운데 서 있었던 사람처럼 목이 컬컬해진 라지는 택주가 마시다 만 콜라를 들이켰다.

"가끔 널 보면 이해가 안 돼. 정주아 씨 좋아하는 것도 아니면서 왜 밀당해?"

"밀당이라니?"

"그렇잖아, 싫으면 아예 선 긋고 못 넘어오게 하면 그만인 걸 넌 될 듯 안 될 듯 약만 올리잖아. 정주아 씨가 너 좋아하는 마음 이용해서."

라지의 말에 택주가 피식 웃으며 그녀의 옆자리에 털썩 앉았다. 그리고 작은 어깨를 한 팔로 대뜸 끌어당겼다. 졸지에 품에 안긴 꼴이 된 라지는 그의 팔을 자연스럽게 거둬냈다.

"이것 봐, 넌 남녀 사이에 존재하는 경계선이라는 게 없어. 아니, 없는 게 아니라 즐기는 거야."

"없든 즐기든 상대방이 만족하면 그만 아닌가? 나도 손해 볼 거 없고."

"사람의 마음은 손해로 따지는 게 아니야. 적어도 사람과 사람 사이에 존재하는 배려와 양심이란 게 있어야지."

"뜬금없이 설교 시작이냐?"

"넌 듣기 싫은 소리는 다 설교지?"

"오늘따라 우리 매니저님께서 왜 이렇게 예민하실까? 그날이야?"

"아, 진짜! 너랑은 말이 안 통해, 말이!"

라지가 답답하다는 듯 가슴을 쳤다. 그 모습에 택주가 낄낄 웃으며 주아가 놓고 간 종이가방을 집어 들었다. 그 안에서 삼각김밥하나를 꺼내든 그가 이리저리 살피더니 인상을 찌푸리며 김밥을 다시 집어넣었다.

"그럼 그렇지, 정주아가 뭐 하나 제대로 하는 게 없지. 매니저님, 원래 계획대로 편의점에 좀 갔다 오셔야겠네요."

"왜?"

"난 레일푸드에서 나온 삼각김밥만 먹는데 저건 다른 회사야."

"그럴 리가!"

라지가 커다란 눈으로 종이가방 안을 확인했다. 택주 말대로였다. 포장과 디자인은 비슷했지만 회사명이 달랐다.

에이씨! 예리한 놈!

안 나가서 좋아라 했더니 결국은 원점이었다. 대충 처먹으면 좋으련만 저놈의 싸구려 입은 그냥 넘어가는 법이 없었다.

라지는 땅이 꺼져라 한숨을 내쉬며 차키를 다시 찾아들었다.

'유통기한 아슬아슬한 것만 골라와 줄 테다.'

소심한 복수의 칼날을 갈며 라지는 촬영장을 나왔다.

툭, 이마에 물방울이 떨어졌다. 일기예보엔 비가 없었는데 언제

내린 건지 비가 땅을 질퍽하게 적시고 있었다. 역시나 일기예보는 믿을 게 못 되었다.

라지는 축축한 공기를 한껏 들이마셨다. 시원하고 쾌적했다. 비와 섞인 비릿한 새벽 공기가 상쾌하게 느껴질 정도로 좁은 원룸의 텁텁한 공기가 답답하긴 했나보다. 라지는 밤하늘을 올려다본 뒤 캄캄한 거리를 쳐다봤다. 영화의 리얼리티를 살리기 위해 주택가 깊숙이 자리한 원룸을 빌린 거라 새벽의 어두운 골목길은 으스스했다. 그나마 다행인 건 큰길가에 주차한 다른 스텝들의 차들과 달리 한택주의 밴은 원룸 바로 밑 1층 주차장에 있다는 거였다. 멀리까지 걸어가지 않아서 얼마나 다행인가.

"김군이라도 있었으면 좋았을 텐데…… 외롭다."

김군은 라지보다 3살 어린 로드매니저였다. 성이 김씨라서 김군이 아니라 이름이 군이었다. 자칫하면 오해받을 수 있는 이름이었지만 그는 자신의 이름에 자부심이 있었다. 뭐, 사람들이 오해하는 그 순간이 좋다나 어쩐다나. 그놈도 정상은 아니다. 하긴 그러니 사람들이 남긴 음식을 주워 먹고 다니지, 보통 인간이라면 그렇게 하지 못할 것이다. 그놈의 거지 같은 습관 때문에 그는 급기야 식중독으로 어젯밤 병원에 실려 가고 말았다.

코디 겸 메이크업 담당자인 초롱이 있었지만 그녀는 운전면허가 없었다. 그러니 한택주의 잔심부름은 전부 라지의 몫이었다.

"젠장, 매니저는 이 시대가 낳은 합법적인 노예야! 내가 이 일을 때려치우든가 해야지!"

투덜거리며 차에 오른 그녀는 시동을 걸자마자 차를 출발시켜 좁은 골목을 질주해 나갔다. 양옆으로 세워놓은 차들 때문에 골목은 차 한 대가 겨우 빠져나갈 수 있을 정도로 좁았지만 그녀는 막힘없이 주차된 차들을 피해 큰길까지 단숨에 빠져나갔다.

편의점은 10분 정도 거리에 있었다. 하지만 제길, 싸구려 입이 원하는 레일푸드 삼각김밥만 없었다. 라지는 하는 수 없이 다른 편의점을 찾아 20분을 더 헤맸다. 그리고 레일푸드 삼각김밥을 손에 넣을 수 있었다.

제길!

이 새벽에 김밥 몇 개 사자고 이러고 돌아다니는 자신이 한심스러워 그녀는 계산을 마치자마자 김밥 2개를 그 자리에서 해치웠다.

촬영장으로 돌아오자 초롱이 그녀를 반겼다.

"언니! 방금 촬영 끝났어요."

"벌써?"

"마지막이라면서 완전 몰입하더니 단박에 오케이 사인 받더라고요. 어찌나 리얼하던지 보는 제 얼굴이 다 빨개지더라고요. 역시 택주 오빠예요."

라지는 주변을 두리번거리며 택주를 찾았다. 그는 감독 옆에 앉아 모니터링을 하고 있었다.

이렇게 빨리 끝날 줄은 몰랐는데.

마지막 신을 꼭 보고 싶었던 라지로선 아쉬움이 앞섰다.

"얼마나 리얼했어?"

"말했잖아요, 얼굴이 화끈거릴 정도였다고. 연기가 아니라 실제 상황 같았다니까요."

"그래? 아, 정리해야 하니까 물건 좀 챙기고 있어. 감독님한테 갔다 올게."

라지는 봉지를 초롱에게 안기고 모니터링을 하는 곳으로 갔다. 모니터 안에는 두 남녀의 격정적인 모습이 여실히 드러나 있었다. 연기라는 걸 잊은 듯 두 배우는 서로의 옷을 거칠게 벗겨내며 침대 위에서 격정적인 사랑을 나눴다. 택주의 얼굴이 하경의 가슴에 묻혔고 하경이 뜨거운 신음소리를 냈다. 보는 사람이 부끄러울 정도였다.

'이야…… 아무리 연기라지만 사람들 다 있는 데서 어떻게 저런 걸 찍지? 문하경도 우습게볼 게 아니네. 올 누드로 저렇게 드러내기 쉽지 않을 텐데.'

자신이 배우가 아닌 게 얼마나 천만다행인가.

그렇게 신을 다 점검한 택주가 자리에서 일어서며 감독에게 인사를 건넸다.

"재촬영 하실 거 있으면 언제든 연락 주세요. 전 이만 일어나겠습니다."

"그래, 고생 많았어. 가서 푹 쉬고 주말에 보자고."

"예, 감독님도 고생 많으셨습니다."

택주는 다른 스텝들에게도 인사를 건넨 뒤 라지와 함께 주차장에 세워놓은 밴으로 돌아왔다. 초롱이 뒤에 짐을 싣는 동안 택주가 운전석 바로 뒤에 앉아 라지의 어깨를 툭툭 건드렸다.

"집 말고 숙소로 가."

"오늘은 집에 갈 거라더니, 갑자기 왜 숙소로 가재?"

"집에 가면 푹 못 자잖아. 죽을 것 같으니까 토 달지 말고 그냥 숙소로 가."

"그래, 고생했다. 참, 삼각김밥 먹을래?"

"어."

짐을 다 실은 초롱이 조수석에 올라타자 라지는 차를 출발시키며 말했다.

"초롱아, 내가 사온 삼각김밥 택주 좀 줘라. 배고프시단다."

"무슨 맛부터 드릴까요?"

"스테이크부터."

"잠깐만요, 제가 까 드릴게요."

초롱이 봉지에서 스테이크 삼각김밥을 꺼내 비닐을 제거한 뒤 택주에게 건넸다.

"초롱이 너 몇 살이었지?"

갑자기 튀어나온 질문에 초롱이 얼굴을 붉혔다.

"스물일곱인데…… 왜요?"

"귀여워서. 애교도 많고 아직 이십 대라 남자들한테 인기도 많겠다, 누구랑 다르게."

"그 '누구'라는 게 설마 날 가리키는 건 아니겠지?"

큰 도로로 순식간에 차를 뺀 라지가 룸미러를 통해 택주를 노려봤다. 거울 속 날카로운 눈빛에도 택주는 태연하게 삼각김밥을 베어 물며 어깨를 으쓱했다.

"다행히 눈치는 살아 있는 모양이네."

"뭐?"

끼이익!

차가 급정거했다. 동시에 택주와 초롱의 몸도 앞으로 한껏 쏠렸다 제자리를 찾았다.

"야, 도라지! 위험하게 도로 중앙에서 뭐하는 짓이야?"

"위험한 걸 아는 놈이 날 도발해?"

"있는 그대로를 얘기한 건데 그게 무슨 도발이라는 건데?"

"네가 말하는 요점이 이거잖아. 초롱이는 나이도 어리고 애교도 많은데 난 나이도 많고 애교도 없고 심지어 남자들한테 인기도 없다고."

"새삼스럽게 뭘 그런 걸 가지고 열을 내? 한두 번 들은 얘기도 아니고."

"한두 번 들은 얘기가 아니니까 이런다! 좋은 말도 반복하면 듣기 싫어지는 법인데 하물며 싫은 소리 여러 번 들으면 기분이 좋겠냐? 내가 왜 이러고 사는데! 이게 다 너 때문이야. 새벽부터 새벽까지 네 뒤치다꺼리 하느라 화장도 못 하고 제대로 챙겨 먹지도 못해. 치마 입고 애교? 잠잘 시간도 모자라는데 그런 걸 어떻게 해? 네가 그런 거 할 틈이나 줬어? 나쁜 자식! 내 청춘을 다 바쳐서 이만큼 키워놨더니 뭐? 늙고 애교가 없어? 예쁘다 잘한다 칭찬만 해줬더니 눈에 뵈는 게 없나, 이제 와 하는 말이지만 너 완전 재수 없어. 성격 더럽고 제 손으로 아무것도 못하는 무능력자에 심각한 왕자병! 알아들어?"

"어, 언니, 그만하세요……."

초롱의 겁먹은 목소리에도 라지는 멈추지 않았다.

"됐어! 나 안 해! 오늘부로 그만둘 테니까 어디 너 혼자 잘 먹고 잘 살아봐라!"

라지는 그대로 시동을 끄고 안전벨트를 거칠게 풀었다. 그리고 차에서 내려 건너편 차도로 냅다 달려갔다.

새벽 4시. 다행히 오가는 차가 없는 썰렁한 도로였지만 언제 어디서 차가 불쑥 나올지 모르는 위험천만한 상황이었다. 하지만 흥분한 라지는 그런 걸 생각할 여력 따위 없었다.

뛰어가는 라지의 뒷모습을 보며 초롱이 안절부절 몸을 떨었다.

"어떡하죠……?"

그 상황에서도 택주는 남은 삼각김밥을 입 안으로 쑤셔 넣으며 태연하게 운전석으로 넘어와 다시 시동을 걸었다.

"자식, 성격하고는……."

"언니 화 많이 난 것 같은데, 진짜 그만두면 어떡해요?"

"걱정 마. 그만둘 것 같았으면 진작 그만두고도 남았으니까. 저 자식 요새 많이 지치고 예민해 폭발 직전이었거든. 이렇게라도 스트레스 풀어야 살아. 뚜껑 열고 소리소리 질렀으니 속 좀 풀렸겠지."

"그럼 일부러……?"

택주는 편의점으로 들어가는 라지의 모습을 확인하고는 액셀러레이터를 밟았다.

"초롱아, 미안한데 집까지 데려다 주진 못하겠고 숙소 앞으로 콜택시 불러서 집에 가야겠다. 너 데려다 주다간 이 오빠 저승길 구경할지도 모르겠어서. 숙소에서 자고 아침에 가든가."

"택시 불러서 갈게요. 며칠 못 들어갔더니 엄마가 걱정해서요."

"그러든가."

늘어지게 하품을 한 그가 뻑뻑한 눈을 손등으로 비비며 목소리를 깔았다.

"잠 오니까 뭐라도 말 좀 해봐. 재밌는 얘기 없어?"

"없는데……. 그럼 궁금한 거 물어봐도 되나요?"

"뭔데?"

"라지 언니가 그러던데 오빠랑은 중학교 동창이라면서요?"

"어."

"어쩌다 언니가 매니저를 맡게 된 거예요? 언니 말로는 학자금 때문이었다고 하던데."

"그랬지. 녀석은 돈이 필요했고 난 매니저가 필요했거든. 상부 상조, 뭐 그런 거랄까?"

"보통은 남자 매니저 구하지 않나요? 아, 남녀차별 발언은 아니고 그냥 묘한 조합이라서요."

"딱히 이유는 없어. 난 낯선 사람이 싫고, 라지는 날 케어할 만한 능력이 됐거든. 솔직히 라지만큼 자기 생활 버리고 희생하는 매니저가 흔한 건 아니잖아?"

"칭찬하시는 거예요? 그런 거면 언니 앞에서 좀 해주시지."

"그 녀석 앞에서는 안 돼."

"왜요?"

"낯간지러워서."

그 말이 믿기지 않는지 초롱이 눈을 휘둥그레 떴다.

"오빠 입에서 그런 말이 나오니 이상해요."

"왜, 나는 사람들 보는 앞에서도 베드신 잘 찍는 배우라서 낯간지러운 말도 없는 사람인 줄 알았어?"

"아뇨. 그런 게 아니라……. 혹시 라지 언니 좋아하시는 건 아니죠?"

"좋아해."

"저, 정말요? 그럼 좋아하는 마음 안 들키려고 일부러 더 괴롭히는······."

"픔! 야, 이초롱! 너 상상력이 꽤 풍부하다?"

"아니에요?"

"너 지금 전화하면 당장 달려 나올 여자친구 몇이나 있어?"

"한 명요. 근데 그건 갑자기 왜 물으세요?"

"라지가 나한테는 그런 존재야. 널 위해 달려 나올 그 친구처럼. 그렇다고 그 친구를 사랑하는 건 아니잖아?"

"에이, 저랑 입장이 다르죠. 오빠는 남자고 라지 언니는 여자잖아요."

"방금 그 말 성차별적 발언인 거 알아? 그렇게 따지면 동성애자들은 왜 생겼을까?"

"오빠, 설마 동성애자······."

"말이 그렇다는 거지. 그리고 혹시나 해서 말해두는데 난 여자가 좋다. 쭉쭉빵빵 글래머에 현모양처 스타일, 그게 내 취향이야."

"우와, 욕심쟁이!"

택주가 피식 웃으며 창문을 내렸다. 차가운 새벽 공기가 성급하게 들어와 그의 머리칼을 이리저리 휘저었다.

"오빠, 사람들이 알아보면······."

"다니는 차도 없고 새벽이라 괜찮아. 이 시간에 누가 날 알아보겠냐? 아, 밤바람 좋다. 비도 좋고."

말이 끝나기가 무섭게 보슬보슬 내리던 빗방울이 굵어졌다. 택주는 얼른 창문을 다시 올리고는 와이퍼를 한 단계 올렸다. 옆에 앉은 초롱이 그의 모습을 넋 놓고 보고 있다 퍼뜩 정신을 차리고 내내 묻고 싶었던 질문을 던졌다.

"저번부터 진짜 진짜 궁금했는데, 정주아 씨랑 결혼까지 하시는 거예요?"

"갑자기 그건 왜?"

"다들 오빠랑 정주아 씨랑 결혼할 거라고 그러니까 진짜 그런가 해서요."

"네가 볼 때 어때? 나랑 정차순이랑 어울러?"

"외모상으로는 환상의 커플이죠. 다만……."

"다만, 뭐?"

"오빠도 아시잖아요, 정주아 씨 성격."

"큭큭, 성격이 지랄 같지. 그래도 재밌잖아. 그 재미에 이 관계도 유지하는 건데."

"그럼 결혼도……."

"말했잖아, 쭉쭉빵빵에 현모양처가 내 타입이라고. 정차순은 쭉쭉빵빵은 돼도 현모양처에서 탈락이야."

초롱의 얼굴이 해맑게 밝아졌다. 이 바닥에 들어오기 전부터 택주의 팬이었던 그녀는 그가 정주아랑 엮이는 게 싫었다. 정주아처럼 대중에게 보이는 성격과 실제 성격이 다른 사람에겐 택주가 너무 아까웠다.

"다행이에요. 전 오빠가 진짜 좋은 여자랑 결혼했으면 좋겠거든요."

"진짜 좋은 여자 있으면 소개 좀 시켜줘라. 이러다 이 오빠 노총각으로 늙어 죽을라."

"눈을 좀 낮추세요. 오빠의 이상형은 이 세상에 없어요."

"그런가?"

"그나저나 라지 언니는 택시 탔나 모르겠네요. 전화 좀 해볼게요."

초롱이 휴대폰을 꺼내 라지에게 전화를 걸었다.

지잉.

끈질기게 울리는 휴대폰에 라지가 결국 통화버튼을 눌렀다. 받을 기분이 아니지만 미운 건 한택주지 초롱이 아니니까 그녀의 전화까지 피할 필요는 없었다.

"왜?"

라지의 무뚝뚝한 말투에도 초롱은 코맹맹이 소리로 애교를 떨었다.

ㅡ언니, 어디예요? 갑자기 차에서 내려서 얼마나 걱정했는지 알아요?

"걱정은 무슨. 됐으니까 너나 조심해서 들어가."

ㅡ네. 내일 사무실에서 봐요.

"그래."

전화를 끊은 라지는 한숨을 푹 내쉬며 편의점 스탠딩 테이블 앞에 섰다.

투둑투둑.

가늘게 내리던 비가 언제 거세진 건지 투명 유리벽을 뚫어버릴 듯 힘차게 떨어져 내렸다. 거리가 금세 뿌옇게 변해갔다.

"하암……."

그녀는 하품을 크게 한 뒤 컵라면 뚜껑을 열었다. 잘 익은 면발이 김과 함께 고소한 냄새를 풍겼다. 그녀는 허기진 배를 달래기 위해 라면을 잘 저어 후루룩 입 안에 넣었다.

배가 든든하게 차오르니 조금 전 일에 대해 마음이 관대해졌다. 한택주가 그러는 게 한두 번도 아닌데 오늘은 과민했다. 그냥 참을 걸, 하는 생각마저 들었다. 평소 같으면 한 귀로 듣고 흘려버렸을 일을 이상하게 성질이 올랐다. 그래도 한바탕 퍼붓고 나니 속은 시원했다.

"이참에 진짜 그만둬버릴까?"

혼잣말로 중얼거리다 라지는 이내 고개를 저었다.

대학에 입학하자마자 아버지의 건강 악화로 부모님은 귀농하셨고, 여섯 살 어린 여동생도 부모님을 따라 시골로 내려갔다. 대학 때문에 라지만 서울에 남게 되었지만 아버지의 퇴직과 병 때문에 집안 형편이 좋지 않았던 그녀는 1년은 기숙사에서, 나머지는 하숙을 하며 어렵게 생활했다. 학자금 대출과 서울에서의 생활비, 이 두 가지를 해결하기 위해 그녀는 졸업 전까지 무조건 취직해야만 했고 그런 차에 택주가 제안한 매니저 자리는 달콤한 유혹이었다. 정식 매니저를 구하기 전까지 임시 매니저로 시작했지만 그 일은 알바로는 꿈도 꾸지 못하는 월급이었다. 그 돈에 눈이 희번덕해 결국 정식 매니저까지 맡게 되었고, 그 일이 지금껏 이어지고 있었다.

"적금 끝날 때까지만, 그래, 그때까지만 견디자."

홧김에 그만둔다고 했지만 그건 어디까지나 홧김. 당장의 생활을 위해서라도 실직자가 될 순 없었다. 또 이번 달엔 엄마 환갑잔치도 있었다. 더욱 그만둘 수 없었다.

"그놈의 돈……."

젓가락을 입에 문 채 라지는 이를 바드득 갈았다. 그때 지잉, 하고 문자가 들어왔다.

방금 숙소 도착했다.

"도착하거나 말거나."
말은 그렇게 내뱉으면서도 그녀의 얼굴엔 안도의 빛이 서렸다. 다시 라면을 한 젓가락 입에 넣어 우물우물 씹는데 문자가 또 들어왔다.
"왜 자꾸 친한 척 문자질이야?"
라지는 라면을 먹으며 한 손으로 문자를 열었다.

참! 생일 축하한다. 나중에 보자.

툭, 젓가락을 바닥으로 떨어트린 그녀가 놀란 눈으로 날짜를 확인했다. 음력 9월 16일. 자신의 생일이 맞았다.
"하! 푸웁……."
저도 모르게 웃음이 튀어나왔다. 그렇게 미워 죽을 것 같던 녀석한테 첫 생일문자를 받다니, 아이러니하면서 당연하게 느껴지는 이 상황은 뭔가.
너무 바빠 자신조차 잊어버렸던 생일인데, 그 성질 더러운 녀석이 기억해주다니.
녀석이 아주 조금은 기특하게 느껴졌다. 더불어 솟았던 화도 순식간에 사그라졌다.

그래, 이번엔 내가 관대하게 넘어가준다.

　어차피 당장 그만둘 것도 아닌데 꿍하게 있어 좋을 게 없었다. 라지는 기지개를 시원하게 편 뒤 다시 젓가락을 받아 라면을 먹어치웠다.

✦

　프랑스 레스토랑 '옹드'.

　맛있는 요리도 요리지만 럭셔리한 인테리어와 앞이 탁 트인 전망 때문에 연예인들이 자주 찾아 더 유명해진 레스토랑. 오늘 그 옹드의 정문에 휴점이라는 팻말이 걸렸다. 하지만 옹드의 주차장에는 값비싼 차들이 줄지어 서 있었고 활짝 열린 창문으로 음악소리와 함께 사람들의 웃음소리가 흘러나왔다.

　그 공간에 마지막으로 검은색 세단이 들어섰다. 빈 공간에 차를 세운 택주는 한 시간 뒤에 보자는 말로 통화를 마무리하고 운전석에서 내렸다. 주차원이 냉큼 달려와 그를 알아보며 인사를 건넸다.

　"반갑습니다, 한택주 씨. 안으로 들어가시죠."

　택주는 잘 꾸며진 정원을 가로질러 안으로 들어갔다. 가게를 통째로 빌렸는지 가게 안은 평소와 달랐다. 쿵쾅쿵쾅, 귀를 자극하는 시끄러운 클럽 음악에 정신이 얼얼할 정도였다. 조용한 파티인 줄 알았는데 그게 아니었다. 옹드 안을 우아하게 채웠던 테이블 대신 수많은 사람들로 그 자리가 채워졌고 홀 가운데는 젊은 남녀가 뒤엉켜 리듬을 타고 있었다. 이전의 우아한 가게가 요란한 클럽 장소로 탈바꿈되어 있었다.

택주를 알아본 사람들이 하나 둘 모여들기 시작했다. 방송계에서 익히 알고 있는 유명 배우들하며 모델, 그리고 방송 PD까지 그에게 알은체를 해왔다.

"우리 자기, 이제 왔어?"

강렬한 루비 색상의 칵테일 드레스를 입은 주아가 한 손에 와인잔을 들고 요염하게 걸어왔다. 평소에도 자기과시가 있는 그녀였지만 오늘은 뭔가 달랐다. 이름만 대면 알만한 유명인들을 불러놓고 파티 분위기에 한껏 취해있는 게 이상했다.

왜 이러지? 꿍꿍이가 있는 것도 같고.

"음, 우리 자기 오늘따라 더 멋지다! 최고야."

주아가 택주의 팔에 착 달라붙었다. 그러더니 그를 여기저기 끌고 다니며 사람들에게 자신의 남자임을 인식시켰다.

"왜 이래? 공식적인 자리라는 말 없었잖아."

소개가 끝이 나자 택주가 구석진 자리로 그녀를 데려와 질책했다. 그럼에도 그녀는 여유롭게 엉뚱한 소리만 내놓았다.

"내 프로필 봤어?"

"아직."

"내가 꼭 보라고 했잖아. 사진도 최근에 찍은 걸로 올렸는데."

"지금 그런 게 중요해? 공식적인 자리는 무조건 사전 통보하기로 되어 있는 거 알잖아. 왜 속였어?"

"그렇게 딱딱하게 굴 필요 없어. 그리고 공식적인 자리 아니거든? 내 개인적인 파티야."

"공인들이 모인 이상 공식적인 자리야. 충분히 얼굴 내비친 것 같으니 이만 돌아갈게."

택주가 몸을 돌리려 하자 주아가 재빠르게 그를 붙잡았다.

"택주 씨, 잠깐! 이렇게 가는 법이 어딨어?"

택주는 와인잔을 옆 테이블에 내려놓으며 손목시계를 봤다.

"약속 있어."

"약속? 누구랑? 오늘 나랑 약속한 거 아니었어?"

"네가 안 오면 촬영장에 있겠다고 협박해서 오기로 한 거지, 즐기려고 온 거 아냐. 얼굴값 충분히 한 것 같고 네 체면도 살려준 것 같으니 이만 갈게. 사람들한테는 대충 둘러대. 거짓말하는 거, 네 특기잖아."

"아무리 그래도 이렇게 가는 건 아니지. 오늘 내 생일이란 말이야!"

그녀의 볼멘소리에 택주가 뻣뻣한 말투를 누그러뜨렸다.

"진짜야……?"

"진짜! 내가 뭐 맨날 거짓말만 하는 줄 알아? 그래서 몇 번이나 프로필 보라고 했잖아. 그만큼 눈치를 줬으면 뭐 좀 알아채는 게 있어야지."

"미안. 그냥 하는 소린 줄 알았어."

그의 사과에 그녀의 태도가 금세 바뀌었다.

"미안하면 파티 끝날 때까지 내 옆에 있어. 그러면 용서가 될 것 같아."

"그게…… 진짜 미안. 깰 수 없는 약속이야."

"깰 수 없는 약속? 재촬영이라도 있는 거야?"

"아니. 내 매니저 생일파티."

"뭐어?"

주아의 입술이 충격으로 씰룩거렸다.

본인의 생일은 언제인지 기억 못 하는 인간이 일개 매니저 생일을 챙기다니, 귀가 막히고 코가 막혔다. 아무리 그래도 애인을 먼저 챙기는 게 순서가 아닌가. 이런 식의 행동은 상식적으로 이해할 수 없었다. 늘 옆에서 그를 케어해주는 사람이 매니저라 해도 그건 어디까지나 일 때문이어야 했다.

중학교 동창이라는 이유로 반말 찍찍 날리며 친근하게 지내는 것도 꼴 보기 싫은데 이런 식으로 밀려나는 게 정말 자존심 상했다. 자신을 물 먹인 도라지가 죽도록 미워지는 순간이었다.

"그 매니저는 왜 하필 나하고 같은 날 생일이래? 생일 챙겨줄 애인도 없대?"

"우연히 맞아떨어진 거야. 생일이 음력이거든. 그리고 생일 챙겨줄 애인이 있었음 내가 이 고생을 하겠냐?"

"그래도 이건 아니라고 봐. 난 택주 씨 애인이고 그 여자는 매니저에 불과하잖아? 가지 마."

"라지는 매니저를 떠나 15년 넘은 오랜 친구고 넌 고작 1년 반밖에 안 된 가짜 애인이야. 너 같으면 누구를 챙기겠냐?"

"가짜 애인."

"큭큭, 넌 어떻게 한 번도 내 예상을 빗나간 적이 없냐?"

"솔직한 거라고 말해줄래?"

"어쨌든 오늘은 안 돼. 가봐야 해."

"그럼 한 가지만 확실히 하고 가."

"뭘?"

"좋아하는 거 아냐? 매니저한테 이성으로써 끌리는 거 아니냐고."

택주가 한쪽 입매를 끌어올리며 어이없는 웃음을 흘렸다.

"초롱이도 그렇고 너도 그렇고, 여자들은 다들 그래? 남자, 여자 모이면 무조건 좋아하고 관심 가져야 하는 거야?"

"자기 행동이 그렇잖아. 아무리 가짜라도 난 한택주 애인이야. 애인 생일 제쳐두고 친구 생일이 우선이라는 게 상식적으로 이해할 만한 일이라 생각해?"

"충분히 이해할 만한 일이야. 라지가 남자였어도 이럴래?"

"있지도 않을 일에 가능성을 둬야 해?"

"됐다, 그만 하자. 난 갈 테니까 오해를 하든 말든 혼자서 해결해."

그가 지쳤다는 듯 등을 돌리자 그녀가 다시 앞을 가로막았다.

"좋아, 그럼 이렇게 해. 라지 씨한테 내가 남자 소개해줄게. 설마 라지 씨한테 애인 생기는 게 기분 나쁘거나 한 건 아니겠지?"

"얘기가 왜 그렇게 흘러가는 건지 모르겠지만 도라지에게 남자가 생기는 건 내 오랜 숙원이다."

"잘됐네. 서로 원하는 바가 같으니 노력 좀 해보자고."

"그 녀석이 싫다는데 무슨 수로?"

"그건 내가 알아서 해. 택주 씨는 모른 척 응원이나 해."

때마침 걸려온 김군의 전화에 택주는 휴대폰을 내려다보며 길을 재촉했다.

"일단 갈게. 나중에 연락해."

"내년부턴 꼭 내 생일 먼저야! 잊지 마!"

그녀의 당부에 그는 대충 손을 흔들어 보인 후 주변 사람들에게 가볍게 인사를 건네며 재빠르게 뒷문으로 사라졌다.

그가 떠나자 주아는 자신의 매니저를 조용한 곳으로 데려갔다. 매니저 우석은 그녀의 사촌오빠이기도 하지만 그녀가 데뷔할 때부터 동고동락한 사람으로 유일하게 신임하는 사람이었고 자신의 모든 것을 의논하는 상대였다.

"왜, 무슨 일 있어? 방금 한택주 뒷문으로 나가는 것 같던데, 싸운 거야?"

주아는 대답 대신 그에게 가까이 오라는 눈짓을 보냈다.

"오빠, 아는 사람 중에 얼굴 반반하고 잘 노는 애 없어?"

"한택주랑 헤어졌어?"

"한택주는 내 미래 신랑감인데 헤어질 리가 있겠어?"

"그럼 남자는 왜 찾어, 엔조이?"

"참나, 오빠는 날 그렇게 싸구려로 생각하는 거야? 값 떨어지게. 아는 애 소개 좀 시켜주려고 그래."

"아는 애? 누구?"

"한택주 매니저."

우석이 아무 생각 없이 고개를 끄덕이다 휘둥그레진 눈으로 고개를 들었다.

"방금 뭐랬어? 한택주 매니저? 그 두꺼운 뿔테 끼고 머리 덥수룩하게 해 다니는 선머슴 같은 애?"

"쿡쿡, 듣고 보니 그러네. 라지 씨가 선머슴 같긴 하지?"

"어휴, 선머슴 같은 정도가 아냐. 저번에 보니까 땅에 떨어진 것도 막 주워 먹고, 추리닝 차림으로 방송국을 뛰어다니질 않나, 여자다운 모습이라고는 눈을 씻고 찾아보려야 찾을 수가 없다니까? 아! 지난번엔 방송국 복도 의자에 다리 쭉 뻗고 세상 모르고 자더라."

"알아. 형편없는 여자라는 거. 그러니까 오빠한테 사람 좀 붙여 달라고 말하는 거잖아. 평범한 남자들은 그 여자 감당할 수 없으니 까."

"누구 욕 먹일 일 있냐? 그 여자 뭘 보고 소개를 하라는 거야? 그냥 노처녀로 늙어 죽으라 해."

말도 안 된다는 듯 고개를 세차게 흔들어대는 우석의 모습에 주아가 킥킥거리며 웃었다. 그러다 이내 정색을 하며 목소리를 깔았다.

"오빠, 진짜 남자를 소개하라는 게 아니야. 적당히 그 여자 마음 흔들 정도로 가지고 놀라고만 해. 물론 그것도 쉽지 않겠지. 수고 비도 준다고 해. 내 존재 드러나면 안 되니까 몇 사람 거쳐서 조심 히 움직이고. 무슨 뜻인지 알지?"

우석이 거칠게 난 수염을 어루만지며 누런 이를 드러냈다. 그녀 를 안 지 30년, 함께 일한 지는 10년이 넘었다. 이 말을 꺼냈을 정 도면 그녀의 의중이 무언지 대충 감이 왔다. 그녀의 심기를 불편케 하는 한택주의 매니저를 떼어내기로 작정한 것이다.

"알았다. 소속사 바꾼 것 때문에 안 그래도 말이 많은데 그런 일 로 입방아에 오를 순 없지. 내가 티 안 나게 잘 처리할게."

"여자를 잘 다루는 사람이어야 해."

"걱정 말라니까? 홋빠에 아는 애들 꽤 있으니 적당한 애 찾아볼 게."

"테크닉도 좋아야 해. 남자 맛을 알아야 연애도 할 거 아냐?"

"전문가들이니 걱정 마. 이번 주 내로 찾으면 되지?"

"빠를수록 좋아. 내일이라도 당장."

"오우케이. 이제 나가서 사람들 상대 좀 해라. 네 생일이라고 온 사람들인데 방긋방긋 웃어줘야지. 10분 내로 새 대표님도 오신다 던데."

"어머, 정말?"

"네가 발에 채이는 흔한 배우는 아니잖아? 국민 배우가 친히 소속사를 옮겨주셨는데 대표되는 사람이 신경 쓰는 거야 당연한 거지."

"호호, 오빠는 말 한마디를 해도 사람 기분을 좋게 만든다니까? 유정이 좀 불러줘. 대표님 오기 전에 화장 좀 고치게."

주아는 유정에게 메이크업을 다시 받고는 사람들 사이를 누비 며 환한 미소를 흩뿌렸다.

✤

"생일 축하해요!"

"만수무강하십쇼!"

챙!

세 개의 잔이 맑은 소리를 내며 공중에서 부딪혔다.

넓은 룸 안, 길쭉한 테이블을 둘러싼 'ㄷ'자 형태의 소파 위로 삼각형 꼭짓점 좌표대로 앉은 라지와 초롱, 김군이 술을 깨끗하게 비워낸 뒤 동시에 테이블에 내려놓았다.

"넌 퇴원하자마자 술 마셔도 되는 거야?"

라지의 물음에 김군이 엄지를 척 내밀어보였다.

"건강하니까 퇴원했고, 퇴원했으니까 술 마셔도 되는 건 당연한

이치 아니겠습니까?"

"하여튼 못 말리겠다, 초롱이 넌 잠 좀 잤어?"

"그럼요. 아, 이거 언니 선물요. 귀걸이예요."

초롱이 핸드백에서 작은 상자를 꺼내 라지에게 내밀었다.

"선물까지 준비했어? 안 그래도 되는데, 고맙다. 김군 넌 없냐?"

"아, 저도 준비했습니다."

라지가 한쪽 눈썹을 치켜 올리자 김군이 그제야 가방에서 투명한 녹색빛의 소주 두 병을 꺼내놓았다.

"짜잔! 누님이 애정하고 애정 하는 겁니다."

"넌 개념이 있는 거야, 없는 거야? 이렇게 고급 술집에 와서 소주 마시자고?"

"에이, 그럴 리가요. 이건 말 그대로 선물입니다. 외로우실 때 드시라고."

"참나, 이거 웃어야 돼, 울어야 돼? 초롱아, 네가 보기에 김군 정신 상태가 어떤 거 같아? 서른이나 먹은 여자한테 소주 선물하는 게 정상은 아니지?"

초롱이 한숨과 함께 고개를 절레절레 저었다.

"말도 마세요, 언니. 지난 내 생일에도 소주 두 병 받았어요."

"정말? 너한테도 소주를 줬단 말이야? 김군, 사실이야?"

"초롱이가 주량이 약한 것 같아서 강해지라는 의미로다가……."

"마우스 샷다 내려! 넌 어떻게 된 게 갖다 붙이는 게 변명이냐? 택주 생일에도 소주 선물할 생각이었냐?"

"어떻게 아셨어요?"

"아, 진짜, 너란 인간은 완벽한 사차원이다."

"언니, 사차원이 아니라 구두쇠예요."

초롱이 냉큼 끼어들었다. 근데 그녀의 말이 틀린 게 아니었다. 김군은 정말 혀를 내두를 정도로 수전노였다.

"김군, 생각해보니 내가 너 밥 사준 게 얼만데 겨우 소주 두 병으로 생일을 때우려고 하냐?"

"에이, 누님! 좀 봐주세요. 아시잖아요, 저한테 줄줄이 딸린 동생들만 넷인 거."

맞다. 깜빡했는데 김군은 홀어머니에 여동생만 넷을 두고 있는 가장이었다. 인천의 소래포구라는 작은 어시장에서 생선 장사를 하는 홀어머니와 대학에 들어간 쌍둥이, 그리고 고2와 고1 되는 여동생이 줄줄이 딸린 그는 학교도 포기할 정도로 가정 형편이 어려웠다. 힘들게 살았던 라지도 그 앞에서는 명함도 못 내밀 정도였다. 그래서 그는 매사 돈 쓰는 것에 인색했고 웬만하면 지갑을 열지 않았다. 아마 차에 남긴 음식을 다 먹어치우는 습관도 조금이라도 돈을 아껴보려다 생겼을 것이다.

다시금 솟아난 그의 사정에 라지는 피식 웃으며 그의 빈 잔에 술을 따랐다.

"그래, 소주 두 병도 크게 선심 쓴 거네. 고맙다."

"언니, 진심이에요?"

김군의 사정을 알 리 없는 초롱이 반박했다.

"이해해줘라. 동생이 넷이라잖아. 근데 여기, 택주가 빌린 거 맞아?"

"맞아요. 언니 생일파티 한다고 예약한 거예요. 이러니저러니 해도 택주 오빠밖에 없죠?"

"영화 찍는다고 그렇게 날 채찍질했으니 당근도 주는 거겠지. 그런 쪽으로는 머리가 아주 비상한 놈이거든."

"제가 볼 땐 택주 오빠가 언니 생각 많이 하는 것 같던데요?"

"많이 하겠지. 어떻게 하면 더 부려먹나, 하고. 근데 자리 마련한 놈은 왜 안 온데? 김군, 전화 좀 해봐."

"옙!"

씩씩하게 답한 김군이 폰을 집어든 순간 문이 열리며 택주가 들어섰다. 네이비색의 정장을 쫘악 빼입은 그를 보고 초롱이 감탄하며 일어섰다.

"오빠, 오늘 너무 멋져요!"

김군도 일어서며 한마디 보탰다.

"역시 갑이십니다."

소파에 엉덩이를 붙이고 앉아 있던 라지가 화기애애한 분위기에 소금을 뿌렸다.

"이거 다들 왜 이래? 누가 보면 내가 아니라 한택주 생일인 줄 알겠네."

초롱과 김군이 머쓱해하며 자리에 도로 앉자 택주가 김군과 라지 사이에 앉으며 입을 열었다.

"넌 내가 빛나 보이는 게 싫냐? 어떻게 매니저씩이나 돼서 맨날 안티냐?"

"진정한 조력자는 그 사람의 단점까지 말해줄 수 있어야 하는 거 아니겠어? 다 널 위해서라고 생각해라."

"문제는 날 위해서가 아니라 널 위해서 하는 말처럼 들린다는 거지."

"마음이 꼬여서 꼬아서 듣나 보지."

또다시 시작된 말다툼.

김군은 눈치껏 술병을 들어 미리 세팅해 놓은 택주의 빈 잔에 술을 따랐다.

"자자, 우리 라지 누님 귀빠진 날인데 건배부터 하시죠."

"그래, 김군아. 잘생긴 내가 참아야지, 어쩌겠냐?"

"입은 비뚤어졌어도 말은 바로 하랬다고, 네가 참는 게 아니라 내가 참는 거지."

라지의 반박에 초롱이 말을 끊으며 끼어들었다. 더 이상 놔두면 생일파티고 뭐고 다 좋날지도 모르기 때문이다.

"택주 오빠, 선물 없어요?"

"선물? 당연히 있지."

택주가 자신 있는 얼굴로 들고 온 가방을 열어 맥주 두 병을 꺼냈다. 그리고 김군이 올려둔 소주 옆에 나란히 갈색빛의 맥주를 세웠다.

순간 넓은 공간에 찾아든 침묵.

먼저 침묵을 깬 건 초롱이었다.

"맥주가…… 선물이에요?"

초롱의 질문에 택주가 김군을 쳐다보며 말했다.

"김군한테 물어보니까 선물로 소주 사간다고 하기에 난 맥주 사왔지. 왜, 맘에 안 들어?"

천진난만한 택주의 미소에 라지가 콧방귀를 뀌었다.

"이것들이 누굴 알코올중독자로 만들려고 작정을 했나, 필요 없어!"

심하게 일그러진 라지의 얼굴에 택주가 끌끌대며 웃었다.

"아, 웃겨! 도라지, 내가 이 재미에 너 놀리는 거라니까? 농담이야, 농담. 진짜 선물은 여기."

택주가 일어서더니 문을 열어 상자 하나를 들고 들어왔다. 라지를 놀래켜 주려 일부러 문밖에 놔둔 듯했다.

초록빛에 연분홍색 리본이 예쁘게 묶인 상자는 유명 브랜드의 마크가 찍혀 있었다. 그걸 알아본 초롱이 입을 활짝 벌렸다.

"와! 언니, 이거 명품이에요!"

"명품? 진짜?"

명품이라는 소리에 라지가 붙였던 엉덩이를 잽싸게 일으켰다. 그리고 빠르게 선물 상자 뚜껑을 열어 내용물을 확인했다.

'!'

기대에 부풀었던 라지의 얼굴에 실망이 들어찼다.

금사가 뒤섞인 검은색 원피스. 한눈에 봐도 고급스럽고 우아한 옷이었다. 초롱의 눈이 휘둥그레져 침을 흘릴 정도였으니까.

하지만, 중요한 건 라지의 취향이 아니라는 데에 있었다. 치마라고는 고등학교 때 입었던 교복이 마지막이었다. 그런데 뜬금없이 원피스를 선물하다니, 이건 고의적인 놀림이 틀림없었다.

나쁜 놈! 사람 물 먹이는 것도 가지가지 하는구나!

"맘에 들어? 큰맘 먹고 샀다."

생색내는 택주의 말에 라지가 어금니를 꽉 깨물었다.

"야, 한택주. 너 내가 이렇게 예쁘고 여성스러운 옷을 입을 수 있을 거라 생각하고 사온 거냐?"

"아마 아닐걸?"

"그럼 왜 사온 건데?"

"잘 보이는데 걸어두고 네가 여자라는 사실을 잊지 말라고. 입어보고 싶다는 생각이 드는 순간! 나한테 전화해."

"왜?"

"여자된 거 축하해주려고."

"이게 진짜!"

라지의 손이 위로 번쩍 들렸다. 그 순간 택주가 그녀의 손을 잡아 술잔을 쥐어준 뒤 자신도 잔을 들어 올리며 소리쳤다.

"삼십 년산 도라지의 숙성을 위하여!"

"위하여!"

초롱과 김군이 택주의 외침에 맞장구치며 잔을 비우자 라지도 얄미운 택주의 면상을 노려보다가 이내 잔을 비웠다.

한 시간 뒤.

'ㄷ'자 형태의 기다란 소파 양쪽으로 김군과 초롱이 너부러지듯 쓰러져 있었고 상석엔 라지와 택주가 여전히 잔을 부딪치고 있었다. 헛소리를 하며 잠든 두 사람과 달리 라지와 택주는 테이블 구석에 놓인 술병들에 비해 아주 멀쩡했다.

"그러니까 다음 작품은 드라마를 해야 한다니까?"

"글쎄…… 난 장기준 감독님 영화에 참여하고 싶은데."

"야, 한택주. 내가 언제 틀린 소리 하디? 영화도 좋지만 드라마를 해야 네 입지가 단단해진다니까? 영화 안 보는 사람은 있어도 텔레비전 안 보는 사람은 없어. 이미 충분히 유명하다지만 오늘 내일 다른 게 이 바닥이야."

"너 김 대표한테 무슨 소리 들었냐? 왜 이렇게 적극적이야?"

"김 대표랑 상관없이 내 생각이야. 솔직히 김 대표나 되니까 너하고 싶은 대로 놔두지 다른 소속사 같았으면 어떡하든 돈 뽑아내려고 혈안이 됐을걸?"

"내가 벌어들인 돈으로 회사가 번창했으니 이 정도 혜택은 있어야지. 그 때문에 소속사도 안 옮기는 건데."

"하긴, 것도 그렇네. 너 데뷔 때부터 지금까지 김 대표랑만 일했으니 참 오래됐다. 그치? 아, 아니지, 지금 그 얘기가 중요한 게 아니고 영화 홍보를 위해서라도 드라마 들어가자. 장기준 감독님 영화는 드라마 찍고 들어가도 늦지 않잖아. 겹치게 되면 양해를 구해서 조금 늦춰보도록 조절하면 되고. 감독님이 널 꼭 쓰고 싶다면 기다려주시겠지."

"생각해볼게."

택주가 잔을 비웠다. 라지도 잔을 비운 뒤 하품을 하며 안경을 벗어 눈을 비볐다. 신기한 듯 쳐다보고 있던 택주가 안경을 뺏어들었다.

"전부터 궁금했는데 도수도 없는 안경을 구태여 왜 써?"

"똑똑해 보이려고."

"답답하게만 보이는데?"

"내 스타일이야. 태클 걸지 마."

"태클이 아니라 내가 보기엔 안경 안 쓰는 게 덜 못생겨 보일 것 같아서."

"죽을래?"

"진정한 조력자는 단점까지 말해줄 수 있어야 한다고 한 건 너다?"

"그게 단점이냐? 그냥 까는 거지."

"마음이 꼬여서 꼬아서 듣는 거냐?"

"따라쟁이냐?"

"특허 낸 것도 아니면서 따라 하는 것도 트집이냐?"

라지가 다시 안경을 빼앗아 썼다.

"참, 오늘 정주아 만난다고 하지 않았어?"

"만났어. 여기 오기 전에."

"왜 보자고 한 거야?"

"생일이라고 파티를 열었더라고."

"정말? 어떻게 나랑 똑같은 날이지?"

"우연찮게 맞아떨어진 거지. 걘 양력이잖아."

"그렇구나. 선물은 뭐 해줬어?"

"안 했어. 생일인지 몰랐거든."

라지가 혀를 차며 그의 팔뚝을 툭 쳤다.

"넌 애인 생일 선물 하나 안 챙기냐?"

"진짜 애인도 아닌데 뭐. 그리고 정차순 생일 선물은 챙겨줄 사람 많아. 파티에 온 사람들 보니까 엄청나더만."

"가짜라고 생각하는 사람 너밖에 없어. 정주아는 너랑 진짜로 잘해볼 생각이던데."

"계약서에 지장까지 찍은 비즈니스 관계야. 그 이상으로 갈 생각 전혀 없어."

"매정한 놈."

"이 비싼 룸까지 잡고, 생일 선물까지 챙겨준 친구한테 그게 할 소리냐?"

"여자 대표로 한 말이야."

"그럼 친구로는?"

"잘했어."

"진심?"

"진심. 솔직히 정주아랑 너랑 안 어울려. 외모상으로는 부족함 없지만 사람 하나만 놓고 보면 정주아 너무 개싸가지에 잘난 척 만빵 재수탱이거든. 진짜 결혼하면 네 인생 괴롭겠다, 걱정했었어."

택주가 라지의 머리를 쓰다듬으며 입꼬리를 올렸다.

"기특하네, 이 오빠 걱정도 할 줄 알고."

"당연하지. 네놈이 잘못되면 이 누님 실업자 되는 건 시간문제거든."

"결국 네 걱정이었냐?"

"술이나 마셔."

두 사람은 약속이라도 한 듯 웃으며 사이좋게 술잔을 비웠다.

"참, 정차순이 너 남자 소개해줄 거라던데?"

"나한테? 어제도 그러더니 갑자기 나한테 웬 관심이래?"

"내 옆에 있는 여자들은 다 경계 대상인가 봐."

"병 있는 거 아냐? 의부증 같은."

"그건 모르겠고. 그래도 소개해준다는데 받아나 보지 그래? 혹시 알아? 의외로 괜찮은 사람 만날지."

"아무리 괜찮은 사람이라도 정주아 씨 통해서는 싫어."

"왜?"

"안 그래도 생색내기 대장인데 지가 소개해준 사람이랑 잘되기라도 하면 얼마나 참견이 심하겠어? 그리고 내 인연은 내가 만들어. 인위적인 만남은 사양이야."

"그러다 솔로로 늙어 죽으면 어쩌려고?"

"요즘 같은 세상에 그것도 나쁘지 않지."

"픕, 몇 년 만 더 지나봐라. 그때도 괜찮다는 말이 나오는지."

"악담하냐? 남 일에 참견 말고 너나 잘하세요."

"야, 넌……."

띠리띠리.

휴대폰 벨소리에 택주는 일단 전화부터 받았다.

"여보세요? 장 감독님!"

택주가 잠시 실례한다는 듯 손을 살짝 들어 보인 뒤 밖으로 나갔다. 장 감독이 왜 그에게 직접 전화했는지 라지는 알았다. 김 대표와 매니저를 통하기 이전에 택주의 마음부터 잡고 보자는 심산이리라.

지잉.

테이블 위에서 부르르 떠는 휴대폰을 내려다보며 라지가 피식 웃었다. 애들 핑계, 야근 핑계로 주말에 보자던 친구들과는 달리 유일하게 생일날 만나자던 정희였다.

"이제 마친 거야?"

─아니, 마치기는 좀 전에 마쳤는데, 앗! 아앙…….

거친 숨소리가 휴대폰을 통해 귓가에 전해졌다.

"정희야, 목소리가 왜 그래, 뭔 일 있어?"

─아니, 그런 건 아니, 아앗! 자기, 나 통화 중이잖아, 살살 좀 해.

살살 좀 해?

아무래도 나의 색녀 친구 정희는 남자와 '그 짓' 중인 모양이다.

'그 짓' 할 때 분명 전화하지 말라 했거늘 또 그런다. 라지는 거친 신음소리를 무시하며 입을 열었다.

"너 이게 뭐하자는 시추에이션이야? 오늘 내 생일인 거 잊었어? 마치는 대로 나온다더니 지금 남자랑 뭐하는 짓이야?"

―아, 미안, 나가려는데 이 짐승남이 갑자기 자료실로 날 데려가서는, 앗! 하앗! 금방 갈, 아핫, 갈게. 자기 10분 내로 끝낼 수 있지?

수화기 너머 노력해보겠다는 남자의 목소리가 얼핏 전해졌다.

미치겠다, 진짜.

라지는 절로 구겨지는 미간을 수습할 길이 없었다. 저도 모르게 목소리가 커졌다.

"야, 이 미친년아, 내가 말했지, 섹스하면서 전화하지 말라고!"

―네가 기다릴, 아아앗! 까봐 그랬지.

"끊어!"

전화를 끊은 라지는 관자놀이를 누르며 심호흡을 했다. 고등학교 때부터 성에 유독 관심이 많았던 정희는 대학에 들어가자마자 남자친구를 사귀어 경험을 쌓기 시작하더니 어느 순간 여러 남자를 가지고 놀며 섹스를 즐겼다. 그런 정희를 친구들은 일명 색녀, 혹은 미친년이라고 칭했다. 물론 개념도 안드로메다로 날아간 상태였다. 그러니 섹스 중에 전화를 걸지.

라지는 술잔을 채운 뒤 등받이에 몸을 기대며 중얼거렸다.

"신이시여…… 해도 해도 너무하십니다. 왜 내게 이런 사차원적인 인간들만 놔두신 겁니까……?"

전화 받으러 간 놈은 이십 분이 지나도 들어올 생각을 않고 홀로 남은 라지는 쓰러진 두 사람을 보며 브랜디를 들이켰다.

서른 살 숫처녀 도라지, 정작 자신이 가장 사차원이라는 사실을 망각한 채 하늘만 탓하고 있다.

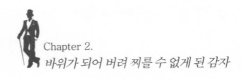

Chapter 2.
바위가 되어 버려 찌를 수 없게 된 감자

탑(TOP)엔터테인먼트 대표실.

'대표 문일중'이란 이름 석 자가 새겨진 검은색 명패 앞에 선 40대 중반의 남자는 방금 들어온 문자에 눈을 휘둥그레 떴다.

강남호텔 지하 5층 B21, 1시
-젠틀맨

"젠틀맨……."

일중은 낮게 중얼거리며 믿기지 않는다는 듯이 문자를 다시금 확인했다.

젠틀맨, 일명 업무대리자.

무슨 일이든 일단 맡은 일은 100퍼센트 확실하게 처리해준다는 능력자이다.

'얼마 전엔 신수그룹 마 회장의 의뢰로 대명철강 인수 합병 건

을 깔끔하게 처리해줬다지.'

뿐만 아니다. 이 년 전 가출한 일정물산 조 회장의 막내딸까지 그 먼 아프리카에서 찾아왔다고 한다. 그 외에 나도는 소문도 한두 가지가 아니다.

상류층에 몸담고 있는 사람치고 젠틀맨이라는 이름을 들어보지 못한 사람은 없었다. 그만큼 그는 유명했다.

단순히 퍼펙트한 일 처리 때문에 유명한 건 아니었다. 돈이 많아도 그의 선택을 받을 수 없으면 일을 맡길 수가 없었다. 알려진 바가 하나도 없을 정도로 그는 미궁 속 인물이었다. 연락도 추적할 수 없는 이메일인데다가 그에게 일을 맡겼던 이들 하나같이 입을 다무는 통에 철저한 보안으로 더욱 유명했다.

일중은 지난주 어렵게 입수한 젠틀맨의 이메일 주소로 일을 의뢰했다. 일주일이 지나도 연락이 없기에 거의 포기하고 있었는데 운 좋게 문자를 받은 것이다. 바로 젠틀맨으로부터.

잠깐! 1시까지 강남호텔?

일중은 시간을 확인하고 곧바로 자신의 차를 몰고 강남호텔로 향했다.

어렵게 잡은 기회였다. 절대 놓칠 수 없었다.

그는 강남호텔 지하 3층에 주차를 한 뒤 엘리베이터를 타고 두 층을 더 내려가 지하 5층에서 내렸다. 그리고 문자에 찍힌 대로 B21을 찾았다.

12시 45분.

여유롭게 도착한 그는 15분을 서서 상대를 기다렸다. 정확히 1시가 되자 휴대폰으로 또 하나의 문자가 들어왔다.

B11

–젠틀맨

그는 두말없이 다시 B11로 갔다. 그 앞에 서자 고급 세단에서 중년의 남자가 내렸다.

"문일중 씨, 반갑습니다. 이리로 오시죠."

선글라스를 쓰고 있어 얼굴은 알 수 없지만 보통 키에 보통 체격을 가진 특별해 보일 것 없는 중년 남자였다.

남자가 뒷문을 열었다. 일중이 타려고 하자 그가 손으로 저지했다.

"휴대폰과 가방은 이리 주시죠. 제가 잠깐 보관하겠습니다. 물론 싫으시면 그냥 돌아가시면 됩니다."

빈정이 상했지만 여기까지 온 마당에 그만둘 수 없었다. 일중은 휴대폰과 가방을 남자에게 맡기고 차에 올랐다. 남자는 휴대폰을 끄더니 가방 안에 녹음기가 있는지 살펴본 뒤 운전석에 올랐다.

"검문은 끝난 겁니까?"

"조금만 더 참으시죠. 젠틀맨에게 데려다 드리겠습니다."

"그쪽이 젠틀맨 아닙니까?"

"전 안내자일 뿐입니다. 그럼 출발하겠습니다."

차가 이동한 곳은 강남호텔에서 멀지 않은 허름한 건물 지하였다.

"앞에서 기다리고 있겠습니다. 들어가 보시죠."

들어가는 통로는 어두웠지만 다행히 안에선 불빛이 환하게 새어나왔다. 일중은 문 안쪽으로 발을 들이밀었다. 넓은 공간이 나타

신사의
유혹

났고 그 공간 중간 정도에서 부조화스럽게 블라인드가 쳐져 있었다. 적당히 내려온 블라인드 양옆으로 베이지색 사무책상과 의자가 놓여 있었다.

반대편 책상 앞에는 검은색 정장을 입은 남자가 자리해 있었다. 블라인드가 가슴 정도에서 멈춰져 있어 얼굴은 보이지 않지만 사무책상 위로 올라온 곱고 긴 손가락과 책상 밑으로 길게 뻗은 다리와 양복 스타일로 보아 꽤 젊은 사람임을 나타내주고 있었다.

"만나서 반갑습니다. 젠틀맨입니다."

남자의 목소리는 침착했고, 역시 젊었다.

"이렇게 젠틀맨을 만나게 되는군요, 문일중입니다."

"자리에 앉으시죠."

일중은 빈 의자에 가서 몸을 내렸다.

남자가 서류를 내밀었다. 일중은 하얀 종이에 빼곡히 적힌 두툼한 종이를 내려다보며 고개를 가우뚱했다.

"이게 뭐죠?"

"계약서입니다. 시간을 드릴 테니 천천히 읽어보시고 사인하시면 됩니다."

일중은 계약서를 훑어봤다. 대부분이 법적인 책임을 지지 않고 일이 틀어지거나 문제가 생길시 의뢰인의 과실로 넘어가며 그의 존재는 절대 발설해서는 안 된다는 것이었다. 법적 소송을 제기하지 않을 것이며 이를 어길 시 자신의 치부를 언론에 공개해도 책임을 묻지 않는다 등등 그에게 불리한 항목만 줄줄이 적혀 있었다.

"뭔가…… 나한테만 굉장히 불리한 조건 같은데요?"

"저의 개인적인 신상을 알려고 하거나, 발설만 하지 않는다면 절대 일어나지 않을 일들입니다. 사람의 마음은 상황과 기분에 따라 시시때때로 변하는 법이니 자신을 위한 안전장치도 필요한 법이지요. 물론 마음에 안 드시면 저 문을 나가 집으로 돌아가셔도 됩니다. 결정하시죠."

일중은 왜 젠틀맨에 대한 정보를 알 수 없는지 이제야 알았다. 이렇게 철저하게 지뢰를 깔아놓는데 어느 누가 그의 존재를 발설하겠는가. 차라리 입을 꾹 다물고 참는 게 낫지. 그리고 그의 말대로 입만 단속 잘하면 불리할 일도 없을 터였다.

"사인하죠."

일중이 사인을 하자 젠틀맨이 비용이 적힌 종이를 내밀었다.

"보통이 3~5억, 일의 규모가 커지면 50억 이상 커질 때도 있습니다. 물론 그 몇 배의 성과는 보장합니다. 결제는 일이 끝난 뒤 받도록 하겠습니다. 추적할 수 없는 현금으로 준비해두시면 됩니다."

대단한 자신감이었다. 선수금도 없이 일이 끝나고 받겠다니, 넘치는 자신감만큼 믿음도 생겼다.

그는 책상 한쪽에 준비된 인주에 엄지를 찍고 지장도 찍었다.

"내가 부탁했다는 게 알려지면 곤란합니다."

"물론입니다. 비밀보장은 확실하니 걱정하지 마십시오. 의뢰 메일에 정주아라는 여자의 비리를 밝혀달라고 적혀 있었는데, 맞습니까?"

정주아의 이름 석 자에 일중의 표정이 무섭게 일그러졌다.

"맞습니다. 그 여자에게 입은 정신적, 물질적 피해가 막대합니다. 그리고 훔쳐간 회사 장부도 되찾아야 합니다. 두 번 다시 재기할 수 없도록 비참하게 밟아줘야 합니다."

"제가 하는 건 비리를 밝힐 수 있는 증거 자료를 갖다 드리는 것뿐입니다. 그 자료를 어떤 방도로 쓸지는 본인지 직접 결정하시면 됩니다."

"아! 한 가지 더 있습니다. 정주아한테는 공식적으로 한택주라는 연인이 있습니다. 실제 연인 사이는 아닙니다. 하지만 정주아는 한택주와 결혼까지 생각하고 있다고 하더군요. 가능하다면 한택주가 정주아를 버려줬으면 좋겠습니다. 기생충처럼 이 남자 저 남자에게 기생하며 남자들을 이용하는 그 여자의 습성을 생각하면 심한 처사는 아닐 겁니다."

"알겠습니다."

젠틀맨의 대답은 간결했다. 도덕성을 들먹이며 따지지도 않았고 구구절절 자세히 캐묻지도 않았다. 마음에 들었다.

그는 일중이 지장을 찍은 서류를 가져가며 덤덤한 음성으로 입을 열었다.

"작업은 일주일 뒤에 시작합니다. 문일중 씨는 이제 자신의 생활로 돌아가 늘 하던 대로 지내시면 됩니다."

"알겠습니다. 기다릴 테니 연락 주시죠."

일중은 일부러 더 어깨를 펴고 당당하게 걸음을 옮겨 그곳을 벗어났다. 문밖에는 그를 안내했던 남자가 기다리고 있었다. 남자는 그를 처음 만났던 강남호텔 지하 5층에 바래다주고 그의 물건을 되돌려줬다.

＋

수한은 일중이 자리를 뜨자마자 그곳을 나와 청담동에 있는 자신의 사무실로 돌아왔다. 사무실은 서울 시내가 한눈에 들어오는 고층빌딩 25층에 자리 잡고 있었다.

그가 들어서자 자리에 앉아 있던 직원들이 일어서서 인사를 했고 그 중 가장 연배가 있어 보이는 30대 후반의 남자가 수한의 뒤를 따라 대표실로 들어갔다.

두 사람은 약속이라도 한 듯 중앙에 놓인 타원형 테이블에 서로 마주 앉았다.

"계약은 어찌 됐습니까?"

"성사됐습니다. 쉽게 사인하더군요."

수한의 대답에 형도가 그럴 줄 알았다는 표정을 지어보였다.

"제가 뭐라 그랬습니까, 탑엔터테인먼트 대표가 정주아한테 뒤통수 맞아 물불 안 가릴 거라고 했잖습니까?"

"문제는 이 일이 딱히 내키지 않는다는 겁니다."

"제가 고른 일이라…… 그러십니까?"

이번 일은 수한이 해외출장을 간 동안 형도가 직접 고른 일이었다. 물론 수한에게 중간 검토를 받았고 최종 허락도 받아 진행되었다. 하지만 수한은 의뢰 받은 일의 마무리를 위해 해외에 갔던 터라 정신이 없었다.

"아닙니다, 저는 다만 일이 너무 쉬워 보여서……."

"이번에는 손쉬운 일로 골라보라 하셨잖습니까, 그래서 들어온 의뢰 중에 가장 쉬운 걸로 고르고 고른 건데 말입니다."

"아…… 그런 거였습니까?"

"그리고, 사실 남자 뒤통수치는 여자는 혼 좀 나야 합니다. 아무리 남자들이 본능적으로 예쁜 여자를 좋아한다고 해도 그걸 이용해서 뽕 뽑아먹는 건 치졸하고 악랄한 거 아닙니까?"

팻대 세우며 말하는 형도를 보며 수한은 그가 이 사건을 맡은 이유를 알아차렸다. 형도는 십 년 전 사귀던 여자한테 가진 돈 다 털리고 버림받아 자살기도까지 했었다. 그러니 이번 사건에 개인적인 감정을 제대로 실은 것이다.

'뭐, 한 번쯤은 괜찮겠지.'

형도의 말대로 쉬운 일이었다. 큰일이 끝난 직후라 직원 열 명 중 셋이나 휴가를 보냈다. 다들 이번 일은 적당히 하고 싶을 것이니 자신이 한발 양보하는 게 옳았다.

"오늘부터 자료 조사 들어가세요. 의뢰인은 물론 정주아란 여자와 그 주변까지 전부."

"그럼죠!"

"참, 의뢰인이 한택주에 대해서도 언급을 하더군요."

"한택주요? 정주아랑 연인인 그 한택주 말입니까?"

"예. 한택주가 정주아를 버리는 시나리오로 결별하게 만들어달라더군요. 두 사람이 연인인 건 필요에 의해서일 뿐 사실이 아니랍니다."

"내 그럴 줄 알았습니다. 하여튼 예쁜 여자일수록 뒤통수치는 급이 다르죠."

"진 비서님?"

"예?"

"좀 흥분하신 것 같은데요."

수한의 말에 형도가 급하게 표정을 수습했다.

"저도 모르게 감정이입이 돼서…… 조심하겠습니다."

"한택주와 그 주변인물도 조사해주십시오. 완벽한 시나리오를 짜려면 오차는 곤란합니다."

"걱정 마십시오, 확! 실하게 끝내겠습니다."

형도가 상기된 얼굴로 방을 나갔다.

어쩔 수 없이 받아들이긴 했지만 수한은 이번 일이 딱히 내키지 않았다. 얽히고설킨 사업을 풀어주고 해결하는 게 낫지 이런 개인적인 원한에 휘말리는 건 싫었다. 그래서 늘 신중하게 일을 가려서 받았는데 원하지 않는 의뢰를 맡게 될 줄이야. 지금껏 함께 일을 해온 형도도 자신과 비슷하리라 믿었다. 그래서 처음으로 그에게 거래를 맡겼는데 뜻하지 않게 형도가 감정 섞인 의뢰를 받아들인 것이다. 그렇다고 그를 나무랄 생각은 없다. 이미 받아들인 의뢰는 깨끗하게 마무리 지으면 그뿐이니까.

✦

〈첫 번째 도전자〉

이름: 김재호

직업: 강북 호스트클럽 넘버 투

나이: 29살

특기: 연상 킬러

허름한 주택 앞에 선 재호는 쨍쨍한 햇볕을 등지고 서서 휴대폰 문자에 찍힌 주소와 대문 옆에 붙은 주소를 확인했다. 주소는 일치했다. 재호는 열린 대문 안으로 들어가 좁은 계단을 올라갔다. 비슷한 형태의 주택들이 다닥다닥 붙어 있는 곳이라 친구 집을 잘못 찾아왔다고 하며 의뢰받은 여자와 우연을 가장해 접근할 생각이었다.

휘파람을 낮게 불며 옥상까지 올라간 그는 옥탑방 앞에 서서 콧노래를 불렀다.

"이거, 너무 쉬울 것 같은데."

여자 꼬시는 일이라면 누워서 떡 먹기보다 쉬운 그였다. 천만 원에 여자 하나 꼬셔달라는 의뢰는 놀면서 돈 버는 일이었다.

"흠흠!"

그는 목소리를 가다듬고 깔끔하게 차려입은 정장을 체크한 뒤 자신의 목까지밖에 오지 않는 낡은 철제문을 두드렸다. 목표물이 나오면 놀란 척하며 자신의 친구 집인 줄 알았다고 둘러댈 생각이었다.

"누구세요?"

목소리는 나쁘지 않았다. 재호는 문이 열리기를 기대하며 있지도 않은 친구 이름을 부르며 문을 쿵쿵 쳤다.

"유미야! 나야."

철컥.

잠금장치가 풀리며 문이 열렸다. 작은 문 사이로 나온 여자의 모습에 재호는 하마터면 뒤로 넘어질 뻔했다.

오, 마이 갓!

며칠은 샴푸 하지 않은 듯한 부스스한 머리에 얼굴 반은 덮은 답답한 앞머리와 검은 뿔테안경, 그리고 무릎이 툭 튀어나온 것도 모자라 몇 년은 입은 것처럼 보이는 꼬질꼬질한 회색 추리닝 차림의 여자 모습에 재호는 할 말을 잃었다. 더욱 기함할 일은 그녀의 손엔 아침을 먹다 나온 것인지 고춧가루 묻은 젓가락까지 들려 있었다.

많은 여자들을 봐 왔지만 이렇게 답이 안 나오는 여자는 처음이었다.

"누구세요?"

그녀의 질문에 재호는 빠르게 정신을 수습하고 카멜레온처럼 표정을 바꾸었다.

"유미…… 집 아닙니까?"

재호는 처음 계획대로 없던 친구의 이름을 들먹였다. 보통 이렇게 말하면 집을 잘못 찾은 것 같다고 하며 어디를 찾아왔냐고 물을 터, 그럼 자연스럽게 도움을 청하는 척 말을 섞을 수 있었다.

"아닌데요."

쾅! 문이 닫혔다.

귀찮다는 단답형의 한 마디와 친절함이라곤 눈을 씻고 찾아볼 수 없는 태도.

첫 단추부터 제대로 어긋났다.

이게 아닌데…….

당황스러웠다. 남한테 내놓아도 뒤지지 않을 정도로 외모에 자부심이 높았던 그를 지나가는 개 취급하는 여잔 처음이었다. 호스트바를 찾는 손님들 외에도 평소 사적으로 부딪치는 여자들 대부분이 그에게 관심을 가졌다. 초행길에 길을 물어도 상대가 여자인 경우 열에 열은 적극적이고 호감을 나타내 주었다. 그런데 이 여자는 달라도 너무 달랐다. 그의 빛나는 외모에 전혀 반응을 보이지 않았다.

낯 뜨거운 기분에 드높던 자존심이 한순간에 추락했다.

'시팔! 어디서 여자 같지도 않은 게 날 시험에 들게 하네.'

마음 같아선 당장이라도 발길을 돌리고 싶었다. 이 여자를 꼬시기만 하면 준다던 그깟 천만 원, 가게 찾아오는 누님들한테 애교 몇 번 부리고 몸 몇 번 굴리면 나올 돈이었다. 하지만 이미 돈이 문제가 아니었다. 그의 자존심이 걸린 문제였다.

태호는 양볼이 터질 듯 공기를 들이마셨다 내뱉기를 반복한 뒤 조금 더 세게 문을 두드렸다. 다시 철컥하는 소리와 함께 추리한 모습의 그녀가 얼굴을 내밀었다.

"유미라는 사람 집 아니라니까요."

그녀가 미간을 찡그리며 귀찮다는 듯 다시 문을 닫으려 하자 재호가 잽싸게 문고리를 잡아당겼다.

이젠 이판사판이다. 적극적으로 밀어붙이는 수밖에.

"저, 죄송하지만 그럼 유미가 어디 사는지 알 순 없을까요? 제가 어제 유미한테 심한 말을 해서 마음에 걸려서 꼭 만나야 하거든요. 근데 이 동네가 집이 다 비슷비슷해서……."

"나도 이사 온 지 얼마 안 돼서 몰라요. 요 아래 사거리에 경찰서 있으니까 가서 물어보든가 하세요. 그리고 더 이상 문 두드리지 마세요, 밥 먹을 때 방해받는 거 딱 질색이니까."

또다시 그녀가 문을 닫으려 하자 재호는 일단 붙잡아야겠단 생각에 되는대로 말을 던졌다.

"배고파서 그러는데 아침 좀 주시면 안 될까요?"

우뚝, 문이 멈췄다.

재호가 기대에 찬 눈으로 라지를 바라봤다. 하지만 순해 보이는 얼굴과 달리 입에서 나온 말은 무자비했다.

"이런 씨! 지금 시대가 어떤 땐데 처음 보는 사람 집에서 밥을 달래? 내가 우스워 보입니까? 아님, 혹시 내 집에서 뭐 훔쳐가려고?"

뜻하지 않은 이상한 오해에 재호가 손사래를 쳤다.

"오, 오해하지 마세요. 저는 친구 찾으러 왔다가 배가 고파서……."

"배가 고프면 식당에 가세요, 민폐 끼치지 말고! 그리고 한 번만 더 문을 두드렸다간 바로 경찰에 신고할 테니 유미란 친구 곱게 만나고 싶으면 귀찮게 하지 말고 혼자 하세요, 혼자!"

쾅!

무지막지한 소리를 내며 문이 닫혔다.

여자를 손바닥 안에서 떡 주무르듯 주무를 수 있다고 자부한 재호는 처음이자 마지막으로 이상한 여자에게 상처받고 말았다. 자존심이고 뭐고 기분이 추락한 재호는 그대로 그 자리를 벗어났다.

-미션 실패.

〈두 번째 도전자〉

이름: 곽청대

직업: 명동 호스트클럽 넘버 원

나이: 30살

특기: 뻔뻔함

회현동에 있는 퓨전 레스토랑.

청대는 빈자리에 앉아 목표물부터 찾았다. 휴대폰으로 전송된 사진 속 여자를 찾는 데는 그리 오래 걸리지 않았다. 촌스러운 모습이 이 공간에 있는 사람 중 으뜸이니까.

"아…… 진짜 도전할 맛 안 나네."

절로 한숨이 새어나왔다. 연예인처럼 예쁜 걸 기대한 건 아니지만 이건 해도 너무했다.

그래도 뭐, 일은 일이니까.

청대는 마음을 다독이며 그녀의 테이블로 다가갔다. 그리고 특유의 철면피로 자연스럽게 말문을 텄다.

"방송국에서 일하시는 분 아니십니까?"

방송국이라는 말에 그녀의 얼굴에 경계심이 옅어졌다. 역시 예상대로였다.

"절 아세요?"

라지의 질문에 청대가 자연스럽게 맞은편 자리에 몸을 내리며 말했다.

"방송국에서 오다가다 본 적이 있습니다. 아마 한택주 씨 매니저였죠?"

"예, 맞아요. 방송국에서 일하세요?"

"프리랜서인데 일 때문에 몇 번 방송국에 간 적이 있었어요. 이름이 라지 맞으시죠? 사람들이 부르는 걸 들었는데 이름이 독특해서 기억하게 되더라고요. 물론 열심히 일하시는 모습도 인상적이었고요."

"좋게 봐주셔서 감사해요. 근데 저한테는 무슨 일로……?"

"아, 특별히 할 말이 있어서 온 건 아닙니다. 라지 씨는 절 모르겠지만 전 라지 씨 얼굴을 몇 번 본 적이 있어서 남 같지가 않아서 말이죠, 인사나 하려고 잠깐 온 겁니다. 그런데 누굴 만나기로 되어 있나 봅니다?"

"네, 친구들하고 약속이 있어요."

"그렇군요. 그럼 즐거운 식…… 잠시만요."

말끝을 흐린 그가 전화를 받는 척 귀에 대고 안타까운 표정으로 알겠다고 말하고 전화를 끊었다. 물론 연기였다.

"제 친구 녀석인데 급한 일이 생겨 못 나오게 됐다고 그러네요. 이런 레스토랑에서 혼자 식사하기도 뭐하고 참 곤란하게 됐네요."

청대는 같이 식사하자는 말을 그녀가 꺼내주길 바라며 그녀의 표정을 요리조리 살폈다. 역시나 고민하는 흔적이 엿보였다.

이거이거 성공인가?

상황이 이렇게 진척이 되면 남자인 자신이 먼저 합석을 해도 되느냐고 물어보는 게 예의였다.

"그럼 합석……."

"여기 나가면 맞은편에 우동집 있거든요? 거기 맛도 좋고 혼자 먹기 좋게 카운터석도 넓어 괜찮을 거예요. 약속도 펑크 났는데 한 번 가보세요."

"예? 아…… 예."

청대는 적잖이 당황했다. 모델급의 몸매에 얼굴도 준수한 자신이 이렇게 홀대당할 줄은 전혀 예상치 못했기 때문이다. 유부녀도 아니고 애인이 있는 것도 아니면서 잘난 남자에 대한 배려가 너무 없었다.

이러니 지금껏 남자가 없지.

청대는 속으로 라지를 깔아뭉개며 자리에서 일어났다. 우동집으로 가라고 하는데 모양 빠지게 빈대처럼 붙어 있을 수 없었다. 다음 기회를 노리는 수밖에.

"만나서 반가웠습니다. 그럼 전 이만……."

"어머, 이 멋진 남자는 누구?"

그때 테이블로 키가 큰 S라인의 여자가 다가섰다. 청대의 눈이 휘둥그레졌다. 몸매를 드러내는 베이지색 니트 원피스에 소화하기 힘든 커트 머리, 세련된 화장까지 딱 청대의 취향이었다.

"나도 잘 모르는 분이야."

라지가 답했다.

틀린 말은 아니지만 그래도 인사까지 나눴는데 쌀쌀맞게 답하는 그녀가 좀 매정했다. 그래도 청대는 주눅이 들지 않고 특유의 뻔뻔함으로 미소를 지어보이며 섹시한 여자에게 악수를 청했다.

"곽청대라고 합니다. 라지 씨와는 잘 아는 사이는 아니고, 방송국에서 오다가다 몇 번 얼굴 본 적이 있어 인사 좀 드리려고 왔습니다. 프리랜서로 일하는 사진작가고요."

"어머어머, 사진작가 하기에는 얼굴이 너무 핸섬하시다. 난 라지 친구 고정희라고 해요. 평범한 회사원."

그녀는 결코 평범해 보이지 않았다. 톤 높은 목소리며 과한 몸짓이 온몸에 걸친 액세서리와 한데 어울려 보통 요란해 보이는 게 아니었다.

"애인하고 데이트하러 오셨어요?"

기다렸던 질문에 청대가 자신 있게 입을 열었다.

"아닙니다. 친구 녀석하고 약속이 있었는데 방금 캔슬 나서 나가려던 중입니다. 라지 씨께서 요 앞 우동집이 괜찮다고 추천해주셨거든요."

"우동집 나도 가봤는데 별로예요. 그러지 말고 저희랑 같이 드세요."

오예!

"그래도 괜찮겠……."

"야! 오늘 내 생일파틴 거 잊었어?"

라지가 버럭 언성을 높이며 싫은 기색을 내비쳤다. 그러나 정희는 여유로운 미소로 그녀의 눈총을 무시했다.

"생일이니까 축하해주는 사람이 많을수록 좋은 거 아냐? 그리고 방금 통성명했으니 아예 모르는 사이도 아니잖아? 청대 씨, 앉으세요. 라지가 원래 낯을 좀 가려요. 그래도 영 이상한 성격은 아니니까 오해는 마세요. 저래 봬도 속정이 깊은 친구거든."

"괜찮습니다. 초면에 충분히 꺼릴 수 있죠. 저야 방송국에서 라지 씨 얼굴 몇 번 봤다지만 라지 씨는 절 기억하지 못하니 어색할 겁니다."

"어쩜! 이해심에 배려심까지! 청대 씨 몇 살이에요?"

"서른입니다."

청대는 나이를 속였다. 아무래도 동갑이면 공감대가 더 커지는 법이니까 말이다.

그의 예상은 또 적중했다. 정희의 얼굴에 반가움이 넘쳐났다.

신사의 유혹

"이게 웬일이니? 라지야, 청대 씨 우리랑 동갑이래."

"나도 귀 뚫렸거든?"

라지는 낯선 사람과의 합석이 마음에 들지 않는지 뚱한 표정으로 메뉴판만 내려다봤다. 정희는 그런 그녀를 가뿐하게 무시하며 청대에게 호감을 드러냈다.

"우리도 서른이에요. 괜찮으면 말 놓지 않을래요?"

"저야 좋죠. 사회에서 동갑 만나기도 어려운데."

"근데 청대 씨 쫌 동안이네. 처음에 나보다 어린 줄 알았잖아. 사진작가면 무슨 사진 찍어? 스튜디오 같은 것도 있어?"

정희의 폭풍 질문에 답하느라 청대는 목표물과 별 얘기도 나누지 못했다. 그러는 와중 그녀의 친구들이 모두 모였고 그는 호스트 넘버원답게 그녀들의 비위를 맞추며 웃음을 자아냈다.

밤 12시.

3차까지 걸치고 나니 다 가고 처음 만났던 라지와 정희, 청대만 남았다. 그는 비틀거리는 두 여자를 데리고 정희의 뜻대로 그녀의 집으로 갔다.

그곳에서 세 사람은 와인을 마시기 시작했고 결국 라지가 먼저 쓰러져 잠이 들고 말았다.

"내 침대 구경시켜줄까?"

정희가 붉은 입술을 늘이며 유혹하듯 말했다.

안 돼, 내 목표는 도라지인데…….

청대는 스스로를 다그쳤다. 하지만 눈앞의 여인의 요염한 자태는 도저히 거부할 수 없었다. 니트 위로 봉긋 솟은 커다란 가슴과 말려 올라간 치마 아래로 보이는 아찔한 허벅지를 어찌 마다할 수 있단 말인가.

천만 원과 성욕…….

청대가 고민에 빠져 허우적대는 그때 정희의 손이 그의 허벅지 위로 사뿐히 내려앉았다. 그와 동시에 청대의 물건이 힘차게 일어섰다.

"내가 아주 재밌게 구경시켜줄 수 있을 것 같은데, 어때?"

나도 모르겠다! 지금은 내 아랫도리가 우선이야!

하늘로 솟은 물건이 그녀의 안으로 들어가고 싶어 난리였다. 청대는 참지 못하고 그녀의 손을 잡고 침대로 걸어갔다. 그리고 그대로 그녀의 입술에 키스하며 옷을 벗기기 시작했다.

－미션 실패.

✢

'갈증 나…….'

바싹바싹 타들어가는 갈증에 라지는 눈을 떴다.

"하아."

멀지 않은 곳에서 거친 숨소리가 들려왔다. 깊은 잠을 방해했던 희미한 소리가 현실에서도 들리다니, 신기했다.

이게 무슨 소리지?

라지는 몸을 일으켜 뒤를 돌아봤다. 그리고 보았다. 침대 위에서 열심히 운동하는 한 쌍의 남녀를. 하마터면 미친 듯 소리를 지를 뻔했다.

헉!

신사의 유혹

간신히 입을 틀어막은 그녀는 너무 놀라 어찌할 바 몰랐다.

"아앗! 핫! 아아앙……."

"으헛! 헙!"

두 사람의 열렬한 몸짓에 침대가 들썩였다. 천장을 향해 높게 뻗은 정희의 다리가 쉴 새 없이 흔들렸고 그 위에는 남자가 무릎을 꿇은 채 열심히 피스톤 운동 중이었다. 매트리스 스프링 하나가 튕겨나가는 건 아닐까 싶을 정도로 남녀는 성의 쾌락에 푹 빠져 있었다.

라지는 손으로 입을 막은 채 처음 일어난 그 자세 그대로 소파에 누워버렸다.

'저 미친년! 친구가 옆에서 자고 있는데 왜 섹스를 하고 지랄이야? 그것도 오늘 만난 남자랑!'

라지는 입술을 꽉 깨물었다. 정희의 무개념이 오늘따라 더 원망스러웠다. 친구가 자고 있는데 어떻게 남자와 그 짓을 할 수 있단 말인가. 개념이 제대로 박힌 사람이라면 절대 그럴 수 없다.

라지는 귀를 자극하는 야릇한 교성에 얼굴에 열이 막 오르고 심장이 벌렁거려 어찌해야 할지 갈피를 잡을 수 없었다. 질펀한 포르노도 이보다 야하진 않을 것이다.

"일어서봐."

남자의 목소리가 울렸다.

"일어서서 해보자. 한쪽 다리만 들어봐."

"어머, 자기 스킬 좀 있다? 재밌어."

"너도 만만치 않아. 보통 솜씨가 아냐."

"자기도, 앗! 아흣!"

짧은 대화 뒤에 이어지는 짙은 신음소리. 침대 위에서보다 한층 격해진 신음은 귀를 틀어막아도 들릴 정도였다.

저러다 여기까지 나와서 하는 건 아니겠지?

저 미친년이라면 가능할지도 모른다. 잠든 친구 옆에서 스릴 느끼면서 해보겠다는 소리가 안 나온다는 보장도 없었다. 차라리 다시 잠들고 싶었다. 하지만 확 달아난 잠은 그녀의 정신을 말똥말똥하게 만들었다.

해야! 제발 빨리 좀 떠라!

라지는 창문 앞에 걸린 블라인드를 바라보며 빌고 또 빌었다. 그러나 라지의 바람과 달리 아침은 좀체 찾아오지 않았다. 그리고 섹스의 즐거움에 빠진 정희와 청대는 몇 번의 휴식을 거쳐 가며 무려 3번이나 더 서로의 몸을 탐했다.

✢

이주일 뒤.

거실 소파에 앉은 주아는 그래도 성이 차지 않는지 테이블 위에 놓인 잡지를 냅다 구석으로 집어던지고 그것도 모자라 영화시나리오를 북북 찢었다. 앞에 선 우석이 난처한 얼굴로 설명을 보탰지만 주아는 이해할 수 없었다.

"정말 제대로 된 애들 쓴 거 맞아?"

"그렇다니까! 호스트들뿐만이 아냐. 아는 동생들 동원해서 인물되고 재밌는 애들 골라서 보냈는데도 번번이 실패야. 이건 남자들 잘못이 아니라 도 매니저가 이상한 거야. 평범한 여자라면 이렇게

까지 안 넘어갈 수가 없다니까?"

"짜증나! 오빠가 알아서 잘할 수 있다고 그랬잖아! 이게 뭐야? 더 능력 있는 애들 없어?"

"마찬가지야. 열두 명이나 실패했어. 이제 괜찮은 애들 보내고 싶어도 없어. 혹시나 해서 파릇파릇한 대학생도 보내봤는데 안 되더라. 이 정도면 얘기 끝난 거야. 도 매니저는 가망이 없어. 그냥 혼자 살게 내버려둬."

"택주 씨 옆에 딱 붙어 있는데 어떻게 내버려둬?"

"내가 봤을 땐 한택주한테도 관심 없어. 아니, 남자라는 종족한테 관심이 없어. 안심해."

"못해! 여자라는 성별을 가진 이상 절대 안심 못한다고! 택주 씨보다 잘생긴 남자 없어?"

"호스트 애들도 한택주만큼은 아니어도 그에 버금가게 잘생겼어. 그래도 소용없었어. 인물로 되는 게 아니래도?"

주아는 찢어진 시나리오를 집어던지고는 외투를 들고 일어섰다.

"기분이 영 안 좋아. 마사지나 받을래."

"그럴래? 가자, 데려다 줄게."

우석은 최대한 주아의 기분을 맞춰주려 그녀를 고급 스파에 데리고 갔다. 예약을 하지 않았지만 단골인데다 유명한 덕에 그녀는 기다리지 않고 곧바로 직원의 안내를 받아 안으로 들어갈 수 있었다.

"발마사지부터 받으실게요. 이리 앉으세요."

직원이 가리키는 곳에 자리한 주아는 반쯤 누운 뒤 천장을 올려다봤다.

그리스 신화 속 주인공들로 가득 채워진 화려한 문양의 천장과 잔잔하게 울리는 클래식 음악. 주아는 그제야 바닥을 치던 기분이 조금 나아졌다. 그녀는 이 고급스러움과 화려한 생활이 좋았다. 고가의 가격 때문에 아무나 들어올 수 없을뿐더러 손님을 골라서 받는 덕에 이곳을 찾는 손님은 대부분이 상위 1퍼센트의 부자들과 권력자들, 자신처럼 대한민국 최고의 연예인밖에 없었다.

　　특별한 대우, 주아는 그것이 아주 마음에 들었다.

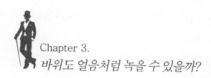

Chapter 3.
바위도 얼음처럼 녹을 수 있을까?

라지는 정희에게 잔뜩 화를 낸 후 그날 이후부터 일방적으로 연락을 피하고 있었다. 오랜 친구지만 그날의 일은 쉽게 용서가 되지 않았다. 친구가 자는 옆에서 그 짓을 했다는 건 라지를 전혀 배려하지 않았다는 것이다. 오랜 친구라서 더더욱 화가 났다.

차가 방송국에 다다르자 라지는 택주의 스케줄 수첩부터 챙겼다. 오늘은 드라마 출연을 위한 1차 회의가 있는 날이었다.

회의는 순조롭게 진행되었다. 작가와 감독, 연출 모두 훌륭한 사람들이었고 소재 또한 독특했다. 별 관심 없어하던 택주도 마음이 동했는지 출연을 거의 확정시켰다.

"택주 씨랑 할 말이 있으니 매니저께서는 잠깐 나가서 커피라도 하고 오시죠."

"예, 그럼 잘 좀 부탁드리겠습니다."

라지는 깍듯이 인사를 하고 밖으로 나와 식당을 가기 위해 엘리베이터를 기다렸다. 그때 웬 할머니가 그녀를 불렀다.

"이봐, 학생."

"저요?"

"그랴. 내가 우리 손주 녀석을 보러 왔는데, 영 복잡해서 어디가 어딘지 알 수가 있어야지. 뉴스타임이라고 어디 붙어 있는지 알아?"

"뉴스 쪽은 저도 잘 모르는데…… 전화는 해보셨어요?"

"안 받어. 다리 아파 죽 것는디."

"그럼 할머니 손자 이름 좀 알려주시겠어요? 제가 직접 가서 데려올게요."

"안 댜, 일하는디 데리고 오믄 쓰나? 내 먹을 것 좀 주고 조용히 갈라고 온 것이여."

"아…… 그러세요? 그럼 여기 잠시만 앉아 계세요. 어디쯤인지 제가 데스크에 가서 물어보고 올게요."

라지는 1층으로 내려가 뉴스타임 스튜디오가 어디 있는지 알아본 다음 다시 할머니에게 돌아왔다.

"할머니, 찾았어요!"

"그랴? 어디라?"

"여기는 신관이라 없고요, 저쪽 구관으로 가셔야 하는데…… 제가 데려다 드릴게요. 짐 이리 주세요."

"무거운디……."

"괜찮아요, 저 힘 쎄요."

"고마워, 학생. 내가 시간 뺏는 거 아닌가 몰러."

"마침 한가했어요. 근데 손자분은 좋겠어요. 할머니께서 이렇게 음식도 해다 주시고."

라지는 할머니와 간단한 대화를 주고받으며 목적지까지 걸어 갔다.

"여기 안으로 들어가시기만 하면 돼요. 여기 보따리 받으시고 요."

"수고했어, 고마워, 학생."

"저 학생 아닌데…… 아무튼 손자분 잘 만나고 조심히 돌아가세 요."

"그랴."

다시 신관으로 걸음을 돌리는 찰나 젊은 남자 하나가 말을 걸어 왔다.

"저 말씀 좀 묻겠습니다. 면접을 보러왔는데 제가 길치라…… 신관으로 가려면 어디로 가야 하는지 아세요?"

"제가 신관으로 가는 길이니 따라오세요."

"감사합니다. 여기서 일하세요?"

"아뇨. 저도 일 때문에 들른 거예요."

"아, 그렇군요."

신관으로 들어서자마자 라지는 엘리베이터를 가리켰다.

"몇 층 가세요? 저거 타고 원하는 곳에 가시면 돼요."

"감사합니다."

라지는 걸어가는 남자의 뒷모습을 흘끔 바라보다 식당으로 걸 어갔다. 김군이 그녀를 알아보고 손을 흔들었다.

"누님, 왜 이렇게 늦게 오셨어요, 금방 내려올 것처럼 전화하셔 서 커피 뽑아다 놨는데, 다 식었잖습니까?"

"그럴 일이 있었어. 밥들은 먹었어?"

"예. 누님도 드셔야죠?"

"불고기덮밥이나 먹어볼까?"

"제가 가져올 테니 누님은 여기 앉아 계세요."

김군이 알아서 식사 주문을 하러 가자 라지는 자리에 앉아 식은 커피를 한 모금 마셨다. 그때 그들 주변에 설문지 한 뭉텅이를 든 여자가 다가오더니 라지의 옆자리에 앉으며 말을 걸었다.

"죄송한데 시간 괜찮으시면 설문지 하나만 작성해주시면 안 될까요? 혼전순결에 관한 건데 간단해요. 부탁 좀 드릴게요."

40대 아주머니가 간절한 목소리로 부탁을 청했다.

솔직히 라지는 귀찮았다. 아침부터 내내 뛰어다니며 택주의 심부름을 하느라 피곤했다. 그러니 이런 부탁이 달가울 리 없었다. 하지만 옆에 앉아 기대에 찬 눈으로 바라보는 아주머니를 외면하기 힘들었다. 예전에 자신도 이런 설문지 조사를 하러 다닌 적이 있기에 더욱 그랬다.

라지는 설문지를 받아 초롱에게도 내밀었다.

"전 안 할래요. 이런 거 왠지 정보 유출되는 거 같아서요."

"아유, 아가씨, 그런 일 없어요. 이름 안 적고 나이랑 성별만 적으면 되는걸요."

"그래도 전 안 할래요."

아주머니는 초롱에게 내민 설문지를 다시 가져왔다. 그러는 사이 라지는 재빨리 설문지에 답을 체크한 뒤 중년 여자에게 넘겼다.

"고마워요, 식사 맛있게 하세요."

여자가 사라지자 초롱이 목소리를 낮춰 속삭였다.

"언니는 왜 저런 거 일일이 상대해주고 그래요? 어디서 무슨 목적으로 나온 사람들인지도 모르는데."

"아줌마가 열심이잖아. 너 같은 사람만 있다간 아줌마 집에도 못 갈지 몰라."

"언니는 남일 걱정이 우선이에요? 냉정한 것 같으면서도 이런 거 보면 속이 영 물렀다니까?"

"난 강자에게 강하고 약자에게 약하거든. 그러니 약한 사람들은 도와줘야지. 근데…… 요새 좀 이상하긴 해. 유독 나한테 말을 거는 사람들이 많아."

"택주 오빠 스케줄 따려고 그런 거겠죠."

"아니, 택주랑 상관없는 사람들이야. 집에 돌아갈 때라든지, 나혼자 있을 때. 지지난 주엔 특히 젊은 남자들이 많았고, 요 며칠 사이엔 남녀노소 할 거 없이 다양한 사람들이 말을 걸어와."

"그러고 보니 저도 그랬던 거 같아요. 언니나 저나 인상이 착해보이니까 편하게 말 거는 거겠죠."

김군이 그녀 앞으로 식판을 내려놓으며 수저를 챙겨줬다.

"자자, 맛있는 불고기덮밥이 왔어요! 따뜻할 때 많이 드십시오."

배가 고팠던 라지는 순식간에 덮밥을 해치웠다. 그리고 후식으로 식은 커피까지 들이켰다. 그때서야 택주에게서 연락이 왔고 라지는 그를 데리러 갔다.

"드라마 출연하기로 했어."

"정말? 잘 생각했어. 감독님이 뭐라고 했는데 이렇게 결심이 빨라?"

"여자주인공, 캐릭터 분석해서 나보고 고를 수 있도록 해준대. 파격적이지?"

"조 감독님 성격 많이 죽으셨네. 너 잡자고 그런 제안까지 하시고. 그래서, 여주인공 누구로 정했어?"

"좀 더 생각해보고 감독님이랑 작가님이라 다 같이 상의해서 결정하기로 했어. 나보고 고르란다고 진짜 그럴 순 없잖아?"

"잘했어. 왠지 이번 드라마 시작부터 감이 좋네? 아, 커피 마실래?"

"있어?"

"당연하지."

라지는 가방에서 조금 전 편의점에서 산 따뜻한 캔 커피를 꺼냈다. 그리고 친히 뚜껑까지 따서 그에게 건넸다.

"야, 도라지."

"어?"

"너 이럴 때 보면 우리 엄마 같다."

"뭐?"

"하나하나 챙겨주는 거 말이야. 나 같으면 못할 것 같은데."

"난들 하고 싶어서 하냐? 일이니까 하는 거지."

"어쨌든 고맙다. 다른 매니저들 보면 너처럼은 못하더라."

"그걸 이제 알았냐?"

"하여간 한 마디를 하면 두세 마디를 더 한다니까? 그냥 알았다고 대답하고 말면 어디가 덧나냐?"

"오냐, 오늘은 이쁜 짓 했으니까 알았다고 해줄게."

"할 말 다해놓고 이제 와서 무슨."

라지는 피식 웃으며 김군에게 전화를 걸었다.

"정문 앞으로 차 빼났대. 빨리 가자."

모두를 차에 오르자마자 택주가 입을 열었다.

"오늘 저녁 회식 어때?"

"김 대표가 우리 회식하래?"

"아니. 내가 개인적으로 쏘는 거. 다들 어때?"

김군과 초롱이 입을 모아 좋다고 소리쳤다.

"라지, 넌? 저녁에 약속 있어?"

"아니, 당연히 회식 가야지. 네가 쏘는 건데 한우로 먹으려고. 아씨, 점심때 괜히 많이 먹었네. 굶을걸."

"너 너무한 거 아냐?"

"전혀. 얘들아, 우리 한우로 먹자!"

"좋아요!"

모두 들뜬 기분이 되었다. 그런 그들을 바라보며 택주는 휴대폰으로 정희에게 문자를 날렸다.

저녁에 회식하기로 했어. 장소 정해지면 다시 연락할게. 나중에 보자.

✤

얼굴이 알려진 택주를 생각해 룸으로 미리 예약한 고급 한우전문점.

1인분 가격이 엄청났지만 다들 택주가 산다는 말에 걱정을 내려놓고 열심히 폭풍 흡입을 시작했다. 정신 놓고 먹고 있는데 택주가 뜬금없는 말을 내놓았다.

"참, 친구 하나 불렀는데, 괜찮지?"

종종 그런 일이 있었던 터라 다들 아무렇지 않게 알겠다고 답했다.

"누구? 준형이? 만기?"

"곧 도착해. 보면 알아."

그의 말대로 5분도 지나지 않아 문이 열리며 미모의 여자가 들어섰다. 달갑지 않은 손님에 라지의 얼굴이 딱딱한 돌처럼 굳어졌다.

"정희 네가 여긴 어떻게……."

라지는 그제야 택주가 갑자기 회식을 하자는 이유를 알았다.

이것들이 쌍으로 날 속여?

순간 열이 확 오른 라지가 자리에서 벌떡 일어났다. 정희가 잽싸게 라지의 팔을 잡아 앉혔다.

"내가 잘못한 거 충분히 알아. 아니까 얘기 좀 해."

"아는 사람이, 내 앞에서 그런 짓을 벌여?"

"취한 상태였고, 충동적이었어. 미안해, 진심이야."

정희답지 않게 아주 진지했다. 핼쑥한 얼굴과 차분하게 깐 말투를 보아하니 진심인 듯했다.

그래, 어디서든 진심은 통하는 법이니까.

그렇게 화가 났는데 고민한 흔적이 보이는 정희의 얼굴을 보니 마음이 슬슬 열리려고 했다.

"얼마나 반성했는데?"

"그날 이후로 남자랑 한 번도 안 잤어. 마음 불편해서."

김군과 초롱의 얼굴이 붉어졌다. 하지만 라지는 그들을 신경 쓸 틈 없었다. 그저 정희의 말이 놀라울 따름이었다.

"진짜……?"

정말 의외였다. 색녀 정희가, 이틀 걸러 남자의 정기를 받지 않으면 기운이 안 난다던 그녀가 이 주 동안 금욕을 했다는 건 기네스북에 오를 일이었다. 그녀가 얼마나 반성을 많이 했는지 알 것도 같았다.

뚱하게 있던 라지는 그만 친구를 용서하기로 결심했다. 정희도 그 정도 했으면 자신의 잘못을 어느 정도 절감했을 것이고 이쯤에서 친구의 무거운 마음을 풀어주는 게 나을 듯싶었다.

꽁하게 있던 마음이 용서를 하자 마음먹는 순간, 눈 녹듯 스르륵 녹았다.

"저녁은?"

"입맛 없어서 아직."

라지는 잘 구운 한우를 한 점 집어 그녀의 입에 집어넣었다.

"택주가 쏘는 거야. 먹어."

그제야 정희의 얼굴이 피기 시작하더니 제대로 자리를 잡고 먹을 준비를 했다.

"택주야, 잘 먹을게."

"그래, 많이 먹고 앞으로 싸우지 좀 마. 두 사람이 싸우면 나만 피해본다니까?"

"참나, 내가 언제 피해줬다고."

라지가 입을 비죽이며 한우를 집어 정희의 접시 위에 놓아주었다.

"이것 봐, 이것 봐, 화장실 들어갈 때랑 나올 때 다르다더니, 방금 화해한 것치고 둘이 너무 다정한 거 아냐?"

"부러우면 너도 십년지기 친구 만들던가."

"나라고 없는 줄 아냐? 나도 있거든?"

"누구?"

"도라지 너."

"유치하다, 진짜. 국민들이 너 왕유치 짬뽕인 걸 알아야 하는데."

"왕유치 짬뽕은 무슨 맛이냐? 한 번 먹어나 보자."

또다시 시작된 말싸움에 김군이 술잔을 들어 올리며 소리쳤다.

"회식에 건배가 빠지면 되겠습니까? 건배합시다, 건배!"

챙! 다섯 개의 잔이 허공에서 부딪쳤다.

그렇게 시작된 그들의 즐거운 시간은 늘어가는 맥주병과 함께 잘도 흘러갔다.

취기가 기분 좋게 오르자 정희가 흥겨운 목소리로 소리쳤다.

"2차 갑시다, 2차! 2차는 내가 쏜다!"

"와아아!"

정희의 말에 다들 흥분된 상태로 1차를 파하고 근처 유명 클럽으로 이동했다. 옮기는 와중에도 라지는 택주를 챙기기에 바빴다.

"택주야, 모자하고 선글라스 써야지. 여기."

"답답해, 클럽이라 사람들 모를 거야."

"그래도 혹시 모르잖아. 모자라도 써."

그때 정희가 다가와 라지의 손목을 잡아끌었다.

"됐어, 촬영 나온 것도 아니고 사적인 공간이야. 지 일은 지가 알아서 하겠지. 네가 자꾸 택주만 보고 있으니까 애인이 안 생기는 거라고. 안 그래, 택주야?"

"동감."

"들었지? 택주도 그렇게 생각한다잖아. 넌 좀 더 너 자신만을 생각할 필요성이 있어. 택주야, 먼저 들어가서 룸 잡아놔. 초롱이랑 넌 따라와, 오늘은 이 언니가 하자는 대로 해."

정희는 라지의 손을 잡고 주차장에 세워놓은 밴으로 향했다. 차 안에 들어간 정희는 초롱에게 메이크업 상자를 꺼내게 했다.

"초롱아, 애 화장 좀 해봐. 그리고 핀 같은 거 있니? 앞머리 좀 들어 올리자."

"이거 뭐하자는 플레이야? 누가 화장을 하고 앞머리를 올린대? 됐거든?"

라지의 반발에 정희가 정색하며 진지하게 물었다.

"너, 예쁜 여자들 보면 부러워, 안 부러워?"

"글쎄……."

"솔직히 대답해."

"부러워……."

"멋진 남자들 달고 다니는 여자들 보면 부러워 안 부러워?"

"부러워."

"평생 혼자 살고 싶어? 진심으로?"

"아니……."

"결혼하고 싶지?"

"응……."

"남자랑 사귀고 싶지?"

"쪼금……."

정희가 열린 메이크업 상자 안에서 거울을 꺼내 라지의 얼굴을 비쳤다.

"지금 네 모습을 봐. 원하는 건 많으면서 노력한 흔적은 하나도 없어. 노력 없이 시험성적이 잘 나와? 밥 안 먹고도 배가 불러? 꽃이 향기로워야 벌이 꼬이는 거야. 돈 버는 것도 좋지만 너만을 위한 투자도 필요한 거라고. 네가 네 몸을 버려진 황무지처럼 놔두는데 어떤 남자가 소중하게 대해주겠어? 초롱아, 시작해봐."

"네."

갑작스러운 설득에 라지는 얌전해졌다. 초롱이 얼굴을 만지는데도 전혀 반항하지 않았다. 두꺼운 뿔테안경이 벗겨지고 답답하게 눈을 가렸던 앞머리가 올라가도 잠잠했다.

초롱은 라지의 얼굴에 수분크림과 파운데이션으로 기초를 바른 뒤 색조 화장에 돌입했다.

"눈썹도 붙일까요?"

"아니, 화장도 거의 처음이나 마찬가진데 눈썹까지 붙이면 불편할 거야. 그리고 라지 얘 속눈썹 길어서 굳이 안 붙여도 돼. 마스카라만 하자."

정희의 지시에 초롱은 볼륨감 있는 마스카라를 라지의 속눈썹에 칠했다. 그러는 동안 정희는 라지의 앞머리를 핀으로 고정시키고 하나로 질끈 묶었던 머리를 자연스럽게 풀어 내렸다.

"우와, 언니! 몰라보겠어요!"

초롱이 환호성을 질렀지만 정희는 여전히 만족스럽지 못한 듯 혀끝을 찼다.

"옷이 영 아니네. 그렇다고 택주 옷을 입을 수도 없고…… 아쉬운 대로 점퍼만 벗어. 초롱아, 옷핀 있니? 그걸로 펑퍼짐한 티셔츠

뒤태 좀 나오게 잡아보자."

정희가 능숙하게 손을 움직여 박스티였던 라지의 옷을 몸에 착 감기는 느낌의 옷으로 재탄생시켰다. 촌스러웠던 티가 순식간에 다른 분위기를 나타냈다.

"정희 언니, 센스가 보통이 아니신데요? 라지 언니, 완전 다른 사람 같아요!"

초롱의 칭찬에도 라지의 표정은 영 좋지 못했다. 평소와 달라진 모습에 어색할 뿐.

"근데…… 이거 너무 달라붙게 한 거 아냐? 가슴만 도드라져 보이는 것 같고……."

"도드라져 보일 가슴이 있는 걸 고맙게 생각해. 예쁜 몸매를 왜 가려? 마음껏 뽐내도 모자랄 판에."

라지는 차에서 내려 정희를 따라 클럽으로 향했다.

자신이 왜 이렇게 바뀌어야 하는지 잘 모르겠지만 정희의 말대로 자신의 몸을 황무지처럼 내버려둔 건 사실이었다. 노력하지 않았다는 것도 인정한다.

그리고 무엇보다 이렇게 화장을 하고 시원하게 앞머리를 올리고 나니 마치 다른 사람이 된 것처럼 설레었다. 이래서 사람들이 꿀꿀할 때면 기분 전환으로 머리를 자르거나 스타일을 바꾸는구나 싶었다.

이런 느낌이구나…….

내가, 내가 아닌 듯한 느낌. 말이 안 되면서도 말이 되는 이상한 기분. 설명이 불가능한 들뜬 상태다.

차를 운전하고 가던 수한은 걸려오는 전화에 차를 갓길에 세웠다.

"네, 진 비서님."

─대표님, 조금 전 한택주 일행이 청담동 율리아드 클럽으로 들어갔습니다.

마침 수한도 그 근처를 지나던 중이었다.

"자료는 이미 충분하니 그만 철수하셔도 됩니다. 다들 철수시켜 주세요."

─철수하라고요? 그럼 저희 여기서 술 한 잔만 하고 가도 되겠습니까? 간단하게 한 잔만 하고 가겠습니다.

이 주 동안 사람들을 따라다니느라 고생들이 많았다. 스트레스도 풀 겸 한 잔 하는 거야 나쁘지 않았다.

"그럼 룸 잡아서 한 잔 하고 계십시오. 저도 가겠습니다."

─대표님도요? 대표님 오시면 저희야 좋죠. 술값 굳었네.

형도의 솔직한 대답에 수한은 작게 웃으며 율리아드로 향했다. 룸에 도착하자 형도와 종호가 이제 막 첫 술잔을 따르고 있었다.

"대표님, 금방 오셨네요?"

"저도 이 근방이었거든요. 앉으시죠."

자리에서 일어선 그들은 수한이 앉자 잇따라 엉덩이를 붙였다.

"참, 대표님, 이거."

형도가 가방에서 서류더미를 꺼내 그에게 건넸다.

"내일 회의 때 드리려던 건데, 오후 3시까지 마감한 자료들입니다."

"빠르군요."

"하하, 제가 원래 스피드 빼면 시체 아닙니까?"

"그런데 진 비서님이 어쩐 일로 현장에 나와 계십니까?"

형도는 원래 현장을 나오지 않았다. 사무실에 남아 현장에 나간 직원들을 서포트했다.

수한의 지적에 형도가 뒷목을 긁적이며 멋쩍게 웃었다.

"사실 저뿐만이 아니라 다른 직원들도 이번 일에 관심이 많습니다. 연예인이 관련된 탓도 있지만, 지금껏 이런 일은 처음이잖습니까? 매번 딱딱한 업무만 하다 이런 복수극을 맡으니 다들 흥분한 거죠."

"진 비서님⋯⋯."

"알고 있습니다, 대표님! 이번 일이 장난이 아니라는 거. 일이죠, 물론. 그래도 사람 마음이란 게 같은 일이라도 재미를 느끼는 일이 있는 거잖습니까? 그래도 맡은 바 제 업무는 열심히 하고 있으니 걱정하지 마십시오."

알아서 열심히 일한다니 할 말이 없어졌다. 수한은 채워진 자신의 잔을 들어 올리며 옅은 미소를 지었다.

"한 잔 하죠."

그렇게 그들은 가볍게 술을 시작했다. 술을 몇 잔 걸치고 나자 형도가 눈을 반짝이며 다시 입을 열었다.

"내일 회의에서 얘기하겠지만, 탑엔터테인먼트 대표가 이번 일을 의뢰한 건 제 예상대로 정주아가 배신을 했기 때문인 것 같습니다. 알아보니 문일중 대표와 정주아, 꽤 깊은 사이였더군요. 문일중 대표의 남해 개인 별장 근처 CCTV 확인 결과 두 사람이 만나는 걸

여러 번 봤습니다. 설마 일 얘기하는데 먼 별장까지 가서 1박을 하진 않을 것 아닙니까?"

"이미 예상했던 일입니다. 거액의 돈을 주고라도 이런 은밀한 루트로 해결방법을 찾으려는 건 말하지 못할 속사정이 있기 때문이겠죠. 정주아 쪽에 사람 붙이는 건 어떻게 됐습니까?"

"예, 가사도우미 섭외해서 내일부터 지시만 내리면 됩니다."

"문일중 대표를 꼼짝 못하게 묶어둔 건 정주아가 가지고 갔다는 장부 때문일 겁니다."

"말이 좋아 장부지 어차피 부조리한 이중장부 아닙니까?"

"살생부든 이중장부든 우린 의뢰인이 원하는 걸 주기만 하면 되는 겁니다."

"그야 그렇죠. 참, 그나저나 한택주는 어떻게 하실 생각입니까? 아무리 털어 봐도 정주아 말고는 여자관계도 깨끗하던데. 무슨 수로 정주아를 버리게 만들죠?"

"진짜 연인도 아니니 믿음의 깊이도 얕을 겁니다. 여자관계가 깨끗하다면 새로운 관계를 형성시켜주면 되죠."

"오…… 점점 더 흥미진진한데요? 안 그러냐, 종호야?"

"예, 이제 와 하는 말이지만 이 일 시작하고 제일 재밌는 것 같습니다."

수한은 고개를 절레절레 흔들며 형도가 건넨 파일을 펼쳐봤다. 파일 안에는 여러 장의 사진과 더불어 꽤 많은 사람들의 성격과 특성 등등 다양한 정보들이 수록되어 있었다.

술잔을 채우던 형도가 수한이 넘기던 자료를 보며 얘기했다.

"이 여자가 한택주 매니접니다. 한택주랑 중학교 동창인데 데뷔 초부터 함께였다고 합니다."

수한은 종이에 클립으로 붙여진 사진을 내려다봤다. 답답하게 내려온 긴 앞머리와 검은 뿔테안경이 낯설지가 않았다.

'어디서 본 것 같은데……'

"이름도 무지 특이합니다. 도라지라고, 한 번 들으면 절대 안 까먹……"

"아!"

생각났다. 도라지!

올해 초, 겨울미술관에서 만난 적이 있던 여자였다.

"대표님, 왜 그러십니까?"

"아무것도 아닙니다."

수한은 놀란 표정을 감추며 서류에 박힌 이름과 특이사항을 읽어 내려갔다.

억지로 명함을 떠안겨준 여자. 그리고 저주인형을 닮아 섬뜩하기도 했던 여자.

그냥 스쳐 지나갈 줄 알았던 그 여자를 이렇게 다시 만나게 될 줄을 그 누가 알았겠는가.

'그때나 지금이나 변한 게 없군. 하긴, 쉽게 변할 스타일은 아니지만.'

생각해보니 그날 그 여자는 자신이 한택주의 매니저라고 말했었다. 한택주를 모른다는 그의 말에 어떻게 그 사람을 모를 수 있냐며 황당해했는데 이제야 그녀가 왜 그렇게 놀라운 표정을 지었는지 알 것 같았다.

"아무튼 한택주를 제대로 알려면 이 도라지라는 여자에게 사람을 붙이는 게 제일 빠른 길일 겁니다. 딱 봐도 왕따 스타일이지 않습니까? 아마 잘해주는 척 친근하게 접근하면 많은 정보를 얻어낼 수 있을 겁니다."

형도의 말에 수한은 고개를 끄덕이지 않았다. 그녀를 만난 적이 있기에 그녀의 성격을 대충이나마 알 것 같았다. 그녀가 생긴 것과는 전혀 딴판이라는 사실을 말이다.

✦

클럽 안은 향락을 즐기러 온 사람들로 넘쳐났다. 스테이지는 신나는 음악 소리에 맞춰 춤추는 사람들로 그득했고 스테이지를 중심으로 배열된 테이블에는 빈자리가 없이 빽빽했다.

라지가 들어서자 자리에 앉아 있던 택주가 벌떡 일어났다.

"이분은 누구셔? 라지는?"

진담인지 농담인지 모르겠지만 그가 라지를 찾았다. 이에 옆에 있던 김군이 눈이 휘둥그레져서 감탄사를 내질렀다.

"우와 우와! 누님! 진짜 누님이십니까? 대박! 진짜 몰라보게 예뻐지셨습니다!"

"그, 그래? 그렇게 달라 보이나?"

라지가 뒷목을 긁으며 얼굴을 붉히자 택주가 냉큼 끼어들었다.

"오해는 마라, 지금까지 네가 하고 다니던 거에 대비해서 예쁘다는 의미니까."

"저건 내가 좋은 소리 듣는 꼴을 못 보지? 꼭 초를 쳐요!"

"초 치는 게 아니라 사실을 말해주는 거야. 괜히 우리말만 믿고 나대다가 실망하면 어떡하냐?"

정희가 깔깔 웃으며 자리에 앉아 인원수에 맞게 술을 돌렸다.

"너희 두 사람은 어떻게 만나기만 하면 초딩 싸움이야? 지치지도 않나 봐. 자, 라지 이리 와 앉아. 넌 택주 놀리는 거 한두 번 듣는 것도 아니면서 매번 속아?"

"들을 때마다 열 받는 걸 어떡해? 그리고 쟤, 농담 아니고 진담으로 하는 말이란 말야."

"한택주! 너도 라지 좀 그만 놀려. 너 그러다 라지가 진짜 화나서 매니저 때려치우면 후회한다?"

정희의 협박에 택주가 놀란 제스처를 취하더니 자리에 앉아 술잔을 높이 들어올렸다.

"보다 아름다워진 삼십 년산 도라지를 위하여!"

"야, 내 나이 광고하냐, 나이 붙여서 말하지 마!"

"좋아, 10년 까줄게. 이십 년산으로. 그럼 됐지?"

"싫어. 탁주 한 사발, 네가 말하는 건 다 싫어. 그러니까 입 꼬매고 가만있어."

정희는 발동 걸린 택주와 라지의 말싸움을 중재하기 위해 테이블을 쾅쾅 쳤다. 그리고 문을 가리켰다.

"한택주, 너 심심한 거 같으니까 나가서 춤추고 와. 김군, 네 고용주 좀 데리고 나가줄래?"

"같이 안 나가시고요?"

"우리 목 좀 더 축이고. 나가서 맘에 드는 여자들하고 놀아."

김군이 택주의 등을 밀며 밖으로 나가자 룸 안은 언제 그랬냐는 듯 조용해졌다. 정희는 다시 잔에 술을 채워 라지와 초롱에게 내밀었다.

"저 두 남자는 잊어버리고, 오늘은 우리 여자 셋이 즐겁게 노는 거야. 알았지?"

"정희 너, 나한테 용서받았다고 바로 금욕 푸는 거냐?"

"라지야, 나 진짜 그 일 있고 한 번도 안 했어. 오늘부터는 좀 봐주라. 너 있는 데서 절대에 안 할게. 너무 안 해서 어떻게 하는지도 까먹을 지경이라니까?"

"그럼 혼자 올 것이지 애꿎은 나는 네 사냥터로 왜 데려온 거야?"

"다 같이 즐기자고 온 거지 사냥하러 온 건 아니다? 놀다가 필 땡기는 남자가 있으면 나가는 거고, 아니면 그냥 넘길 거야. 날 섹스에 미친 여자로 몰아가지 마."

"야, 단어 순화 좀 하지? 초롱이 얼굴 벌게진 것 좀 봐."

정희가 싱긋 웃으며 초롱의 어깨를 건드렸다.

"초롱아, 솔직히 말해봐. 너도 경험 있지?"

"야, 고정희! 넌 애한테 뭘 그런 걸 묻냐?"

"라지 넌 아무것도 모르면 가만히 좀 있어. 초롱이 나이에 경험 없는 게 더 이상한 거거든? 그치 초롱아, 세상 물정 모르는 도라지는 땅만 파고 있구나. 그래, 몇 살 때야? 이 언니가 성교육 좀 시켜주려고 그러는 거니까 허심탄회하게 말해봐. 첫 경험이 언제야?"

정희의 물음에 초롱은 앞에 놓인 술을 과감히 비우더니 우물쭈물하던 입을 열었다.

"대학 1학년 때요."

"뭐어? 1학년?"

신사의
유혹

라지가 화들짝 놀라 소리를 빽 지르자 정희가 그녀의 입을 재빨리 막아버렸다.

"보통이지 뭐. 이 언니도 대학 들어가서 한 달 만에 경험했어. 마지막으로 해본 건?"

"세 달 전이요."

라지의 입이 쩍 벌어졌다. 평소 얌전하고 부끄럼 많다고 생각했던 초롱이가 스무 살 때 경험을 했다니. 그것도 놀라 자빠질 지경인데 바로 석 달 전까지도 남자와 관계를 했다고 하니 놀라지 않을 수 없었다.

물론 나이를 생각하면 놀라울 일도 아닌데 그동안 초롱에 대해 갖고 있었던 순수한 이미지가 그런 것과는 전혀 거리가 머니 괴리감이 느껴지지 않을 수 없었다.

말문이 막힌 라지를 두고 정희는 차분하게 말을 이어갔다.

"요즘엔 안 해? 왜?"

"남자친구랑 헤어졌거든요."

"그랬구나. 초롱이 정도면 따라다니는 남자들 꽤 될 것 같은데, 다른 남자 만나볼 생각은 없어?"

"아직은요."

"헤어진 남자친구 많이 좋아했구나?"

"네…… 첫사랑이었어요."

"아아, 그럼 대학 들어가서 첫 경험했다던 바로 그 상대야?"

"네."

"이야, 초롱이 순정파네? 대체 몇 년을 사귄 거야?"

"6년하고 반 됐어요."

"결혼할 때 되니까 헤어졌네? 왜 헤어졌는지 물어봐도 돼?"

"오빠네 엄마가 절 안 좋아했어요."

"왜?"

"저희 집이 그 집에 비해 많이 기울었거든요."

라지는 또 한 번 충격을 받았다. 한동안 초롱이 말도 없고 기운도 없다 했더니 그런 이유가 있었을 줄 꿈에도 몰랐다. 그냥 계절 타는가보다 여겼을 뿐.

"정말 우리나라 엄마들 왜 그런다니? 자식들 결혼에 사사건건 참견이나 하고. 자식들 인생이지, 자기들 인생인가? 하여간 웃겨! 그래서, 남자도 엄마 말대로 따른 거야?"

"3대 독자라 부모님 말씀 못 어긴대요."

"지랄하네! 즐길 거 다 즐기고 다니까 부모님 핑계 대면서 나른 거야. 초롱아, 그런 남자 잊어. 너랑 진짜 결혼하고 싶었으면 집안이고 뭐고 다 포기하고 왔을 거야."

기분이 북받쳤는지 초롱이 고개를 푹 숙이더니 눈물을 흘리기 시작했다. 그동안 속으로 삭이고 삭였던 분이 일시에 터져버린 것이다. 어깨가 들썩일 정도로 눈물을 쏟아내자 정희가 그녀의 어깨를 감싸며 토닥토닥 다독였다.

"울고 깨끗이 털어버려. 그놈 보란 듯이 더 멋진 남자 만나서 행복하게 살면 그게 복수인 거야. 이 언니가 좋은 남자 소개해줄게."

초롱이 얼굴을 숙인 채 고개를 끄덕였다. 지금껏 얼마나 속을 끓였는지 한 번 터진 눈물은 멈출 줄 모르고 한동안 계속됐다.

라지는 옆에서 잔을 비우며 이를 으드득 갈았다.

나쁜 새끼! 6년 넘게 사귀었으면 정들어서라도 못 헤어질 텐데 부모님 때문에 여자를 버려?

정희의 말대로 부모는 핑계일지도 몰랐다. 진짜 좋아했으면 그렇게 쉽게 포기하진 못했을 테니까.

초롱도 내심 그 사실을 알기에 말 못하고 그를 놓아준 건 아닐까?

라지는 연거푸 술잔을 비운 뒤 벌떡 일어났다.

"춤추러 가자. 이런 데 와선 안 좋은 일 다 잊고 그냥 정신없이 노는 거야."

"라지, 네가 웬일이야? 먼저 춤추자는 말을 다 하고."

"언니들 고마워요. 덕분에 마음이 한결 가벼워졌어요. 저 화장 좀 고치고 나갈 테니 먼저들 나가세요. 금방 따라갈게요."

판다가 되어버린 초롱이 애처롭게 웃었다. 정희는 핸드백을 열어 자신의 화장품들을 꺼내며 라지에게 손짓했다.

"라지 너 먼저 가 있어. 초롱이 화장 고쳐주고 같이 나갈게."

왠지 할 얘기가 더 있어 보이는 두 사람. 라지는 자신이 빠져줘야 할 것 같은 묘한 기류를 느끼고 룸을 나갔다.

때론 너무 가까운 사람보단 적당히 아는 사람이 편할 때가 있지. 바로 지금처럼.

초롱에겐 남자에 대해 무지한 자신보다 정희 쪽이 훨씬 나을지도 모른다.

라지는 빨간색 카펫이 깔린 복도를 걸으며 땅이 꺼져라 한숨을 내쉬었다.

"세상에 믿을 놈이 있긴 한 건가?"

혼잣말을 중얼거리며 라지는 바로크양식을 생각나게 하는 금장식과 정교한 문양이 새겨진 길쭉한 복도를 지나 1층으로 향하는 계단을 밟았다. 그때 그녀의 앞으로 어디서 나타난 건지 '총총이'라는 이름표를 단 직원이 다가왔다.

"예쁜 언니, 끝내주게 멋진 남자분 계신데 한 번 만나보시죠?"

"네……?"

라지의 대답도 듣지 않고 총총이라는 직원은 그녀의 손목을 잡더니 다짜고짜 계단을 올랐다. 그제야 라지는 지금 자신이 부킹이라는 것을 당하고 있다는 사실을 알아차렸다. 지금까지 수십 번도 넘게 클럽에 왔지만 이런 경우는 처음이라 적잖이 당황스러웠다.

"자, 잠깐만요! 저기 제 일행이……."

"한 번만 만나보시라니까요? 절대 후회 없으실 겁니다! 장담합니다!"

자신 있게 소리친 직원이 무작정 라지의 손목을 끌고 양쪽으로 룸이 늘어선 복도로 들어섰다. 라지는 당장이라도 잡힌 손목을 풀고 스테이지로 돌아갈 수 있었지만 마음 한 구석에 피어난 호기심과 더불어 조금 전 직원의 입에서 나온 '예쁜 언니'란 호칭 때문에 선뜻 그럴 수 없었다. 태어나 처음으로 들어본 예쁘다는 말을 무지막지한 힘으로 산산조각내기 싫었다.

그러는 사이 직원이 200이라는 숫자가 적힌 문을 두드리더니 안으로 그녀를 밀어 넣었다.

"룸 담당 총총입니다! 즐거운 시간 되십쇼!"

직원이 90도로 허리를 숙여 인사를 하고는 나가버렸다.

"저, 저기……."

탁.

코앞에서 문이 닫히자 라지는 순간 어찌해야 할지 막막했다. 이런 경우는 난생처음이라.

원래 이런 건가? 직원이 여기까지 데려왔으면 룸 안에 들어 있는 사람이 어떤 사람인지 소개 정도는 해주고 가야 하는 거 아닌가? 그냥 가버리면 난 어떡하라고?

황당함에 어물쩍거리고 있는데 등 뒤에서 매력적인 목소리가 울렸다.

"억지로 끌려온 모양인데 돌아가셔도 됩니다."

누가 그랬던가, 여자는 청각에 약하다고.

라지는 그 말에 100퍼센트 동감했다. 목소리만 들었을 뿐인데 등 뒤를 타고 전해지는 기분 좋은 설렘은 무어라 설명할 길이 없었다.

어떻게 생겼을까?

호기심에 라지는 나가려던 발길을 돌렸다. 얼굴이라도 보고 싶었다.

목소리가 좋으면 십중팔구 얼굴은 꽝일 가능성이 높아 별 기대는 하지 않았는데 이게 웬걸, '심봤다' 라는 문구가 절로 떠올랐다.

한택주라는 잘난 얼굴로 내성이 생긴 두 눈에도 불구하고 남자는 놀라운 외모를 지니고 있었다.

하늘 높은 줄 모르고 위로 솟은 콧날과 양쪽으로 자리한 깊이를 알 수 없는 그윽한 눈매 그리고 윤기가 좔좔 흐르는 섹시한 붉은 입술. 라지의 눈이 동그랑땡처럼 커다래졌다. 남자는 길거리에서 흔히 볼 수 있는 평범한 얼굴이 아니었다. 순간 라지는 얼마 전 인터넷에서 봤던 너무 잘생겨서 추방당한 외국 남자가 떠올랐다. 그만큼 남자는 천상의 미를 지니고 있었다. 연예계에 오래 몸담았지만 이런 조각미남은 처음 보았다.

그리고 더욱 놀라운 건 해이해진 모습으로 술판을 벌여도 하등 이상할 게 없는 클럽 안에서 그는 마치 이곳이 사무실인 양 단정한 모습으로 서류를 들여다보고 있다는 것이었다. 테이블에 놓인 술잔과 술병만이 이곳이 클럽 안의 룸이라는 사실을 확인시켜줄 뿐이었다.

라지가 입을 벌리고 눈앞의 상황을 멍하니 보고 있자 남자는 고개도 들지 않은 채 입을 열었다.

"보다시피 업무를 보는 중이라 배웅은 못 해드립니다. 문 안 잠겨 있으니 그냥 나가시면 됩니다."

그가 재차 나가도 된다고 말을 했다. 아니, 나가 달라고 부탁하고 있었다. 그는 누가 들어왔는지 관심조차 없어 보였다.

라지는 문을 열고 나가는 대신 천천히 테이블을 향해 걸어갔다. 좀 더 가까운 거리에서 남자의 얼굴을 뜯어보고 싶었다. 연예계에 종사하는 일종의 직업병이라고나 할까?

서류를 넘기는 긴 손가락과 길어 보이는 기럭지, 갸름한 턱선에 도자기 피부는 화장품이나 의류 모델 쪽으로 일을 하면 대박일 듯했다.

김 대표가 보면 완전 반하겠는데?

재작년에 들어온 신인 모델도 라지가 길거리에서 캐스팅해온 인물이었다. 그 뒤로도 세 번이나 인재를 데려왔고 그 덕에 소속사 김 대표는 그녀의 탁월한 안목을 무조건 인정했다.

김 대표는 그녀가 중학교 때 옆집에 살던 이웃이었다. 그리고 그 옆엔 택주가 살았었다. 그래서 세 사람은 누구보다 서로를 잘 알았다.

어쨌든 지금 눈앞의 남자에게 라지가 침을 흘릴 정도니 김 대표가 보면 눈이 확 뒤집어질 수도 있었다.

"저…… 혹시 연예인 아니세요?"

그녀의 질문에 남자의 눈이 처음으로 서류에서 얼굴로 옮겨왔다. 딱히 드러난 표정은 없지만 그녀의 질문이 우습다는 듯 한쪽 입가가 비스듬하게 올라갔다. 그제야 라지는 아차 싶은 마음에 덧붙여 설명했다.

"아, 다름이 아니라 제가 매니저거든요. 배우 한택주 씨 알죠? 제가 한택주 매니저…… 어?"

말을 하던 라지가 갑자기 놀란 눈이 되어 그의 얼굴을 빤히 들여다봤다.

"우리 어디서 만난 적 있죠?"

라지의 물음에 그가 눈을 가느다랗게 뜨고 그녀와 얼굴을 마주했다. 남자의 얼굴을 정면으로 대하는 순간 라지는 이 남자가 지금 처음 만난 것이 아니라는 걸 확신했다.

어디서 봤더라…… 이런 얼굴을 내가 잊을 리가 없는데…….

아! 생각났다.

"겨울미술관!"

라지는 큰 소리를 치며 남자의 얼굴을 바라봤다. 틀림없는 그때의 그 남자였다. 무덤덤한 눈빛과 이마를 가르며 내려온 댄디스타일의 헤어, 길쭉한 팔다리. 그 남자임이 분명했다.

그에게 명함을 준 그날 이후부터 라지는 계속해서 그의 연락을 기다렸었다. 그러다 반년이라는 시간이 훌쩍 지나갔고 그 이후부터는 거의 포기했었다. 그런데 이렇게 만나다니, 놀라우면서도 반가웠다.

"저 기억나죠? 겨울미술관에서 명함 드렸잖아요."

"그랬던 것 같군요."

수한은 서류를 덮으며 라지의 얼굴을 똑바로 쳐다봤다. 그때 모습과 달라도 너무 달랐다. 그녀가 먼저 알은척을 하지 않았더라면 못 알아볼 뻔했다.

조금 전 형도와 종호가 1층 스테이지로 나간 뒤, 그는 남은 서류를 살펴보고 있던 참이었다. 방금 전에 보던 서류 속 그녀의 사진만 해도 일주일 내 찍은 사진이었다. 그런데 갑자기 다른 사람이 되어 나타나니 못 알아볼 수밖에.

"이렇게 다시 만나니 반갑네요. 전 성이 도고 이름이 라지라고 해요. 한택주 씨 매니저고요. 아, 한택주 씨 모른다고 하셨죠?"

"덕분에 알게 됐습니다."

그가 양쪽 입가를 균형감 있게 끌어올렸다.

이럴 수가! 진정한 살인미소다.

그녀는 그의 얼굴을 요리조리 뜯어봤다. 어떤 각도에서 봐도 얼굴 라인이 예술이었다. 감탄밖에 나오지 않았다. 아마 CF에 한 번만 나가도 인터넷 검색어 1위는 따 놓은 당상이리라.

무조건 잡아야 해, 무조건!

"많이 바쁘신 거 아니면…… 잠시만 얘기 좀 해도 될까요?"

"그러시죠."

수한은 그녀의 제안을 받아들였다. 돌발 상황이긴 해도 그녀는 한택주와 가장 가까운 사이이니 그에 대한 중요한 정보를 얻어낼 수 있었다.

"제우스엔터테인먼트라고 아시는지 모르겠는데 거기가 우리 소속사거든요. 한택주 씨를 비롯한 유명 연예인들이 꽤 많아요."

"그렇군요."

"제 말은 그러니까…… 아주 잘생기셔서 연예인 해보실 생각 없으신가 해서요. 제우스엔터테인먼트하면 역사는 짧아도 알이 꽉 찬 곳으로 유명하거든요."

"연예인…… 말입니까?"

"제가 이 바닥 짬밥이 좀 되는데 딱 보니 감이 오더라고요. 다른 곳보다 대우도 조건도 최고로 해드릴 테니 일단 소속사로 한 번 오세요. 명함이…… 아차, 가방에 있는데. 인터넷으로 검색해도 나오거든요, 그 주소로 찾아오시면……."

"제안은 고맙지만 전 연예인을 할 만한 재능이 없습니다."

무를 자르는 것처럼 깔끔한 거절이었다.

라지는 눈앞에 앉아 있는 이 남자가 단순히 멋진 외모만 가진 게 아니라는 느낌이 들었다. 남자는 그녀가 지금껏 만나 왔던 남자들과는 다른 묘한 분위기를 지니고 있었다. 삶의 여유가 느껴지는 느긋한 표정, 말에서 풍기는 자신감과 당당함이 다른 이보다 월등했다.

머리부터 발끝까지 귀티가 좔좔 흐르는 것이 연예인을 하지 않아도 충분히 잘 살 것 같았다. 하지만 이런 남자를 놓친다면 국가적인 손실이 아닐 수 없었다. 가뜩이나 요새 쓸 만한 신인을 뽑지 못해 고민이었는데 이런 인물이 들어온다면 소속사로선 고마운 일이었다.

"연기나 노래 같은 거 안 하셔도 되어요. 그냥 CF 같은 거만 찍어도 될 것 같은데…… 커피 광고 같은 거요."

"커피 광고라…… 그런 일이라면 저보다는 한택주 씨가 더 적임일 것 같은데요."

"그 새끼, 아니, 한택주 씨도 물론 커피 광고에 어울리죠. 하지만 더 어울리는 이미지가 있다면 최상의 효과를 볼 수 있는 쪽을 택하는 게 당연한 거 아닐까요? 즉, 그쪽 이미지가 훨씬 더 좋다는 뜻이죠."

"제 이미지가 그렇게 좋습니까?"

"네."

라지는 1초의 틈도 주지 않고 곧바로 답했다. 그가 다시 입술을 늘이며 보일 듯 말 듯 가지런한 치아를 보여줬다.

정말 예술이고만!

"실례가 되지 않는다면 제 이미지가 어떤지 물어도 되겠습니까? 라지 씨께서 좋다고 말씀하시니 갑자기 궁금해져서 말입니다."

"그, 뭐랄까…… 독특한 분위기가 느껴진다고나 할까요? 일단 외모도 너무 출중하셔서 지금 그 상태 그대로 카메라 앞에 서도 무방할 정도로 완벽하십니다."

완벽이라…….

수한은 라지와의 대화가 조금 흥미로웠다. 보통의 여자라면 그를 유혹하기 위해 접근하긴 마련인데, 그녀는 조금 다른 방식으로 그를 유혹하려 했다. 자신의 생각을 표현하면서도 굉장히 솔직했다.

"그런데 라지 씨는 매니저라고 하지 않았나요? 요즘엔 매니저가 캐스팅도 하나 보죠?"

"아! 매니저가 이런 제안해서 놀라셨구나? 오해는 마세요, 가끔 매니저들도 괜찮은 인재가 있으면 소속사로 데려가곤 해요. 특히나 저는 소속사 대표님이랑 친분이 두터워서 내 회사다, 하는 생각으로 일하고 있거든요."

"좋은 마인드군요."

나 지금 칭찬 받은 거야?

처음 만난 사람에게, 그것도 캐스팅 제안을 하는 사람에게 칭찬을 받다니. 그렇다고 고맙다고 말하기도 우습고 이럴 때 가장 좋은 방법은 바로 말 돌리기였다.

"일하시던 중이었나 봐요? 제가 방해한 건가요?"

"방해까진 아닙니다. 동료들도 마침 스테이지에 나가 있는 상태고."

동료가 있었구나…….

혼자 왔을 거란 생각은 안 했지만 동료가 있다는 소리에 마음이 급해졌다.

"그러고 보니 아직 그쪽 이름도 모르네요."

"강수한입니다."

강수한…… 이름도 좋다.

"저, 혹시 몇 살……."

지잉, 지잉.

눈치 없게 이런 중요한 순간에 전화를 한 건 바로 한택주.

"죄송합니다, 잠시만요. 여보세요?"

–어디야? 정희랑 초롱이는 왔는데 먼저 갔다던 녀석이 왜 아직 안 와?

그 사이 화장을 끝낸 초롱과 정희가 먼저 내려간 모양이다.

"어, 볼일이 좀 있어서. 금방 갈 테니까 놀고 있어."

후다닥 전화를 끊은 라지는 그 사이 서류로 시선을 돌려버린 그의 얼굴을 쳐다봤다. 순간 침묵이 찾아왔다. 대화의 흐름이 끊겨버린 것이다. 전화만 오지 않았어도 조금 더 얘기를 나눌 수 있었는데. 택주 이놈은 일생에 도움이 되질 않는다.

어차피 그의 동료들도 곧 돌아올 테고 지금 일어나는 게 나았다.

"실례가 많았습니다. 생각 있으시면 늦어도 괜찮으니 아무 때나 전화 주세요. 절 못 믿으시면 제우스엔터테인먼트로 바로 오셔도 되고요. 그럼 하시던 일마저 하세요, 전 일행이 찾아서 이만……."

라지는 그가 빈말이라도 알겠다는 둥, 술 한 잔 하고 가라는 둥의 말을 해주기를 기대했다. 하지만 그는 그녀가 문을 열고 나가는 순간까지도 아무런 대꾸도 하지 않았다.

탁, 문을 닫은 라지는 입을 비죽였다.

"잘 가라고 한 마디만 해주면 어디가 덧나나?"

대뜸 연예인을 권유하며 다가간 건 그녀이니 그가 필요 이상으로 친절할 필요는 없었다. 이성적으로 그랬다.

그래도 이 알 수 없는 섭섭함은 뭘까?

평소와 다르게 여자답고 예쁜 모습으로 있었으니 여자로서 받아야 할 당연한 에티켓을 바란 건 아니었을까?

"참나, 내가 언제부터 여자다운 대우를 바랐다고……."

라지는 뒷머리를 긁적이며 빠른 걸음으로 복도를 지나 스테이지로 내려갔다. 쿵쾅대는 음악 소리에 바닥까지 울리는 스테이지는 정신없이 몸을 흔들어대는 수많은 남녀들과 보기 과할 정도로 비벼대는 사람들로 빈틈없었다.

그녀는 사람들 사이를 뚫고 여기저기 휘저으며 그녀 일행을 찾았다. 그리고 무대 중앙 위쪽에 있는 익숙한 얼굴들을 찾아냈다. 그녀가 다가가자 초롱이 활짝 웃으며 손을 흔들었다. 슬프다고 훌쩍거리던 모습은 온데간데없었다. 원래의 상태로 돌아온 초롱을 보니 역시 청춘이구나 싶었다. 그 옆으로 김군과 택주가 있었고 몇 걸음 떨어진 곳에 정희가 웬 남자와 진한 스킨십을 나누며 춤을 추고 있었다.

"뭐하다 이제 와?"

뿔테안경을 쓰고 모자를 쿡 눌러쓴 택주가 가까이 다가와 그녀의 귀에 대고 소리쳤다.

"화장실 다녀왔다! 그런 것도 보고해야 해?"

택주가 못 말리겠다는 듯 고개를 절레절레 흔들더니 몸을 돌려 다른 여자와 춤을 추기 시작했다. 라지는 초롱의 앞에서 몸을 가볍게 흔들며 천장을 올려다봤다. 사람들로 바글거리는 스테이지와 함께 화려한 조명이 정신없이 돌아갔다.

바로 그때, 라지의 등 뒤로 누군가가 바짝 다가왔다. 그녀가 몸을 돌리자 대학생으로 보이는 남자 하나가 그녀에게 눈웃음을 치며 관심을 나타냈다. 남자의 게슴츠레한 눈이 그녀의 풍만한 가슴에 꽂혀 있는 것도 같았다. 아니나 다를까 몸을 흔들던 그가 그녀에게 얼굴을 기울였다.

"나가서 따로 한 잔 할까요?"

한눈에 보기에도 남자는 어려 보였다. 그런 애가 자신에게 작업을 걸어오니 라지는 놀라지 않을 수 없었다.

화장이 그렇게 잘 먹었나?

안경 벗고 머리 올리고 화장한 것밖에 없는데도 이렇듯 주변에서 보는 시선과 대우가 달라졌다. 황당함의 연속이었다.

"같이 나가요. 내가 한 잔 살 테니."

남자가 또 한 번 권하며 그녀의 손목을 잡아 이끌었다.

"됐, 앗!"

됐어요, 라고 말하려는 찰나 갑자기 누군가 그녀의 어깨를 잡아 휙 돌렸다. 깜짝 놀라 그녀가 고개를 들자 눈앞에 택주가 있었다. 택주는 그녀의 어깨를 확 끌어당기며 어린 남자의 손을 탁, 쳐버렸다. 남자는 기분 나쁜 듯한 표정을 짓더니 임자 있는 몸임을 알아차리고 다른 곳으로 사라졌다. 그제야 택주는 잡고 있던 라지의 어깨를 놓아주었다.

"저 새끼 술 많이 된 모양이네. 너한테 치근덕거리고."

"뭐? 그게 무슨 뜻이야, 나한테 치근덕거리면 술 취한 거야? 내가 예뻐서 맨정신에 올 수도 있는 거잖아."

"도라지, 말이 되는 소릴 해라. 주변 좀 둘러봐. 여기 너보다 빠지는 애들 있어? 니가 쉬워 보이니까 접근하는 거야. 그리고 옷이 그게 뭐냐? 나 가슴 커요, 자랑하냐?"

짝!

라지의 손이 택주의 오른쪽 뺨을 가격했다. 택주의 얼굴이 옆으로 틀어지며 붉은 손자국이 났지만 라지는 사과하지 않았다.

신사의 유혹

"매너 없는 놈, 빈말이라도 예쁘다, 섹시하다, 귀엽다, 말 좀 해주면 안 돼? 난 맨날 못생기고 답답하고 멋대가리 없게만 살아야 하냐? 남들은 제법 괜찮게만 봐주는데 어째 너는 날 깎아내리지 못해 안달이야? 내가 그렇게 못났어? 네 눈이 그렇게 높아? 나쁜 새끼!"

라지는 그대로 택주의 어깨를 치고는 스테이지를 나가버렸다.

택주는 멍한 얼굴로 라지의 뒷모습을 바라봤다. 사실 오늘 그녀는 못나지 않았다. 아니, 오히려 예뻤다. 처음으로 보는 라지의 여자다운 모습에 가슴이 뜨끔하고 놀랄 정도였으니. 그런데 말이 생각한 대로 나오질 않았다. 평소 다른 동료 연예인들과 인사말로 나오던 입에 발린 소리도 목에 콱 걸려 나오지 않았다.

톡톡.

멍하니 서 있는 택주의 어깨를 김군이 건드리며 스테이지 밖으로 그를 불러냈다.

"형, 괜찮으세요?"

"어…… 농담이 과했던 모양이야. 라지…… 화난 것 같지?"

"저렇게 화내는 거 처음 봤어요."

"그러게…… 나도 처음 본다. 뺨까지 때린 적은 없었는데……."

"대체 뭐라고 하셨기에 저렇게 화를 내요? 라지 누나 오늘 기분 좋아 보였는데."

"내 잘못이야. 내가 싫은 소리 좀 했거든."

"무슨 말이요?"

"라지한테 접근하는 놈들…… 너 쉽게 봐서 그런 거라고. 아아, 내가 미쳤지, 왜 그런 소릴 했지? 그런 말은 하는 게 아니었는데!"

택주가 모자를 벗더니 머리를 엉망으로 흩뜨렸다. 진심으로 후회하는 모습에 김군도 차마 그를 나무라지 못하고 가만히 쳐다보기만 했다.

"김군아, 나 왜 이러지? 라지한테 잘해줘야지 하면서도 막상 얼굴만 대하면 말이 막 나가. 내 의지와 상관없이. 네가 보기에도 내가 잘못한 거지, 라지는 아무 잘못 없는 거지?"

"예…… 그런 것 같은데요."

"내가 미친놈이다. 나 같은 놈 만나서 라지만 개고생이지."

김군은 택주가 라지에게 한 말을 후회하는 걸 자주 보아왔다. 심한 말을 하고 라지가 화를 낼 때면 그는 늘 이렇게 자신을 비하하곤 했다. 하지만 오늘은 정도가 심한 듯했다. 라지도 여잔데 자꾸 그런 식으로 폄하하면 어떤 사람이 곱게 봐 줄까. 자신이 그 입장이라도 똑같이 했을지도 모른다.

진심으로 괴로워하는 택주의 모습에 김군은 고개를 갸우뚱하며 물었다.

"형…… 혹시 라지 누님 좋아하시는 거 아닌가요?"

"뭐……?"

"아니…… 왜, 그런 거 있잖아요. 좋아하니까 괴롭히고 싶고, 화내니까 마음 아프고 신경 쓰이는 그런 거…… 좋아하는 감정 아닌가 해서요."

"미친 새끼, 넌 좋아하는 여자한테 못생겼다 소리 하겠냐?"

"아뇨. 절대."

"나도 마찬가지야. 어떤 미친 새끼가 자기가 좋아하는 여자한테 그런 소릴 하겠냐?"

"하긴…… 그러네요."

김군이 고개를 끄덕이자 택주는 다시 모자를 눌러쓰며 손을 내밀었다.

"차키 줘."

"가시게요?"

"아무래도 난 이쯤에서 빠져주는 게 라지를 위하는 길이지 싶다."

"에이, 그래도 이렇게 가는 건 아니죠. 가서 라지 누님이랑 화해는 하고 가셔야……."

"우리 이러는 거 하루 이틀이냐? 내일 되면 저절로 풀리니까 걱정 말고 차키나 내놔."

"그럼 같이 가요. 대리 불러도 형 얼굴 팔려서 안 돼요."

택주는 김군에게서 차키를 뺏다시피 가져가며 말했다.

"넌 남은 숙녀분들이나 잘 챙겨. 난 내 알아서 잘 돌아갈 테니."

"진짜 혼자 가시게요?"

택주는 차키를 짤랑 흔들어 보이더니 입구를 향해 걸어갔다. 등 뒤로 김군의 조심히 들어가라는 당부의 말이 떨어졌다. 그는 피식 웃으며 차로 돌아가 대리를 불렀다. 조수석에 앉아 대리를 기다리고 있는데 김군의 말이 불현듯 떠올랐다.

"형…… 혹시 라지 누님 좋아하시는 거 아닌가요?"

"풉!"

터져 나오는 웃음에 결국 크게 웃어버렸다. 어찌나 그 말이 웃기

던지. 그는 어깨까지 들썩이며 한참을 웃었다. 그때 문을 두드리며 대리가 올라탔다. 그는 웃음을 그치고는 간단히 행선지를 말한 뒤 차창 밖으로 시선을 돌렸다.

내가 라지를 좋아한다니, 무슨 그런 말도 안 되는…….

중학생 때부터 알고 지낸 사이였다. 한 번도 여자로 보인 적도 없고 생각해본 적도 없었다. 그녀는 그에게 있어 가족과 마찬가지였다. 어떤 미친놈이 가족에게 이성의 감정을 품겠는가.

그러니 한택주가 도라지를 좋아하는 일은…… 절대 없다.

✤

"나쁜 놈! 나쁜 새끼! 빌어먹을 놈!"

술잔을 깨끗하게 비운 라지가 탁 소리 나게 술잔을 내려놓고는 허공을 향해 삿대질을 했다. 그 모습에 정희가 고개를 절레절레 흔들며 빈 잔에 술을 채웠다.

"나쁜 새낀 거 진즉 알고 있었잖아. 그러게 열 내지 말고 때려치우라니까?"

"나도 마음 같아선 오래전에 때려치웠어!"

"말만 때려치우지 말고 진짜 때려치워!"

"때려치우면? 당장 뭐 먹고 살아? 네가 먹여 살릴래?"

"어머 어머, 사지육신 멀쩡한 젊은 사람이 어디서 빌붙어? 너 다른 소속사에서 스카우트 제의 들어올 정도로 능력 좋잖아, 택주 버리고 다른 사람 맡아. 왜 택주 아니면 실업자 될 것처럼 굴어?"

"이제 지긋지긋해. 그나마 친구라는 명목하에 일했으니 견뎠지

신사의 유혹

모르는 사람을 그렇게 떠받들라면 못할 것 같아. 이건 뭐…… 거의 노예 수준이야. 연예인들이라고 다 그런 건 아니지만 대부분이 그래. 매니저를 아주 개똥 취급이야. 정주아 알지? 걔는 날 사람 취급도 안 해. 한택주 하녀 정도로 생각할걸? 세상에서 지가 젤 예쁜 줄 알고 잘난 줄 아는 여자야."

"한마디로 재수똥?"

정희의 직설적 표현에 라지가 깔깔 웃으며 술잔을 다시 비웠다.

"아무튼 매니저라는 직업은 더 이상 싫어. 그렇다고 이 나이에 취직도 힘들고. 드럽고 아니꼬워도 조금만 참을 거야."

"맨날 조금만 참는대. 그럼 답이 나와?"

"어, 나와."

"어떻게?"

"적금 들어놨거든. 5년만 더 참으면 돼."

"5년? 무슨 적금인데?"

"3억 목돈 만들기 적금."

"3억? 언제 그런 걸 만들었대?"

"이 일 시작하면서 만들었지. 적금 타면 이 일 때려치우고 내 전공 살려서 그림 그릴 거야. 그래서 전시회도 열고 그럴 거야. 아니면 지방에 내려가서 커피숍 하나 차려서 내 커피숍에 내가 그린 그림들로 장식해놓는 거야. 멋지지?"

"우와, 이제 보니 도라지 너…… 계획성 있는 여자구나?"

"그걸 이제 알았냐? 그러니까 아직 실업자가 될 순 없어."

"그럼 참는 김에 조금 더 참지 왜 택주 귀싸대기를 날렸어?"

"그건 매니저가 아니라 친구로서 날린 거야. 자식이 너무 심하게 말하잖아! 나도 여잔데…… 자존심이 있지."

정희는 다시 라지의 빈 술잔에 술을 채워주며 고개를 끄덕였다.

"그데 말이야, 지금껏 풀리지 않는 미스터리가 있는데…… 택주는 딴 사람한테는 안 그러는데 유독 너한테만 박하단 말이지. 왜일까?"

"내가 만만한 거지. 오냐오냐하면서 키운 자식이 버르장머리 없게 자라는 것처럼."

"그럼 네 잘못도 있는 거네. 오냐오냐 키운 잘못도 있는 거잖아?"

"야, 고정희. 너 누구 편이야? 안 그래도 열불 나 죽겠는데, 너까지 염장질이냐?"

"염장질이 아니라 평등하게 생각하는 거야. 너도 택주도 내 친구잖아. 둘이 제일 가까우면서 매번 이렇게 싸움질이니, 내가 마음이 영 불편하단 말이지. 좀 사이좋게 지낼 순 없어? 이제 그럴 때도 됐잖아."

"나도 그러고 싶지! 근데 그놈이 매번 시비잖아. 그치, 초롱아, 내가 먼저 시비 거는 거 봤어? 항상 택주가 먼저잖아."

"네……."

초롱이 술을 홀짝거리며 수긍했다. 초롱의 대답에 힘을 얻은 라지는 더욱 열변을 토했다.

"솔직히 아까 스테이지 가다가 부킹도 당했거든? 부킹할 정도면 오늘 나, 좀 예뻐진 거 아니야?"

"어머! 너 부킹했어? 언제? 어떤 남자랑?"

"중요한 건 부킹이 아니라 오늘의 내가 그만큼 나쁜 상태는 아닌 것 같다는 거야."

"물론이지! 못 꾸며서 그렇지 본판이 못난 건 아니거든. 너 충분히 예뻐. 택주가 한 말은 신경 쓰지 마. 그놈 눈이 너무 높아서 그런 거야. 최고급 여배우들만 상대하는 놈인데 네가 화장 좀 했다고 눈에 차겠냐?"

"맞아요, 언니. 웬만한 여자들보다 예뻐요. 택주 오빠가 한 말은 잊으세요."

정희와 초롱이 연이어 예쁘다는 말을 해주니 조금 기운이 나는 듯했다. 택주에게 받았던 상처가 조금 치유된 기분이랄까. 빈말이라도 나쁘지 않았다.

"그래, 역시 너희뿐이다. 건배!"

챙, 세 개의 잔이 허공에서 부딪혔다. 정희가 가장 먼저 술잔을 비운 뒤 끝맺지 못한 호기심을 다시 드러냈다.

"부킹 상대가 누구야? 어쩌다 부킹하게 된 건데? 잘생겼어?"

"넌 이 상황에 그런 게 궁금하냐?"

"당연하지. 상세히 좀 말해봐."

정희가 가까이 엉덩이를 움직여 오는데 문이 벌컥 열리며 김군이 들어섰다.

"다들 여기서 뭐하세요? 안 나가요?"

"오늘 물이 영 아니야."

정희가 떨떠름한 얼굴로 말하자 김군이 가까이 다가와 손을 내밀었다.

"나가서 저랑 춰요. 라지 누나랑 초롱이도 다 같이 가요."

"난 패스. 나머지 두 사람은 나가서 즐겨. 정희가 쏘는 건데 뽕은

뽑고 가야지."

라지의 말에 정희가 벌떡 일어나 김군의 손을 잡았다.

"그러네? 내가 쏘는 건데 안 놀면 돈 아깝지! 나 나갔다 올게. 초
롱아, 너도 가자."

"전 화장실 들렀다 갈게요."

"그래. 그럼 나 먼저 내려가 있을게. 김군아, 레츠 고!"

사람들이 썰물처럼 빠져나가고 라지는 순식간에 혼자가 되고
말았다. 그녀는 친구들에게 전화를 걸어 푸념을 늘어놓았다.

─라지야, 우리 그이 왔어. 나중에 다시 통화하자.

친구 민정이 먼저 전화를 끊었다. 라지는 휴대폰을 던지듯 내려
놓으며 술을 마신 뒤 혼잣말로 중얼거렸다.

"이것들이 지들 외로우면 바로바로 전화해서 괴롭힐 땐 언제고,
남편 오니까 바로 끊냐? 의리 없는 것들……."

그녀는 화장실을 가기 위해 몸을 일으켰다.

핑.

순간 현기증이 일며 사물이 약간 흐려 보였다. 좀 취한 모양이
다. 그래도 정신은 아직 말짱했다. 그녀는 복도로 나와 화장실로
걸어갔다. 그런데 화장실 입구 근처에 익숙한 실루엣이 보였다.

"어? 초롱인데……."

노랑과 연두색이 격자로 된 체크 원피스에 목에 두른 스카프는
초롱이 확실했다. 그런 그녀가 웬 남자와 말다툼을 하고 있었다.
라지가 천천히 다가가도 그녀의 존재를 알아차리지 못할 만큼 초
롱은 흥분한 상태였다.

"차라리 속일 거면 끝까지 완벽하게 속였어야지! 왜 날 바보로

만들어? 부모님을 핑계 삼을 만큼 내가 지겨웠니? 그럼 지겹다고 했으면 좋았잖아! 오빠 말만 믿고 내가 얼마나 힘들게 마음 정리했는지 알아? 왜 사람을 등신으로 만드냔 말이야!"

초롱의 눈이 분노로 이글거렸다. 그러나 남자는 그녀의 감정에 별 동요가 없었다. 여전히 한 팔에 낀 여자의 허리를 풀지 않았다.

"네가 이러니까 내가 거짓말을 한 거야. 부모님 핑계 안 댔으면? 너 정리했을 것 같아? 정말 지긋지긋하다! 네가 이렇게 나오니까 사람 질리게 하는 거야. 나, 너 질려. 여우처럼 튕기고 하는 맛이 있어야지. 무슨 여자가 이렇게 재미가 없어?"

"재미로…… 만났던 거야?"

"그럼 대학 때 만난 여자랑 결혼까지 하냐? 이것 봐, 융통성도 없고 앞뒤로 꽉꽉 막혀서는 상식이 안 통해! 시영아, 너 같으면 대학 때 만난 남자랑 결혼까지 생각할 것 같냐?"

그가 옆에 낀 여자에게 묻자 여자가 입꼬리를 올리며 깔깔 웃었다.

"그런 바보 같은 질문이 어딨어? 난 대학 때 만난 남자 얼굴도 기억 안 나."

"이초롱, 들었냐? 그동안 네가 매달려서 만나줬지만 이젠 그것도 힘들어서 못하겠어서 헤어지자고 한 거다. 너 생각해서 부모님 핑계 댔던 거고. 이 정도 했으면 그만 알아먹고 좀 가. 넌 여자애가 자존심도 없냐?"

"오빠……."

참다못한 라지가 대뜸 끼어들며 언성을 높였다.

"이런 시베리아 엿 같은 놈을 봤나! 아하! 이제 알겠다. 너 얼마 전에 헤어진 초롱이 남친이냐?"

"이 여자는 또 뭐야? 지나가는 사람이면 곱게 지나가서 화장실이나 처 들어가시죠."

"그렇게는 못하겠다! 이 나쁜 쌍쌍바 새끼야!"

라지가 남자의 멱살을 움켜쥐며 그를 노려봤다. 놀란 초롱이 달려들어 두 사람을 떼어놓으려 했지만 쉽지 않았다.

"언니, 그만 하세요!"

"놔! 이런 놈은 본때를 보여줘야 해! 아침마다 네 더러운 하수구 같은 입구멍에 처넣을 도시락 만들던 초롱이 성의는 전혀 모르겠지? 네놈 가족애 위한답시고 순수하게 물러난 초롱이 진심은 관심도 없지?"

"이거 왜 이래, 안 놔? 놔!"

"싫다, 이놈아! 누군 좋아서 이 쓰레기 같은 멱살 잡고 있는 줄 아냐? 너 같은 놈은 똑같은 종족 만나 마음고생 실컷 해봐야 해!"

"이 여자가 뭐라는 거야!"

팍!

남자가 라지의 손을 거칠게 거둬내며 밀어버렸다. 순식간에 나가떨어진 그녀는 딱딱한 대리석 바닥에 엉덩방아를 찧으며 발라당 넘어졌다.

"아얏! 너 지금 나 밀친 거냐?"

"시비 건 게 누군데 큰 소리야? 이초롱, 이 미친년 데리고 어서 꺼져! 당장!"

"언니, 괜찮아요?"

초롱이 라지를 부축해 일으켰다. 하지만 가만히 있을 라지가 아니었다. 그녀는 초롱을 뒤로 물러나게 한 뒤 남자에게 다시 달려들었다.

"입은 비뚤어졌어도 말은 바로 해야지! 미친 건 내가 아니라 너고, 꺼질 사람도 내가 아니라 너지!"

"뭐야? 이게 진짜!"

열 받은 남자의 손이 번쩍하고 올라갔다. 라지는 얼굴을 들이밀며 더욱 눈을 부라렸다. 그러나 남자의 손은 더 이상 라지의 뺨으로 내려오지 못했다. 커다란 손이 불쑥 튀어나와 남자의 손을 잡고 등 뒤로 확 꺾어버린 것이다.

"앗! 아악!"

남자가 팔이 꺾이자 아픔을 견디지 못하고 비명을 내질렀다. 갑자기 반전된 상황에 라지는 눈을 깜빡이며 남자의 팔을 꺾은 사람을 바라봤다.

"어?"

룸 200호의 남자다!

강수한!

그가 다부진 자세로 남자의 팔을 꺾은 채 라지를 보고 물었다.

"괜찮아요?"

"예……? 아! 괘, 괜찮아요!"

때아닌 소란에 웨이터들과 손님들이 모여들었다. 사람들의 시선이 몰리기 시작하자 팔이 꺾인 남자가 얼굴을 붉히며 잡고 있는 남자에게 소리쳤다.

"이거 안 놔? 당신 누군데 함부로 날 잡고 있는 거야!"

남자의 고함에도 수한은 차분하게 앞에 선 웨이터에게 말했다.

"경찰 좀 불러주시죠. 여기 있는 사람이 여자분에게 손찌검을 하였습니다. 제가 증인이고요."

수한의 말의 남자의 눈이 화등잔만 해졌다. 그는 초롱을 향해 눈을 부릅떴다.

"야, 이초롱! 뭐라고 말 좀 해! 이 미친놈한테 설명 좀 하라고!"

갑작스러운 상황에 초롱이 어쩔 줄 몰라 하자 라지가 그녀의 팔을 잡아당겼다.

"이런 놈이 하는 말 들을 필요 없어. 지가 뿌린 만큼 받는 거야. 내 말, 무슨 뜻인지 알지?"

초롱이 아랫입술을 질끈 깨물며 남자를 노려봤다.

"여기 이 남자가 지나가는데 엉덩이도 만지고 성추행했어요. 여기 있는 언니는 밀어서 넘어뜨리기도 했고요."

초롱의 말에 웨이터 두 명이 다가와 수한 대신 남자를 옭아맸다. 불리한 상황에 남자가 억울하게 소리쳤다.

"야! 아, 시팔! 진짜 이러기야? 나한테 이런다고 복수가 될 것 같아? 시영아! 뭐라고 좀 해봐, 처음부터 다 봤잖아!"

남자가 애원하듯 말했다. 하지만 시영이란 여자는 별 관심 없다는 듯 콧방귀를 뀌었다.

"모르는 사람이에요."

순식간에 안면박대한 여자는 유유히 가버렸다. 남자가 분에 못 이겨 허공에 발길질을 했다.

"너 다음에 내 눈에 뜨이면 가만 안 둘 줄 알아! 아씨, 미친년!"

어수선한 상황에서도 수한은 아주 침착했다. 라지에게 다가와

신사의 유혹

안부를 물을 정도였으니.

"허리를 삐끗했거나 다친 건 아닙니까? 병원에 가면 진단서를 끊을 수 있으니 그렇게 하십시오. 여기 계신 여자분은 성추행을 당하셨으니, 이 남자는 폭행 및 성추행으로 충분히 고소 가능할 것 같군요."

수한의 말에 라지와 초롱의 눈이 커졌다. 고소까지 생각은 못했으나 그가 그렇게 정리를 해주니 정말 고소가 가능해진 것이다.

하지만 누구보다 이 말에 놀란 건 바로 웨이터들의 손에 붙잡혀 있는 남자였다.

"자, 잠깐! 초롱아, 너 정말 날 고소할 생각은 아니지? 우리가 알고 지낸 정이 있지 어떻게…… 아니지?"

남자가 믿을 수 없다는 듯 물었지만 초롱은 그 말을 무시한 채 웨이터들에게 부탁했다.

"경찰 불러주세요."

"야! 이초롱!"

남자의 발악에 웨이터가 곤란한 표정으로 초롱에게 아는 사이 아니냐고 물었다. 그러나 초롱은 더 이상 그와 엮이고 싶지 않았다.

"모르는 사람이에요. 경찰 불러주세요."

단호하게 말한 초롱은 라지를 향해 돌아섰다.

"언니, 저 때문에 많이 놀라셨죠? 이제부터 제가 알아서 할게요. 언니는 들어가서 다친 데 없나 잘 확인해보세요."

"어? 어, 나야 괜찮지만…… 너 혼자 괜찮겠어? 같이 가줄게."

"아니에요. 우리 언니 불러서 해결할게요. 걱정하지 말고 들어가 보세요."

초롱은 수한을 향해 정중히 머리를 숙여 고마움을 표했다. 그리고 끌려가는 남자의 뒤를 따라나섰다.

그 뒷모습이 참으로 안 돼 보여 라지는 마음이 씁쓸해졌다.

그래도 초롱이가 보기보다 야무지네.

자신이 만약 초롱의 입장이었다면 지금쯤 살인이 일어났을지도 모를 일. 하지만 초롱은 아직 어린대도 불구하고 어른스럽게 상황을 잘 대처했다.

"라지 씨, 아는 분인가 봅니다. 직장 동료?"

수한의 질문에 라지가 놀란 얼굴을 수습하며 그를 쳐다봤다. 다시 봐도 그는 너무 완벽했다. 물론 외모적으로만 봐서 말이다.

"직장 동료인 줄 어떻게 아셨어요?"

"친구라고 하기엔 조금 거리감이 보였고, 모르는 사이라고 보기엔 친하고. 직장 동료 같다는 느낌이 들어서요."

"예리하시네요."

"제 직업상 좀 그렇습니다."

"무슨 일 하시는데요?"

"이 일, 저 일, 하는 일이 좀 많습니다."

"예…… 근데 왜 나와 계세요?"

"동료 배웅 차 나왔던 길이었습니다."

"아……."

그는 필요 이상의 말은 하지 않았다. 그래서 더 궁금증을 유발시켰다.

대체 누굴 만나고, 무슨 일을 하는 걸까?

아, 맞다! 그러고 보니 이 남자 명함을 못 받았는데.

라지는 뒤늦게 남자의 명함을 받지 못했다는 사실을 떠올렸다.

"저…… 괜찮으시면 명함 한 장만……."

"죄송합니다만 가지고 있는 명함이 없습니다."

실망이 엄습하려는 찰나 그가 생각지도 못한 제안을 했다.

"명함 대신, 제 룸에서 한 잔 하시겠습니까?"

"룸에서요?"

아, 이럴 땐 한 번 튕겨줘야 제 맛인데.

그러나 이 남자에게 그런 건 안 통할 듯했다. 한 번 튕기면 그걸로 그냥 끝일지도.

"좋습니다. 잠시만요, 제가 휴대폰을 놓고 나와서. 그것만 가지고 바로 룸으로 갈게요. 200호, 맞죠?"

그가 고개를 끄덕이더니 먼저 룸으로 들어갔다. 라지는 쾌재를 부르짖으며 룸으로 뛰어가 자신의 가방과 휴대폰을 챙겨 들었다. 그리고 정희에게 초롱과 자신을 찾지 말라는 문자를 남기고는 그의 룸으로 신나게 뛰어갔다.

✤

10명이 들어와도 충분히 즐기고도 남을 넓은 룸. 길쭉한 테이블을 가운데 두고 제일 상석에 앉은 수한은 테이블 위에 널브러진 서류들을 가방에 정리하며 입매를 끌어올렸다.

도라지.

나이 서른. 강명대학교 동양화 전공.

키 164센티미터, 몸무게 49킬로그램.

직업은 제우스엔터테인먼트의 매니저. 현재 한택주의 매니저로 애인 없음.

공식적인 서류상의 정보는 그게 다였다. 하지만 수한이 들고 있는 서류에는 집, 가족사항, 성격, 취미 등등 그에 관련한 세세한 정보가 나열되어 있었다.

그는 며칠 동안 한택주 주변 인물들의 성격을 파악하기 위해 나이별로 다양하게 접근을 시도하도록 지시했다. 그리고 그 결과를 조금 전 형도에게 건네받았다. 늘 그렇듯 그의 조사는 철저했고 오차도 거의 없었다. 단, 라지라는 여자는 조금 달랐다. 소심한 듯 보이면서도 적극적이고, 남 일에 관심 없는 듯하면서도 참견을 하곤 했다. 또한 조금 전 같은 상황에서는 무모하리만치 용감했다. 남자를 상대로 무력을 행사하려 하다니, 여간 간이 큰 여자가 아니었다.

"훗……."

흥미로웠다. 뜻하지 않은 변수이긴 했지만 재미있었다.

알맹이와 겉모습이 전혀 다른 여자. 그런 여자가 오늘 180도 바뀐 모습으로 나타났으니 이젠 겉과 속이 다르다는 말도 틀렸다고 해야 하나? 아무튼 지금의 모습이 속에 감추고 있던 본모습과 꽤나 잘 어울렸다.

한택주의 매니저라고 소개하지 않았더라면 아마 그대로 그녀를 내보냈을 것이다.

"쿡……."

수한은 조금 전의 일을 회상하며 웃음을 터트렸다.

"저…… 혹시 연예인 아니세요?"

겨울미술관에서 처음 만났을 때도 그녀는 그렇게 말을 걸어왔었다. 한결같은 첫마디. 순간 수한은 웃음이 나왔다.

연예인이라니, 자신에게 어울리지 않는 단어였다.

그런데 그녀는 자신에게 접근해 연예인이 될 것을 권유했다. 연예계 쪽은 관심이 전혀 없지만 어쨌든 그녀가 그에게 관심을 가진 건 좋은 징조라 할 수 있었다. 한택주에 대한 고급정보를 얻어낼 수 있으니까 말이다.

똑똑.

노크와 함께 문이 열리며 라지가 고개를 들이밀었다.

"저…… 왔어요."

"들어와 앉아요."

그녀가 쪼르르 다가와 그의 오른편에 자리했다.

"조금 전엔 경황이 없어서 제대로 인사도 못했는데, 고마웠어요, 도와주셔서."

"크게 도운 것도 없는데 인사를 받자니 좀 민망하군요. 그런데 아까 그 남자분과는 아는 사이십니까? 상황으로 보면 원수 같은데 그렇다고 전혀 모르는 사이도 아닌 것 같고."

"아…… 그게 좀 그렇게 됐어요. 제가 아는 사람은 아니고 아까 같이 있던 초롱이라는 여자애랑 아는 사인데, 벌 받을 짓을 했거든요."

그때 직원이 들어와 와인과 안주로 햄치즈카나페를 내려놓고 나갔다.

"혹시 몰라 와인을 주문했는데, 괜찮으십니까?"

"그럼요. 술이라면 안 가리고 다 잘 마시는 편이에요."

"주량이 좀 되시는 모양입니다."

"잘 마시는 건 아니고, 남들 마시는 만큼 마셔요. 근데 업무는 다 보신 거예요?"

"예."

"실례지만 이런 곳에서 서류 꺼내면서 업무가 가능한가요? 시끄럽고 어수선해서 일이 잘 안 될 것 같…… 아, 죄송해요. 괜한 참견을 했네요."

라지가 금세 후회하며 미간을 찌푸렸지만 그는 아무렇지 않은 듯 와인 잔에 술을 따라 그녀에게 건넸다.

"괜찮습니다. 가끔 업무를 위해 이런 곳에 오기도 합니다. 클라이언트의 시간과 장소를 배려하는 건 일의 기본이니까요."

"예…… 잘 마실게요."

라지가 술잔을 받아 향을 음미하고는 한 모금 들이켰다. 수한은 그 모습을 잠시 바라보다 자신의 와인 잔을 집어 들었다.

"이렇게 뜻하지 않게 생긴 자리는 처음이라 무슨 말부터 해야 좋을지 모르겠군요. 사실 계획에 없는 일은 만들지 않는다 주의거든요. 그런데 신기하게도 아까 우연찮은 대화로 좀 재밌었습니다. 그래서 복도에서 라지 씨를 다시 봤을 땐 반갑기도 했고요."

"저도 반가웠어요. 언제 봤다고 반가웠냐고 하면 할 말은 없지만, 흑기사처럼 위험에 처했을 때 나타나서 도와주시니…… 더 반갑더라고요."

두 사람은 동시에 옅은 웃음을 내뱉고 다시 입을 축였다.

"참, 여기 혼자 오신 건 아닌 것 같고, 일행은……."

"있긴 한데, 어차피 저 혼자 룸에서 술 마시고 있었어요. 말해놓고 왔으니 걱정 안 하셔도 되고요."

"한 가지 의문이 드네요. 클럽에 온 이유는 즐기기 위해서일 텐데 왜 룸에서 홀로 술을 마시고 있었죠?"

"실은 친구랑 화해한 기념으로 여기 온 건데…… 또 다른 친구랑 좀 싸웠어요. 아니, 싸웠다기보다 제가 일방적으로 화를 냈다고 하는 게 맞겠네요."

"그 친구가 잘못을 했나 보죠?"

수한의 말에 그녀의 얼굴에 동요의 빛이 일었다.

"모르겠어요…… 아니, 그 친구가 잘못했어요. 솔직히 초면에 이런 말씀 뭣하지만 제가 평소에 잘 꾸미질 않아요. 먹고 살기도 바쁘고, 매니저 일도 바쁘고, 이래저래 시간에 돈에 쫓겨 나 가꿀 시간이 없었거든요. 이렇게 모르는 사람과 술 마시면서 떠들 성격도 못되고요. 정말이지 오늘 수한 씨를 만나 이렇게 떠들고 있는 건…… 평소의 저로서는 있을 수 없는 일이네요."

"그러니까, 친구의 잘못 덕분에 라지 씨가 이 자리에서 저와 얘기를 나눌 수 있었다, 그건 가요?"

"얘기가 그렇게 되나요? 뭐, 틀린 건 아니네요. 전 그 친구 때문에 엄청 열 받았고, 누군가에게 이 답답함을 호소하고 싶었으니까. 수한 씨가 운 나쁘게 걸린 셈이네요."

"글쎄요, 운이 나쁘다고만은 볼 수 없겠는데요?"

"예······?"

라지의 얼굴로 열이 확 올랐다. 화선지에 붉은 잉크를 떨어뜨린 것처럼 그녀의 뽀얀 피부가 서서히 붉어졌다.

'이 남자 왜 이래······ 가슴 떨리게.'

라지는 고개를 내저으며 정신을 가다듬었다. 이렇게 잘난 남자가 자신에게 다른 마음을 품었을 리 없는데 왜 이렇게 얼굴이 화끈거리는지 모를 일이다. 그건 누구보다 본인이 잘 알지 않는가. 한택주도 그렇고 다른 남자들도 그렇고 인물 좀 있다 싶으면 그에 맞게 여자 보는 눈도 자연스레 높아졌다. 눈앞의 잘난 남자만 해도 그렇다. 이런 남자를 이성의 눈으로 봤다간 결국 상처받는 건 자신이 될 게 뻔했다.

수한은 그녀가 비워버린 잔에 와인을 따라주며 말을 이어갔다.

"돌아가신 저희 어머니께서 버릇처럼 하시던 말이 있었습니다. 모든 일은 일어나야 하기 때문에 일어나는 운명이지 우연이란 없다, 고. 아까 라지 씨가 제 룸에 온 것도, 지금 우리가 합석한 것도 우리가 선택한 거지 우연은 아닌 것 같아서요."

"듣고 보니 그러네요. 수한 씨는 말도 참 잘하시네요. 연예인하면 대박 날 거예요."

"훗, 라지 씨도 저 못지않게 일에 파묻혀 사는 사람인가 봅니다. 틈틈이 절 공략하시는 걸 보니 긴장을 풀 수 없게 만드시네요."

"제, 제가 그랬나요? 죄송해요. 전 그냥 아무 생각 없이 한 말인데······."

"그만큼 자신의 일에 열정이 있다는 뜻이니 나쁘게 생각하지 않습니다. 오히려 칭찬받아 마땅하죠."

"좋게 생각해주시니 감사해요."

그녀가 술잔을 비우며 배시시 웃었다. 그 웃음이 마치 천진난만한 어린아이의 미소 같았다. 생각지도 못한 맑은 미소와 솔직담백한 성격에 수한은 조금 당황스러웠다.

거기다 그녀와의 대화는 즐거웠다. 한택주에 대한 정보를 얻어내기 위해 시작된 대화는 자꾸만 엉뚱한 곳으로 흘렀고 얘기는 자연스레 길어졌다.

고리타분할 것 같았던 그녀는 또 한 번 그의 예상을 뒤엎었다. 말 많은 연예계의 일원답게 그녀는 재밌는 얘깃거리로 어색할 틈 없이 즐겁게 분위기를 잘 이어갔다. 덕분에 수한도 그녀의 얘기에 시간 가는 줄 모르고 편하게 술잔을 비웠다.

✤

같은 시각, 데미클럽 인근의 M모텔 509호.

탁!

문이 닫히자마자 정희와 김군의 입술이 자석처럼 철썩 달라붙었다. 두 사람의 입에서 거친 숨이 흘렀다.

"흐읍!"

김군의 아랫입술을 물고 핥으며 정희가 그의 혀를 찾았다. 곧 두 사람의 혀가 뜨겁고 깊게 얽히기 시작했고 서로의 타액이 오고 갔다.

입고 있던 옷가지들도 하나씩 떨어졌다. 블라우스가, 티셔츠가 바닥에 떨어졌고 현관 앞에 머물러 있던 발길도 주춤주춤 안으로 옮겨졌다. 김군의 다리가 침대에 걸려 더 이상 뒤로 갈 수 없게 되어서야 정희는 그의 가슴팍을 밀어 그를 넘어뜨렸다. 커다란 침대가 김군의 무게에 출렁하며 물결을 일으켰다. 하지만 그 출렁임이 채 가시기 전에 정희가 그의 몸 위로 올라탔다. 그리고 곧바로 김군의 입술을 찾았다. 조용한 공간이 두 사람의 열기로 금세 뜨거워졌다. 그녀의 입술이 그의 입술을 거쳐 목 줄기를 타고 아래로 내려갔다. 그리고 딱딱하게 올라온 목젖을 훑고 탄탄한 가슴에 안착했다. 그녀는 거리낌 없이 그의 유두를 입 안에 머금었다. 반사작용을 일으키듯 그의 입에서 신음이 터져 나왔다.

"읏……."

그가 그녀의 머리통을 양손으로 거머쥐었다. 하지만 그녀는 멈추지 않았다. 양쪽 유두를 앞니로 잘근잘근 농락한 뒤 배꼽으로 내려와 그 안으로 혀를 집어넣었다. 참을 수 없다는 듯 그의 허리가 들썩였다.

"으훗……."

다시 한 번 그의 입술 사이로 얕은 신음이 터졌다. 그는 그녀의 머리에서 손을 떼어 이불을 움켜잡았다. 그 사이 그녀는 배꼽 아래까지 올라온 그의 음모를 혀끝으로 쓸며 아래로 서서히 내려갔다. 허리띠에 막혀 더 이상 내려갈 수 없게 된 그녀는 상체를 일으켜 그의 허리띠를 빠르게 풀어 지퍼를 단박에 내렸다. 김군이 부끄러운 사춘기 소녀처럼 바지를 잡았다.

"누님, 그건 제가 할……."

"쉿! 가만있어."

정희는 그의 바지를 끌어내린 뒤 침대 아래로 떨어뜨렸다. 그리고 자신의 브래지어를 풀었다. 탱탱한 가슴이 모습을 드러내며 출렁이자 김군이 마른침을 꿀꺽 삼켰다. 그의 삼각팬티 안 물건은 이미 성을 내며 하늘로 불끈 솟은 지 오래였다. 그는 거친 숨을 내쉬며 그녀가 하는 대로 몸을 내맡겼다.

정희는 불룩하게 솟은 그의 팬티를 양손으로 더듬거리며 그를 약 올렸다. 아끼는 장난감을 다루듯 그녀의 손길이 부드럽게 움직였다. 참기 힘든 그의 몸이 이리처리 뒤틀렸다. 그제야 그녀는 만족한 듯 그의 팬티를 내리고는 빳빳하게 일어선 그의 중심에 입을 맞췄다.

"아흑! 누님!"

김군이 애원하다시피 그녀를 불렀다. 하지만 정희는 서두르지 않았다. 그녀는 양손으로 그의 페니스를 잡고는 장난치듯 흔들고 어루만지다 입을 맞추기를 반복했다. 그러다 갑자기 상체를 일으킨 그녀가 그의 얼굴을 보며 정색했다.

"김군, 오늘 일은 절대! 저얼대! 비밀이야."

"물론입니다."

그의 확실한 대답을 듣고 나서야 정희는 다시 상체를 숙였다. 그리고는 그녀의 가슴 사이로 그의 페니스를 찔러 넣었다.

"가슴 큰 여자만이 가능한 거니까 너, 오늘 복 받은 줄 알아."

정희는 자신의 가슴을 잡고 아래위로 움직이며 그의 페니스를 품었다.

"앗! 아훗! 누님! 아앗!"

김군이 거의 자지러지듯 소리쳤다. 정희는 승리의 미소를 지으며 그의 중심에서 떨어졌다. 참다못한 그가 귀두 끝으로 하얀 액체를 조금 뿜어냈다. 정희는 혀끝으로 재밌다는 듯 그 액체를 쓰윽 핥아먹으며 웃었다.

"김군, 벌써 이러면 안 돼. 밤은 길고 우리의 섹스는 이제부터가 시작이라고."

그녀의 충고에 김군의 얼굴이 새빨갛게 익어버렸다.

"죄송해요, 누님. 제가 경험이 별로 없어서……."

"설마 숫총각은 아니겠지?"

"그, 그게……."

그가 말끝을 흐렸다. 확실하게 답을 하지 못하는 그를 보며 정희는 그의 가슴 위로 올라타 얼굴을 들이밀었다.

"뭐야, 진짜 숫총각이야? 진짜?"

"그게…… 죄송해요."

그의 사과에 정희는 잠시 할 말을 잃었다.

조금 전 클럽에 있을 때만 해도 그와 이런 관계를 가지게 되리라고는 상상도 못했다. 그저 스트레스 해소를 위해 신나게 놀고 싶었을 뿐. 정신없이 몸을 흔들었고 그러다 보니 분위기에 취해 그와 몸을 맞대며 블루스까지 추게 되었다. 늘상 보던 얼굴이었고 아무 감정도 없었던 그에게 그 순간 야릇한 느낌이 찾아왔다. 그도 필을 받은 건지 자신을 바라보는 눈빛이 꽤나 질척했다. 이런 충동적인 기분이 당황스러웠지만 그녀는 피하지 않았다. 그러기엔 그녀는 감정에 너무 충실했으니까. 다른 여자들처럼 욕망을 숨길 자신이 없었던 그녀는 자석처럼 그의 입에 입맞춤을 했다. 그도 원했던 건지 그녀의 반응에 적극적으로 응해왔다. 긴 키스 끝에 두 사람은 결국 클럽 근처 모텔까지 오게 되었다.

신사의
유혹

그런데, 그가 숫총각이라니.

평소 그가 성실하게 일을 한다는 얘긴 친구에게 들었어도 아랫도리까지 이렇듯 성실하게 잘 지키고 있을 줄은 꿈에도 몰랐다. 경험 많은 남자들이 숫처녀를 만났을 때의 황당함과 기쁨이 바로 지금의 정희가 느끼는 기분과 똑같을까? 말로 형언할 수 없는 놀라움과 즐거움이 머리와 가슴을 강타했다.

"누님, 책임 묻지 않을게요. 걱정 말고 계속해요. 저 정말 괜찮습니다."

그녀의 행동이 멈칫하자 불안해진 마음에 김군이 재빨리 덧붙여 말했다. 그 말은 효험이 있었다. 망설이던 그녀가 다시 행동을 개시했으니까.

"너, 그 말 책임져. 나중에 딴소리 없기야."

"물론, 옷! 입니다."

정희는 그의 페니스를 슬며시 짓누르며 아래로 내려갔다. 처음 마주 대하는 숫총각에 저도 모르게 기분이 상승했다. 그녀는 그의 중심부를 야릇하게 비비며 자연스럽게 일어나는 자극을 즐겼다. 김군의 허리가 들썩이며 숨소리가 거칠어지자 그녀는 동작을 멈추고 그의 옆자리로 몸을 뉘었다.

"김군, 이제 네 차례야. 내가 했던 것처럼 너도 해봐."

"제가요?"

"빨간딱지 영화 많이 봤지? 본 대로 하면 돼."

"예……."

김군은 몸을 일으켜 그녀의 몸을 훑었다. 짙은 갈색을 띠는 유두와 잘록한 허리, 그 아래 분홍색 팬티와 늘씬한 다리까지 어느

하나 나무랄 곳이 없었다. 눈으로 더듬는 것만으로도 당장이라도
분출할 것만 같았다. 그는 인내력을 발휘하며 그녀의 입술부터 찾
았다.

길고 긴 입맞춤으로 스타트를 끊은 그는 천천히 아래로 내려가
그녀의 커다란 가슴을 주물렀다. 손 안에 넣기에 벅찬 가슴은 부드
럽고 물컹했다. 짜릿함이 절로 솟구쳤다. 그는 그녀의 오른쪽 가슴
을 입 안에 넣었다. 꼿꼿하게 일어선 유두가 입천장을 자극하자 그
는 엄마 젖을 빨 듯 그녀의 유두를 힘껏 빨아 당겼다. 그리고 남은
가슴은 손으로 마음껏 농락했다.

"아…… 김군아, 살살…… 하앙."

하지만 김군의 귀에는 그녀의 목소리가 전혀 들어오지 않았다.
이미 이성의 끈을 놓아버린 탓이다. 그는 무섭도록 그녀의 가슴을
탐했고 실컷 맛본 후에야 배꼽을 지나 아래로 내려갔다.

분홍빛 레이스 아래로 슬며시 내비치는 검은 음모.

맛있는 음식을 눈앞에 둔 아이처럼 그는 군침을 삼켰다. 그의 목
젖이 들썩일 정도였다.

김군은 떨리는 손으로 그녀의 중심에 손을 갖다 댔다. 살짝 부풀
어 오른 그녀의 중심이 손끝에 닿자 알 수 없는 전류가 그의 손등
을 타고 가슴까지 전해졌다.

태어나 처음으로 느껴보는 짜릿함!

그는 숨을 크게 들이켜며 그녀의 팬티 위로 입술을 가져갔다. 그
리고 봉긋하게 솟은 그녀의 중심에 코를 박고 부비부비 문질렀다.
그녀가 허리를 살짝 비틀자 김군은 얼굴을 들어 그녀의 팬티를 벗
겨 냈다. 천천히 모습을 드러내는 그녀의 중심에 그는 무척 조심스

러웠다. 야동으로만 보던 여성의 중심을 실제로 눈앞에서 보니 감회가 새로웠다. 그는 팬티를 옆으로 치운 뒤 그녀의 중심에 손을 갖다 댔다. 가슬가슬한 음모 아래로 촉촉하게 젖은 여성이 그의 손길에 반응하며 움찔댄다.

"김군…… 나 긴장되려고 해. 속도 좀 올려봐."

정희의 부탁에 그는 그녀의 중심으로 얼굴을 내렸다. 코끝을 감싸는 알 수 없는 향기에 정신까지 몽롱했다. 그는 혀를 내밀어 그녀의 중심 사이로 조심스럽게 가져갔다. 따뜻한 온기와 함께 뭉클한 무언가가 그의 혀를 마비시켰다.

김군은 참을 수가 없었다. 가슴 깊숙한 곳에 잠들어 있던 야수가 깨어나 그를 들쑤시며 재촉했다. 어서 탐하라고! 어서 가지라고!

그는 터질 것 같은 자신의 남성을 그녀의 여성 입구에 가져갔다. 그리고 조금의 여유도 없이 성급하게 그녀의 몸 안으로 밀어넣었다. 너무 심하게 힘을 준 탓인지 철썩, 하는 소리가 크게 공간을 울렸다.

"흡!"

"악!"

그녀가 아픈 신음을 내뱉으며 그의 어깨를 잡았다. 김군은 힘 조절을 하는 것도 잊고 무조건 강하게 그녀의 안으로 들어갔다 나오기를 반복했다. 그녀의 몸이 부서지면 어쩌나 걱정이 되면서도 브레이크 없는 폭주열차처럼 멈추지 않았다. 철썩이는 살 마찰음과 더불어 그녀의 몸이 점점 위로 올라가 침대헤드에 닿았다. 그래도 그는 멈추지 않았다. 정희는 급하게 베개를 가져가 머리 위에 놓으며 마찰을 막았다. 그럼에도 어쩌나 힘이 좋은지 김군의 힘에 정희는 속수무책으로 밀려났다.

"으흑!"

"아아핫!"

마지막 힘을 다한 그의 분출에 정희는 절정을 맛보았다. 이게 얼마 만일까? 야생마처럼 거칠고 강한 힘은 처음이었다. 노련함은 부족하지만 엄청난 힘이었다. 그의 겉모습과 다르게 크고 긴 그의 성기는 놀라울 정도의 파워를 지니고 있었다.

"대박……."

정희는 자신의 몸 위로 쓰러진 그의 등을 어루만지며 감탄을 금치 못했다. 정말 대박이었다. 게임으로 치면 생각지도 못한 득템, 농사로 치면 의외의 수확이었다. 진흙 속 진주, 김군은 바로 숨겨져 있던 복병이었다.

"미안해요, 누님. 하아하아, 제가 서툴러서……."

김군이 미안한 마음을 전하며 몸을 일으키려 하자 정희가 긴 다리로 그의 엉덩이를 감싸며 저지했다.

"서툴러도 괜찮아. 너…… 최고였어. 내가 만난 남자 중에 최고야."

"정말……이에요?"

정희는 만족스러운 웃음과 함께 머리를 들어 그의 입술에 쪽하고 입을 맞췄다.

"정말. 근데 좀 짧긴 했어. 아쉽다."

"그러게요…… 제가 처음이다 보니……."

김군이 아쉬운 감정을 얼굴에 드러냈다. 솔직한 그의 표정에 정희는 웃음을 참지 못하고 터트렸다.

"픕! 김군, 너 왜 이렇게 솔직해? 라지 옆에 있더니 물든 거니?"

"예?"

"너 지금 나하고 더 하고 싶다는 얼굴인데, 틀렸니?"

"그게……."

"좋아. 더 해. 솔직히 나도 너 마음에 들어. 그렇다고 네가 좋다는 건 아닌데…… 호감이 생겼다고나 할까?"

"누님……."

"너만 좋으면 지금 관계 유지해도 좋아. 너 구속할 생각 없으니 다른 여자 만나도 좋고. 상대방이 원하면 언제든 헤어지는 걸로 약속하고 시작하자. 물론 다른 건 안 해. 데이트, 친구 소개, 이런 건 진짜 애인 사이에서나 하는 거잖아? 우린 시간 맞을 때 섹스만 해. OK?"

"섹스만…… 해요?"

"싫어?"

그의 얼굴에 실망이 드리워졌다.

"싫은 건 아닌데…… 그 이상은 절대 안 되는 건가 해서요."

"안 될 건 없지만…… 번거로운 거 귀찮아. 가볍게 시작하자."

그녀의 말에 그는 일말의 희망을 품으며 입술을 늘였다.

"옙. 그래요, 누님."

김군은 그녀의 몸을 꼭 껴안으며 키스를 퍼부었다.

사실 오래전부터 그녀를 흠모했었다. 라지의 친구라는 이유 하나 때문에 표현은 하지 못했다. 개인적으로 만날 일도 없으니 그녀와 친분 쌓는 건 하늘의 별따기였다. 그런데 뜻하지도 않게 행운이 주어지다니, 이건 기적과도 같았다.

그녀와 이렇게 몸을 섞고 입술을 섞으니 구름 위로 붕 뜬 기분마저 들었다. 김군은 지금 이 순간이 영원하길 기도하며 그녀의 마음을 얻기 위해 노력해야겠다고 다짐했다. 시작은 가벼워도 끝은 결코 가볍지 않으리라.

"김군, 배고프지 않아? 우리 나가서 우동 한 그릇 먹고 우리 집으로 가지 않을래?"

"누님 집에요……? 가도 되나요?"

"당연하지. 우동 먹고 힘 보충해. 무슨 뜻인지 알지?"

"물론이죠!"

김군은 씩씩하게 답하며 벌떡 일어났다.

그녀가 원하고, 만족할 수만 있다면 최선을 다하리라.

옷을 챙겨 입는 그의 입가에 미소가 떠나지 않았다.

신사의
유혹

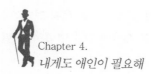

Chapter 4.
내게도 애인이 필요해

　모차르트의 '아이네 클라이네 나흐트 무지크' 1악장이 우렁차게 울렸다. 오케스트라의 웅장한 음악이 아무리 좋다 한들 아침 알람으로 설정되는 순간 듣기 싫은 음악으로 전락해 버리기 마련, 이 음악도 라지에겐 시끄러운 알람음에 불과했다. 라지는 줄기차게 울리는 휴대폰 알람을 끄기 위해 손을 뻗었다. 협탁 위를 열심히 움직이는 그녀의 손, 하지만 휴대폰이 도통 잡히지 않았다. 그녀는 하는 수 없이 한쪽 눈을 슬며시 떠 협탁 위를 살폈다.

　화이트 색상의 협탁과 그 위를 장식하고 있는 침대등. 처음 보는 물건이었다. 자신의 집에 이런 예쁜 물건을 사다 놓은 적이 없었다.

　내 집이…… 아닌가?

　어디서 잠이 들었는지조차 기억나지 않는 걸 보니 어제 꽤나 과음한 모양이다.

　라지는 정신을 가다듬며 눈을 감았다. 다행히 알람이 자동으로 꺼지며 조용해졌다.

'어제 클럽에 가서 놀다가…… 초롱이가 씹어 죽일 놈이랑 경찰서로 가고, 난……'

기억을 더듬던 그녀가 눈을 번쩍 떴다.

'난…… 강수한 씨와 와인을 마셨어! 그리고…….'

기억이 없다.

라지는 이 고급스러운 공간이 어쩌면 그의 집일지도 모른다는 생각이 들었다.

'미쳤어! 잘 알지도 못하는 남자랑 필름이 끊기도록 술을 마시다니!'

그녀는 스스로를 나무라며 천천히 고개를 들었다. 햇볕이 환히 들어오는 밝은 공간과 고급스러운 천장, 그리고 몸에 착 감기는 부드러운 이불. 고개를 돌리던 그녀는 바로 옆자리에 자리한 정체불명의 물체에 하마터면 정신을 놓을 뻔했다.

'가, 강수한 씨……?'

놀란 마음을 진정하려 눈을 비비고 들여다봤지만 낯설지 않은 얼굴은 사라지지 않았다. 틀림없는 그였다. 깊게 잠이 들었는지 길게 내려온 속눈썹과 눈꺼풀은 잠잠했다.

라지는 주먹 쥔 손으로 입을 틀어막으며 옆에 누워 있는 그의 모습을 뚫어지게 쳐다봤다. 아무리 봐도 이 상황이 당최 믿기지가 않았다.

'이, 이, 이게 어떻게 된 일이지? 수한 씨가 왜 내 옆에…….'

라지는 다시 한 번 지난밤을 떠올리려 노력했다. 하지만 백지처럼 지워진 기억은 아무것도 떠오르지 않았다. 탄탄한 근육을 자랑

하듯 드러난 그의 상체를 보니 더더욱 할 말이 없었다.

"이게 도대체……."

어떻게 된 일일까?

누군가에게 뒤통수를 된통 강타당한 기분마저 들었다. 말이 안 되는 이 상황이 어디 또 있을까.

'이렇게 잘생긴 남자와 한 침대에 누워 있다니…… 잠깐! 같은 침대?'

뒤늦게 정신을 차린 그녀는 그제야 허전한 뭔가를 느꼈다.

'!'

그녀는 재빨리 이불을 들쳤다.

봉긋한 가슴과 그 아래로 보이는 적나라한 나체. 그야말로 실오라기 하나 걸치지 않는 알몸의 상태였다.

오, 마이 갓!

그녀는 음식이 담긴 냄비 뚜껑을 열었다 닫듯이 몇 번이나 이불을 들쳐본 후에야 이불로 다시 몸을 감쌌다.

후우후우.

라지는 심호흡으로 마음을 가다듬었다. 지금의 사태를 어찌해야 할지 정리하려 노력하려 했지만 놀란 마음이 쉽사리 진정되지 않았다. 이런 경우는 생각지도 못했고 상상도 못했기에 도무지 적응이 되질 않았다.

쿵쿵, 미쳐 날뛰는 심장이 당장이라도 가슴을 뚫고 나올 것만 같았다. 도둑질을 한 사람처럼 손발이 덜덜 떨리기까지 했다.

라지는 눈에 힘을 주어 감았다 뜨기를 반복하며 수한을 쳐다봤다. 그러나 그는 그녀의 애타는 마음도 모른 채 사라지지 않고 그 자리를 꿋꿋이 지켰다.

이건 명백한 현실. 그녀는 울상을 지었다.

'미쳤어, 미쳤어……. 내가 수한 씨랑 잤다니! 하나도 기억이 안 나.'

억울했다. 이 남자와 첫 경험을 치러서가 아니라 하나도 기억이 나지 않아 억울했다. 이렇게 멋진 남자와, 꼭 하고 싶었던 첫 경험을 치렀는데 어떻게 기억이 안 날 수가 있단 말인가!

라지 그녀도 성인이었다. 정희가 다른 남자들과 성관계를 할 때부터 솔직히 호기심이 없지 않았다. 그럼에도 여유가 없어 다른 곳에 눈을 돌릴 수 없었다. 그렇게 관심만 있고 실천을 하지 못해 미루고 미루었던 그녀의 첫 경험이 이렇게 어이없이 날아가 버린 것이다.

'미쳤어! 어떻게 하나도 기억 안 날 수가 있어?'

라지는 다시 이불을 들쳐 그 안을 내려다봤다.

변하지 않는 나신.

슬쩍 들린 이불 사이로 그의 옆구리도 보였다. 조금 더 이불을 들치면 그의 나체도 볼 수 있을 터, 그러나 라지는 그럴 용기까지 내지 못했다. 그녀는 이불을 다시 내려두고 침대 주변을 살피며 옷을 찾았다. 다행히 침대 바로 옆에 그녀의 옷가지가 떨어져 있었다.

라지는 뒤를 돌아 그가 자고 있는지 확인한 다음 조심스레 침대 밖으로 나와 옷가지를 들고 화장실로 보이는 곳으로 냅다 뛰었다.

그렇게 옷을 챙겨 입고 룸 밖으로 나온 라지는 붉은색 카펫이 깔린 바닥과 곳곳에 놓인 조각상을 보며 이곳이 호텔이라는 걸 알아차렸다. 그의 집인 줄 착각했는데 이제 보니 서울 유명 고급호텔이었다. 택주 때문에 몇 번 온 적이 있었기에 그 가격이 얼마인지 대충 알고 있었다.

그런 고가의 호텔 방에서 기억에도 없는 하룻밤을 낯선 남자와 보내다니.

자신이 이리 대담한 일을 저지를 줄 그 누가 알았으랴. 자신의 담력에 아직도 얼떨떨했다.

라지는 정장 차림의 중년 남성과 오고 가는 외국인들을 지나쳐 호텔 정문 앞에 줄지어 있는 택시 하나를 잡아탔다.

휴.

안도의 한숨과 함께 라지는 가방에서 작은 손거울부터 꺼내 들었다. 손바닥만 한 거울을 집어든 순간, 라지의 입에서 저도 모르게 비명이 튀어나왔다.

"으아악!"

"소, 손님, 왜 그러세요?"

"아, 아무것도 아니에요……."

택시 기사의 물음에 그녀는 재빨리 대답하고 다시 한 번 거울을 들여다봤다.

'최악.'

이 한마디로 지금 자신의 모습을 요약할 수 있는 단어였다.

퉁퉁 부은 눈과 들뜬 화장, 눈 주위로 번진 마스카라. 미친년이 따로 없었다.

설마 그 사람이 내 이런 얼굴을 본 건 아니겠지?

자면서 베개에 얼마나 얼굴을 비벼댔으면 이런 상태가 된 걸까.

설마 그가 이런 얼굴을 봤을 리는 없겠지? 라지는 그렇게 믿고 싶었다. 이렇게 엉망으로 변한 얼굴을 그가 보았다면 있던 호감도 뚝 떨어져 버렸을 테니까. 아끼고 아끼던 그녀의 첫 순결을 괜히 가졌다 싶은 후회가 들지도 모른다. 상대방이 그런 후회를 하는 건 너무 싫었다. 그건 그녀의 마지막 남은 자존심이었다.

'아씨, 얼굴 꼬라지가 이게 뭐야…….'

라지는 가방 안에서 물티슈를 꺼내 시퍼렇게 변한 눈가를 벅벅 문질렀다.

하늘도 무심하시지. 꿈도 꾸지 못할 엄청나게 잘생긴 남정네와 밤을 지새웠는데 기억을 앗아간 것도 모자라 이런 몰골이라니. 해도 해도 너무했다.

✤

활짝 열린 커튼 사이로 뜨거운 햇살이 들어왔다. 그 햇볕에 수한은 무겁게 내려앉았던 눈꺼풀을 들어 올렸다.

"으…….."

숙취로 머리가 지끈거렸다. 천천히 몸을 일으킨 그는 반쯤 떠진 눈으로 주변을 둘러봤다. 일 때문에 한 번씩 묵었던 익숙한 호텔 객실이었다.

'내가 왜 여기 있는 거지?'

수한은 관자놀이를 짓누르며 어젯밤 일을 떠올렸다. 형도와 종호를 먼저 보내고 라지라는 여자와 우연찮게 합석을 하게 된 그는 한택주에 대한 정보를 얻어내기 위해 이런저런 대화를 하게 되었

신사의 유혹

다. 하지만 시간이 흐르고 술도 한 잔 들어가면서부터 그녀와 사적인 대화까지 나누고 말았다. 그답지 않게 웃기도 했었다. 배꼽 빠지게 웃겨서가 아니었다. 모든 감정을 실어 표현하는 그녀의 표정과 말투에 웃음이 그냥 터져 나왔다.

"내가 생각하기에 내가 나쁘지 않거든요? 아니, 꽤 예쁜 편이지. 솔직히 꾸며서 안 예쁜 사람이 어딨어? 근데 난 별로 안 꾸며도 예쁘거든요. 근데 그 탁주 한 사발이 자꾸 못생겼대요. 정말 그래요? 나쁜 새끼, 맨날 예쁜 여배우들만 보니까 눈만 높아져가지고! 그쪽도 그래요? 성형하고 성격 더러운 여자랑 성형 안 하고 성격 좋은 여자랑 어느 쪽이 더 좋아요? 남자들은 무조건 외모지상주의라던데, 진짜 그래요? 아, 진짜! 나 같은 사람은 어떻게 살라고 다들 예쁜 것만 찾아요?"

간간이 욕까지 섞어가며 말을 하는데 그 모습이 어찌나 인상적인지, 살면서 이렇게 감정을 드러내는 여잔 처음이라 꽤나 흥미로웠다.

그녀는 자신의 작품을 화랑에 전시하는 것이 꿈이라고 했다.

그 순간을 위해 지금 현재는 돈 모으는 것밖에 다른 관심사는 없고 그 때문에 힘든 연예계 생활을 견디고 있다고 했다. 그리고 그녀는 한택주에 대한 불만이 아주 상당했다. 그녀의 표현에 따르자면 한택주라는 인물은 심술 맞은 초등학생이었다. 그가 벌인 뒤치다꺼리를 하는 것도 힘든데 사사건건 시비를 걸고 악담을 퍼붓는다고 투덜거렸다. 그럼에도 돈줄을 쥐고 있는 사람이라 쉽게 놓을 수도 없다고 했다.

조금 더 겪어봐야 알 테지만 수한이 본 라지는 털털해 보이지만 여리고, 강해 보이지만 잔정이 많은 여자였다. 택주에게 많은 구박을 받으면서도 끝까지 그의 곁을 지키는 것으로 보아 의리도 있고 책임감도 강해 보였다.

"대체 얼마나 마신 거지……?"

실로 오랜만에 취했다. 이렇게 많이 마신 적은 5년 전 회사를 차리면서 직원들과 술자리를 갖은 이후 처음이었다. 그는 지끈거리는 머리를 손으로 짓누르며 침대를 내려왔다.

파삭.

발밑에 작은 뭔가가 밟히며 미미한 소리를 냈다. 무언가 싶어 주워보니 큐빅이 박힌 리본모양의 귀걸이였다.

여자 귀걸이……?

"아……."

기억났다. 이건 라지가 하고 있던 귀걸이였다.

라지 씨 귀걸이가 여기 있다는 건…….

그녀도 여기 같이 있었다는 말이었다. 수한은 침대를 향해 뒤돌아봤다. 심하게 흐트러진 시트와 침대 밑에 떨어진 자신의 옷가지들.

아!

얼핏 생각난다. 그녀에게 키스했던 것을. 왜 했는지 이유는 모른다. 다만 충동적인 행동임에 틀림없었다. 순간 불빛에 비친 그녀의 모습이 아름다워 참을 수 없었던 것 같았다. 그녀 역시 거부하지 않았다. 두 사람 다 서로의 입술을 미친 듯이 탐했고 본능에 가깝게 서로를 원했다.

"미쳤군……."

수한은 스스로를 욕하며 머리를 쥐어뜯었다. 선명하진 않아도 부분적으로 지난밤의 일들이 떠올랐다. 그녀의 입술에 키스하고, 가슴에 얼굴을 묻고, 그녀 안으로 들어가던 순간이 드문드문 생각났다.

"미치지 않고서야 어떻게……."

그녀는 한택주의 주변인물 중 가장 영향력이 있는 인물이었다. 한택주는 인기 연예인임에도 불구하고 팬들 앞에 거의 본모습을 드러내지 않아 접근이 힘들었다. 하여 목적을 달성하려면 한택주라는 인물부터 파악해야 했고 그를 가장 잘 알고 있는 도라지가 이번 의뢰의 중요 열쇠였다. 그런 상황에 그녀와 하룻밤을 같이 보냈으니 이를 어쩌면 좋단 말인가. 조심스럽게 친분을 다잡아도 모자랄 판에 어이없는 사고를 치고 말았으니 미치고 환장할 노릇이었다.

지잉.

휴대폰 진동에 수한은 바닥에 뒹구는 휴대폰을 집어 들었다. 형도였다.

"네, 진 비서님."

-회의 시간이 훨씬 지났는데 아직 안 오셔서 무슨 일이 생기셨나 걱정이 돼 전화 드렸습니다.

수한은 빠르게 벽시계를 보며 인상을 찡그렸다.

10시 40분. 회의시간이 한참 지난 시간이었다.

"급한 일이 생겨 연락을 못 드렸습니다. 회의는 오후로 미뤄주
시겠습니까?"

ㅡ알겠습니다, 근데 얼마나 급한 일이시기에 대표님께서 회의까
지 늦으신 건지?

"사적인 일입니다."

ㅡ아, 예. 그럼 이따 뵙겠습니다.

전화를 끊은 수한은 마른세수를 하며 미간을 찌푸렸다.

뻔뻔하게 거짓말을 했지만 그 어느 때보다도 마음이 불편했다.
이번 일을 직원들에게 말할 수도 없고, 그렇다고 이미 받은 의뢰를
포기할 수도 없었다.

진퇴양난.

이 일을 시작한 이래, 아니 강수한 인생에 가장 큰 돌발 상황이
었다. 수한은 사라지고 없는 그녀의 빈자리를 쳐다보며 깊은 한숨
을 내쉬었다.

✤

라지는 택주의 숙소 건물 입구에 있는 경비실을 향해 인사를 건
넨 뒤 직원 카드로 유리문을 열었다.

소속사에서 소속 연예인을 위해 마련한 이곳 5층 건물은 제우스
엔터테인먼트 내에서도 잘 나가는 베스트 5위까지의 연예인이 거
주하고 있었다. 한택주는 그중에서도 단연 1위를 차지하고 있었고
그 덕에 전망이 가장 좋은 5층에 살고 있었다. 소속 연예인들을 위
한 숙소답게 보안도 철저해 아래층 사람들은 위층에 올라갈 수가

없었고 방음 설치도 제법 잘되어 있어 다른 층에 사는 연예인이 파티를 연다고 해도 다른 층에 크게 지장을 주지 않았다.

철컥, 두툼한 철문을 열고 택주의 숙소 안으로 들어선 라지는 제일 먼저 거실 테이블에 놓인 각종 고지서와 팬들이 보내온 선물들부터 정리한 뒤 주방으로 건너가 습관적으로 원두커피와 토스트를 준비했다. 그리고 택주의 방문을 활짝 열었다.

커다란 원목 침대 위에 널브러진 택주와 먹다 만 과자 부스러기들, 그리고 게임기. 밤새 게임을 하다 지쳐 잠든 게 확실했다. 라지는 커튼을 활짝 열어젖히며 소리쳤다.

"빨랑 일어나 아침 먹어!"

"으음…… 왔어?"

그가 수면안대를 벗으며 환하게 들어오는 빛에 눈을 가늘게 떴다. 잠을 제대로 못 잔 건지 그는 정신을 금방 차리지 못했다.

새끼, 심란한 게 누군데 지가 더 이 지랄이야?

라지는 속으로 그를 욕하며 거친 손길로 엉망이 되어버린 침대 위를 정리하기 시작했다.

"나 화 풀린 거 아냐. 좋게 말할 때 나가서 아침 먹어. 2시까지 소속사 들어가 봐야 해."

"어……."

택주가 순순히 일어나 옆에 놔둔 셔츠를 대충 껴입고는 주방으로 나갔다. 심하게 싸운 뒤엔 늘 이런 식이었다. 평소보다 과격한 그녀의 행동과 조금 순종적으로 변하는 택주. 그런 패턴이 어느새 불문율처럼 되어 두 사람은 당연하게 행동하며 개인적인 감정을 뒤로 물렸다. 사적인 감정보다 공적인 일이 우선이니까 말이다.

택주는 식탁에 앉아 그녀가 만든 토스트에 잼을 바르며 시간을 확인했다.

"김군이랑 초롱이는?"

"김군은 오는 중이고, 초롱이는 일이 생겨서 못 온대. 숍 갈 거니까 거기서 메이크업 받아. 촬영 있는 거 아니니까 메이크업 생략하든가."

"생략하지 뭐. 근데 이거…… 맛있다."

택주가 안방을 보며 슬쩍 칭찬을 했지만 그녀는 부스럭거리는 과자봉지 때문에 소리를 듣지 못한 듯 대답이 없었다. 나름 용기를 내어 뱉은 칭찬인데 불발로 끝이 났다. 멋쩍어진 그는 부스스한 머리를 박박 긁으며 식탁 위에 놓인 커피 광고지를 내려다봤다.

"이게 뭐야? 블랙퀸? 이거 내가 싫어하는 커피 회사잖아."

쓰레기를 종량제봉투에 담아 안방을 나온 그녀가 봉투를 구석진 곳에 내려놓고는 식탁으로 다가갔다.

"넌 싫어해도 대한민국에서 가장 큰 식품회사야. 올해 이삼십 대 선호도가 가장 높은 커피가 블랙퀸이기도 하고. 이 회사에서 한 해당 찍는 CF만 해도 몇 갠 줄이나 알아? 다들 줄 못 서서 안달 난 곳이야. 그리고 그쪽에서 러브콜이 들어오긴 했지만 확정된 것도 아니야. 거기 광고기획자가 얼마나 까다롭기로 소문난 사람인지 계약서에 도장 찍기 전까지 절대 안심할 수가 없대. 그러니 광고 따고 싶으면 블랙퀸 싫다는 소리 집어치우고 어떻게 하면 잘 보여서 CF를 딸 수 있을지나 고민해. 톱스타라고 해서 무조건 CF 찍으라는 회사 아니니까."

"그럼 말라고 해. 나도 억지로 찍을 생각 없으니까."

"속편한 소리 좀 그만해. 이게 너만 안 하면 그만인 줄 알아? 김 대표님이 줄곧 노력해서 얻어낸 결과야. 내가 말했지, 그 회사, 유명한 연예인이라고 무조건 찍어주세요, 하는 회사 아니라고."

라지의 구겨진 미간에 택주는 손사래를 치며 남은 식빵을 꾸역꾸역 입 안으로 밀어 넣었다.

"아아, 알았어. 무조건 잘 보여서 찍을 수 있도록 할게. 됐지?"

우격다짐으로 자신이 원하는 대답을 들은 라지는 가방을 뒤적거려 오늘 일정을 체크했다.

"12시에 숍 들렀다 2시까지 소속사 가서 김 대표님이랑 향후 일정 조정이 있을 거야. 저녁 7시엔 트레이너랑 운동하고, 9시엔 양 선생님이랑 노래 연습. 드라마 들어가기 전이라 시간 여유 많으니까 틈틈이 연기연습도 하고. 오늘 일정은 이걸로 끝이야."

"양 선생 내일 오라고 하면 안 돼? 오늘은 좀 그런데."

"드라마 ost도 부르기로 했다며? 그러면 노력을 해야지. 어렵게 모신 선생님이니까 그냥 해. 시간 옮기는 것도 힘들어."

"알았어."

그가 순순히 수긍하며 커피 잔을 집어 들었다. 그때 현관문이 열리며 김군이 들어왔다.

"좋은 아침입니다!"

활기찬 인사를 하며 김군은 자연스럽게 택주의 맞은편에 앉아 물부터 따라 마셨다.

"형님, 방금 식사하신 겁니까? 좀 더 일찍 일어나셔서 드시지. 규칙적으로 드시지 않으면 몸 망가지십니다."

택주는 커피를 마시며 김군의 얼굴을 유심히 살폈다. 오늘따라 얼굴에 웃음꽃이 핀 김군이 영 이상하게 보였다.

"김군, 너 어제 무슨 일 있었냐? 왜 이렇게 기분이 좋아?"

"이, 일은 무슨…… 그냥 잠을 푹 잤더니 기분이 좋아 그렇습니다."

"아무리 잠을 푹 자도 이런 얼굴은 좀처럼 나올 수 있는 게 아닌데…… 솔직히 불어, 어제 무슨 일 있었지? 맘에 든 여자라도 만났어? 원나잇?"

택주의 추측에 김군이 화들짝 놀라 라지를 쳐다봤다. 다행히 그녀는 서류들을 보느라 이쪽은 관심도 없었다.

"혀, 형님은 무슨 말을 그렇게 하십니까? 제가 언제 원나잇 하던 사람입니까?"

"그야 모르지. 너도 남자새끼인데 여자들이 유혹하면 안 넘어가겠냐?"

"전 절대 원나잇 안 합니다. 저희 어머니 이름 걸고 맹세할 수 있습니다."

"자식이, 그냥 해본 소리 같고 어머니 이름까지 걸고 그러냐?"

택주는 고개를 절레절레 흔들며 라지를 가리켰다.

"근데 쟤는 또 왜 저래?"

"뭐가 말입니까?"

"아까부터 저거만 들고 있잖아, 그렇다고 내용을 읽는 것도 아니고. 눈이 완전 다른 곳에 가 있는데?"

자세히 보니 택주의 말대로 라지의 눈이 손에 들린 서류가 아닌 허공을 맴돌고 있었다. 마치 넋이 나간 사람 같았다.

김군은 라지의 멍한 얼굴을 보며 택주에게 목소리를 낮췄다.

신사의 유혹

"아직 형님한테 화가 안 풀려서 그런 거 아닐까요?"

"내가 쟤를 모르지? 저건 화난 얼굴이 아니야."

"혹시 어제 일로 형님 매니저 그만두려고 고민하는 거 아닐까요?"

김군의 추측에 택주의 미간이 확 일그러졌다.

"야, 넌 라지가 그렇게 의리 없고 책임감 없는 사람으로 보이냐? 쟤는 어제 같은 일로 화를 내는 쫌스런 여자 아니거든?"

"그럼…… 무슨 고민이 있기에 저러는 걸까요?"

"나도 모르지. 어제 나 가고 무슨 일 있었냐?"

"아뇨. 라지 누님이랑 초롱이는 늦지 않게 집에 갔는데요."

"그럼 왜 저래?"

"그날 아닐까요? 여자들 한 달에 한 번씩 돌아온다는."

"아…… 그런가? 그런 거 보면 도라지 쟤도 여자인가 보네."

택주는 일부러 마지막 말을 소리 높여 말했다. 하지만 넋 나간 그녀의 눈은 여전히 방황을 멈추지 않았다. 평소대로라면 그의 말에 발끈하고도 남을 텐데 말이다.

도대체 무슨 생각을 하는 거야?

"근데 초롱이는 아직 안 온 겁니까?"

"일 있어서 쉰대. 뭐 때문인지는 말 안 했고."

"무슨 일이지? 어제만 해도 아무 말 없었는데."

"간밤에 일이 생겼나 보지, 나중에 전화해봐."

"예. 그럼 우리도 슬슬 일어날까요?"

택주가 옷을 갈아입기 위해 방으로 들어가자마자 김군이 라지에게 다가갔다.

"누님."

"……."

"누님!"

"아, 깜짝이야! 언제 왔어?"

"무슨 생각을 그렇게 골똘히 하세요? 저 온 것도 몰랐어요?"

"어, 생각할 게 있어서."

"무슨 생각요?"

"그, 그런 게 있어."

라지는 들고 있던 서류를 가방 안에 쑤셔 넣으며 급하게 일어났다. 그녀의 곁을 김군이 바짝 따라붙었다.

"어? 이거 이거 수상한데요? 누님, 진짜 무슨 일 있는 거죠, 그렇죠?"

"아니라니까! 택주는 어디 갔어?"

"방에 옷 갈아입으러요. 근데 누님 진짜 왜 그래요? 설마 어제 일로 매니저 그만두시려는 건 아니죠?"

김군의 물음에 라지는 고개를 내저으며 안도의 숨을 내쉬었다. 김군이 설마 어젯밤 클럽에서 자신과 수한을 본 게 아닐까 순간 긴장했는데 다행히 그건 아닌 듯했다.

"그런 거 아냐. 근데 너 왜 이렇게 늦었어? 원래라면 네가 먼저 와 있어야 하는 거 아냐?"

"예? 아, 예, 늦잠을 자서…… 죄송합니다."

"죄송할 것까지야. 그럴 수도 있지. 앞으로 늦을 것 같으면 미리 연락이나 줘."

"옙."

"참. 정희는 잘 들어갔어? 네가 데려다 줬니?"

"예……? 아, 그, 그게…… 그런 거 같은데요……."

"데려다 줬으면 준 거지, 그런 것 같은데요는 뭐야? 데려다 줬다는 거야, 아니라는 거야?"

"저도 취해서 기억이 잘…… 아마 데려다 준 것 같습니다. 근데 초롱이는 왜 안 나오는 겁니까?"

김군이 진땀을 빼며 말을 돌렸다.

"초롱이? 어젯밤에 개인적인 일이 생겨서. 별로 좋은 일 같진 않으니까 나중에 만나더라도 꼬치꼬치 캐묻지 마."

"네……."

"차 시동 걸어놨지?"

"아뇨, 차키 형님이 가지고 계셔서."

김군의 대답에 라지는 테이블 위에 놓인 차키를 찾아 들고서 가방을 멨다.

"그럼 내가 시동 걸어놓을 테니까 택주 나오면 같이 내려와."

라지는 그대로 주차장으로 내려와 차에 올랐다. 시동을 걸어놓고 뒷좌석으로 이동한 그녀는 의자 등받이에 몸을 묻으며 휴대폰을 만지작거렸다. 이렇게 아무렇지 않게 일상생활을 하고 있으니 지난밤 일들이 마치 꿈인 듯싶었다.

내가 남자랑 진짜 잔 거야?

아침에 같은 침대에 누워 있었던 남자를 두 눈으로 보았음에도 아직도 실감이 나지가 않았다.

'그러고 보니 다리도 땡기고 몸도 영 이상하긴 한데…….'

너무 충격적인 일이라 혼자 담아두기엔 감당이 되질 않았다.

라지는 답답한 마음에 휴대폰을 노려보며 정희에게 전화를 걸까 말까 수십 번도 넘게 고민했다. 그런 그녀의 마음을 알았는지 액정화면 위로 정희라는 이름과 함께 진동이 울리기 시작했다.

헉! 이 계집애가 어떻게 알고 전화를 했지?

라지는 놀란 가슴을 억누르며 일단 통화버튼을 눌렀다.

"여보세요……?"

–나야, 어제 잘 들어갔어?

먼저 전화까지 걸어 안부를 묻다니, 어젯밤 수한 씨와 날 본 거 아냐?

"어…… 넌?"

–나도 잘 들어갔지. 근데…… 나한테 뭐 할 말 없니?

"할 말……?"

오, 쉬트! 수한 씨랑 날 본 게 틀림없어!

–김군이…… 아무 말도 안 했어?

"김군……?"

라지는 재빠르게 김군과의 대화를 떠올렸다. 분명 김군은 아무것도 모르는 눈치였다. 그런데 정희의 말로는 김군도 알고 있었던 게 틀림없다. 그렇담 알면서 모른 척했다는 말인데.

너무 민감하게 반응한 것인가. 그녀가 다른 남자와 단둘이 있었다는 게 아는 척을 할 정도의 대단한 화젯거리도 아닌데 말이다. 김군이 부러 말을 꺼내는 것이 우스울지도 모른다.

–이상하네, 말할 줄 알았는데…….

"그래! 나 어제 다른 남자랑 술 좀 마셨다! 그게 왜? 둘이서 본 게 겨우 그거야? 그거 갖고 날 놀려먹으려고? 그런데 어쩌지? 그건 놀려먹을 만큼의 일이 아닌데? 더 충격적인 건 따로 있······."

-너 어제 다른 남자랑 술 마셨어?

"어? 너도 알고 말한 거 아니었어?"

-금시초문인데.

"그럼 김군이 말을 했네, 안 했네, 한 건 뭐야?"

순간 라지는 등골을 지나치는 서늘한 기운을 느꼈다. 그리고 그
느낌은 단 한 번도 틀린 적이 없었다.

어색해하며 말을 돌리던 김군의 표정과 안부를 묻는 정희답지
않은 그녀의 행동. 분명 라지가 모르는 것이 존재했다.

"야, 고정희, 솔직히 말해. 너······ 김군이랑 어제 무슨 일 있었
지?"

-·······.

대답이 없다. 그건 필시 긍정의 의미.

이 미친년이 아무래도 김군과 무슨 일이 있었던 듯했다.

"빨리 대답 안 해? 어제 무슨 일 있었냐니까?"

-화내지 않는다고 약속하면.

"화를 낼 일을 저질렀고만? 너 설마 김군이랑 잤냐?"

-약속부터 해.

"잤냐고! 이 미친년아!"

-그래, 잤다! 다 큰 성인이고 서로 애인도 없는데 잠 좀 잔 게 뭐
어때?

"참나, 이년 말하는 본새 보소! 너도 김군 모르는 거 아니잖아,
그 애 힘들게 사는 성실한 애야. 제대로 된 여자도 만나보지 못했
는데 너랑 엮인다는 게 말이 돼?"

—내가 어디가 어때서? 그리고 우리 섹파만 하기로 했어. 김군 다른 여자 만날 수 있도록 배려했다고.

"내가 참 기가 막히고 코가 막혀서 말이 안 나온다! 섹스파트너? 지금 그걸 말이라고 하는 거냐? 다른 여자한테 가기 전에 남자 몸 다 망쳐놓는 게 지금 잘했다고 큰소리치는 거야?"

—얘가 왜 이렇게 소리를 질러? 내가 분명히 말했지, 서로 성인이고 동의하에 이뤄진 거라고. 나 혼자 일방적으로 그런 거 아냐. 둘 다 제정신이었고 서로 원해서 잔 거야.

"동의 좋아하시네! 네가 유혹한 거겠지. 네가 유혹해서 어디 안 넘어간 남자들이 있었냐?"

—네가 날 과대평가 해주는 건 고마운데, 이번엔 진짜 아냐. 김군도 나도 서로 끌렸어. 언제가 될지는 몰라도 김군이 원할 때까지만 이 관계 유지하기로 서로 얘기 끝냈어. 그러니 너만 알고 있어. 김군도 나도 쿨하게 결정한 거니까 괜히 끼어들지 말고. 이 말 하려고 전화한 거니까 그렇게 알아.

"야, 아무리 그래도 김군은 좀 너무한 거 아니냐? 내가 언제 네 연애사에 관여한 적 없잖아. 그래도 김군은……."

—어이, 친구. 남녀 사이란 원래 이런 거야. 언제 어디서든 마음만 먹으면 이렇게 될 수 있는 거라고. 택주도 혹시 알아? 초롱이랑 이미 그렇고 그런 사이인 줄.

"야, 택주는 절대 절대 그럴 리 없거든? 넌 어디 말 같은 소릴 좀 해라."

—예를 든 것뿐이야. 그럴 수도 있다는 거지, 진짜 그렇다는 말은 아니잖아? 그리고 너, 택주 너무 믿는 거 아니냐? 택주도 남자야.

비록 가짜지만 애인도 있고. 너 모르게 얼마든지 욕구 풀 수도 있는 거야.

"대체 하고 싶은 말이 뭐야?"

—정해진 관계란 건 없다는 거야. 어제의 친구가 오늘의 애인이 될 수도 있는 게 오늘날의 현실이랄까? 그러니 너무 **빡빡하게** 굴지 마. 누가 보면 네가 김군 친누나라도 되는 줄 알겠다!

"친누나나 다름없는 사람이거든?"

—진짜는 아니잖아?

"그래서, 너 진짜 김군이랑 섹파 하겠다고?"

—말리고 싶음 김군한테 말하든가. 난 김군이 그만하자고 하면 언제든 그만둘 생각이거든.

"그럼 네가 먼저 그만두자고 하면 되잖아."

—싫어.

"왜!"

—나 김군이 마음에 들거든. 보기와는 다르게 얼마나 힘이 좋은지, 나 어제 감탄했잖아.

정희의 뻔뻔한 말에 라지의 입이 쩍 벌어졌다. 정희는 솔직해도 너무 솔직했다.

"아아, 나도 모르겠다. 지금 내 코가 석잔데 누굴 걱정하겠냐?"

—네 코가 왜 석자야? 무슨 일 있어?

"그게……."

말해도 될까?

원나잇 스탠드라면 고정희가 전문가이긴 한데…….

—무슨 말인데 이렇게 뜸을 들여? 나 시간 없어, 들어가 봐야

하니까 빨랑 말해.

"실은 어젯밤에…… 아냐! 저녁에 시간 돼?"

―말을 하려면 끝까지 하든가, 갑자기 시간 타령이야? 저녁에 선약이 있긴 한데, 왜? 급한 일이야?

"남자문제로 물어볼 게 있어서…… 시간 없으면 다음에 보지, 뭐."

―자, 잠깐! 저녁 몇 시?

"선약 있다며?"

―천연기념물 도라지가 남자에 대해 궁금하다는데 이 언니가 열 일 제쳐두고 가봐야지! 몇 시, 어디서 볼까?

"하여튼 못 말리겠다. 7시까지 명동 연탄구이집으로 와."

―알았어. 근데 남자문제 뭐? 귀띔이라도 줘라. 궁금해.

"만나서 얘기해. 택주 온다, 끊어."

라지는 급하게 전화를 끊으며 아무렇지 않은 척 차에 오르는 두 사람에게 어서 빨리 출발하자고 말했다.

그렇게 하루를 시작한 라지는 지난밤 일을 잊으려 노력했지만 그게 좀처럼 쉽지 않았다. 하는 일마다 실수를 연발했고 멍하게 정신을 놓아 주변의 눈총을 사고 말았다. 보다 못한 김군이 라지에게 걱정스럽게 말을 꺼냈다.

"누님, 오늘 일찍 들어가시는 게 좋을 것 같은데요. 안색도 안 좋고."

"그래, 어차피 이 시간 이후로 스케줄도 없고, 택주 개인 레슨만 네가 대신 좀 봐줘."

"걱정 마세요."

"김군아."

"네?"

"아냐……. 운전 조심하라고."

"누님도 조심히 들어가세요."

라지는 정희와의 일을 물어볼까 하다 그만 입을 다물었다. 오늘 따라 기분 좋아 보이는 김군을 보니 정희의 말대로 서로가 원해서 그런 것일지도 몰랐다. 남녀 간의 일에 자신이 끼어드는 건 괜한 오지랖일 수도 있었다. 아는 척 입을 놀렸다가 김군의 마음만 불편 하게 만들지도 몰랐다.

"택주 나오면 먼저 들어간다고 전해줘."

"옙."

라지는 가방을 챙겨 들고 소속사를 나왔다.

오후 4시 25분.

뭘 하기엔 늦은 것 같고, 그렇다고 아무것도 하지 않기엔 이른 시간.

버스정류소에 다다른 그녀는 정류장에 비치된 길쭉한 의자에 앉아 멍하니 지난밤 일을 생각했다. 아무리 생각하고 생각해도 답 이 안 나오는 건 마찬가지, 마음만 답답할 뿐이었다. 그렇다고 싹 무시할 수도 없었다. 정희의 말처럼 천연기념물인 자신이 첫날밤 을, 그것도 처음 본 남자와 보냈는데 아무렇지 않으면 그게 더 이 상한 일이지 않겠는가.

그러는 사이 몇 대의 버스가 그녀의 앞을 지나갔는지 모른다. 일 분일초가 아까워 매번 발을 동동 구르던 그녀가 오늘은 그저 멍하 니 허공만 쳐다보고 있었다.

지잉.

어디 안 좋아? 아프면 병원부터 가봐.

택주의 문자였다. 잡아먹지 못해 놀리기만 하던 그가 이런 문자를 보낼 정도면 자신이 정말 이상하긴 했던 모양이었다.

라지는 피식 웃으며 시간을 확인했다.

6시 35분.

이크! 늦었다.

생각보다 시간이 많이 흘러 있었다. 자리에서 벌떡 일어난 그녀는 때마침 도착한 버스에 몸을 싣고 약속 장소로 향했다.

허름한 연탄구이집.

외관은 낡았지만 맛 하나로 유명한 이곳은 오늘도 어김없이 사람들로 그득했다. 라지는 입구에 들어서며 정희에게 전화부터 걸었다.

"나 도착했어. 넌?"

—안쪽에 자리 잡았어. 들어와.

라지는 휴대폰을 주머니에 쑤셔 넣고는 바글바글한 사람들을 지나쳐 가게 안쪽으로 들어갔다. 화려한 옷차림의 정희가 라지를 향해 손을 흔들어보였다.

"늘 시키는 거 시켰어."

"웬일이냐? 네가 약속 장소에 먼저 나와 있고."

"빨리 말해봐. 남자문제 있다며, 나 그거 듣고 싶어서 퇴근시간만 기다렸단 말이야."

"풋, 너도 참 할 일 없다. 내 남자문제가 뭐라고 그렇게 안달이야?"

"너도 내 입장 되면 다를걸? 남자 보기를 돌같이 하던 도라지가 갑자기 남자문제가 생겼다는데 안 궁금해? 민정이, 유희, 희수, 다들 전화하면 한달음에 달려 나올걸?"

라지는 그녀의 맞은편에 엉덩이를 내리며 정희가 따라주는 술부터 일단 입에 털어 넣었다.

"음…… 그게 말하자면 긴데……."

"괜찮아. 나 시간 많아. 밤도 샐 수 있어."

"딴 애들한테는……."

"말하지 말라고? 알았어, 그럴게. 빨리 말이나 해봐. 어제 누구 만났어? 그래서 먼저 간 거였어?"

"누굴 만나기는 했는데……."

"누구? 어떤 남잔데?"

"나도 잘 몰라. 어제 술이 떡이 돼서 기억이 없거든."

기억이 없다는 그녀의 말에 정희의 눈빛이 야릇하게 변했다. 정희는 선수였다. 그러니 라지의 말을 바로 눈치챌 밖에.

"설마 너…… 그 남자랑 아침까지 같이 있었던 거야?"

"그게…… 어."

긴가민가하던 정희의 눈이 놀라움으로 변했다.

이럴 수가!

라지는 남자를 길가에 굴러다니는 돌처럼 취급했다. 그런데 그런 그녀가 남자와 드디어 정을 통하다니, 어찌 놀라지 않을 수 있겠는가.

정희는 입을 쩍 벌리며 크게 소리쳤다.

"너! 드디어 한 거야?"

너무나 큰 소리에 라지가 화들짝 놀라며 정희의 입을 손으로 틀어막았다.

"조용히 좀 해! 동네방네 소문낼 작정이야?"

"아, 미안, 미안. 근데 진짜 잤어?"

"그런 것 같아……."

"오, 마이 갓……. 진짜 믿어지지가 않는다. 다른 사람도 아니고 천연기념물 도라지 네가 그랬다는 게."

"나도 그래. 믿어지지가 않아."

정희는 앞에 놓인 물을 벌컥 마신 뒤 숨을 골랐다. 그 사이 직원이 고기를 놔두고 갔다. 평소대로라면 얘기는 뒷전이고 고기부터 구웠을 테지만 오늘은 아니었다. 그녀는 그렇게 좋아하는 고기도 뒤로하고 라지에게 질문부터 던졌다.

"어떤 사람인데? 진짜 원나잇으로만 끝낸 거야, 아님 다시 만나기로 한 거야? 아니지! 첫 경험인데 아프진 않았어? 느낌이 어땠어?"

"하나씩 좀 질문해줄래?"

"그럼 느낌부터 말해봐."

"몰라. 말했잖아, 떡 돼서 하나도 기억에 없다고. 어떻게 된 건지 하나도 기억이 없어."

"기억에 없어? 그럼 안 잔 거일 수도 있겠네?"

"아냐, 자긴 잤어. 내 옷이 홀라당 벗겨진 채 그 남자랑 침대……에 누워 있었단 말이야."

얘기를 하면서도 라지는 얼굴이 화끈거렸다. 그 모습에 정희가 엄마 미소를 지으며 말했다.

"아유, 우리 라지가 부끄러워서 어떻게 살아왔대?"

"자꾸 놀릴래? 안 그래도 심란한데."

"하하, 알았어. 근데 그 남자는 대체 어떤 사람이기에 목석 같은 라지를 침대까지 이끌었대?"

"뭐하는 사람인지는 몰라. 그냥 연예인 해볼 생각 없냐고 내가 먼저 말 걸었다 이렇게 된 거거든. 아우, 진짜 어떻게 된 건지 하나도 모르겠다. 와인 마실 때까지만 해도 괜찮았는데……."

"뭐야, 그럼 네가 먼저 접근했단 말이야?"

"접근이란 단어는 좀 그렇고, 캐스팅을 하려다 그렇게 된 거야."

"어쨌거나 저쨌거나 네가 먼저 다가간 거란 말이잖아. 도라지가 캐스팅을 할 정도면 얼굴도 반반하다는 말이고 스타일도 제법 괜찮다는 말인데…… 이상하네?"

"뭐가?"

"꽤 괜찮은 남자인 것 같은데 그런 남자가 왜 너랑 잠을 잤을까?"

라지는 고개를 끄덕이다 이내 인상을 찌푸렸다.

"뭐야, 듣고 보니 기분 나쁘네? 내가 어디가 어때서 나 같은 여자래? 나도 나올 때 나오고 들어갈 때 들어간 꽤 봐줄 만한 여자거든?"

"아아, 그러셔?"

"비꼬는 거냐? 김군하고의 섹파 얘기 확 소문낼까 보다."

"알았어, 안 놀리면 되잖아. 계집애, 치사하게 그런 거 가지고 사람 겁 주냐?"

"네가 그런 걸로 겁먹는 사람이긴 한 거니?"

"당연하지. 택주도, 초롱이도 있는데 그런 소문나면 내 입장이 좀 그렇잖아? 그 얘긴 됐고, 네 얘기나 계속해봐. 그래서 어떻게 됐어? 아침에 일어나서 얘기는 해봤어?"

"아니…… 내가 먼저 깼는데…… 너무 당황해서 도망치듯 나왔어."

"어디서 잤는데? 모텔? 호텔?"

"청담동 그랜드호텔."

"뭐? 청담동 그랜드호텔? 거기 엄청 비싼 덴데!"

"알아. 택주 촬영 때문에 몇 번 간 적 있거든."

"계산은? 누가 계산했는데? 설마 네 카드 긁은 건 아니겠지?"

"떡실신했다고 몇 번을 말하냐? 그 사람이 잡은 거 같아."

"그 남자 부자야?"

"몰라. 근데 빈곤해 보이진 않았어."

"와우, 우리 라지 제대로 된 남자를 잡았네?"

"잡은 거 아니거든?"

"알았어. 근데 뭐가 문젠데? 첫 경험에 대한 질문이야? 아님 피임에 대한 거?"

"넌 어쩜 그렇게 쉽게 말하냐?"

"처음이 어렵지 그다음부턴 쉬운 법이야. 나라고 처음에 안 어려웠겠니? 다 숙련된 자의 여유라고나 할까?"

결코 부럽지 않은 여유. 라지는 고개를 절레절레 흔들며 불판 위에 고기를 얹었다. 그리고 어렵게 입을 뗐다.

"솔직히 이럴 때 어떻게 해야 좋을지 모르겠어. 내가 남자랑 잤다는 사실도 안 믿기고…… 그 상대가 그 남자라는 것도 안 믿겨. 솔직히 그 남자…… 나 같은 여자는 어울리지 않는 사람처럼 보였거든."

"어떻기에?"

"단순히 잘생긴 거를 떠나…… 독특한 분위기가 있다고나 할까? 왜, 연기자들도 특유의 카리스마를 지닌 사람들이 연기도 맛깔나게 잘하잖아. 그 사람이 그래. 차분하면서도 묘한…… 어른스러운 카리스마가 있어. 돈이 궁핍해 보이지도 않고. 연예인 해보지 않겠냐고 제안했더니 시큰둥하더라고. 보통은 그러기 힘들잖아?"

"그렇지, 연예인 지망생들이 소속사마다 줄을 서서 기다리고 있는데 가만 앉아 있는 사람한테 연예인 하세요, 하는데 어느 누가 싫겠어? 잘만 하면 앉아서 돈방석인데."

"내 말이! 근데 전혀 관심이 없는 거야. 그 말은 생활이 꽤 부유하다는 뜻 아닐까? 아니면 하고 있는 일을 아주 좋아한다거나."

"글쎄…… 확실한 건 그 남자가 연예인을 해보겠다는 빌미로 널 건드린 건 아니라는 거네."

"그치? 근데 그게 이해가 안 가. 그런 남자가 뭐가 아쉬워서 날…… 앗, 탄다!"

라지가 잽싸게 고기를 뒤집으며 피어오르는 연기를 손으로 휙휙 내저었지만 정희는 탄 고기에는 전혀 관심 없는 듯 심각한 얼굴로 라지만 쳐다봤다.

"그 사람도 너무 취해서 사리 분별이 안 됐던 거 아닐까? 네 얼굴이 순간 옛 애인으로 보였다든가."

"죽을래? 내가 그 사람을 잘 아는 건 아니지만 그런 식으로 누군가를 착각할 정도로 멍청해 보이진 않았거든?"

"말 그대로 네가 그 사람을 잘 몰라서 그런 거일 수도 있어."

"야, 고정희!"

"큭큭, 농담이야, 농담. 계집애, 발끈하기는. 그래서, 말하고자 하는 요지가 뭐야?"

"요지? 그런 거 없는데…… 그냥 마음이 싱숭생숭해서……."

"마음이 왜 싱숭생숭해? 너의 소중한 순결이 원나잇으로 날아가 버려서?"

"그것도 그렇고, 허무하기도 하고……."

"말끝에 묘한 아쉬움이 묻어난다? 너 설마 기억 안 나서 아쉬운 거야?"

라지는 대충 익은 고기를 그녀의 접시에 놓아주고는 소주잔을 들어 올렸다.

"술이나 마셔."

"지금 술이 문제야? 빨리 말해, 너 진짜 아쉬워서 이러는 거야?"

라지는 들고 있던 술잔을 입 안에 털어 넣은 뒤 고기를 집었다.

"솔직히 좀 그래. 드라마 보면서 저런 일은 절대 일어날 수 없다고 생각했는데, 막상 당해보니 가능하더라고. 기억이 없는 섹스라니…… 내가 미쳐."

"천하의 도라지가 아쉬움을 느낄 정도라니, 그 상대가 점점 궁금해진다?"

"신경 꺼. 다시 만날 일 없을 거니."

"왜? 연예인 되라고 했다며? 혹시 알아? 관심 생겨서 오게 될지."

"그럴 리 없어. 전혀 관심 없었어."

"그래? 그럼 얼굴 볼 일 없겠네? 어떻게 생겨먹었는지 궁금했는데, 아쉽다."

"아쉬운 건 네가 아니라 나거든?"

"오우…… 당당하게 말할 정도야?"

"그래, 이년아. 다 말한 마당에 내가 뭘 더 숨기겠냐? 기억 안 나서 아쉬워 죽겠다."

정희가 깔깔 웃으며 빈 잔에 술을 채웠다.

"어쨌든 축하한다. 처녀딱지 뗀 거. 너 호호할머니 될 때까지 못 떼면 어떡하나 걱정 무지 했거든. 이러나저러나 일단 뗄 건 뗐으니 다행이지 뭐."

"근데 정희야. 그 사람이 나한테 마음이 아예 없는데 같이 자진 않았겠지?"

"물론이지. 사람마다 다르긴 하지만 그래도 상대방이 마음에 들고 필이라는 게 와야 호텔로 갈 수 있는 거거든. 물론 나의 경우엔 그렇다는 거지만."

"남자들은 마음에 없는 여자라도 욕구가 생기면 가능하기도 하다던데, 진짜 그래?"

"그걸 나한테 물으면 어떡해? 내가 남자냐? 그런 건 택주한테 물어보면 되겠네."

"아씨, 택주한테 그런 걸 어떻게 물어?"

"알만한 친구끼리 그럴 수도 있지, 뭘 그래? 택주도 네가 처녀딱지 뗐다면 축하해줄걸? 아, 택주랑은 화해했어?"

"몰라, 그런 거 신경 쓸 정신도 없었어."

"이야…… 택주도 뒷전으로 밀릴 만큼 그 남자한테 올인했던 거야? 정말 그 남자가 궁금해지는데?"

"다시 볼 일 없을 텐데 뭐. 그나저나 나 임신 같은 거 하면 어쩌지? 기억이 없어서 피임을 했는지 안 했는지도 모르겠어."

"처녀막은?"

기억을 더듬던 라지의 눈이 큼지막해졌다.

"그러고 보니 피가 없었네? 왜 그렇지? 안 한 건가?"

"처녀막은 이런저런 이유로 경험하기도 전에 찢어지는 경우도 많아."

"그래?"

"쓰레기통 같은 거 뒤져봤어? 보면 남자가 콘돔을 썼는지 안 썼는지 알 수 있는데."

"그럴 정신이 어딨냐? 빠져나오기도 급급했는데."

"그럼 임신테스트기 사서 해봐. 아님 다음 생리 때까지 기다려보든가. 너 생리일이 언젠데?"

"오늘이 20일이니까…… 다다음주."

"그럼 얼마 안 남았으니 기다려봐. 임신이 그렇게 쉽게 되는 건 아니니까 미리 겁부터 먹지 말고. 그리고 앞으로 각별히 조심해. 원나잇의 기본은, 아니지, 남녀 간의 섹스는 항상 임신이라는 지뢰가 존재하는 법이니까."

진지하게 말을 꺼내는 정희를 보며 라지는 고개를 끄덕였다.

"어쨌든 큰 고비 넘겼네, 친구. 처녀딱지 뗀 기념으로 오늘 술은 내가 살게. 마음껏 먹어."

"근데 너, 김군이랑은 진짜 섹과 할 거냐?"

"아이 참, 그런 얘긴 하지 말자, 쫌! 마셔. 오늘은 너 때문에 만난 거니까 네 얘기만 해."

정희의 넉살에 라지는 백기를 들며 술잔을 잡았다.

해결이 된 건 아니지만 그래도 누군가에게 속마음을 털어놓고 나니 마음이 한결 가뿐해졌다. 정희를 만나기 전까진 자신이 정말 엄청난 일을 저지른 건 아닌가 내심 불안불안 했었는데 말이다.

그래도 아쉬움이 남는 건 어쩔 수 없었다. 꿈에서나 볼 법한 남자가 그녀의 첫 상대였는데 기억도 없이 끝나는 건 너무 억울했다. 그렇다고 그 남자와 연락할 방법은 전혀 없다. 혹 그 남자가 다시 연락해 오면 모를까. 그런데 그 확률은 거의 제로에 가까웠다. 아쉬울 것 하나 없어보이던 그 남자가 그녀에게 굳이 연락을 취할 리 없기 때문이다. 하룻밤이 그녀에겐 커다란 사건이었지만 그 남자에겐 흔하디흔한 여자 중 한 명일지도 모르니까.

라지는 정희가 따라주는 술을 연거푸 들이켜며 지난밤 일은 잠시 잊기로 했다. 자꾸 떠올려봤자 아쉽기만 할 테니 말이다. 그냥 서른 살 도라지 인생에 달콤한 기억이 하나 남았다 치면 그걸로 된 것이다. 외로울 때마다 한 번씩 꺼내 달달한 추억을 곱씹는, 그런 추억이 하나쯤은 그녀에게도 필요하니까.

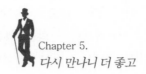

Chapter 5.
다시 만나니 더 좋고

　단정한 단발머리에 검은 뿔테안경, 발목에 딱 맞게 내려온 검은색 정장바지가 무척이나 잘 어울리는 여자 신경주. 그녀는 블랙퀸의 악명 높은 광고기획자로 유명했다. 블랙퀸 광고 하나로 자사의 이미지를 높였다고 해도 과언이 아닐 만큼 광고 쪽에서 그녀의 실력과 감각은 뛰어났다.

　칼 같은 성격과 냉철한 판단력, 그리고 브레이크 없는 자동차와 같은 저돌적인 추진력으로 광고계에서 소문이 자자한 그녀가 오늘 제우스엔터테인먼트에 떴다.

　수많은 기획사에서 그녀와의 미팅을 주도하려 접촉을 시도했지만 그녀의 매서운 눈에 들어야만 그녀를 만날 수 있었고 광고의 기회도 잡을 수 있었다. 그러니 그녀가 제우스엔터테인먼트에 왔다는 건 돈줄도 함께 왔다는 의미로 해석할 수 있었다.

　신경주 팀장의 방문 소식에 소속사 대표 김서학은 한달음에 입구까지 달려 나왔다.

신사의
유혹

"아이고, 어서 오십시오! 불러주시면 직접 갔을 텐데 이렇게 방문해주시니 감사할 따름입니다."

"반갑습니다, 블랙퀸 광고기획 팀장, 신경줍니다."

"알고 있습니다. 이 바닥에서 얼마나 유명하신데 모를 리가 있겠습니까?"

"알아주시니 고맙네요."

"일단 위로 올라가시죠."

서학은 경주를 자신의 사무실로 데려갔다. 그리고 귀한 손님을 대접하기 위해 준비해둔 고급 차를 비서에게 타오라고 지시한 뒤 소속사 연예인 프로필 자료를 그녀에게 건넸다.

"우리 애들이 워낙 출중한 애들이 많습니다. 굳이 한택주가 아니라도 이미지 좋은 애들이 많죠. 한 번 보시죠."

경주는 프로필 자료들을 성의 없게 넘겨보며 탐탁지 않은 표정을 내비쳤다.

"먼저 자료를 보내드려서 아시겠지만, 이번 커피 광고는 부드럽기만 해선 안 됩니다. 느낌이 있어야 해요."

"느낌, 하면 우리 한택주가 딱이죠."

"뭐…… 딱 들어맞는 건 아니지만 일단 한택주 씨가 가장 근접한 건 사실입니다. 그래서 연락을 드리고 온 겁니다. 한택주 씨는 언제쯤 만날 수 있죠?"

"곧 도착할 겁니다. 그전에 우리 애들 맞는 광고 없나 한 번만 더 봐주시죠."

서학의 부탁에 경주는 마지못해 다시 프로필 사진들로 시선을 내렸다. 그때 노크를 하며 비서가 들어왔다.

"대표님, 지금 누가 찾아왔는데요."

"누가?"

"그게…… 도 매니저님을 찾아오긴 했는데……."

"라지를? 근데 그걸 왜 나한테 말해?"

"아무래도 도 매니저님이 캐스팅을 제안한 게 아닌가 해서요. 대표님이 한 번 보시면 좋지 않을까 합니다. 보통 인물이 아니에요."

하지만 지금은 눈앞의 돈줄을 놓고 나갈 수가 없었다. 시급한 일이 먼저였다.

"지금 중요한 손님 접대 중이니 나갈 때까지 기다리게 해."

"알겠습니다."

그때 경주의 휴대폰이 최신음악을 뽐내며 울렸다. 발신자를 확인한 그녀는 눈을 커다랗게 뜨며 자리에서 벌떡 일어났다.

"전화 좀 받고 올게요, 중요한 전화라서."

"편하게 여기서 하십시오. 제가 나가드리겠습니다."

"아닙니다."

그녀는 서학의 배려를 마다하고 복도로 나가 전화를 받았다.

"예, 부사장님. 안 그래도 섭외 차 나와 있던 참입니다."

이번에 새로 런칭할 커피 브랜드 관련 건으로 급하게 부사장의 지시를 건네받으면서도 경주의 눈동자는 쉴 새 없이 돌아갔다. 늘 사물을 관찰하는 일종의 직업병이었다.

"몇 군데 더 들러보고 들어갈……."

툭, 그녀의 휴대폰이 미끄러지듯 바닥으로 떨어졌다. 하지만 그녀는 휴대폰을 주울 생각도 않고 투명한 유리벽 너머 한 남자에게 시선을 꽂았다.

신사의 유혹

"맙소사……."

앉아 있는 우아한 자태와 큼직큼직한 이목구비의 완벽한 페이스, 갈색빛이 감도는 댄디컷의 머리스타일. 이번에 찍을 커피 광고 이미지와 완벽하게 일치했다.

찾았다!

그녀의 입술이 호를 그리며 올라갔다.

세상에 이럴 수가. 몇 달 동안이나 광고 이미지와 맞는 남자를 찾느라 여기저기 헤매었는데 오늘에야 찾다니, 심봤다를 외치고 싶은 심정이었다. 늘 2% 부족해 마음에 차는 인물이 없어 안타까웠는데 완벽히 일치하는 이미지를 찾아 가슴이 벅차올랐다.

경주는 떨어진 휴대폰을 허겁지겁 주워 다시 전화하겠다며 통화를 끝내고는 유리문을 열고 남자가 앉아 있는 곳으로 다가갔다.

"안녕하세요, 블랙퀸 광고기획 팀장 신경주라고 합니다. 여기 연습생이신가요? 보기엔 그래 보이지 않는데."

"연습생도 소속사 직원도 아닙니다."

경주는 명함을 꺼내 내밀었다.

"안 그래도 요즘 기획 중인 광고에 적절한 인물을 찾고 있었는데 그쪽이 딱인 것 같아서요. 커피 광고라 부담도 없고 이미지 상승에도 딱일 겁니다. 같이 일해보시죠."

어떤 절차도 거치지 않은 파격적인 제안. 그걸 알 리 없는 수한은 그녀의 제안에도 시큰둥이었다.

"생각해보겠습니다."

"저기요, 생각해볼 만한 일이 아닙니다. 반드시 하셔야 해요. 그쪽한텐 엄청난 기회라고요, 기회! 아, 이럴 게 아니라 콘티 한 번

보고 말씀하시죠. 잠시만요."

경주는 냉큼 대표실로 들어가 소파에 놔둔 자신의 가방을 뒤지며 서학에게 물었다.

"저 밖에 있는 남자 누구예요?"

"누구 말입니까?"

"엄청나게 잘생긴 남자 말이에요. 이번 광고 안이랑 완벽히 일치해! 나 깜짝 놀랐잖아요, 너무 완벽해서! 근데 여기 직원 아니라고 하던데 어떻게 아는 사이예요?"

경주가 콘티를 들고 나가려 하자 서학이 재빨리 일어나 그녀를 붙잡아 앉혔다.

"잠시만 여기 앉아 계세요. 제가 나가서 얘기해보고 안으로 데려오도록 하죠. 얘기는 그다음에 해도 늦지 않을 것 같은데요?"

"예……?"

"아직은 우리 직원이 아니지만 곧 우리 소속사 사람이 될 예정이라서요."

서학은 눈을 찡긋 해보이고는 차를 들고 오는 비서에게 어서 대접하라고 눈짓을 보낸 뒤 휴게실 쪽으로 걸음을 옮겼다. 휴게실 안에는 라지를 찾아온 남자가 커피를 마시고 있었다. 수한을 본 서학의 눈이 휘둥그레졌다.

라지가 캐스팅해온 남자가 바로 저 사람?

대박이었다. 라지가 그동안 데려온 그 어떤 인물들 중 가히 으뜸이라 할 수 있었다. 인기 연예인과 견주어도 절대 뒤지지 않는, 아니 그 이상이라고 해도 좋을 만큼 우월했다. 블랙퀸의 광고기획 신경주 팀장이 왜 그렇게 흥분해 말을 꺼냈는지 알 것 같았다. 자신이라도 그렇게 했을 것이다.

대체 어디서 저런 보석을 찾아낸 거지?

서학은 급하게 라지에게 전화를 넣으며 수한이 듣지 못하게 목소리를 낮췄다.

-네, 대표님.

"지금 어디야?"

-5분이면 도착해요. 왜요? 블랙퀸에서 벌써 왔어요? 아직 30분이나 남았는데.

"지금 그게 문제가 아니라, 너 길거리 캐스팅한 적 있지?"

-길거리 캐스팅요? 아뇨…….

"아니긴 뭐가 아니야, 마스크가 장난 아니던데, 어떻게 찾은 거야? 블랙퀸에서 이 남자 보고 뿅 갔어. 우리랑 계약할 수 있는 거야?"

-그, 그게…… 무슨 말씀이세요?

"라지 너 찾아왔다는데 이거 이거 초대박이야."

-자, 잠깐만요! 혹시 키 크고 엄청나게 잘생긴 남자가 날 찾아왔다는 말이죠?

"응. 어려 보이진 않는데 저 정도면 어디 내놔도 바로 먹히겠어."

-대표님, 저 이제 주차장 들어가요! 제가 먼저 얘기할게요! 제가 먼저 얘기해야만 돼요!

"뭐?"

-절대 먼저 말하지 마요! 아셨죠? 절대 안 돼요!

철컥, 전화가 끊어졌다. 문을 열고 들어가려던 서학은 라지의 다급한 목소리에 일단 발을 멈췄다. 그리고 어리둥절한 표정으로 휴대폰을 내려다보다 아쉬운 눈길로 휴게실 안 남자를 바라봤다.

라지가 저렇게까지 구는 덴 분명 이유가 있을 것이니 일단 그녀의 말대로 잠시 기다려주는 게 좋았다. 블랙퀸 관계자를 붙들고 조금만 있으면 라지가 저 남자를 끌어들이는 건 시간문제일 테니 말이다.

서학은 라지를 믿고 대표실로 걸음을 돌렸다.

♣

전화를 끊은 라지는 뻑뻑한 눈을 꿈뻑이다 김군에게 소리쳤다.

"멈춰봐! 어서!"

주차장에 들어선 차가 끼익, 하고 멈추자 라지는 문을 열고 후다닥 차에서 내렸다.

"나 급해서 먼저 올라가니까 천천히 올라와!"

"무슨 일인데?"

라지는 택주의 질문에 답할 정신이 없었다. 그녀는 엘리베이터로 재빨리 뛰어갔다. 엘리베이터 버튼을 수차례 누르며 그녀는 발을 동동 굴렸다. 마음은 급한데 그걸 알 리 없는 엘리베이터는 무진장 느려 터졌다.

강수한 씨가 온 게 틀림없어!

서학이 놀랄 정도의 인물이라면 수한이 틀림없었다.

왜 왔지? 나 보러 온 건가? 아니야! 나한테 관심이 있었으면 어제 나한테 전화를 했었어야지, 바로 소속사로 올 이유가 없지 않나?

그녀를 만나러 온 게 아니라면 이유는 단 하나, 그녀의 캐스팅 제안을 받아들이겠다는 거다. 그런데 그것도 말이 되지 않았다. 그는 연예인을 할 생각이 없다고 딱 잘라 말했었다.

뭐지? 대체 왜 온 거지? 큰일이네…… 어떻게 얼굴을 보지?

눈앞이 막막했다. 물론 그가 연예인이 되어주겠다면 소속사 입장으로는 두 팔 벌려 환영할 일임에 틀림없다. 하지만 문제는 이틀 전 그와의 원나잇 스탠드를 했다는 거다. 키스만 해도 어색할 판에 잠자리를 같이했으니 얼마나 껄끄러운가. 그냥 넘길 수 있는 문제는 아니었다.

그래도 만나야 해. 내가 먼저 만나야 변명이든 뭐든 입을 맞춰볼 것 아냐!

띠링. 복잡한 생각이 이리저리 떠도는 가운데 엘리베이터 문이 열렸다. 그녀는 엘리베이터에서 내려 수한이 있는 곳까지 뛰었다. 비서실 맞은편 복도 중간, 휴게실 유리 벽면으로 그의 모습을 확인한 그녀는 더욱 걸음을 빨리해 문을 열고 안으로 들어갔다.

"강수한 씨!"

헉헉.

숨이 차올랐지만 라지는 숨 고를 틈도 없이 유리 벽면을 차단하기 위해 블라인드를 재빨리 내렸다. 그리고 그의 맞은편에 엉덩이를 내리며 인사도 생략한 채 본론부터 꺼냈다.

"뭐예요? 언제 온 거예요? 왜 연락도 없이 왔어요? 아니, 연예인할 생각 있어서 온 거예요?"

그녀가 숨 가쁘게 질문을 던졌지만 돌아오는 건 그의 옅은 웃음소리뿐이었다.

"누가 쫓아옵니까? 천천히 하나씩 질문하시죠."

여유가 묻어나는 음성에 라지는 그제야 자신이 너무 성급했음을 알아차렸다.

"후우 후웁. 미안해요, 너무 당황해서……. 언제 왔어요?"

"10분 좀 안 됐습니다."

"왜…… 왔어요?"

"라지 씨 만나려고요."

"저를……요? 그럼 전화를 하시지 왜 여기까지……."

"명함을 잃어버렸거든요. 한택주 씨 소속사 검색해서 찾아온 겁니다."

물론 거짓말이었다. 수한은 라지의 명함이 없더라도 그녀의 전화번호쯤은 간단히 알아낼 수 있었다. 다만 그가 직접 이곳을 방문한 데엔 이유가 있었다.

3시간 전.

수한의 사무실에서는 때아닌 무거운 분위기가 자리한 직원들을 둘러쌌다. 침묵을 깨고 입을 연 건 이 의뢰를 맡기로 한 형도였다.

"한 달이면 끝날 줄 알았던 이번 일이 생각 외로 길어지고 있습니다. 다들 아시겠지만 정주아 집에서는 아직 이중장부로 보이는 그 어떤 물건도 찾아내지 못했습니다. 치밀한 건지 조심스러운 건지 정주아의 움직임은 조금 더 지켜봐야 할 것 같습니다. 더불어 정주아의 비리도 아직 조사 중이므로 시간이 더 필요할 것 같습니다."

형도가 노트북 화면에 한택주의 사진을 띄웠다.

"의뢰인의 두 번째 목표물인 한택주입니다. 정주아와 한택주의 결별을 위해 한택주에 대한 치밀한 조사가 급선무인데, 배우 한택주는 말 그대로 배우라 어떤 게 진짜 모습인지 가늠하기가 어렵습니다. 어렵게 사람을 붙여봤지만 그게 진짜 모습인지 어떤지 알 수도 없고요."

그가 화면을 바꿔 서학의 사진을 띄웠다.

"이 사람은 소속사 대표 김서학입니다. 한택주의 데뷔 초부터 지금까지 오랜 인연을 유지하고 있으며 기혼으로 슬하에 일곱 살 딸과 다섯 살 아들이 있습니다. 성격은 온화하지만 금전관계가 철저해 빚도 없고 흠 될 만한 일을 한 적도 없습니다. 한택주가 소속사를 바꿀까 봐 눈치를 보는 입장이라 딱히 영향력을 행사하기는 힘든 인물이죠."

형도가 이어 다른 사람의 사진도 띄웠다.

"이 사람은 로드매니저 김군입니다. 홀어머니와 여동생 넷을 위해 악착같이 돈을 모은다고 합니다. 성격은 앞에 놓인 서류에 적힌 대로 알기 쉬운 사람입니다. 그리고 다음은 헤어와 메이컵 담당 이초롱입니다."

형도가 알기 쉽게 한택주 주변인물에 대해 차근차근 설명했다. 하지만 가장 중요한 한 사람을 빼놓고 있었다. 이상하다 생각하던 찰나 형도가 마지막으로 도라지의 사진을 화면에 띄웠다.

"이번 조사에 있어 가장 독특하고 중요한 인물, 바로 도라지입니다. 한택주를 데뷔 초부터 지금까지 케어해온 매니저로 한택주의 중학교 동창이라고 합니다. 즉, 한택주가 데뷔하기 전부터 알고 지냈고 지금까지 한 번도 떨어진 적 없는, 그야말로 한택주에 대해 모르는 게 없는 알짜배기 정보의 근원지라고 할 수 있죠. 이 인물만 잘 공략하면 한택주가 정주아를 버릴 만한 제대로 된 시나리오를 짤 수 있습니다."

형도의 말에 잠자코 있던 수정이 말했다.

"문일중 대표의 이중장부는 시간이 걸려서 그렇지 찾는덴 별 어려움 없을 겁니다. 도청장치도 달아났으니 조금만 자극을 줘도 정주아가 움직일 거예요. 문제는 한택주죠."

그녀의 말에 재미교포 제임스도 닫고 있던 입을 열었다.

"맞아요, 정주아의 비리도 지금 파고 있으니 하나 둘 모습을 드러낼 겁니다. 한택주 쪽만 풀리면 이번 의뢰도 문제없이 풀릴 것 같은데요?"

모두의 의견이 한택주에게 몰렸다. 그때 종호가 잠자코 있는 수한에게 시선을 돌렸다.

"아무래도 한택주에게 접근하려면 도라지라는 여자에게 먼저 접근하는 게 순서인 것 같습니다. 제일 빠른 방법이기도 하고요."

"도라지 씨 말고 다른 친구들과의 접촉은 어떻습니까?"

수한의 말에 형도가 답했다.

"안 그래도 알아봤습니다만 친구들조차 정주아와의 관계가 가짜인지 몰랐습니다. 파파라치와 기자들 때문인지 친구들조차 입 조심하는 눈치였고. 역시 우리 쪽에서 직접 접촉하는 게 가장 빠를 것 같습니다."

수한은 라지와 얽히는 게 내키지 않았다. 하지만 이 자리에 모인 직원들은 하나같이 도라지 쪽으로 입을 모았다.

신사의
유혹

"대표님, 어제 부킹한 여자가 도라지 씨라고 그랬죠?"

어젯밤, 수한은 라지가 룸에 왔다 간 것을 스테이지에서 돌아온 종호와 형도에게 말했었다.

수한이 그렇다고 답하자 형도가 슬그머니 그의 눈치를 살피며 물었다.

"그럼 대표님께서 안면을 트셨으니 직접 나서는 게 어떨까요?"

"제가 말입니까?"

"도라지 씨한테 연예인 제의를 받으셨다면서요?"

"받기는 했지만 전 연예인을 할 생각이 없……."

"없다는 거 잘 압니다. 진짜 하라는 거 아니고 하는 척만 하시면 안 되겠습니까? 그리고, 만에 하나 일이 잘 성사돼서 CF라도 하나 찍으면 대표님께 좋은 거 아닙니까? 어차피 이쪽 일하면서 얼굴 팔린 것도 아니지 않습니까? 젠틀맨 얼굴 아는 사람 없으니 CF 찍는다고 해서 얼굴 드러날 일도 없을뿐더러 일이 틀어져서 안 찍는다 해도 손해 볼 건 없다 이 말입니다. 그리고 가장 중요한 건……."

잠시 여기까지 온 목적을 더듬던 수한은 놀란 얼굴의 라지를 보며 주머니에서 귀걸이를 꺼냈다.

"이걸 떨어트리고 갔더군요."

"아……."

라지가 그의 손바닥 위에 놓인 자신의 귀걸이를 가져가며 얼굴을 붉혔다.

"고마워요……."

"그런데 라지 씨 모습이 그때와 사뭇 다르군요."

"네……? 아앗!"

라지는 뒤늦게야 자신의 행색을 파악했다.

촌스런 뿔테안경과 후줄근한 후드 티, 답답하게 내려온 앞머리.

오, 마이 갓!

이렇게 만날 줄 알았더라면 신경 써서 오는 건데. 강수한이 나타났다는 말에 정신이 팔려서 자신의 모습은 전혀 생각지 못하고 달려오고 말았다.

"아, 아침에 너무 바빠가지고, 평소엔 달라요! 완전 다르니까 오해는 마세요!"

그가 재밌다는 듯 웃었다.

너무 심하게 부정했나? 심한 부정은 긍정이라고 그 누가 그랬던가, 이건 긍정적인 답과 별 다를 게 없었다.

"그리고 그날 호텔에서 있었던 일 말입니다."

"예……?"

라지는 바짝 긴장하며 시선을 아래로 내렸다.

똑똑!

유리문 두드리는 소리에 라지는 정신을 차리고 문으로 다가갔다. 한 뼘 정도 열린 문틈 사이로 택주와 김군이 엿보였다.

"윤영 씨가 너 거기로 들어갔다고 해서. 안에서 뭐해?"

"소, 손님이 오셔서…… 대표님한테 가 있어. 좀 이따 갈게."

택주가 궁금한 눈으로 그녀의 어깨 너머로 시선을 주었지만 라지는 재빨리 그의 관심을 몸으로 막아냈다. 그리고 빨리 가라고 눈짓을 보내고는 문을 닫았다.

"저분이 한택주 씨?"

수한의 질문에 그녀가 고개를 끄덕이며 다시 그의 맞은편으로 가 앉았다.

"계속하세요."

"그날…… 둘 다 많이 취했어요. 호텔에 가서 그런 일이 벌어진 건 두 사람 모두에게 책임이 있다고 생각합니다. 책임 회피를 하고자 하는 게 아닙니다. 그날 일은 두 사람 다 마음이 있었기 때문에 가능했던 일이라는 걸 말하는 겁니다. 아닙니까?"

수한은 그 점을 확실히 짚고 넘어가고 싶었다. 아무리 술김이라고 해도 육체적 충동만으로 서로를 안았다고는 생각지 않았기 때문이다.

"맞……아요, 저 수한 씨 마음에 들어요. 연예인 해보지 않겠냐고 제안할 정도인데 얼마나 멋있으면 내가 그런 말을 했겠어요? 그때 그 일도…… 기억은 안 나지만 실수는 아니었을 거예요. 굉장히 부끄럽지만…… 후회하면 수한 씨가 했지, 전 아니에요……."

붉다 못해 터질 것 같은 열기가 그녀의 얼굴로 몰렸다. 얼굴이 빨갛게 익은 그녀가 부끄러움에 시선을 아래로 떨어뜨리자 그가 짧은 침묵 끝에 입을 뗐다.

"저도 후회하진 않습니다. 완벽하게 기억나는 건 아니지만…… 마음에 없는 여자를 안을 만큼 충동적이지 않죠."

그의 말에 조금 위로가 되었다. 그저 하룻밤 즐기는 상대로 취급을 받았다면 정말 눈물이 났을지도 모를 일. 하지만 그는 이곳까지 찾아와 그날 일에 대해 확실한 해명을 하고 있었다. 낯부끄러워 피하려고만 했던 자신과는 달랐다. 그는 그날의 일이 단순한 욕구 충족을 위한 행위가 아니었음을 말해주었다.

정말이지 이 세상 마지막 남은 괜찮은 남자인 것 같았다.

"라지 씨……."

똑똑!

또다시 대화를 방해하며 누군가가 문을 두드렸다.

"미안해요, 잠시만요."

이번엔 서학이 찾아와 나와 보라고 손짓을 보냈다. 택주를 보자마자 바로 라지에게 달려온 듯했다. 그녀가 나오자 그는 건너편 빈 공간으로 그녀를 데려갔다.

"어떻게 됐어, 우리랑 계약하기로 했어?"

"그게…… 계약 때문이 아니라 날 만나러 온 건데요."

"널 만나러 온 게 바로 계약한다는 뜻이지 뭐야? 반드시 계약하게 만들어야 해. 블랙퀸에서 완전 꽂혔어. 저 사람 아니면 안 된대. 그러니까 저 남자 우리 소속사랑 무슨 일이 있어도 계약하게 만들어."

"그건 어려울지도 모르는데……."

"안 돼! 무조건이야. 무조건 되게 만들어. 여기까지 찾아왔다는 건 어느 정도 할 마음이 있어서 아니겠어? 그리고 라지야, 이번 계약이 얼마나 중요한지 잘 알지? 앞으로 식품 쪽 광고에 우리 애들 진출하려면 이번 광고 무조건 따야 해. 계약조건 최대로 좋게 해주는 조건으로 무조건 데려와. 나 전화 받는다고 하고 잠깐 나온 거거든? 블랙퀸에서 택주 아니고 저 사람 찍은 거 알면 택주 자존심에 금 갈지도 모르니까 내가 다시 들어가서 중재해야 해, 그러니까 네가 무조건 저 사람 잡아봐. 나 나올 때까지. 알았지? 그럼 너만

신사의
유혹

믿고 나 들어간다?"

"대표님, 저 자신 없는데……."

그녀의 말이 끝나기도 전에 서학은 급하게 대표실로 뛰어가 버렸다. 갑자기 막중한 임무를 떠안게 된 라지. 그녀는 당혹스런 표정을 감추지 못한 채 수한이 있는 공간으로 돌아왔다.

"저분은 누구시죠?"

"여기 대표님이세요. 수한 씨가 무지 마음에 들었던 모양이에요, 계약했으면 하세요. 정말 계약할 생각 없어요? 조건은 최고로 좋게 해줄 수 있는데."

"이제 보니 제가 이 바닥에서 꽤 먹히는 얼굴인가 봅니다. 조금 전 여자분께서도 같이 일해보자고 하던데."

그가 은색 명함을 꺼내 흔들어 보이더니 테이블 위로 내려놓았다. 라지는 그 명함이 블랙퀸 신경주 팀장의 것임을 단박에 알아보았다.

도도한 그녀가 이렇게 대놓고 직접적으로 명함을 주는 일은 이례적인 일. 신경주 팀장이 어지간히도 수한이 마음에 들었나보다. 라지는 이제야 서학이 무조건 수한을 잡으라고 신신당부한 이유를 알 것 같았다. 신경주가 대놓고 점찍었는데 수한이 이곳 소속사와 상관없는 사람이라고 한다면 이번 광고 건은 물거품처럼 사라질 터였다.

일단 잡자! 내 문제는 그다음이야.

"수한 씨, 나 만나러 와서 이런 얘기 꺼내는 거 정말 미안하고 염치없는데요, 이번 광고만 찍으면 어때요? 보수도 좋고 조건도 좋아요, 절대 후회하지 않을 거예요. 제가 장담할게요!"

"연예인이 되고 싶지 않아도 일단 광고가 나가면 얼굴이 알려질 테고 그럼 자연스럽게 일반인으로서의 자유가 없어지는 거 아닌가요?"

"그건 그렇지만…… 최대한 노코멘트 해줄게요. 이름, 나이, 직장 등등 원하는 건 다 감춰줄게요."

그래봤자 워낙 잘난 인물이라 나가면 다 알아볼 테지만.

라지는 뒷말은 속으로 삼키며 긍정적인 대답을 기대했다. 아예 생각이 없는 건 아닌지 고민하는 흔적이 엿보였다. 쇠뿔도 단김에 빼라고 했다고 라지는 그 틈을 놓치지 않고 덧붙여 말을 이어갔다.

"수한 씨, 정말 좋은 기회예요. 하고 싶어도 못하는 사람들 천지라고요. 이런 기회 두 번 다시 안 올 테니까 무조건하세요. 수한 씨가 원하는 조건도 최대한 들어준다니까요? 잘 모르실 것 같아 드리는 말인데, 이런 조건 웬만한 톱스타 아니면 턱도 없어요. 그만큼 신경 쓰고 있다는 뜻이니까 기회 왔을 때 잡아 봐요."

수한은 그녀의 제안이 만족스러웠다.

사실 이곳까지 온 이유는 직원들의 뜻대로 그녀에게 연예인이 될 뜻을 내비치는 거였다. 그런데 이렇게 빨리 CF를 찍자는 소리를 듣게 될 줄은 몰랐다. 조금은 당황스러웠다. 솔직히 광고를 찍어야 한다는 게 내키지는 않지만 우선은 그녀에게서 한택주의 정보를 뽑아내는 게 목적이니 싫어도 할 수밖에. 그녀를 담당 매니저나 교육담당자로 점찍어 같이 있다 보면 한택주에 대한 정보를 절로 알 수 있을 것이다. 그리고 수한이 이곳을 직접 찾은 또 다른 이유는 그날 호텔에서의 일을 풀고 싶은 마음에서였다. 그런 식으로 여자와 잠자리를 한 건 처음이었으니까.

"내가 원하는 조건을 들어주는 건가요?"

"할 수 있는 건 최대한이요."

의도한 건 아니지만 결과적으로 상황이 그에게 아주 유리하게 흘러가고 있었다. 수면 밑에 있어야 할 사람이 미디어를 통해 얼굴이 팔려야 한다는 게 좀 걸리지만 그녀의 말대로 가명에 개인 정보는 절대 노출시키지 않으면 그리 나쁠 것도 없었다.

"좋습니다. 이곳 대표와 만나보도록 하죠."

"저, 정말요?"

그녀가 자리에서 벌떡 일어나 그의 손을 덥석 잡았다.

"잘 생각하셨어요! 분명 후회하는 일 없으실 거예요."

그의 시선이 맞잡은 손으로 내려왔다. 그 시선을 따라가던 라지가 화들짝 놀라 손을 떼어냈다.

"미, 미안해요. 나도 모르게 너무 흥분돼서."

"괜찮습니다. 더한 스킨십도 나눈 사이에 이 정도야 아무것도 아니죠."

그녀의 얼굴이 순식간에 홍조로 물들었다.

"저, 저 잠깐만 실례할게요."

라지는 휴게실을 나와 화장실로 뛰어 들어갔다. 그리고 매고 있던 가방을 뒤져 실핀을 꺼내 앞머리를 올린 뒤 언제 산 건지도 모를 파우더를 찾아내 얼굴에 대충 찍어 발랐다.

"어떡해, 얼굴이 엉망이잖아……."

혼잣말로 중얼대며 라지는 옷매무새를 가다듬은 뒤 서학에게 문자를 보냈다.

대충 마무리하시고 나오세요. 대표님하고 얘기하겠답니다.

그녀는 대표실 바로 앞 비서 책상 앞에서 서학이 나오길 기다렸다. 몇 분 지나지 않아 택주가 굳어진 얼굴로 나와 그녀의 앞을 쌩하니 지나갔다. 그 뒤를 서학이 따라 나오며 조심스레 문을 닫고 라지에게 따라오라는 눈짓을 보냈다.

"블랙퀸 광고 팀장, 대단해! 독특하고 직설적이라고 듣긴 했지만 국민 배우 한택주한테 대놓고 아니라고 까다니! 나 조마조마해서 심장이 쪼그라드는 줄 알았잖아."

"정말요? 그럼 택주가 쌩하니 가버린 게 화나서 그런 거겠네요?"

"뭐, 자존심이 조금 상한 거겠지. 어차피 걔, 이번 광고 관심 없었잖아? 머리 쓰는 거야. 이왕 틀어진 거, 지가 하기 싫어하는 게 아니라 이거지. 연기하는 거야, 연기. 참, 그 남자는 어딨어? 어디 사는 누구래?"

"저도 자세히 말은 안 해봤어요. 근데 이렇게 나와 계셔도 되나요? 블랙퀸 팀장이 아직 안 나온 것 같은데."

"기다리겠대. 자기가 원하는 사람하고 계약서에 도장 찍어야 한다면서. 정말 집요한 여자라니까? 생긴 것만큼이나 아주 독해."

"그래도 그렇지 아직 우리 쪽이랑 계약도 안 했는데 어떻게 블랙퀸이랑 계약을 해요?"

"그거야 유도리 있게 잘하면 되지. 근데 너 화장했어? 오늘 왜 이렇게 예뻐졌어?"

"예, 예뻐지긴요! 앞머리 좀 올린 거 가지고."

신사의
유혹

"그런가? 아닌데, 뭔가 많이 달라진 것 같은데…… 암튼 앞으로 이렇게 좀 다녀. 얼마나 보기 좋아?"

"그럼 월급이나 더 올려주세요. 예뻐지려면 얼마나 돈이 많이 들어가는데요."

"알았어, 다음 달부터 10만 원 더 올려준다! 근데 아까 그 방 그대로지?"

서학이 앞장서서 수한이 있는 방으로 들어갔다. 너무 급한 전개가 마음에 들지 않았지만 상황이 그러하니 라지는 일단 서학의 뒤를 따랐다.

혼자 남아 있던 수한은 커피를 음미하며 창밖을 내려다보고 있었다. 그 모습이 너무 유유자적하여 서학과 라지가 도리어 외부인이고 그가 이곳 주인 같았다.

인기척을 느낀 그가 몸을 돌리자 서학이 입을 열었다.

"반갑습니다. 제우스엔터테인먼트 대표 김서학입니다."

서학이 목소리를 깔며 악수를 청했다. 수한은 그 악수에 응한 뒤 자연스럽게 의자에 몸을 내리고는 어정쩡하게 서 있는 라지에게 자리를 권했다.

"이리 와 앉으세요."

"예? 아, 예."

주객전도한 상황에 라지는 조금 당황하며 서학의 옆에 몸을 내렸다.

"이쪽은 방금 말씀하셨듯 여기 소속사 대표님이시고, 이쪽은 강수한 씨."

"반갑습니다. 라지 씨 만나려고 여기 왔다가 이렇게 대표님까지 만나게 되었네요."

"도 매니저한테서 명함 받았다고 들었습니다. 강수한 씨를 보니 우리 도 매니저 눈이 아주 정확한 것 같군요, 하하!"

"실은 연예인 할 생각으로 온 건 아닙니다."

수한의 말에 상향선을 그리던 서학의 입매가 딱딱하게 변했다.

"그게 무슨 말씀인지……."

"말 그대로 전 라지 씨를 보러 온 거지 연예인이 되기 위해 온 게 아니라는 걸 말하고 있는 겁니다."

"라지만…… 보러 온 거라고요? 아니, 왜요? 라지랑 아는 사이는 아닌 것 같더니만."

서학이 어리둥절한 얼굴로 라지를 봤다. 도둑이 제 발 저리다고, 서학의 시선에 라지가 손사래를 쳤다.

"자, 잘 아는 건 아니고, 어쩌다 조금 알게 된 사이예요. 그날 캐스팅하면서 같이 술 한잔했거든요. 그러니 아예 모른다고는 할 수 없는 거 아니겠어요? 하……하……."

"아아, 그런 거? 어쨌든 강수한 씨, 계기가 뭐든 여기까지 오셨으니 저희 소속사와 계약하시죠. 좀 전에 블랙퀸 팀장 보셨죠? 강수한 씨가 마음에 쏙 들었나봐, 천하의 한택주도 마다하고 강수한 씨랑 계약을 하겠다지 뭡니까? 그렇다고 개인적으로 하면 어수룩하다고 불이익이 있을 수도 있으니까 우리 회사랑 계약해서 안전하게 갑시다. 우리 회사야 한택주 하나만 봐도 신용 증명된 회사 아니겠습니까?"

"제 조건을 들어주시면 계약하도록 하죠."

침착한 수한의 말투에 서학이 마른침을 삼키며 진지하게 고개를 끄덕였다.

"말해봐요."

"첫 번째, 내 개인정보는 무조건 비밀입니다."

"좋습니다."

"두 번째, 다른 건 하지 않습니다. 지금 이 광고건만 찍도록 하겠습니다."

"그 말은…… 프리랜서처럼 자신이 하고 싶은 것만 하겠다는 말이로군요. 몇 년씩 묶이는 기간제가 아니라."

"역시 대표님이라 이해력이 빠르시군요. 그렇습니다. 소속사에 얽매여 끌려다닐 생각 없습니다. 이쪽 일을 계속해서 할 생각도 없고, 전 제 개인적인 일이 있어서 말입니다."

"그래도 혹 모르는 일이잖습니까, 하다 보니 적성에 맞을 수도 있고, 속된 말로 돈맛에 재미를 느낄 수도 있는 거고."

"만약 그럴 경우가 생긴다면 제우스엔터테인먼트를 통해 활동하겠다는 조항을 넣도록 하죠. 그럼 안심이 되시겠습니까?"

"하하, 강수한 씨 말을 못 믿는 건 아니지만 계약이란 게 확실할수록 좋은 거라서 말이지요."

"이해합니다."

"그럼 계속하시죠, 다른 조건이 또 있습니까?"

"마지막으로 가장 중요한 조건이 있습니다."

"가장 중요한……? 뭡니까?"

"제가 이 일을 맡은 동안 도라지 씨가 제 매니저를 맡아주셔야겠습니다."

마지막 조건에 서학과 라지가 약속이라도 한 듯 서로의 얼굴을 마주봤다.

"나, 나한테 매니저를 하라고요?"

서학이 입을 떼기도 전에 라지가 큰 소리로 놀라 물었다.

"마지막 조건이 충족되지 못하면 전 어떤 좋은 조건이라도 할 생각이 없습니다."

"그, 그래도 라지는 택주 매니저인데……."

"결정하시죠. 세 가지 조건이 맞으면 계약하겠습니다."

서학이 눈을 끔벅이며 잠시 생각에 잠기는가 싶더니 곧 큰 웃음소리와 함께 수한에게 다시 한 번 악수를 청했다.

"좋습니다! 강수한 씨는 운이 정말 좋은 사람입니다. 내 상황이 너무 급해서 이래저래 재볼 수도 없으니 그쪽 의견대로 따라 드리죠. 계약서 가져올 테니 잠시만 기다려요."

서학이 자리를 뜨자 라지도 뒤따라 나와 그를 붙잡았다.

"대표님, 이건 아니잖아요. 저 택주 매니저예요."

"알아."

"아시는 분이 그런 대답을 해요? 제가 강수한 씨 맡으면 택주는요?"

"택주 어차피 드라마 전까지 시간 비잖아. 그 비는 시간에 강수한 씨 광고 촬영할 테고. 잠시만 맡아 하는 거야. 그리고 너 택주한테 불만 많았잖아, 이번 기회에 네 소중함 좀 느껴보라고 해. 그 녀석은 네가 얼마나 잘하는지 느낄 필요가 있어. 융통성 있게 시간 잡아줄 테니까 강수한 씨 맡아. 지금은 강수한 씨가 우선이야. 택주 얼굴 너무 많이 팔려서 새로운 얼굴이 필요해. 블랙퀸에서 탐내는 이유도 있지만 내가 보기에도 강수한 씨 보통 인물 아냐.

신사의 유혹

잘하면 우리 회사 새로운 이미지로 재탄생 가능할지도 몰라."

"그래도 택주가 알면⋯⋯."

"어쩔 수 없어. 회사가 택주 하나만을 위해 존재하는 건 아니잖
아? 내가 알아듣게 잘 얘기할 테니까 걱정 마. 그리고 수고했어.
역시 안목이 좋아."

서학이 만족스러운 미소를 지으며 비서책장에 꽂혀 있는 파일
중 하나를 꺼내 수한이 있는 휴게실로 돌아왔다. 그리고 급하게 계
약서 작성을 시작했다. 계약은 큰 문제 없이 진행되었다. 갑작스레
진행된 계약이라 빠진 부분도 있고 술렁술렁 설명을 건너뛴 부분
도 많았지만 중요 부분은 정확히 집어가며 빠르게 끝을 맺었다.

"한식구 됐으니 앞으로 편하게 김 대표라 불러요. 근데 몇 살인
지 말 안 해줄 겁니까?"

"말했잖습니까, 제 개인정보는 비밀이라고."

"그래도 소속사 대표한테까지 비밀은 좀 그렇지 않나?"

"조건은 누구에게나 공평하게 적용될 겁니다. 이름도 바꿀 예정
이니 앞으론 제 이름도 부르지 말아주십시오."

"이야, 이거 이거 이렇게 비밀 콘셉트가 철저하나? 좋아, 궁금하
지만 계약이 그러하니 더 이상 묻지 않겠습니다. 그래도 프로필은
작성해야 다른 사람들한테 말해줄 수 있으니 대충 정합시다. 나이
는⋯⋯ 스물일곱 살, 지방에서 태어났고 해외에서 유학 좀 하다 들
어온 걸로."

"대표님, 너무 어리게 잡는 거 아니에요⋯⋯?"

라지가 조심스레 말했다. 강수한의 나이를 스물일곱 살로 표기
하든 말든 그건 사실이 아니니 딱히 상관은 없지만 그렇게 되면

그녀와 세 살이나 나이 차가 났다. 라지는 그게 싫었다. 그런 라지의 마음을 알 리 없는 서학이 정색하며 입을 열었다.

"무슨 소리야, 스물일곱이 뭐가 어려? 차분한 분위기만 빼면 피부 상태로 봐도 충분하겠고만. 그리고 신인인데 너무 나이가 많아도 그래, 스물일곱이 적당해. 괜찮죠, 수한 씨?"

"프로필은 알아서 하십시오. 전 제 개인정보만 지키면 됩니다."

"근데 이거 하나만 물읍시다. 강수한 씨 범죄자나 뭐 그런 건 아니죠? 아무리 그래도 그건 감출 수 있는 문제가 아니거든."

"법적으로 깨끗합니다. 걱정 안 하셔도 됩니다. 개인적으로 제가 하는 일을 오픈하고 싶지 않은 것뿐입니다."

"뭐, 그렇다면 상관없지만. 나중에 딴소리하면 안 됩니다. 연예인은 이미지가 생명이거든. 그리고 원래는 이렇게 계약하는 법이 없어, 신분증도 받고 이런저런 개인정보도 다 알아야 해요, 내가 모르는 게 있어선 안 되거든. 워낙 다급하니까 강수한 씨 요구조건을 받아들인 거니까, 특혜라는 거, 잊지 말고 열심히 해줘요. 그리고 이거."

서학이 가져온 서류파일 뒤쪽을 뒤지더니 봉투 하나를 꺼내 종이 한 장을 펼쳤다. 그리고 그 종이를 수한에게 내밀며 뿌듯한 표정을 지었다.

"내가 철학관 가서 미리 뽑아놓은 이름들이에요. 따로 만들 필요 없이 이 중에 마음에 드는 거 골라 봐요. 30분 이따 블랙퀸 팀장 만날 건데 이름이 없어선 곤란하잖아?"

수한은 별 관심 없는 눈길로 종이를 내려다보다 제일 윗칸에 적힌 이름을 가리켰다.

"지성우, 이 이름으로 하겠습니다."

"지성우? 어째 잘 어울리는 이름을 골랐네? 좋아요, 지성우 씨, 여기서 라지한테 몇 가지 숙지 사항 듣고 30분 이따 비서 보낼 테니까 그때 대표실로 와요. 라지야, 잘 좀 일러드려, 난 신 팀장이 기다리고 있어서."

"예, 가보세요."

서학이 나가자 라지는 어깨를 들었다 놓으며 멋쩍은 미소를 지었다.

"이거…… 너무 갑작스러워서 뭐라고 말을 해야 좋을지 모르겠네요. 축하……해야 하는 거겠죠?"

수한은 싱긋 입술을 늘리며 미소를 지었다.

3시간 전.

"그건 곤란합니다."

수한의 반대에 형도가 단호하게 말했다.

"대표님! 지금 여기서 연예인 할 만한 인물이 대표님 말고 누가 있다고 이러십니까? 대표님이 항상 강조하시던 게 뭡니까, 바로 팀워크 아닙니까, 팀웍! 이번 일 실패하면 젠틀맨도 별거 아니더라, 그런 소문 돌 텐데, 괜찮으십니까? 우리가 뭣 때문에 이렇게 그늘 속에서 일하는데요. 눈 딱 감고 대표님 하나만 희생하면 될 것을 이러십니다."

"진 비서님."

"예, 예, 무슨 말씀하시려는지 다 압니다. 그래도 이번만큼은 대표님께서 해주셔야 합니다. 언제 대표님이 명하신 거 거스른 적 있습니까? 다들 하기 싫은 일이라도 의뢰받은 일을 성공시키기 위해 해왔습니다. 본인의 희생이 필요하다면 기꺼이 희생도 감수했고요. 대표님이 거기 들어가 도라지를 자기편으로 만들 수 있다면 한택주도 흔들릴 거고, 목적 달성이 더 쉬워질 겁니다."

형도의 말이 끝나자마자 수정도 나섰다.

"그래요, 대표님. 여기서 대표님 말고 인물이 없잖아요, 대표님이 하시는 게 좋을 것 같아요."

수정의 말에 그 자리에 있던 남자들의 인상이 굳어졌지만 수정은 아랑곳하지 않고 말을 이어갔다.

"연예인들은 개인정보를 숨기거나 가명으로 바꾸거나 할 수도 있어요. 대표님 신상은 잘 감춰달라고 하면 괜찮을 거예요."

"수정 씨 말대로 어쨌거나 방법은 하납니다. 대표님이 대표님답게 나서는 거! 가서 무조건 도라지라는 여자를 옆에 두셔야 합니다. 아! 무리일지 모르지만 혹시 매니저로 붙여달라고 해보십시오. 그렇게만 되면 얘기 끝난 거 아니겠습니까?"

수한은 다시 현실로 눈을 돌리며 라지를 쳐다봤다. 직원들의 말처럼 간단한 게 아니었다. 아니, 간단한 일일 수도 있었다. 문제는 그녀와 잠자리를 하면서 간단한 일이 아니게 되어버린 것이다.

"저…… 수한 씨, 정말 괜찮겠어요? 억지로 하는 거라면……."

"억지로 하는 거 아닙니다. 재밌을 것 같기도 하고, 아직 라지 씨와 할 말도 남았으니 해보는 것도 나쁘지 않을 것 같아서요."

"할 말이요?"

"그날 일, 쉽게 넘길 수 있는 일은 아니잖아요."

"혹시…… 저 놀리시는 건가요?"

"왜 놀리는 거라고 생각하죠?"

"그야 택주도 항상 그러니까……."

"전 한택주 씨도 아닐뿐더러 연예인 지망생도 아닙니다. 그런 제가 이곳까지 와서 마음에도 없는 계약까지 하면서 굳이 라지 씨를 매니저로 붙여달라고 하는 게 단순히 놀리기 위함일까요? 정말 그렇게 생각하십니까?"

라지는 그의 말을 곱씹었다. 그가 만약 그녀에게 장난을 걸 생각이었다면 단순히 말 몇 마디로 끝냈지 이렇게 일을 키우진 않았을 터였다.

"그럼 정말 저 때문에…… 이 일을 맡으셨다는 건가요?"

"서로에 대해 알아볼 시간을 가졌으면 했습니다. 근데 라지 씨는 너무 바쁘니까 따로 시간을 내기 힘들 것 같고, 마침 좋은 기회가 온 것 같아 이렇게 하면 시간을 벌 수 있는 것 같아서 하기로 결정한 겁니다. 혹 제 매니저가 돼달라고 한 게 결례였습니까?"

"그럴 리가요!"

그의 말이 끝나기가 무섭게 대답이 튀어나온 라지는 무안함에 헛기침을 한 뒤 다시 입을 열었다.

"그러니까 제 말은…… 수한 씨처럼 괜찮은 사람이 연예인을 한다는 게 참 당연하다는 뜻으로…… 낯선 곳에서 일하려면 아는 얼굴이 필요하니까 제가 하는 게 맞다는 거죠."

그녀가 그의 얼굴을 살폈지만 그는 빙그레 웃을 뿐 더 이상 말이 없었다. 마치 그녀가 그에게 관심이 많은 걸 이미 알고 있다는 듯했다. 라지는 속내를 들킨 것 같아 얼굴로 열이 솟구쳤다.

조금 전 말은 하지 말 걸.

그를 편하게 해준다는 게 도리어 자신이 불편해지고 말았다.

그가 정말 자신 때문에 여기에 와 준 걸까?

거짓말 같은 그 말 한마디에 가슴이 설레었다.

콩닥콩닥. 가슴이 고장 난 기계처럼 주책없이 뛰었고 이마에는 식은땀이 났다.

라지는 무안함을 달래기 위해 급한 대로 자판기 쪽으로 걸어갔다. 주머니에서 동전을 찾았지만 맨날 굴러다니던 동전이 오늘따라 하나도 잡히지 않았다. 포기하려고 돌아서려는 찰나 커다란 손이 튀어나와 동전투입구로 500원짜리 동전을 집어넣었다. 짤랑, 하며 투입구로 동전 넘어가는 소리가 경쾌하게 울렸다. 동시에 자판기 버튼에 준비되었다는 불이 들어왔다. 하지만 라지는 버튼을 누르지 않고 그의 얼굴을 올려다봤다.

그는 생각 이상으로 키가 컸다. 장신이라는 건 대충 느꼈지만 이렇게 옆에 서 있으니 새삼스레 절감했다. 택주도 큰 키였는데 그보다 한 뼘 정도가 더 커보였다.

187? 188?

확실하진 않아도 대략 그 정도는 되어보였다.

라지가 엉뚱한 생각을 하는 동안 그가 중앙에 있는 고급 밀크커피를 가리켰다.

"아까 마셔봤는데 맛이 괜찮더군요."

"예? 아, 예…… 밀크커피, 맛있죠……."

라지는 그가 가리키는 대로 고급 밀크커피를 뽑아 다시 그와 마주앉았다. 무음으로 돌려놓은 폰으로 택주에게서 계속 전화가 걸려

신사의
유혹

왔지만 그녀는 그 전화를 무시했다.

"커피 잘 마실게요. 원래 내가 대접해야 맞는 건데, 반대가 됐네요."

"누가 사든 맛있게 먹으면 되는 거죠."

"근데 수한 씨……."

"말해요."

"정말 이 일 하실 건가요?"

"계약서에 도장 찍었으니 해야죠. 이제 와 안 하겠다고 하면 계약위반 아닙니까?"

"그렇죠…… 그렇긴 한데…… 얼굴 팔리는 거 꺼리셨잖아요."

"다양한 일을 해보는 게 나쁜 건 아니니까, 흥미가 아예 없는 건 아닙니다. 그리고 개인정보는 노출하지 않기로 했으니 그걸로 만족하고요. 이제 확인 끝났으면 본론으로 들어갈까요?"

"본론이요?"

"제가 숙지해야 할 사항이 있다면서요."

"아! 네! 숙지사항……. 근데 수한 씨는 연기를 할 것도 아니고 노래를 할 것도 아니니 딱히 일러줄 게 없네요. 평소 운동은 좀 하세요?"

"체력관리는 잘하는 편입니다. 운동도 매일 하고 있고."

"복근은요? 아, 그러니까, 제가 복근이 보고 싶어서 그런 게 아니라 연예인은 몸이 곧 상품이라, 아니, 그러니까 상품이라는 게 그 상품이라는 뜻이 아니라……."

"괜찮습니다. 누구나 자신의 신체와 가진 능력으로 살아가는 법이고 연예인이 외모적 가치가 더 뛰어난 것도 사실이니까요."

"그렇게 생각해주시면 고맙고요……. 제가 원래 말을 잘 못하는 건 아닌데, 오늘따라 자꾸 말실수를 하네요. 오해는 말아주세요."

"물론입니다."

라지는 뜨거운 김이 올라오는 커피를 호호 불며 입끝을 올렸다.

보면 볼수록 멋진 사람. 강수한이란 남자는 보면 볼수록 매력이 철철 넘쳤다. 말 한마디 한마디에 배어나는 매너와 차분함, 그리고 기품이 묻어나는 외모는 단연코 우월했다.

"소속사 내부는 천천히 둘러보면서 설명하면 될 것 같고, 따로 궁금한 점은 없어요? 수한 씨가 궁금해하는 걸 대답해주는 게 좋을 것 같은데."

"라지 씨가 매니저로서 하는 일이 주로 뭐죠?"

"제가 하는 일이요? 음…… 전반적으로 다 하죠. 잠 깨우기부터 시작해서 스케줄 짜고 밤에 집에 들여보내는 것까지."

"원래 매니저들이 하는 일들이 다 그런 겁니까?"

"비슷할걸요?"

"그럼 라지 씨가 내 집으로 잠 깨우러 오는 겁니까?"

음흉하다! 이건 100퍼센트 흑심이 들어간 음흉한 말이 틀림없다.

근데 신기하게도 라지는 그 말이 기분 나쁘지가 않다.

"수한 씨 아침잠 많아요?"

"아뇨, 좀 일찍 일어나는 편입니다."

"몇 시요?"

"5시."

"정말요? 왜 그렇게 일찍 일어나요?"

"글쎄요, 아주 오래전부터 그래서인지 당연하게 일찍 일어나는 편입니다."

"부지런하시네요. 그럼 몇 시에 자는데요?"

"보통 1시쯤."

"그럼 4시간밖에 안 자요? 일이 그렇게 많아요? 엄청 바쁘신가 보네요?"

그는 슬며시 미소만 지을 뿐 더 이상의 설명은 붙이지 않았다.

그가 무슨 일을 하는지 무척 궁금했지만 라지는 더 이상 꼬치꼬치 캐물을 수 없었다. 계약서에도 개인적인 질문은 하지 않는다라고 추가 문구를 넣었을 정도로 그는 사생활 노출을 굉장히 꺼려했다. 아직 친하지도 않는데 그가 싫어하는 건 되도록 자제하는 게 좋았다.

"텔레비전은 많이 보세요?"

"거의 안 봅니다."

"그럼 앞으로 참고삼아 보세요. 특히 광고. 수한 씨는 광고 찍을 거니까 광고 위주로 봐두는 게 좋아요. 블랙퀸에서 나온 광고 콘티를 제가 본 게 아니라 확실히 말을 못하지만 광고라고 해서 감정이 없는 건 아니거든요. 대사가 없더라도 설정과 연기력을 요할지도 모르니까 미리 대비해둬야 해요. 아! 그럴 게 아니라 내가 광고만 모아서 줄게요. 블랙퀸에서 콘티 주면 그거 보고 대충 분위기 맞는 광고 모아서 보는 게 좋겠네요. 시간도 아끼고."

"내 시간은 아끼겠지만 라지 씨가 고생일 것 같은데……."

"제가 하는 일이 이런 건데요, 뭐. 그리고 여기 그런 일만 해주는 사람도 있어요. 부탁만 하면 돼서 그렇게 어렵지도 않아요. 근데……

집이 어디예요? 아침에 데리러 가려면 어딘지 알아야 하는데."

"아침에 운동 끝내고 내가 데리러 갈게요. 라지 씨 집주소나 알려줘요."

"아, 아니에요, 제가 데리러 가야죠!"

"누가 가든 일찍 일어나는 사람이 움직이는 게 경제적인 거죠. 라지 씨, 아침잠 많을 것 같은데, 안 그래요?"

"그래도 지각 한 번 한 적 없어요."

"내가 하자는 대로 해요. 내가 데리러 갈 동안 조금이라도 더 자고, 좋은 컨디션으로 나와요. 난 유명 연예인도 아니고, 라지 씨가 나한테 맞출 필요는 없어요. 내가 라지 씨한테 맞출게요."

"하지만……."

"번호부터 찍어요."

그가 자신의 휴대폰을 꺼내 그녀에게 내밀었다. 라지는 이렇게 멋진 남자가 자신에게 호의를 가진다는 게 여전히 믿어지지 않았다.

똑똑.

두 사람의 대화를 방해하며 윤영이 고개를 들이 밀었다.

"대표님이 두 분 오시라네요."

"예……? 아, 네, 갈게요. 수한 씨, 가요."

30분이 눈 깜짝할 사이에 지나갔다는 생각을 하며 라지는 자리에서 일어났다. 그리고 수한을 데리고 대표실로 향했다.

미팅은 생각보다 훨씬 더 자연스럽고 원활하게 진행되었다. 수한은 여느 능숙한 연예인 못지않게 당황하는 기색 하나 없이 블랙퀸 신경주 팀장의 말에 귀 기울이며 광고에 관해 얘기를 나누었다.

그 덕에 경주는 만족스러운 표정으로 본사로 돌아갔고 서학의 얼굴에도 웃음꽃이 피었다.

미팅이 끝나고 수한은 볼 일이 있다며 자리를 떴고 라지는 수한을 건물 입구까지 배웅했다. 그의 차가 완전히 사라진 뒤에야 그녀는 터져 나오는 웃음을 참지 못하고 하늘을 올려다봤다.

삼십 년을 통틀어 지금만큼 행복감을 느낀 적 있었던가. 아니, 절대 없었다. 늘 삶에 쫓겨 다른 남자를 눈에 담을 마음의 여유도 없었을 뿐더러 자신을 돌아볼 여력도 없었으니까. 그런 그녀가 수한이라는 남자를 만나고부터 달라지고 있었다.

단순한 관심이라 해도 좋았다. 그것만으로도 그녀의 메마른 가슴은 충분히 촉촉해지고 있으니까 말이다.

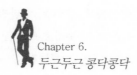

Chapter 6.
두근두근 콩닥콩닥

"어머니, 그게 사실인가요? 어떻게, 어떻게 그런 일이…… 그동안 왜 감추셨어요? 진작 말해줬더라면…… 에이씨!"

택주가 갑자기 대본을 테이블 위로 던지며 소파에 몸을 던졌다. 물컵을 들고 오던 김군이 움찔하며 택주의 눈치를 살폈다.

"감정 잘 실린 것 같은데, 왜 그러세요? 컨디션 안 좋아요?"

"안 좋아. 기분이 엿 같아."

"무슨 일 있었어요?"

김군의 질문에 택주는 대답 대신 거칠게 물을 마셨다.

"형님, 혹시 저번 주에 블랙퀸 광고 미끄러진 것 때문에 그러세요? 그건 원래 형님도 안 하고 싶다고 하신 거……."

"그것 때문이 아냐."

"그럼…… 왜 그러시는 건데요?"

"몰라. 그냥 기분이 꽝이야. 나쁠 게 없는데 나쁘니까 그게 기분 나빠."

김군이 이해할 수 없는 얼굴로 고개를 갸웃거렸지만 택주는 여전히 심통 맞은 얼굴을 감추지 못했다. 안 되겠다 싶어 김군이 벽시계를 보며 화제를 돌렸다.

"오늘 스케줄도 없는데 나가서 드실래요? 배달 음식 싫으시다면서요?"

"귀찮아, 그냥 여기서 먹어."

"배달 책자 가져올까요?"

택주가 소파에 벌러덩 눕더니 턱을 좌우로 흔들었다.

"배달 음식 질렸어. 직접 만들어봐. 뭐 할 줄 아는 거 없어?"

"라면…… 끓여드릴까요?"

"라면 말고는 없냐?"

"토스트 구워드릴까요?"

"그건 아침에도 먹었잖아."

"그럼……."

"됐어! 그냥 책자 가져와. 차라리 시켜먹는 게 낫겠다. 넌 어떻게 할 줄 아는 음식 하나가 없냐? 앞으로 매니저 할 거 아니었어? 그럼 요리도 어느 정도 배워놔야지. 라지 좀 보고 배워라! 라지 걔는 저번에 내가 막 만든 김치 먹고 싶다니까 김치도 담가주더라."

"진짜요? 라지 누님 김치도 담글 줄 알아요?"

"그뿐인 줄 아냐? 못하는 요리가 없어, 한식, 중식, 양식, 완벽하진 않아도 기본 이상은 해."

"라지 누님은 여자고 전 남자잖아요."

"그럼 전 세계 요리사들은 다 여자게?"

"아…… 그게 그렇게 되나요?"

"못하면 배워. 그래야 매니저들 능력 있단 소리 듣는다."

"그건 아니라고 봅니다, 형님. 솔직히 라지 누님 정도 되니까 그렇게 하는 거지 보통 매니저들은 요리 안 해요. 배우가 먹고 싶은 게 있으면 사다주는 정도는 해도 음식까지 해서 갖다 바치지는 않는다고요."

누워 있던 택주가 벌떡 몸을 일으키며 김군의 얼굴을 똑바로 쳐다봤다.

"그래?"

"모르셨어요? 동료분들하고 그런 얘기들 안 하세요?"

"안 해봤는데. 정말 다른 매니저들은 라지처럼 안 그래?"

"물론 배우들 챙기기는 하죠. 그래도 라지 누님처럼은 못하죠. 진짜 가족 아닌 이상에야 그렇게 못 챙겨요. 저 처음에 라지 누님 하는 거 보고 깜짝 놀랐잖아요."

"그 정도야?"

"형님은 늘 받기만 하셔서 잘 몰라요. 라지 누님 같은 사람도 없어요. 여자지만 체력 좋죠, 세심하죠, 요리 잘하죠, 알뜰하죠, 인정 많죠, 형님 투정 다 받아주죠······."

"야, 거기서 내 투정 받아준다는 소리가 왜 나오냐? 누가 들으면 내가 투정이나 부리는 쪼잔한 놈인 줄 알겠다."

"모르셨어요? 형님 투정 많이 부리시는데."

"무슨 투정?"

"방금도 보세요. 음식 투정하시잖아요. 보통은 자기가 먹고 싶은 건 자기 손으로 해먹거나, 자신 없으면 시켜먹는 데 만족하는 법인데, 형님은 손수 만든 음식 먹고 싶다고 그러시잖아요. 매니저가 가사도우미는 아니거든요?"

"야, 김군, 듣자 듣자 하니 말이 지나치다? 그럼 내가 라지를 지금까지 가사도우미처럼 부렸다는 말이냐?"

"솔직히 안 그렇다고는 말 못하죠."

"너 많이 컸다? 너 월급 주는 사람이 누군지 잊은 거냐? 아부를 할 거면 라지가 아니라 나한테 해야 하는 거라고."

"전 있는 그대로 사실만을 말했을 뿐입니다. 그러니까 저한테서 라지 누님의 빈자리를 찾으려고 하지 마시라는 말입니다."

"뭐?"

"형님께서 자꾸 저한테 라지 누님처럼 하라고 강요하잖습니까?"

"내가? 언제? 난 그냥 라지를 본받으라고만……."

"그게 그거죠."

택주가 김군의 손에 들려 있는 배달 책자를 빼앗아 들며 버럭 소리를 질렀다.

"그래, 알았다! 시켜먹자! 됐냐? 자식이, 요리 좀 하랬다고 더럽게 좋알거리네."

김군이 뒤통수를 긁적이며 택주의 옆자리로 옮겨왔다.

"근데, 형님. 라지 누님은 언제 오는 겁니까?"

"지성운가 지성민인가 하는 새끼 촬영 끝내면 오겠지."

"촬영이 언제 끝나는데요?"

"그걸 내가 어떻게 아냐? 김 대표님한테 물어보든가."

"형님은 안 궁금하세요?"

"별로."

"에이, 마음에 없는 말 하지 마시고 대표님한테 물어보세요. 라지 누님 언제 컴백하시는지."

"나보다 네가 더 궁금해하는 것 같은데 직접 물어봐."

택주의 눈치를 살피며 김군이 휴대폰을 꺼내 서학에게 전화를 걸었다. 짧은 통화가 끝나자마자 배달 책자를 살피던 택주가 퉁명스레 입을 열었다.

"뭐래?"

무관심하듯 하더니 전화가 끝나자마자 물어오다니, 실은 꽤나 그 소식이 알고 싶었던 모양이다. 김군은 택주를 조금 더 놀려줄까 하다가 그 짜증이 전부 자신에게 날아올 것 같아 솔직하게 털어놓았다.

"내일부터 촬영 들어간다고 하시네요. 3부까지 몰아 찍는다고 2주 정도 걸릴 것 같다고……."

"뭐? 대체 뭘 얼마나 공들여 찍기에 2주나 걸린대?"

"시간을 요하는 장면들이 많은가 보죠. 요새 커피 광고에 신경들 많이 쓰는 추세잖아요."

"그래도 그렇지 내 매니저를 2주나 빼돌려?"

참을 수 없다는 듯 택주가 김군의 폰을 뺏어 다시 서학에게 전화를 걸었다.

"저예요, 택주."

―어, 그래, 택주야. 연습은 잘되고?

"방금 김군한테 들었는데 블랙퀸 광고 2주 걸린다면서요?"

―그게 그렇게 됐어.

"그래도 이건 아니지. 며칠이면 된다고 하면서 라지 데려가 놓고 2주나 걸리면 난 어떡하라고?"

─너 지금 스케줄 없잖아. 드라마 들어가기 전에 준비하면서 쉬라고 시간도 빼줬는데 갑자기 왜 매니저 타령이야?

"꼭 방송 스케줄만 스케줄이에요? 드라마 준비하면서 이것저것할 게 얼마나 많은데. 그리고, 라지가 일하는 기계예요? 내가 쉬면개도 쉬어야 체력 충전하지. 어떻게 여자애를 그렇게 뺑뺑이 시켜가며 부려먹어?"

─네가 뭔가 오해하는 모양인데 좀 전에도 라지 만났거든? 라지얼굴에 웃음꽃이 활짝 폈더라. 지가 좋아서 폴짝폴짝 뛰면서 가던데 뭘 부려먹어?

"그게 무슨 말이에요? 라지가…… 웃음꽃이 폈다고요?"

─이번에 계약한 지성우 씨가 아주 젠틀하더라고. 라지한테도얼마나 잘하는지 모르는 사람이 보면 라지가 연예인이고 지성우씨가 매니전 줄 알겠더라고. 뭐 하나를 해도 라지 먼저 챙겨주고말이야. 사람이 제대로 진국이야. 어쨌든 늦어도 2주 안에는 다 끝날 거니까 걱정 말고 드라마 준비나 잘하고 있어. 나 손님 와서, 나중에 다시 통화해.

철컥, 전화가 끊어졌지만 택주는 좀처럼 휴대폰을 귀에서 떼지못했다. 충격 받을 만한 대화도 아니건만 충격을 받은 것처럼 왜이렇게 얼떨떨한지 알 수가 없었다.

라지가 2주 동안 못 온다고 해서 그런가?

그건 아니다. 그 정도 시간을 비웠다고 충격 받을 일은 아니었다.

그럼 왜……?

얼굴에 웃음꽃이 피었다는 말, 때문인가?

생각해 보니 그 말이 조금 거슬리긴 하다. 라지에게 있어 자신만큼 잘해 주는 이가 없다고 믿고 있었기에 여의치 않게 다른 사람을 케어하게 된 그녀가 엄청난 스트레스를 받고 있을 거라 여겼다. 그래서 라지를 도와주려 서학에게 전화를 걸었는데 웬걸, 그의 예상을 깨고 그녀가 웃음꽃을 피우며 다닌다고 했다. 기분이 나빴다.

뭐…… 모르는 사람이 보면 라지가 연예인인 줄 알 정도?

이건 생각할수록 기분 나쁘다. 라지가 맡은 그 남자가 아주아주 젠틀해서 라지를 떠받들며 지낸다는 말은 바꿔 말하면 자신은 라지를 몸종 부리듯 했다는 말이 되는 것 아닌가? 이건 대놓고 자신과 그 남자를 비교하는 거였다.

그래, 이제 알겠어.

자신이 기분 나쁜 건 순전히 얼굴도 모르는 놈이랑 비교를 당했기 때문이었다.

"젠장!"

택주는 휴대폰을 던지듯 테이블로 내려놓은 뒤 벌떡 일어났다. 덩달아 김군도 따라 일어섰다.

"왜 그러세요, 형님? 대표님이 뭐라고 하셨는데요?"

"아, 몰라! 나 입맛 뚝 떨어졌으니까 너 혼자 시켜먹든가 말든가 알아서 해."

방으로 쌩하니 들어간 그가 문짝이 부서져라 문을 닫아버렸다.

"생리하는 것도 아니고, 갑자기 왜 저러시지?"

혼자 남게 된 김군은 황당한 얼굴로 잠시 서 있다 배달 책자를 집어 들고 메뉴를 고르기 시작했다.

조명 빛을 받은 아이보리색 대리석 식탁 위로 소박한 파란색 도시락통이 놓였다. 십자로 갈라진 도시락통에는 계란말이와 멸치볶음, 그리고 잘 버무려진 나물과 김치가 현미밥과 함께 먹음직스럽게 자리했다. 라지는 가져온 보온병을 열어 뜨거운 미역국을 그릇에 옮겨 담으며 수한에게 말했다.

"어서 드세요, 식으면 맛없어요."

수한은 식탁 앞에 자리하며 그녀가 가져온 도시락을 보며 놀라움을 금치 못했다.

벌써 삼 일째. 그녀에게 잠을 좀 더 자라는 의미에서 그가 직접 그녀를 데리러 갔지만 그녀는 잠을 자는 대신 이렇게 아침을 만들어 왔다. 그리고 그가 머무는 호텔로 돌아오면 항상 이렇게 아침을 차려주었다. 사먹는 음식보다는 집밥이 낫다는 말과 함께.

"잘 먹을게요."

수한이 젓가락을 들자 그녀가 국그릇을 옆으로 밀어주며 그의 맞은편에 앉았다.

"혹시 맛없는데 억지로 먹는 건 아니죠?"

"맛이 없을 수가 없죠. 이렇게 정성이 들어가 있는데. 잠 좀 더 자라고 했더니 왜 말 안 듣고 이런 걸 만들어요? 미안하게."

"저 아침 먹는 김에 만든 거예요. 한국 사람은 아침에 밥을 먹어야 힘이 나는 법이거든요. 수한 씨 맨날 빵 같은 걸로 간단하게 때우죠? 운동도 열심히 하면서 아침을 빈곤하게 먹으면 몸 상해요. 뉴스 같은 데서 그러던데 아침을 먹어야 뇌가 잘 돌아……."

계속되는 라지의 말에 수한의 얼굴에 옅은 미소가 스쳤다. 지금까지 그 누구도 자신에게 이런 잔소리를 늘어놓은 사람은 없었다. 어린 시절 이제는 얼굴도 가물가물한 어머니에게 야채를 먹지 않는다고 잔소리를 들었던 기억이 희미하게 남아 있을 뿐, 지금처럼 식사를 챙겨 받거나 잔소리를 듣는 건 처음이었다.

"아, 미안해요. 내가 너무 말이 많았죠? 입 다물고 있을 테니까 드세요."

"아닙니다, 듣기 좋아요. 계속 말해요. 식사하면서 대화가 오고 가는 게 이렇게 즐거운 일인 줄 잊고 살았거든요."

"언제부터 혼자 살았는지 물어도 되나요?"

"부모님이 돌아가신 게 중학교 1학년 때니까, 그때부터 혼자 살았네요."

라지의 눈이 동그랗게 변했다. 고상한 그를 보면 당연히 교육 잘 받고 자란 부유한 집안의 사람일 거라는 느낌이 들었다. 혼자 자랐다는 사실은 전혀 뜻밖이라 믿기지 않았다.

그가 그녀의 멍한 얼굴을 보더니 대수롭지 않다는 듯 차분하게 말을 이어갔다.

"힘들 게 살진 않았습니다. 부모님이 남겨주신 유산이 꽤 됐거든요. 덕분에 유학도 다녀올 정도로 편하게 살았고, 하고 싶은 일도 할 수 있었죠."

"아…… 그러셨구나. 고마워요……."

"뭐가요?"

"수한 씨 개인적인 얘기 싫어하잖아요. 그런데 비밀스런 얘기를 해준 것 같아서요."

그녀의 말에 수한 스스로도 놀랐다. 저도 모르게 얘기를 꺼내다니. 전혀 의식하지 못했다.

"라지 씨가 제법 편해진 모양입니다. 이런 얘길 다 꺼내고……."

"저 동정 같은 거 안 해요. 지금의 수한 씨 보면 동정은 내가 받아야 할 것 같거든요."

"라지 씨가 왜요?"

"내가 말을 안 해서 그렇지 말하자면 2박 3일 들어도 모자랄 정도거든요? 암튼 결과적으로 나보다 수한 씨가 훨씬 잘 사니까 동정은 내가 받아야 해요. 난 쓰러져가는 옥탑방에 전기세, 수도세아껴 쓰며 살아가는 고달픈 매니저거든요. 이런 고급 호텔을 집처럼 쓰는 수한 씨랑은 비교도 안 되게 불쌍한 사람이라고요. 그러니동정은 누가 받아야겠어요? 당연히 나지."

"듣고 보니…… 그런 것도 같네요."

이 여자, 정말 사람을 편하게 해준다.

도시락을 처음 받았을 때도 불편하지 않았다. 남에게 무언가를대가 없이 받는 걸 무척 꺼리는 그였음에도 부담스럽지 않았다. 수한은 그런 점이 신기했다. 당연하게 부담스러워야 하는데 부담스럽지 않고, 입 다물었던 과거 얘기를 저도 모르게 하게 만드는 그녀가 이상했다.

"그렇다고 진짜 동정해달라는 건 아니고……. 근데 이 얘기가 왜나왔죠? 아! 내가 먼저 꺼냈지? 내가 원래 삼천포로 잘 빠져요. 그러려니 하고 식사하세요. 아, 이 김치 좀 먹어보세요. 저번 주에 엄마가 시골에서 보내주신 거거든요. 맛이 잘 들었어요."

그녀가 김치를 가리키자 수한이 김치 하나를 입 안에 넣었다.

그는 맛의 평가를 바라는 듯한 라지를 향해 입술을 늘렸다.

"맛있네요. 라지 씨 어머니께서 음식솜씨가 좋으신가 봅니다."

"어떻게 아셨어요? 김치만 맛보고도 그런 걸 아세요?"

"딸들은 어머니 손맛을 닮는다면서요? 라지 씨 음식이 맛있으니 당연히 어머니께 배운 게 아닐까 해서."

"아아, 역시 눈치 백단이시네요."

"그런데 말입니다. 한택주 씨한테도 늘 이렇게 해준 겁니까?"

"예?"

"갑자기 그게 궁금해져서 말입니다."

라지가 택주에게 음식을 해준 적은 많았다. 하지만 이렇게 정성을 쏟아서 음식을 만든 적은 없었다. 그는 음식투정이 워낙 심했고 음식도 가려 먹는 편이라 그가 좋아하는 것 외에는 입에도 잘 대지 않았다. 또한 배달 음식도 싫어했다. 그래서 어쩔 수 없이 요리를 하게 된 거지 순전히 좋아서 한 건 아니었다. 그러니 오늘처럼 라지 자신이 아껴 먹는 김치까지 솔선수범해 퍼다 준다는 건 있을 수 없었다.

"늘 이렇게는 못하죠. 택주는 스케줄이 많아서 아침부터 움직이거든요. 이렇게 여유롭게 식사도 못 해요. 쉬는 기간에는 저도 휴식 겸 쉬느라 오후 늦게 출근하거나 휴가 가거나 둘 중 하나고. 해달라고 할 때 해주는 정도랄까?"

"그럼…… 이 아침식사는 특별대접, 뭐 그런 종류의 것인가요?"

물론이다. 이건 라지가 전날 장까지 봐서 엄청 신경 써서 만든 것들이니까 말이다.

"그, 그렇다고 볼 수 있죠. 수한 씨가 아침마다 데리러 와주잖아요? 일종의 보답…… 그런 거죠. 다른 특별한 의미는 없으니까 안

심하고 마음껏 드세요."

그는 싱긋 웃어 보인 뒤 다시 식사에 열중했다.

그렇게 식사가 끝이 나고 라지는 미리 준비해온 CD파일을 노트북에 넣어 그에게 보여주기 시작했다. 그동안 택주가 찍은 커피 광고와 다른 인기연예인이 찍은 커피 광고를 모아온 라지는 그 중 도움이 될 만한 것들을 짚어가며 여기저기 얻어들은 작은 팁들을 수한에게 알려주었다.

"아, 지금 나오는 게 재작년에 대히트 친 커피 광고예요."

라지의 말에 잠시 다른 곳을 향하던 수한의 눈이 화면으로 돌아왔다. 작은 화면 속엔 남자가 여자를 백허그하며 사랑스런 눈빛을 주고받는 장면이 연출되고 있었다. 눈 내리는 밤거리에서 김이 나는 따뜻한 커피를 들고 선 두 사람은 추위 속에서도 뜨거운 커피처럼 열정적으로 사랑의 눈빛을 주고받았다. 보는 이로 하여금 온기와 훈훈함을 느끼게 하는 그런 광고였다.

"잘 만들었군요. 저 커피도 블랙퀸 거 아닌가요?"

"맞아요. 블랙퀸에서 작년까지 밀었던 제품 광고예요. 수한 씨가 찍을 건 신제품이고요. 신제품은 고급스러움과 세련미를 강조한다고 했으니까 저 느낌과는 좀 다르지 않을까 싶네요."

"음…… 난 저런 감정 표현은 안 될 것 같은데……."

"할 수 있어요, 저 사람이라고 처음부터 저런 표정이 나왔겠어요? 다 연습해서 된 거지. 수한 씨도 충분히 할 수 있으니까 걱정말아요. 그리고 수한 씨가 맡은 콘셉트는 시크한 느낌이니까 저런 표정 안 지어도 될 거예요. 자신감 가져요. 정 걱정되면 연습 삼아몇 개 찍어서 연습해봐도 좋고."

"연습이요?"

"아쉬운 대로 내가 상대역 해줄 테니까 해볼래요? 이래봬도 택주 연습 상대한 지 10년이나 됐어요. 웬만한 연습생보다 나을 걸요?"

"한택주 씨 연습 상대도 해줬습니까?"

"그럼요."

"보니까 한택주 씨는 주로 멜로드라마를 찍었던 것 같은데……."

스킨십이 있는 것도 연습 상대를 해줬습니까?

수한은 마지막 질문은 안으로 삼켰다.

쓸데없는 질문이 튀어나오려 하다니, 본인이 생각해도 어이가 없었다. 그녀가 한택주와 무슨 연습을 어떻게 했든 자신이 상관할 바 아니었다. 그가 맡은 일은 이 여자에게서 한택주에 대한 정보만 빼내면 되는 거니까. 그 이상은 신경 쓸 일도, 신경 써서도 안 되는 일이었다.

"택주가 멜로를 주로 찍긴 했지만 연기는 곧잘 하는 편이에요. 노력도 많이 하는 편이고. 그리고 상대역 해주는 게 보통 일이 아니에요. 엄마부터 시작해 남녀노소 전부 해주다 보니 이쪽도 연기 경력이 꽤 될 걸요?"

잠시 망설이는 흔적이 엿보이던 그가 곧 일시 정지한 화면을 가리켰다.

"그럼 저걸로 해보죠."

백허그를 한 남녀가 서로를 향해 사랑스러운 눈길을 보내는 장면이었다.

백허그…….

"저건…… 어려울 것 같다면서요"

"어려우니까 도전해보는 거죠."

라지는 택주와 이런저런 많은 연습을 했어도 이런 직접적인 스킨십이 들어간 장면은 해본 적이 없었다. 그런데 이런 장면을 대놓고 하려니 라지는 얼굴이 붉어지다 못해 타들어갈 것만 같았다. 그래도 싫다는 소리가 입 밖으로 나오지 않는 걸 보면 내심 바라는 바인지도.

"그, 그럼 잠시만요. 카메라 가져왔으니까 연습하는 거 찍어서 봐요. 그래야 자기 표정이 어떻게 나오나 확인할 수 있거든요."

일어서려는 그녀의 손목을 그가 낚아채듯 잡았다. 놀란 그녀가 그를 쳐다보자 수한이 그녀의 몸을 창문을 향해 돌려세웠다.

"일단 해보고 난 뒤 찍도록 합시다. 급할 거 없잖아요?"

라지의 눈동자가 잔잔하게 떨렸다. 단순히 연습 상대를 해주는 것뿐인데 왜 이리 떨리는 걸까. 심장이 두근거려 가슴을 뚫고 나올 것만 같았다.

괜찮아, 연습하는 것뿐이야. 현실이 아니야. 릴렉스하자. 아마추어처럼 굴면 저 사람이 날 믿고 어떻게 연습을 하겠어? 딴생각 말고 연습만 생각하는 거야. 집중!

라지는 두 손을 꼭 모아 쥐며 부러 덤덤하게 말했다.

"감정 잡고 천천히 다가온 뒤 화면 속 남자처럼 부드러운 표정 지으면 돼요. 준비됐어요?"

"준비됐습니다."

그의 말에 라지는 테이블 위에 있던 빈 컵을 들고 그를 향해 두 걸음 다가갔다. 그리고 화면 속 여자처럼 수줍은 표정으로 남자에게 등을 돌리고 서서 컵을 만지작거렸다.

아…… 왜 이렇게 떨리지?

연습 상대해주면서 이렇게 떨리기는 처음이었다. 마치 광고 속 여자가 된 듯한 착각마저 들었다.

약속을 어긴 남자친구를 기다리던 여자가 남자친구가 오면 혼 내 주리라 결심하는데 눈 속을 걸어오는 남자를 본 순간 저도 모르는 두근거림에 뒤돌아서고 그런 그녀를 뒤에서 남자친구가 살포시 안아주는 장면. 그 장면을 광고 속 주인공처럼 한 번 연습해보는 것인데도 감정이입이 제대로 들어가 버렸는지 라지의 심장박동은 정신없이 빨라졌다.

택주와 연습할 때는 그저 감정 없이 대충 상대역만 해줬는데 지금은 달랐다. 발끝이 오그라들고 뒤에서 다가오는 그의 발소리에 등골이 오싹할 정도로 긴장되었다. 현기증마저 일어나는 듯했다.

이러면 안 되는데…….

정신 차려, 도라지! 남자로 보면 안 돼!

짧은 순간에도 라지는 속으로 몇 번이고 그 말을 되뇌었다. 하지만 그런들 아무 소용이 없었다. 머리로 안 된다고 소리쳐도 몸이 말을 듣지 않으니까. 점점 좁혀져오는 그 때문에 손바닥에 땀이 밸 정도였고 가슴은 쿵쾅쿵쾅 방망이질 쳤다.

바로 그때, 그의 손이 어깨를 스쳐 지나간다는 느낌이 드는 순간 강한 힘이 그녀를 끌어안았다.

쿵!

심장이 바닥으로 떨어지는 듯한 충격과 함께 그녀의 머리 위로 그의 숨결이 닿았다. 라지는 숨 쉬는 것도 잊은 채 바짝 긴장했다. 광고 속 장면으로 들어가 정말 눈 속에 서 있는 것처럼 그녀의 몸이 꽁꽁 얼어버렸다.

백허그…….

이렇게 강한 느낌을 주는지 미처 알지 못했다. 등 뒤로 전해지는 그의 온기와 감촉에 온 감각이 쭈뼛쭈뼛 일어섰다. 태어나 처음으로 느껴보는 야릇한 감정, 그제야 라지는 이 일을 시작하고 처음으로 매니저라는 직업에 감사했다. 매니저가 아니었다면 이런 잘난 남자와 친분을 쌓는다는 건 절대 불가능했을 테니까.

"무슨 생각해요?"

그의 얼굴이 그녀의 오른쪽 뺨으로 바짝 내려왔다. 잠시 멍하게 있던 라지는 급하게 정신을 수습하며 덤덤한 척 과장되게 말했다.

"아, 아무 생각도……."

휙!

그녀의 몸이 그의 힘에 의해 180도 돌아 그와 마주하게 됐다. 눈 깜짝할 사이 벌어진 상황에 라지의 눈이 덩그러니 커졌다. 그녀와 마주한 그가 진지한 얼굴로 다시 한 번 물었다.

"정말 아무 생각도 안 했습니까?"

라지는 말문이 막혔다. 자신을 내려다보는 저 아름다운 눈동자에 무슨 말이 더 필요할까. 마음 같아서는 그저 넓은 가슴팍에 꼭 안기고만 싶었다.

"그게……."

꿀꺽, 마른침을 삼키며 라지는 그의 어깨를 바라봤다. 두 번째 단추까지 풀어진 와이셔츠 사이로 보이는 굵은 쇄골이 너무 뇌쇄적이었다. 저 단추를 다 풀어버리면 어떤 모습이 기다리고 있을까? 분명 남성다운 몸매가 자리해 있겠지. 그런 생각만이 머릿속을 가득 메웠다.

안 그래도 머릿속이 복잡한데 그가 곱게 닫힌 입술을 지그시 늘였다. 그 미소에 겨우 마음을 다잡고 있던 라지의 이성이 솜털마냥 가볍게 날아가 버렸다.

그녀는 손에 들린 머그컵을 카펫 위로 툭 떨어뜨리고 말았다. 통, 둔탁한 소리를 내며 컵이 뒹굴었지만 라지의 귀에는 아무것도 들리지 않았다. 지금은 오로지 자신의 감정만이 중요했다.

"키스하고 싶어요……."

미쳤다! 속으로만 생각하던 말을 내뱉다니!

말을 내뱉고 나서야 라지는 깨달았다. 자신이 얼마나 대담한 말을 꺼냈는지 말이다. 순간 자신의 입을 꿰매 버리고 싶었다.

이런 상황에 어쩌자고 그런 위험한 발언을 한 건지, 일시적으로 감정에 혼란이 온 것이 틀림없었다.

어떻게 수습하지?

라지는 놀란 눈으로 자신을 보고 있는 수한을 똑바로 쳐다볼 수가 없었다.

농담이라고 말해볼까? 그래, 밑져야 본전인데 그렇게라도 말하는 게 나았다.

"수, 수한 씨, 방금 말은 농담……."

"아닌 거 알아요."

"네?"

"키스하고 싶다는 말, 진심이잖아요."

"그, 그걸 어떻게……."

그가 하얀 이를 살포시 드러내며 미소를 지었다.

신사의 유혹

"나도 그렇거든."

말이 끝나기가 무섭게 그의 얼굴이 그녀에게 내려왔다. 말캉한 입술이 닿는가 싶더니 이내 그녀의 입술을 두드리며 그의 혀가 미끄러지듯 들어왔다. 서로의 혀가 넝쿨처럼 엉키기 시작했고 두 사람 사이를 둘러싼 공기가 순식간에 뜨거워졌다.

라지의 팔이 자동으로 그의 어깨를 붙잡았고 그의 손이 그녀의 허리를 끌어안았다. 라지는 알 수 없는 흥분에 몸이 부르르 떨렸다. 심장은 고장 난 것처럼 쿵쾅쿵쾅 울렸고 다리는 후들거려 서 있기가 버거웠다.

그가 한 발 앞으로 움직였다. 그와 동시에 그녀의 몸도 뒤로 물러났다. 하지만 그의 걸음은 거기서 멈추지 않았다. 그에게 밀린 그녀의 다리가 무언가에 걸렸고 몸이 뒤로 속절없이 넘어갔다.

털썩. 등이 소파에 닿았다. 그래도 두 사람의 키스는 끝나지 않았다. 뜨거운 열기가 용광로처럼 달아올랐고 넓은 공간은 두 사람의 욕망으로 가득차기 시작했다.

진득한 입맞춤 끝에 그의 입술이 이제는 라지의 가느다란 목으로 떨어졌다. 간질거리는 느낌과 묘한 감각이 그녀의 온몸을 강타했다.

"아."

참다못한 신음이 입술을 뚫고 터져 나왔다. 그 소리에 반응하듯 그의 애무가 더욱 집요해졌고 라지의 이성은 모래성처럼 와르르 무너지고 말았다.

지금껏 모르고 살았던 야릇한 감각이었다. 섹스에 집착하는 정희를 보며 늘 이해가 가지 않았는데 지금 이 순간만큼은 그 친구의 감정을 이해할 수 있었다.

전신을 타고 흐르는 묘한 쾌감에 그녀는 타는 듯한 목마름을 느꼈다. 그런 갈증을 알기라도 하듯 그의 애무가 점점 더 강도를 더해갔다. 목에서 시작된 애무가 쇄골로 이어졌다. 동시에 그녀의 숨소리도 거칠어졌다. 호흡이 일정치 못한 건 그도 마찬가지였다. 침착한 그의 눈동자엔 짙은 욕망이 깔려 있었고 그 눈빛을 본 라지는 알 수 없는 승리의 쾌감을 느꼈다. 신사적이고 이성적이기만 한 그에게도 열정이라는 솔직한 감정이 숨어 있었기 때문이다.

그녀의 입가에 흡족한 미소가 매달렸다. 하지만 그 기분을 느낄 새도 없이 낯선 침입자가 그녀의 니트 안으로 불쑥 들어왔다. 니트 안으로 들어온 손은 브래지어에 감싸인 풍만한 가슴을 단박에 찾아냈다.

"하아."

그녀는 옅은 신음을 흘리며 그에게 몸을 내맡겼다. 그는 탱탱한 가슴을 손에 쥐고서 무자비하게 일그러뜨렸다. 불길에 휩싸인 듯 온몸이 불타올랐다. 뜨거운 열이 전신에서 뿜어졌다. 답답함이 몰려오려는 찰나 그가 그녀의 니트를 단숨에 벗겨내고는 가슴을 감싸고 있는 브래지어도 풀었다. 분홍빛 유두가 드디어 그의 눈앞에 드러났다. 그가 숨을 훅 들이켜더니 빳빳하게 일어선 유두를 한입에 머금었다.

"흡!"

놀란 그녀가 짧은 비명을 질렀다. 하지만 그는 멈출 생각이 없었다. 그의 혀가 가슴을 먹어치울 듯 무섭게 유두를 건드리자 극도로 예민해진 몸이 그 자극에 미칠 듯이 들썩였다.

가슴에서 시작한 그의 애무가 천천히 아래로 내려갔다. 후끈 달아오른 몸이 터져버릴 듯했지만 라지는 좋았다. 전신을 휘감는 이 짜릿함은 일찍이 경험해 보지 못한 신세계였다.

다급한 손길이 그녀의 바지를 풀었다. 반사적으로 그녀의 손이 아래로 내려갔지만 그 손은 이내 그에게 저지당했다.

그의 손길이 닿는 곳마다 그녀의 몸은 불길이 일어났다. 터져버릴 것 같은 짜릿함이 전신을 휘감았다.

부드러운 손놀림에 그녀의 몸은 다시 흐물흐물해졌다.

"라지 씨."

그의 음성이 탁하게 내려앉으며 그녀를 지그시 내려다봤다. 그가 그녀에게 들어오겠다는 표시였다. 라지는 천천히 다리를 벌리고 낯선 침입을 기다렸다. 근데 한참을 기다려도 그의 움직임이 없었다.

"?"

그런 찰나였다.

"라지 씨!"

눈을 번쩍 뜬 라지는 의자에서 반사적으로 일어서며 대답했다.

"네!"

흐릿한 정신을 가다듬으려 라지는 눈을 크게 떠 앞에 선 여자를 바라봤다. 라지를 부른 여자가 얼굴을 가까이 들이대며 걱정스러운 목소리로 물었다.

"괜찮아, 라지 씨?"

"예……?"

"신음까지 하던데, 어디 아픈 거 아냐?"

도둑이 제 발 저리다고 그녀의 물음에 라지는 얼굴을 붉히며 과하게 손사래를 쳤다.

"괘, 괜찮습니다! 근데 무슨 일로……."

"지성우 씨 메이크업 다 끝나가니까 가보라고."

"예? 지성우가 누구…… 아! 맞다, 예, 감사합니다."

라지는 꾸벅 인사를 한 후 대기실로 향했다.

수한이 머리를 다듬고 메이크업을 하는 동안 잠시 기다린다는 게 잠이 든 모양이다. 그것도 얼굴 화끈한 꿈까지 꾸면서 말이다.

'아놔! 꿈을 꿔도 정도가 있지, 낯 뜨겁게 그게 뭐야?'

어제 그의 집에서 그동안 히트 친 커피 CF 몇 개를 연습했는데 아무래도 그때 일이 꿈에 나온 듯했다. 그와 접촉을 하면서 순간 키스하고 싶다고 느끼긴 했었는데 그렇다고 그런 감정을 대놓고 말할 수 없었다. 혹 그게 아쉬워 꿈에 나온 건 아닐까?

아무리 그래도, 아쉬울 게 따로 있지, 왜 그런 꿈을 꾸는 거냐고!

욕구불만인가? 나도 정희처럼 막 밝히고 그런 여자였던 거야?

라지는 걸음을 우뚝 멈춰 벽에 붙은 거울을 쳐다봤다. 엎드려 자는 바람에 눈 밑에 마스카라가 시커멓게 번져 있었다. 급하게 휴지를 꺼낸 그녀는 번진 마스카라를 지워낸 다음 흐트러진 머리카락을 가다듬고 가던 길을 재촉했다.

신경 쓰지 말자! 꿈인데 뭐 어때? 꿈에서까지 법도, 윤리, 이성, 이런 거 따질 순 없는 거잖아?

라지는 자신의 꿈을 타당화시켰다. 터놓고 말해 마음에 둔 남자랑 꿈에서 섹스를 하든 결혼을 하든 그게 나쁜 건 아니지 않은가?

이건 지극히 솔직한 본능이었기에 자신을 변태 취급할 필요까지는 없었다.

그렇게 결론을 지은 라지는 당당히 어깨를 펴고 노크를 한 뒤 수한이 있는 대기실로 들어갔다. 이제 막 메이크업을 끝낸 그가 자리에서 일어나 그녀를 맞았다.

"많이 기다렸죠?"

"기다리는 게 제 일인데요, 뭐. 가요, 의상 도착했대요."

라지는 그와 함께 세트장으로 내려갔다.

18세기 영국 왕실을 완벽하게 재현한 세트장은 공을 많이 들인 흔적이 엿보였다. 천장에 달린 샹들리에와 윤이 나는 대리석 바닥, 금색이 가미된 테이블과 의자, 그리고 곳곳에 놓인 장식품들까지 하나하나가 고상한 품격이 느껴졌다.

두 사람이 모습을 드러내자 신 팀장이 밝은 얼굴로 다가왔다.

"오우! 지성우 씨 정말 완벽하네요. 퍼펙트! 아름다운 뱀파이어, 딱 그 이미지 그대로예요."

그제야 라지는 뒤늦게 수한의 얼굴을 유심히 쳐다봤다. 조금 전까지 마음이 어수선하여 제대로 보지 못했는데 경주의 말대로 메이크업을 마친 그의 얼굴은 완벽한 뱀파이어의 모습이었다. 조각 같은 이목구비에 하얀 피부, 그리고 붉고 윤기 나는 입술이 여자들의 눈을 사로잡을 만큼 아름다운, 진짜 뱀파이어가 아닐까 싶을 정도였다.

"의상은 1번 방에 준비해 놨으니까 갈아입고 나오시면 됩니다."

라지는 수한과 함께 1번 방으로 갔다. 방 안에는 수한이 입을 중세 시대의 옷으로 보이는 옷이 걸려 있었다.

243

243

그가 옷을 갈아입고 나오자 라지는 속으로 감탄사를 내질렀다. 신경주 씨가 왜 그토록 수한을 원했는지 이제야 알 것 같았다.

의상까지 갖춰 입으니 정말 완벽했다. 눈앞에 있는 사람이 정말 강수한이란 사람이 맞을까 싶을 정도였다.

"표정이 왜 그래요? 옷이 좀…… 어색하죠?"

"아뇨……. 정말 잘 어울려요! 진심!"

라지가 엄지를 척 내밀어보였다. 약한 웨이브를 넣은 머리카락과 18세기 중세 의상, 그리고 메이크업까지 이보다 더 완벽하게 재현할 순 없었다. 그는 시대를 거슬러 온 사람처럼 정말 그 시대의 사람 같았다.

"참! 정주아 씨는 한 시간 정도 늦는대요. 어차피 수한 씨는 싱글 분량 먼저 찍으면 되니까……."

"정주아 씨가…… 상대 여배우였습니까?"

수한은 이런 상황은 생각지 못했다. 그가 듣기로 상대는 인기몰이 중인 여배우 유세미라고 했었다.

"아, 그게 갑자기 바뀌었다나 봐요. 자세한 사정은 모르겠지만 광고주 대표가 내린 결정이라 어쩔 수 없다고 하더라고요."

"그렇군요."

"정주아 씨가 성형을 많이 해서 외국인처럼 코도 높고, 눈도 크고, 얼굴도 작으니까 아마 잘 어울린다고 생각했나 봐요. 국민 여배우로 이미지도 좋고요."

라지는 은근슬쩍 주아의 성형 사실을 흘려보냈다. 안 그러고 싶어도 정주아가 그와 얽히는 게 심술이 났다. 질투라고 해도 좋다. 라지는 그가 좋았다. 잘난 얼굴 때문만이 아니다. 그가 가진 분위기,

성격 모든 게 좋았다. 매일 밤 그와의 하룻밤을 기억해내려다 잠들 정도로 그가 점점 좋아졌다. 지금 찍는 CF로 얼굴이 알려지면 자신과 더 멀어지는 건 아닐까 걱정스럽기까지 했다. 택주는 더 유명해 졌으면 했는데 그는 세상에 노출되는 게 싫었다. 그만큼 그에 대한 욕심이 불어나고 만 것이다.

이러면 안 되는데…….

머리로는 아는데 가슴이 말을 듣지 않았다.

그와 세트장으로 돌아오자 감독과 얘기를 나누고 있던 경주가 그를 보더니 브라보를 외치며 다가왔다.

"뱀파이어도 울고 갈 정도로 잘 어울리는군요!"

"칭찬으로 듣겠습니다."

"물론 칭찬이에요. 내용은 다 숙지하셨죠? 그래도 마지막으로 브리핑 한 번만 할게요. 18세기 뱀파이어가 된 영국 귀족 남자, 고독과 지독한 운명과 싸워야만 하는 뱀파이어에게 어느 날 인간 여자가 커피를 줍니다. 남자가 뱀파이어인 줄도 모르고 말이죠. 순수한 인간 여자에게 호감이 생긴 뱀파이어는 계속해서 그 여자의 커피를 얻어 마시고, 결국 사랑을 느끼게 되죠. 하지만 인간은 죽습니다. 여자가 죽고 난 다음 남자는 그 여자를 대신해 계속해서 그 커피를 마시며 그리움을 삼킵니다. 그렇게 시간이 흘러 현대로 오게 되고, 환생한 여자를 다시 만나게 되죠. 그리고 이번에는 남자가 먼저 커피를 건네는 겁니다."

수한이 고개를 끄덕이자 경주가 시간을 확인했다.

"내일까지 1부는 찍어야 하니까 힘내서 잘해봅시다. 그럼 준비되는 대로 들어갈 테니까 5분만 대기해주세요."

경주가 숨 가쁘게 감독에게 가버리자 라지는 미리 준비해두었던 핫팩을 주머니에서 꺼내 그의 손에 쥐어주었다.

"좀 쌀쌀하죠? 이거 들고 있어요. 담요도 줄까요?"

수한은 그녀의 손에 핫팩을 다시 돌려주며 그녀의 옷깃을 꼭 여몄다.

"나보다 라지 씨한테 더 필요할 것 같네요. 감기 걸리지 않게 따뜻한 커피라도 마시면서 있어요."

나는 괜찮은데, 라는 말이 목구멍까지 올라왔지만 라지는 꾹 참고 고개만 끄덕였다.

이렇게 다정한 사람이 어디 또 있을까?

잘생긴데다 돈도 많고 능력도 있어 보이는 사람이 친절하기까지 하니 도대체 흠을 잡으려야 잡을 수가 없다.

쿵쿵, 심장이 난데없이 또 질주하듯 뛴다.

'이런 괜찮은 사람을 좋아하면 나만 손해인 건데……'

라지는 수한에 대한 마음이 너무 커질까 걱정이 되었다. 이런 남자가 자신 같은 여자를 좋아할 리는 없으니까. 여배우들처럼 인형같이 예쁜 것도 아니고 돈이 많은 것도 아니고 현모양처 같은 성격도 아닌 그녀를, 그가 좋아할 리 없었다. 그 증거로 소속사를 찾았던 그날 이후 그는 호텔에서 있었던 그날 밤의 일을 입 밖으로 꺼내지 않았다.

'벌써 사 일째……'

그는 그날 밤 일을 후회하고 있을지도 모른다. 잠시 피어오르던 호기심이 사라진 것일지도. 먼저 그 일에 대해 말하고 싶어도 용기가 나지 않아 그녀도 입을 다물고 말았다.

라지는 세트장으로 걸어가는 그의 뒷모습을 넋 놓고 바라봤다.

단시간에 이렇게 사람이 좋아질 수도 있는 건가 싶은 불안감이 스멀스멀 피어올랐다. 마음을 다잡고 싶은데 그게 마음먹은 대로 잘되지 않는다.

'아…… 수한 씨가 날 좋아하는 거면 대박인데…….'

소속사로 찾아온 첫날, 그는 그녀에 대해 호감을 드러냈다. 하지만 계약이 성사되고 난 뒤부터는 다가오지 않고 적정한 선을 유지하고 있었다. 물론 친절하긴 하지만 라지는 그런 점이 불안했다.

그녀는 이 생각 저 생각을 하다 머리를 박박 긁었다.

"아, 머리 아파…… 사춘기도 아닌데 뒤늦게 나 뭐하는 거니……?"

✤

러닝머신 위에서 벌써 몇 시간째 뛰고 있는 택주를 보며 김군은 안절부절 이리저리 발을 동동 굴렀다. 택주가 아침, 점심도 거르고 일어나자마자 내리 운동만 하고 있었기 때문이다.

"형님, 다이어트 하시는 것도 아니시면서 이렇게 운동만 하시면 어쩝니까? 내려와서 식사 좀 하세요."

입이 닳도록 말해도 소용없었다. 똥고집도 저런 똥고집이 없었다. 왜 저러는지 이유라도 알면 속이라도 편할 텐데 이유 없이 저러니 더 미칠 노릇이었다.

지잉.

택주의 전화가 울렸다. 김군은 이때다 싶어 냉큼 휴대폰을 들어 그에게 내밀었다.

"전화 왔습니다! 전화는 받으셔야죠, 중요한 일일지도 모르는데."

그제야 택주는 줄기차게 달리던 러닝머신을 끄고 내려왔다. 그는 수건으로 땀을 닦으며 통화 버튼을 눌렀다.

"여보세요?"

—나야.

정주아였다. 택주는 발신자를 확인하지 않고 받은 걸 후회하며 한숨을 내쉬었다.

"무슨 일이야?"

—무슨 일이긴. 자기 생각나서 전화했지. 뭐하고 있었어?

"할 말 없음 끊어."

—잠깐! 무슨 전화를 이렇게 끊어? 매너 없이. 할 말 있어서 전화했어.

"뭐?"

—나 지금 CF 찍으러 가는 길이거든. 택주 씨가 미끄러졌던 블랙퀸 커피 광고.

"하고 싶은 말이 뭔데?"

—약 올리려고 전화한 건 아니고…… 방금 우석 오빠한테 재밌는 얘길 들어서 말이야. 자기, 도 매니저 뺏겼다며? 이번 광고 맡은 애한테.

"뺏기긴 누가 누굴 뺏어? 라지가 능력 있으니까 초짜 가르친다고 간 거야. 나 요새 한가하잖아."

—그래? 이상하네, 내가 아는 거랑 많이 다르네? 내가 듣기론 지성

우란 남자가 라지 걔를 콕 찍어서 매니저로 붙여달라고 했다던데? 네 의지와는 상관없이.

"대체 누구한테 그런 헛소리를 주워듣고 다니는 건데?"

−발끈하는 거 보니 진짠가 보네? 블랙퀸 관계자가 지성우란 남자한테 한눈에 반했다며? 그 정도면 라지 걔도 혹 가는 거 아냐? 이제 새로운 매니저 찾아봐야겠네?

"정차순, 너 라지한테 자격지심 있냐? 왜 라지를 못 잡아먹어 안달이야?"

−어머 어머, 내가 그딴 애한테 왜 자격지심을 가져? 난 그냥 택주 씨한테 사실 확인 차 연락했을 뿐이야.

"됐어. 앞으로 이런 일로 연락하지 마."

철컥, 전화를 끊어버린 그는 다시 러닝머신 위로 발을 올리려다 제자리로 돌렸다.

"김군아."

"네, 형님."

"김 대표님한테 전화해서 블랙퀸 커피 광고 어디서 찍는지 좀 알아봐."

"그건 왜……."

"알아보라면 그냥 알아봐!"

"옙!"

택주는 그대로 욕실로 들어가 샤워부터 했다. 그리고 차비를 끝내자마자 김군이 알아낸 촬영 장소로 이동했다. 가는 길에 라지가 좋아하는 샌드위치 가게에 들러 샌드위치까지 준비했다.

"형님, 도착했는데요."

249

김군의 말에 택주는 모자와 선글라스를 쓴 뒤 잽싸게 차에서 내렸다. 김군도 샌드위치를 넣어둔 종이가방을 챙겨 냉큼 택주 뒤를 따랐다.

✤

뒤늦게 도착한 주아는 의상을 갈아입고 거울 앞에 섰다. 자신의 모습이 마음에 들지 않은 그녀는 입을 비죽였다.

"잘 어울리긴 한데…… 좀 더 화려할 순 없나?"

"평민 여자 콘셉트인데 귀족처럼 화려할 순 없지."

우식이 의자에 앉아 시큰둥하게 말을 내뱉자 주아의 얼굴이 일그러졌다.

"평민 여자는 예쁜 드레스 입으면 안 돼? 빚내서 사 입을 수도 있는 거잖아."

"야, 넌 말이 되는 소릴 좀 해라. 먹고 살기도 빠듯할 텐데 빚내서 옷을 사 입는 미친년이 어딨냐?"

"뭐야, 그럼 내가 미친년이란 말이야?"

"아, 아니, 그런 말은 아니고……. 어쨌든 평민이 그 정도면 괜찮은 거야. 그리고 네가 워낙 예뻐서 어떤 옷을 입어도 태가 나거든! 진짜!"

주아가 못마땅한 눈으로 우식을 흘겨보더니 이내 거울 속 자신을 향해 시선을 돌리며 입매를 끌어올렸다.

"하긴, 옷걸이가 좋아서 이 옷도 썩 나쁜 건 아니야. 화장도 마음에 들고. 18세기 콘셉트라 독특하기도 하고. 나 의외로 복고풍 잘 어울리지 않아? 영국 귀족 역할 하면 더 어울릴 텐데, 그치?"

"그럼! 네가 안 어울리는 게 뭐가 있겠냐?"

우석은 대충 그녀의 말에 맞장구를 치며 시간을 확인했다.

"야, 늦었다! 그만 내려가자, 안 그래도 늦게 왔는데 늦장 부리면 안 되지."

"내가 주인공인데 안 될 게 뭐람?"

"주인공이니까 더더욱 공손하게 굴어야지! 요새 인터넷 안 봐? 세상 사람들 눈 무시하지 마. 하나부터 열까지 비밀이 없는 법이야. 스텝들이 그냥 스텝들인 줄 알아? 나가면 걔들도 다 일반인이야. 너 까는 거 일도 아니라고. 옛날하고 달라, 이 짓 오래하고 싶으면 무조건 몸 사려. 그게 최선이야."

"오빠 내가 그깟 애들한테 머리까지 조아리란 말이야? 솔직히 걔들이 나한테 잘 보여야 하는 거잖아."

"예쁜데다 예의까지 바르다는 소리 들어서 나쁠 게 뭐야? 다 널 위해서 하는 말이니까 내 말대로 해. 세라 킴 알지? 걔도 좀 떴다고 도도하게 굴더니 결국 증권가 찌라시에서 싸가지 없다고 소문 다 났잖아."

"싸가지 없는 게 어디 세라 킴뿐이야?"

"그러니까! 너도 안 걸리려면 조심하란 말이야."

"웃긴다, 오빠? 내가 싸가지 없단 말이야?"

"솔직히 예의 바르진 않지."

"뭐?"

"아아, 입씨름 그만 하고 어서 가자."

우석은 주아의 억지가 길어지기 전에 그녀를 데리고 세트장으로 향했다. 세트장에는 이미 촬영이 한창 진행 중이었다. 주아는 특유의 능청스런 말투와 눈웃음으로 사람들에게 늦어서 미안하다고 애교를 부린 뒤 경주와 인사를 나눴다. 인사가 끝나자 경주는 주아를 데리고 수한에게 다가갔다.

"성우 씨, 여기 정주아 씨. 서로 얼굴 보는 건 처음이죠? 앞으로 호흡 맞춰야 하니까 인사 좀 나눠요. 촬영은 30분 쉬었다 갈게요."

서로 인사를 시킨 다음 경주가 자리를 뜨자 주아는 입가에 미소를 띠우며 악수를 청했다.

"어머…… 반가워요. 정주아예요."

"지성웁니다."

주아는 수한과 악수를 나누며 그의 얼굴을 구석구석 스캔하기 시작했다.

놀라워! 한택주보다 훨씬 잘생겼잖아! 이런 사람을 대체 어디서 찾아낸 거지?

"지성우? 이름도 참 멋지시네요. 몇 살이세요?"

"프로필상 스물일곱입니다."

"프로필상? 그럼 실제 나이는?"

"글쎄요, 그냥 프로필상 나이로 봐주셨으면 합니다."

뭐야? 지금 내 질문에 대답을 안 하겠다는 거야?

그래도 주아는 기분이 나쁘지 않았다. 이 정도 외모에 조금 튕겨주는 맛이 있어야 매력이 샘솟는 법이니까. 주아는 개의치 않고 다음 질문을 던지며 주변을 살폈다.

"첫 촬영이죠? 어땠어요? 그래도 도 매니저가 경험이 많아서 잘 보필했을 것 같은데, 도 매니저 어디 갔어요?"

신사의
유혹

"전화 받느라 잠시 자리를 비운 것 같군요."

"듣자하니 도 매니저가 캐스팅했다고 하던데, 그래서 도 매니저한테 매니저 해달라고 한 거예요?"

"맞습니다. 어디서 들으셨는지 몰라도 정확히 알고 계시군요."

"계약 조건은 잘 따져 봤어요? 소속사마다 달라서 속여먹는 곳도 있거든요. 잘 알아보고 해야 해요. 도 매니저가 순진해 보여도 의외로 속이 시커멓거든. 나중에 계약 내용에 대해 궁금한 게 있으면 나한테 와요. 이래봬도 소속사 다루는 법은 내가 일가견이 있는 편이거든요."

그렇겠지.

수한은 그녀의 뻔뻔한 얼굴을 보며 고개를 끄덕였다.

"그럴 일은 없겠지만, 일단 호의는 감사히 받겠습니다."

그때 두 사람을 향해 라지가 걸어왔다.

"주아 씨 왔어요?"

주아의 눈이 동그랗게 변했다. 그녀는 자신에게 말을 건 라지를 뚫어지게 쳐다보며 어깨를 살짝 들어올렸다.

"누구……?"

"라지 씨! 잠깐만 와 보세요."

조금 떨어진 곳에서 경주가 오라고 손짓했다. 라지는 잠깐 실례한다는 말을 남기고 사라졌고 주아는 놀라움을 감추지 못하며 수한을 쳐다봤다.

"저, 저, 사람이 도 매니저라고요? 리얼리?"

수한은 대답 대신 미소를 살짝 지어보인 뒤 다른 곳으로 갔다. 혼자 남은 주아는 멍하니 경주와 얘기를 나누고 있는 라지의 옆모습을 바라봤다.

답답하게 내려온 앞머리는 시원하게 올려 핀으로 고정시켰고 늘 질끈 묶었던 머리칼은 예쁘게 웨이브가 들어가 어깨 위에서 찰랑거렸다. 그뿐만이 아니었다. 후줄근하게 입고 다녔던 청바지와 박스티는 어디론가 사라지고 레깅스에 반바지, 몸에 적당히 핏 되는 아이보리색 니트티와 엉덩이를 살짝 가리는 민트색 코트를 세련되게 코디해 입고 있었다.

"저게 도라지라고? 말도 안 돼……."

주아는 자신의 눈을 의심하며 라지를 노려봤다.

갑자기 왜 저래? 무슨 심경의 변화라도 있었나?

그녀가 아는 도라지는 절대 화장을 하거나 외모에 공을 들일 인물이 아니었다. 그녀를 보아온 이래 지금껏 줄곧 그래왔으니까 말이다. 그런데 갑자기 여자다운 모습의 도라지라니! 이건 분명 무슨 일이 생겼음이 틀림없었다.

무슨 일이 생긴 거지? 택주 씨한테 전화해서 물어봐?

주아는 휴대폰을 클러치에서 꺼내려다 커피를 들고 오는 우석에게 손짓했다.

"오빠, 저기 좀 봐! 저게 도라지래, 도라지."

"어디, 어디?"

우석의 고개가 이리저리 계속 돌아갔다.

"아, 어디 있다는 거야?"

"저기 있잖아, 신경주 팀장이랑 얘기하고 있는 여자."

"뭐어? 저, 저 여자가 도 매니저라고? 에잇, 네가 잘못 봤겠지, 전혀 다른데."

"나도 잘못 본 줄 알았는데 도라지 맞아."

"헐…… 여자의 변신은 무죄라고 하지만 저건 진짜 아니다. 어떻게 저래? 사람이 저렇게 변해도 되는 거야?"

"내 말이! 매니저면 매니저답게 다닐 것이지, 지가 연예인이야? 뭘 저렇게 꾸미고 지랄이야?"

"뭐 어때서, 예쁘기만 하고만. 몰랐는데 저렇게 꾸며놓고 보니도 매니저도 빠지는 인물은 아니다, 그치?"

"오빠!"

"아, 깜짝이야! 왜 소릴 질러?"

짜증스럽게 얼굴을 구기던 주아가 갑자기 인상을 펴며 우석에게 가까이 오란 손짓을 보냈다.

"그럼 오빠가 꼬셔볼래?"

"뭘?"

"지난번 호스트 애들이 못한 거 있잖아, 도라지 유혹하기."

"내가?"

"오빠도 방금 도라지 보고 예쁘다며?"

"그래도 자주 얼굴 보던 사람끼리 갑자기 어떻게 그러냐?"

"자주 보니까 더 말이 되지. 오빠가 성공해도 천만 원 줄게."

"진짜?"

"내가 언제 거짓말하는 거 봤어? 홋빠 애들 주는 거보다 오빠한테 주는 게 돈도 안 아깝고 좋잖아."

우석이 라지를 보며 누런 이를 드러냈다.

"오케바리! 나야 좋지. 돈도 벌고 재미도 보고. 꿩 먹고 알 먹고, 도랑 치고 가재 잡고."

"오늘부터 당장 시작해. 맘에 들면 결혼까지 가도 좋고."

주아는 라지를 쳐다보다 성우에게로 눈을 돌렸다. 택주와 다니면서도 꾸미지 않던 외모를 저 남자와 다닌 며칠 만에 확 변화시켰다. 주아는 그 이유가 저 남자일 것 같다는 직감이 들었다.

'너한테 저런 남자가 가당키나 해? 분수를 알아야지. 하녀면 하녀답게 하인이랑 놀라고.'

주아는 피식 코웃음을 치며 우석이 가져온 커피를 마셨다.

"자, 레디 해주세요!"

촬영관계자의 말에 주아는 어깨를 펴고 평소보다 더욱 당당하게 수한을 향해 걸어갔다.

촬영은 그녀의 좋아진 기분만큼이나 순조롭게 진행되었다. 무엇보다 주아는 상대 남자가 아주 마음에 들었다. 보통 같이 드라마나 CF를 찍게 되면 상대 남자가 그녀에게 찝쩍대기 마련인데 그는 전혀 그렇지 않았다. 입 발린 소리도 없었고 다정한 눈길조차 없었다. 그는 감정을 표현할 줄 모르는 차가운 뱀파이어처럼 무감정으로 일관했다.

'볼수록 마음에 든단 말이야.'

주아는 그가 정말 마음에 쏙 들었다. 신인인데도 불구하고 그는 전혀 떨지도 않았고 주눅 들지도 않았다. 자신감이 넘치면서도 건방지지 않아 사람들과 무난하게 조화를 이루었다. 노련한 그녀가 봐도 놀라울 지경이었다.

이런 물건을 어디서 찾아낸 거야?

"컷! 20분 쉬었다 갈게요!"

잠시 쉬어간다는 감독의 말에 주아는 냉큼 수한에게 달라붙었다.

"성우 씨, 드라마 찍을 생각은 없어요? 내가 괜찮은 역 하나쯤은 따다 줄 수 있는데."

"말씀은 고맙지만 전 연기할 생각 없습니다."

"어머, 왜? CF가 돈이 되긴 하지만 드라마를 찍어야 몸값이 올라가는 거야. 이왕 들어온 거 이 바닥에서 성공해야 하지 않겠어요?"

"글쎄요, 재미 삼아 하는 거라 굳이 성공을 목표로 두고 있진 않습니다."

"그래도 사람 일은 모르는 거니까 장담은 말아요. 지금은 생각 없어도 막상 통장에 돈 꽂히고 사람들이 우러러봐주면 생각이 달라질 수도 있거든. 선배로서 하는 말이니까 고깝게 듣진 말고."

"전혀 기분 나쁘지 않습니다. 좋은 조언으로 생각해두죠."

"근데 성우 씨……."

주아의 말이 끝나기도 전에 라지가 다가왔다.

"미안해요, 배고프죠? 김 대표님한테 전화가 와서."

주아의 미간이 살포시 일그러졌다.

'이게 어디서 방해질이야? 우석 오빠는 대체 뭐하기에…….'

우석은 멀리 떨어진 입구 쪽에서 누군가와 통화 중이었다.

'이런 중요한 순간에 누구랑 통화 중인 거야? 하여간 도움이 안 돼!'

주아는 라지를 슬쩍 흘겨보다 수한을 쳐다봤다. 만약 그가 자신에게 관심이 있다면 라지보다 자신을 우선적으로 생각해줄 테니까 말이다.

어라? 근데 이게 웬걸?

그는 자신에게 눈길조차 주지 않고 라지에게 몸을 돌려 다른 곳으로 가는 게 아닌가.

"안에서 전화 받지 바깥까지 나간 거예요?"

"방해될까 봐요. 배 안 고파요?"

"괜찮아요. 라지 씨야말로 뭐 좀 먹어요."

"따뜻한 유자차 마실래요? 좀 싸왔는데."

라지가 그와 함께 구석진 테이블로 갔다. 주아는 황당한 얼굴로 두 사람을 쳐다봤다.

"뭐야, 이거? 나 무시당한 거야?"

주아의 날선 눈빛이 라지에게 향했다. 짜증이 치솟았다. 택주도 그렇고 저 남자도 그렇고, 다들 왜 저 볼품없는 여자에게 다정하게 대하는지 당최 이해할 수가 없었다. 이렇게 예쁜 자신을 두고 말이다.

"도라지, 넌 전생에 내 앙숙이 틀림없어! 아, 짜증나!"

택주랑 있을 때보다 더 열불 났다. 택주는 그녀를 종 부리듯 했건만 저 남자는 라지를 마치 애인 대하 듯했다. 누가 매니저이고 누가 연예인인지 구별이 안 될 정도였다.

'저런 자상함은 나한테 보여줘야 하는 거 아냐?'

라지보다 못할 게 없는 그녀였다. 키도 크고 얼굴도 훨씬 예쁘고 돈도 더 잘 버는데 택주나 저 남자나 왜 도라지에게 쩔쩔매는지 이해할 수가 없었다. 그나마 택주는 라지에게나 자신에게나 똑같이 다정하지 않았는데 저 남자는 자신에게는 무뚝뚝하더니 라지에게는 180도 달라져 다정해지는 듯했다. 그러니 더 열이 올랐다.

그때 우석이 다가오며 밝은 얼굴로 입을 열었다.

"주아야, 네 애인 왔다."

"애인? 누구?"

"누구긴, 한택주지!"

"뭐어?"

✢

택주는 촬영장으로 들어와 안면이 있는 감독과 인사를 한 뒤 경주와 인사를 나누며 손에 든 종이가방을 내밀었다.

"다음 CF는 제 이미지에 맞는 콘셉트로 잘 좀 잡아주세요. 그런 의미로 샌드위치랑 마실 것 좀 사왔습니다."

"뭘 이런 걸 준비했어요, 미안하게. 어쨌든 잘 먹을게. 실은 애인 보러 온 거 맞죠? 소문 이상으로 사이가 좋은가 보네? 부러워."

겉치레 말을 내뱉은 경주가 감독과 촬영감독에게 샌드위치를 건네며 20분의 휴식 시간을 가지자고 말한 뒤 밖으로 나갔다.

택주는 김군이 샌드위치를 돌리는 동안 주변을 두리번거리며 라지부터 찾았다. 곧 많은 스태프들과 사람들을 제치고 라지를 찾아냈다. 그녀는 그리 멀지 않은 곳에서 처음 보는 남자와 다정하게 얘기를 나누고 있었다. 그것도 예쁘게 차려입고, 환하게 웃으면서 말이다.

웃어……?

그가 왔는데 쳐다보지도 않고 둘이서만 웃고 떠드는 걸 보니 속에서 뜨거운 무언가가 치밀어 올랐다. 몰라보게 예뻐진 라지의 모습도 낯선데 그 모습을 하고서 다른 남자와 희희낙락하는 꼴이라니. 기분이 급작스레 추락했다.

259

"자기 왔어?"

듣고 싶지 않은 목소리.

택주는 인상을 쓰며 주아를 쳐다봤다. 명색이 공식적인 애인인데 여기서 티격태격할 수도 없는 노릇, 그는 김군에게 샌드위치를 가져오라고 한 뒤 그것을 그녀에게 건넸다.

"먹어."

"나 주는 거야?"

"어."

"왜?"

"왜냐니, 먹을 걸 줘도 시비야? 먹기 싫음 이리 내."

택주가 샌드위치를 다시 받으려 손을 뻗자 주아가 한 발 뒤로 물러나며 샌드위치 포장지를 벗겼다.

"나 주려고 산 것 같은데 먹어줘야 도리지. 근데 진짜 무슨 바람이 들어서 여기까지 온 거야? 파파라치 붙었어? 그래서 애인 행세하려고 온 거야?"

"그런 거 아냐. 그냥 지나가는 길이라 들러본 것뿐이야."

성의 없게 대답을 하면서도 택주는 라지에게서 눈을 떼지 못했다.

쟤가 저렇게 예뻤었나?

눈코입, 그가 알고 있는 라지의 생김새는 그대로인데 그녀의 모습은 완전히 다른 사람처럼 변해 있었다. 화장한 얼굴도 낯설었고 옷차림도 낯설었다. 그녀가 입고 다녔던 옷은 그가 전부 꿰뚫을 정도로 열 손가락 안에 들었다. 늘상 입고 다니는 옷이니 기억하고 싶지 않아도 기억할 수밖에 없었다. 그러니 지금 그녀가 입고 있는 옷이 새로 장만한 옷이라는 건 금방 알 수 있었다.

못마땅한 택주의 얼굴은 그녀의 맞은편에 있는 수한을 보면서 와장창 일그러졌다. 화면보정을 거친 듯 늘씬한 몸매에 외국인처럼 또렷한 이목구비는 남자인 그가 봐도 놀라울 정도로 멋있었다. 라지가 캐스팅해왔다고 하기에 별 시답잖은 인물로 생각했건만 김 대표를 비롯, 블랙퀸 광고주가 왜 그를 고집했는지 이제야 이유를 알 것 같았다.

'뭐냐, 도라지, 잘생긴 남자 앞이라 예쁘게 보이고 싶다, 이거냐?'

택주는 어금니를 꽉 깨물며 다른 남자를 향해 웃고 있는 라지를 노려봤다. 그런 그에게 주아가 싱긋 웃으며 입을 열었다.

"도 매니저 많이 달라졌더라? 하마터면 못 알아볼 뻔했잖아. 저기 저 남자는 자기네 소속사 신인이라며? 내 상대역이 처음 데뷔하는 신인이라기에 완전 어이없었는데 오늘 직접 보고 놀랐잖아. 자기가 봐도 놀랍지? 카메라 앞에서도 하나도 안 떨고 어찌나 잘하는지…….."

"정차순, 시끄러우니까 그 입 좀 다물지?"

"내가 그 이름으로 부르지 말랬지! 어? 근데 갑자기 왜 이렇게 예민하게 구실까? 내가 다른 남자 칭찬해서 화났어?"

"그래, 열 받으니까 딴 놈 칭찬하지 마."

"진심이야?"

택주는 몸을 홱 돌려 촬영장을 빠져 나갔다. 그는 김군을 기다리지도 않고 차에 올라 시동을 걸고 차를 출발시켰다. 발끝에서부터 치밀어 오르는 불쾌한 감정을 수습할 길이 없었다. 왜 그런 기분이 드는 건지 자신도 몰랐다.

이 더러운 기분은 뭐지?

정주아가 그 남자를 칭찬해서가 아니었다. 그녀가 뭐라 하건 그에겐 하등 영향을 주지 않으니까.

이 불쾌감은 라지가 그 사람을 향해 웃는 그 얼굴을 본 순간부터 시작되었다. 항상 자신만을 위해 존재하던 그녀가 다른 남자를 향해 서 있다는 것이 기분이 나빴다. 자신의 것을 빼앗긴 느낌. 그래, 바로 그런 느낌이었다. 아끼던 장난감을 누군가에게 빼앗긴 기분 말이다.

당연히 자신의 것이라고 여겼던 그녀가 자신의 것이 아니었다는 사실을 절감하는 순간 그것이 그에겐 큰 충격으로 다가왔다.

"젠장!"

택주는 핸들을 세게 내리치며 속도를 올렸다. 이글거리는 눈동자엔 좀 전의 상황만이 되새김질 되고 있었다.

✢

완벽주의에 가까운 감독 때문에 촬영은 길어졌다. 덩달아 라지가 기다리는 시간도 많아졌다.

"도 매니저, 촬영 끝나고 집에 돌아가면 보통 뭐해?"

"그냥 텔레비전 보는데요."

라지는 성의 없게 답하며 세트장으로 시선을 돌렸다.

'오늘따라 이 아저씨가 왜 이래?'

평소 인사만 하던 우석이 자꾸 친한 척 말을 걸어왔다. 그가 싫은 건 아니지만 정주아의 매니저인 그가 달가울 리 없었다.

"나도 집에 가면 텔레비전 보는데! 우리 같은 취미를 가졌네?"

"그런가요……?"

"취미 같기가 얼마나 어려운데! 무슨 방송 봐? 드라마? 다큐?"

"그냥 오락 프로도 보고, 드라마도 보고."

"어! 나도 그런데! 지금껏 알고 지내면서 이제야 알았네?"

실실 웃으며 거리를 좁혀오는 그가 라지는 영 마음에 들지 않았다.

"이 매니저님."

"어?"

"갑자기 저한테 왜 이러세요?"

"내가 뭘?"

"이런 대화 주고받는 사이 아니잖아요, 우리."

"에이, 주아랑 택주도 잘되어가는 마당에 우리가 어색하게 지내면 쓰나, 앞으로 자주 볼 텐데 친하게 지내자고, 도 매니저."

라지는 걸려오지도 않는 전화를 들어 올리며 자리에서 일어났다.

"전화가 와서."

라지는 밖으로 도망 나와 자신의 자리에서 떠나지 않는 우석을 바라봤다. 갑자기 친한 척 다가오는 그가 징그럽기만 했다.

"갑자기 왜 저러는 거야?"

라지는 나온 김에 화장실에 들러 화장을 체크했다. 초롱이 일러준 대로 메이크업도 하고 평소 못 입어보던 옷도 사 입었지만 아직은 어색하기만 했다. 그래도 예전의 모습으로 그의 앞에 서기는 싫었다. 다른 사람은 몰라도 강수한 그 남자 앞에서만큼은 예뻐 보이고 싶으니까.

라지는 거울 속의 자신을 보며 씨익 웃어 보였다. 불나방이 죽을 걸 알면서도 불길 속으로 뛰어드는 것처럼 자신도 상처 받을 걸 알면서 그를 좋아하고 말았다. 아무리 노력해도 사람 마음이 무 자르듯이 단칼에 베어지진 않으니까.

그래도 후회 안 해. 안 할 거야.

계속해서 생각하고 되돌리려 했지만 결국 여기까지 오고 말았다. 라지는 상처받더라도 최선을 다해 보기로 결론지었다.

"컷! 좋습니다, 오늘은 여기까지!"

감독의 말이 떨어지자마자 멀리서 눈치를 보던 라지가 부리나케 수한에게 따뜻한 물과 외투를 가져다줬다.

"생각보다 힘들죠? 그래도 잘하고 있는 거예요."

"배 안 고파요? 저녁 먹으러 가요, 내가 살게요."

"수한 씨가 왜 사요? 사도 내가 사야죠."

"오늘 아침 도시락에 대한 답례 정도로 해두고, 먹고 싶은 거 말해 봐요."

"음…… 그럼 우리 집 갈래요? 장 봐서 맛있는 거 해먹어요."

"그래도…… 되겠어요?"

"안 될 게 뭐 있나요?"

"여성분들은 갑작스럽게 남자를 집에 초대하는 걸 꺼리지 않나 해서요."

"그런가요? 지금 집이 내 진짜 집도 아니고 잠깐 빌려 쓰는 집일 뿐인데 감출 게 뭐가 있겠어요? 청소를 안 해서 좀 지저분하고 호텔에 비하면 누추하긴 하지만 그래도 밥 먹고 잠자기에 부족함은 없는 곳이에요."

"좋아요, 그럼 옷 갈아입고 나올 테니 여기서 기다려요."

"같이 갈까요?"

"그냥 여기 앉아 있어요."

그가 사라지자 기회를 엿봤다는 듯 주아가 그녀에게 다가왔다. 주아의 얼굴엔 떨떠름한 표정이 역력히 드러나 있었다.

"아주 신이 나셨어. 어디서 저런 남잘 물었어?"

"표현이 좀 그러네요. 물어온 거 아니고 캐스팅한 건데요."

"어쨌거나 축하해. 보통 인물은 넘겠어."

"정주아 씨가 칭찬을 다 하고, 의외네요."

"이거 왜 이래, 나 칭찬에 인색한 그런 사람 아니야."

"그러셨어요?"

주아는 콧방귀를 뀌며 더 가깝게 라지에게 다가왔다.

"근데 도 매니저 무슨 일 있어? 평소에 안 하던 짓을 하면 사람이 죽을 때가 된 거라던데, 자긴 뭐야? 남자라도 생긴 거야?"

"나, 남자라니요! 그런 거 없어요."

"에이, 그러지 말고 말해봐. 남자 생긴 거 맞지? 누군데?"

"그런 거 아니래도요. 그럼 전 바빠서 먼저 실례할게요."

라지는 주아와 우석을 피해 짐을 들고 얼른 차로 자리를 옮겼다. 수한에게 차에서 기다린다는 문자를 보낸 후 콧노래를 흥얼거리는데 전화가 울렸다.

"어? 김군이네?"

그녀는 파우더케이스를 얼른 내려놓고 전화를 받았다.

"여보세요?"

-누님!

김군의 울먹이는 듯한 목소리가 심상치 않았다.

"목소리가 왜 그래?"

—그게…… 택주 형님이…….

"택주가 왜, 무슨 일 있어?"

—아까 누님한테 샌드위치 가져다줬잖아요.

"아, 응. 안 그래도 샌드위치 사다주고 생색도 안 내고 그냥 갔기에 무슨 일인가 했어."

—저한테 말도 없이 형님 먼저 가셨는데 집 근처까지 다 와서 난데없이 전봇대를 들이박아서…….

"뭐? 그래서, 택주는 괜찮아?"

—그것 때문에 전화한 거예요. 외상은 없어 보이는데 그래도 혹 모르는 거잖습니까, 병원에 가자고 해도 괜찮다고만 하고…… 어떻게 해야 좋을지 모르겠어요.

"진짜 다친 덴 없어?"

—그런 것 같아요. 차도 범퍼만 좀 찌그러졌고 별 이상은 없더라고요.

"그래도 병원에 가봐야 하는 거 아냐? 괜찮아 보여도 실금 갔을 수도 있는데."

—제 말이요. 근데 형님이 도통 말을 들어야 말이죠.

"택주 지금 뭐하는데?"

—방에 틀어박혀서 꼼짝도 안 해요. 아무래도 누님이 오셔야 할 것 같아요. 저 혼자선 역부족이에요. 지금 오실 수 있어요?

"방금 촬영이 끝나긴 했는데…… 있어봐, 내가 5분 이따 다시 전화할게."

라지는 차를 향해 걸어오는 수한을 보며 전화를 끊었다. 수한과 함께 집에서 즐거운 저녁시간을 보내려는 기대감에 잔뜩 부풀어 있었는데 일이 이렇게 되어버린 이상 그와의 약속은 취소할 수밖에 없었다. 아쉽지만 사고가 난 택주에게 안 가볼 수도 없는 노릇, 그녀는 수한이 차에 오르자마자 미안한 말부터 전했다.

"미안해요, 수한 씨. 오늘 저녁은 같이 못할 것 같아요."

"무슨 일 생겼어요?"

"그게…… 택주가 좀 아픈 것 같아요. 제가 가봐야 해요."

"김군이란 로드매니저가 있다고 하지 않았나요?"

"그렇긴 한데…… 그래도 제가 매니저잖아요. 아프다는데 안 가보기도 그렇고, 들러서 상태도 보고 해야 할 것 같아요."

"그렇다면…… 어쩔 수 없죠. 식사는 내일로 미루죠."

"미안해요."

"라지 씨가 미안할 일은 아니죠. 상황이 이렇게 된 거니까. 그럼 이 차 타고 가요. 난 택시 타고 갈게요."

수한이 차에서 내리려 하자 라지가 급히 그의 팔을 붙잡았다. 소속사에서 그를 위해 내준 차이니 엄연히 그가 타야 마땅했다. 급한 볼일 때문에 그를 내리게 할 수 없었다.

"아니에요, 내가 택시 탈게요. 수한 씨가 차 가져가요."

라지가 빠르게 운전석에서 내리자 수한도 그녀를 따라 내렸다.

"그럼 이렇게 합시다. 내가 한택주 씨 숙소까지 데려다 주는 거로."

"그……럴 순 없어요. 온종일 촬영하느라 피곤할 텐데 어떻게……."

"이대로 가면 마음 불편해요. 내가 하자는 대로 해요."

라지는 잠시 망설이다 그가 이끄는 대로 차에 올랐다. 운전은 그녀가 하겠다고 말했지만 수한은 운전대를 넘겨주지 않고 그녀를 택주의 숙소 앞까지 데려다 줬다.

툭툭. 한두 방울씩 빗줄기가 떨어지기 시작했다. 일기예보엔 비 소식이 없었는데 또다시 날씨가 변덕을 부리는 모양이다. 라지는 볼에 떨어진 빗방울을 손으로 닦아내며 수한에게 인사를 전했다.

"데려다 줘서 고마워요. 그리고 미안해요. 조심해서 들어가요."

"라지 씨도요."

라지는 곧바로 숙소 안으로 뛰어들어가 옷에 묻은 빗물을 탈탈 털어내며 1층에 멈춰 있는 엘리베이터에 올랐다.

"분위기 딱 좋았는데, 택주 이노므 자식 때문에! 하여튼 도움이 안 돼."

그녀는 모든 원망을 택주에게 돌리며 5층에서 내려 택주의 집으로 들어갔다. 그녀의 등장에 김군이 구세주를 만난 것처럼 반색하며 맞았다.

"누님!"

"저녁은?"

"아직요."

"택주는 방에 있어?"

"네, 무슨 일인지 방에서 꼼짝을 안 해요."

"왜?"

"저도 모르죠. 말 시켜도 시끄럽다고 나가라고만 하더라고요."

"차는?"

"카센터에 맡겼어요."

가방을 내려놓은 그녀는 냉장고를 열어보더니 메모지에 빠르게 무언가를 적어 김군에게 건넸다.

"냉장고가 텅 비었네. 너 지금 바로 마트 좀 가서 여기 적힌 거 사와."

"이것만 사오면 돼요?"

"혹시 모르니까 파스하고 맨소래담도 사오고."

"옙."

군인이 선임의 명령을 받는 것처럼 김군이 군기 있는 목소리로 답하며 라지가 적어준 종이쪽지를 들고 서둘러 집을 나갔다.

라지는 텁텁한 공기를 환기시키기 위해 거실 창을 열고는 택주의 방문을 두드렸다.

"야, 한택주, 자냐? 나 왔어."

대답이 없었다. 그녀는 다시 한 번 노크를 하려다 조용히 방문을 열고 안으로 들어갔다. 컴컴한 방 안, 침대 위에 그의 실루엣이 약하게 보였다.

라지는 침대 가까이 다가가 그의 얼굴을 들여다봤다. 꾹 감긴 두 눈을 보니 자는 모양. 그녀는 손을 그의 이마에 갖다 댔다.

"열은 없는데……."

혼잣말을 중얼대며 라지는 가슴까지 내려온 이불을 그의 어깨 위까지 올려준 뒤 방을 나왔다. 주방으로 들어간 그녀는 이곳저곳을 뒤져 지난번 사다 둔 찹쌀을 찾아낸 뒤 냉장고에 남아 있는 야채들을 이용해 간단히 죽을 끓였다. 그리고 대충 주방 정리를 끝내고 거실 창을 닫고 김군에게 전화를 걸었다.

"죽 대충 끓여놨으니까 택주 깨면 먹여. 장본 건 냉장고에 잘 넣어두고, 식사 후엔 과일 좀 챙겨 먹이고."

-가시게요?

"가봐야지. 내일 스케줄도 빡빡한데."

　-고생하셨어요, 누님.

"그래. 나대신 네가 택주 좀 잘 보살펴. 끊는다."

그녀가 가방을 챙겨 들고 현관으로 걸어가는데 마침 방문이 열리며 택주가 나왔다. 침대에서 뒹굴었을 사람인데 머리며 옷이며 단정했다. 마치 처음부터 깨어 있던 사람처럼 흐트러짐 하나 없었다.

"우렁각시냐? 도둑처럼 들어와 음식만 해놓고 사라지게."

툴툴대는 그의 말투에 라지는 한걱정 내려놓았다.

"깼어? 너 깰까 봐 조용히 나가려고 했지. 사고 났다던데, 괜찮아?"

택주는 너무 가깝게 다가온 라지의 어깨를 살짝 밀어내며 고개를 돌렸다. 오늘은 왠지 그녀의 친근함이 부담스러웠다.

"괜찮으니까 여기 멀쩡히 서 있지. 넌 바쁘다면서 여긴 왜 왔어?"

"너 사고 났다고 하기에 와 봤지. 근데 멀쩡한 것 같네, 다행이다."

"김군 그놈이 쓸데없이 오버한 거야."

"오버든 뭐든 네가 놀라게 하니까 그런 거지. 넌 어떻게 된 게 매니저들을 가만 놔두질 않냐?"

"잔소리는. 네 일이나 잘 해. 맡은 일은 잘하고 있냐?"

그의 질문에 라지의 표정이 순식간에 부드러워졌다. 그녀의 얼굴에 웃음꽃이 폈다는 서학의 말이 거짓이 아니었다.

"당연하지. 시간이 어떻게 가는 줄 모를 정도야. 하루하루가 즐겁다고나 할까?"

"그거 위험한 발언 아냐? 네가 맡은 사람을 케어해줘야지, 좋아하는 건 프로답지 못하잖아."

"조, 좋아하긴! 그리고 나는 뭐 여자 아닌가? 매니저도 사람이고 엄연한 성별이 있는 거거든? 잘생긴 남자가 잘해주는데 어떤 여자가 심장이 안 떨려?"

"그럼 더더욱 말이 안 돼지. 너하고 나, 십 년이야. 잘생긴 남자가 잘해줘서 심장이 떨린 거라면 진작 나한테 그랬어야 하는 거 아냐?"

평소답지 않은 진지한 말투에 라지는 그만 '풉!' 하고 웃음을 터트리고 말았다.

"야, 한택주! 너 연기 연습하는 거지? 왜 이래 오늘따라? 진지한 거 안 어울려. 사고 났다더니, 머리 다친 거 아냐?"

"그러게…… 내가 미쳤나 보다. 너한테 무슨 소릴 지껄인 거야……."

그가 거칠게 머리를 쓸어 넘기자 라지가 괜찮다는 듯 그의 어깨를 툭툭 건드렸다.

"이 누나는 다 이해한다. 바쁘다가 갑자기 한가해지니까 몸이 뒤틀리고 심심해 죽겠지?"

"……."

"너 사고도 일부러 낸 거 아냐?"

라지의 농담에 택주는 따라 웃을 수 없었다. 그녀의 말이 사실이니까.

몇 시간 전, 그는 그녀의 촬영장에 들러 샌드위치를 전해준 뒤 혼자 집으로 돌아왔고 집 근처까지 다 온 상태에서 홧김에 전봇대를 들이박았다. 실수가 아닌 고의. 뒤틀린 기분을 주체하지 못해 저지른 사고였다.

택주가 아무 대꾸 없이 서 있자 웃음을 뚝 그친 그녀가 멋쩍어하며 주방을 가리켰다.

"참, 죽 끓여 놨어. 재료가 없어서 대충 만들었으니까 김군이 장 봐오면 계란 풀어서 먹든가. 밥은 거르지 말고 꼭 챙겨 먹고. 체력 없음 몸 망가지는 거 시간문제니까. 근육 땡기거나 하면 김군이 파스도 사올 거니까……."

"내가 알아서 할 테니까 잔소리 그만하고 가."

"그래? 알았어, 그럼 나 간다."

그녀는 손을 흔들며 구두를 신고 현관을 나가버렸다. 평소라면 잔소리한다고 핀잔을 줘도 끝까지 다 들으라며 끈질기게 자기 하고 싶은 말 다 늘어놓는 그녀가 오늘은 가라는 소리에 순순히 물러났다.

평소의 그녀가 아니었다. 순간 다른 사람이 와 있는 것 같은 착각마저 들었다.

이것도 다…… 그놈 때문이냐?

불현듯 같이 있던 남자의 얼굴이 눈앞을 스쳐지나갔다.

거실 정중앙에 망부석처럼 서 있던 택주는 뭔가에 홀린 사람처럼 슬리퍼를 질질 끌고 현관을 나와 엘리베이터 앞에 섰다. 엘리베이터가 이미 3층을 향해 내려가고 있었다. 그는 급하게 계단을 뛰어 내려가 가까스로 경비실 앞을 지나가는 그녀를 어렵게 붙잡았다.

"야! 넌 다리도 짧은 게 뭐가 그리 빨라?"

그가 거친 숨을 내뿜자 공기 중으로 하얀 입김이 흘러나왔다. 라지는 갑자기 따라 나온 그의 행동에 놀라면서도 그가 한 말을 곱게 넘기지 않았다.

"나 다리 짧은데 보태준 거 있냐? 왜 태클이야?"

"그만해."

"뭘 그만해?"

"그 자식…… 매니저 그만하라고."

"수한 아니, 지성우 씨?"

"그래, 그놈. 마음에 안 들어."

라지는 잠시 눈을 깜빡이며 그의 말을 되새기다 곧 인상을 팍 구겼다.

"너 갑자기 왜 이래? 이건 엄연히 내가 맡은 일이야. 김 대표님이 월급 두 배로 준다고 해서 맡은 내 일이라고. 물론 네가 내 배우인 건 맞지만 휴식기간이잖아. 나 원래 이럴 때 가끔 휴가도 가고 그랬어. 너도 알잖아. 그 휴가 동안 다른 일 맡았다 셈 치면 될 걸 왜 이렇게 까탈스럽게 굴어? 내가 돈 버는 게 싫냐?"

"돈, 돈! 그놈의 돈이 그렇게 좋냐? 그럼 그 돈 내가 주면 되잖아! 내가 줄 테니까 그만두라고!"

가는 빗방울이 그녀의 머리와 어깨 위로 떨어져 내렸지만 그녀는 아랑곳하지 않고 그를 향해 눈을 치켜떴다.

"너 많이 컸다? 돈이 그렇게 많냐? 아아, 너 인기 많아서 돈도 많지? 그래, 얼마 줄 건데? 백만 원? 이백만 원? 삼백만 원? 근데 이상하네? 네가 왜 나한테 돈을 준다고 할까?"

"……"

"너, 16세기 절대 군주 놀이라도 하냐? 내가 네 말에 무조건 복종이라도 해야 한다 이거야? 난 네 매니저지 종이 아니야. 네 말에 무조건 복종할 사람이 필요하면 네 돈으로 직접 고용한 매니저를 써. 내가 아무리 네 도움으로 여기까지 왔다고 해도 내 모든 일을 간섭할 권리는 없어."

"내가 한 말은 그런 뜻이 아니라…… 그놈 따라다니지 말고 그냥 쉬라고. 너도 쉬어야 일을 할 거 아냐."

"야, 한택주. 네가 언제부터 내 몸을 그렇게 생각해줬어? 그렇게 생각해주는 놈이 혼자 운전하다 사고까지 내서 김군하고 나까지 이 고생을 시키냐? 네 곁에 있는 사람들을 생각한다면 오늘처럼 제멋대로 굴지 마. 너 힘든 거 알아. 근데 그런 너 케어하는 우리도 힘들어. 나하고 김군을 생각하면 돈보다 마음을 보여줘."

"그래서…… 넌 그놈 매니저를 계속 하겠다고?"

"안 할 이유가 더 없어. 그리고 그놈 아니고 지성우라는 이름 있거든?"

빗방울이 조금 더 굵게 변해가며 두 사람 위로 떨어졌다. 라지는 그를 노려보면서도 비 맞고 있는 택주를 걱정하지 않을 수 없었다. 인기 배우인 그가 갑자기 감기라고 걸리면 그 책임은 고스란히 그녀의 몫이 되기 때문이다.

짧은 침묵 끝에 라지가 먼저 입을 열었다.

"그만 들어가. 감기 걸려."

"가지마."

"뭐……?"

"가지 말라고."

"생뚱맞게 무슨 소리……."

그때 건물 입구에 택시 하나가 서더니 김군이 내렸다. 김군은 입구에 서 있는 두 사람을 보며 고개를 갸우뚱했다.

"어? 두 분, 왜 나와 계세요? 비까지 맞고."

"태, 택주가 할 말이 있다고 쫓아 나왔네? 내가 적어준 건 다 사 왔어?"

라지는 어색한 분위기를 무마시키기 위해 김군이 들고 온 봉지 안을 살피며 화제를 돌렸다.

"당연하죠. 파스까지 완벽하게 사왔습니다."

"그래. 택주 데리고 들어가서 저녁 먹어. 난 이만 가볼게."

"누님도 같이 저녁이나 먹고 가요."

"난 할 일이 있어서. 그럼 나 간다."

"에이, 그럼 내가 탄 택시 그대로 타고 가시지."

"버스 탈 거야. 걱정 말고 들어가."

"옙, 들어가세요, 누님. 형님, 우리도 그만 들어가요. 엇, 슬리퍼 신고 나오신 거예요?"

김군의 재촉에 택주는 마지못해 걸음을 안으로 돌렸다. 그들이 사라지고 난 뒤에야 라지는 버스정류장을 향해 터벅터벅 걸었다. 두 사람이 안으로 들어가는 모습을 확인했지만 마음이 영 편하지가 않았다. 평소 같지 않은 택주의 행동과 진지한 말투, 그리고 뭔가 불편해 보이는 표정.

대체 뭘까?

가지 말라는 그의 말뜻은.

장난이 아닌 것 같아 당황스럽기까지 했다. 때마침 김군이 왔으니 망정이지 오지 않았더라면 어떻게 됐을까?

단순한 의도로 말한 건데 자신이 너무 심각하게 생각하는 걸까?

그래, 지금 쉬고 있으니 외로움이 더해져서 그런 것일지도 모른다.

라지는 고민을 툴툴 털어버리려는 듯 고개를 절레절레 흔들며 옷깃을 여미고 걸음을 재촉했다.

✦

택주의 숙소가 잘 보이는 어두컴컴한 골목길.

수한은 차의 시동을 끈 채 건물 입구를 물끄러미 바라보고 있었다. 라지를 데려다 주고 가려고 했지만 순간 그녀가 얼마 만에 그곳을 나올지 궁금해졌다. 한택주가 사고가 나서 들러본다는 말을 안 믿는 건 아니지만 그녀가 택주를 간호하기 위해 밤을 새우는 건 아닌지 돌연 궁금해졌던 것이다.

집에 있는 걸로 보아 작은 타박상 정도겠지. 그렇다면 빠르면 10분, 늦으면 2시간.

그의 계산이 들어맞는다면 그녀는 2시간 안에 나올 가능성이 높았다. 그래서 기다렸다. 그녀와 한택주 사이에 특별한 감정이 있는 게 아니라면 분명 밤을 새우진 않을 테니까.

그녀가 들어가고 나서 얼마 지나지 않아 김군이라는 로드매니저가 나타났다. 걸음을 재촉하는 게 퇴근은 아니고 심부름을 가는 것 같았다. 곧 택시가 그를 태우고 그곳을 빠져 나갔다.

그럼 둘이 남아 있다는 건데…….

수한은 핸들 쪽으로 상체를 기울이며 건물의 꼭대기 층을 바라봤다. 활짝 열린 거실 창으로 밝은 빛이 쏟아져 나올 뿐, 그녀의 얼굴은 보이지 않았다.

뭐하고 있는 겁니까, 라지 씨.

차창이 빗방울로 가득 찰 때쯤이었다. 조용하던 건물 입구에 라지의 모습이 보였다. 반가움도 잠시, 그녀의 뒤로 한택주의 모습도 나타났다. 그녀를 잡은 그가 초조한 얼굴로 무언가를 말하자 그녀가 심각한 표정이 되었다.

빗방울도 점점 굵어지는데 대체 무슨 얘기를 나누는 거지?

창문을 살짝 내린 수한은 그의 표정을 유심히 뜯어보았다. 비가 내리는 밤이라 HD 화면처럼 선명하게 보이지는 않아도 밝은 가로등 덕에 대충의 표정은 포착할 수 있었다. 택주의 표정엔 불안함이 묻어나고 있었다. 라지를 잡고 싶어 하는 그 표정에서 수한은 흥미로운 사실 한 가지를 발견했다.

질투.

그의 얼굴엔 질투가 그대로 드러났다. 티격태격하면서도 라지를 향한 한택주의 눈빛은 너무나 진지했고 그 감정을 감추지 못했다.

설마…… 한택주가 라지 씨를?

충분히 가능성 있는 얘기였다. 정주아는 가짜 연인, 즉 한택주는 얼마든지 다른 여자들과 스캔들을 낼 수 있었다. 그런 그가 지금껏 스캔들 한 번 없었다는 건 바로 옆에 라지가 있어서? 그래, 그럴 수 있었다.

그때 택시가 입구에 멈췄고 외출했던 로드매니저가 내렸다. 짧은 대화 끝에 택주와 매니저가 안으로 들어가고 그녀가 입구를 나섰다.

수한은 그녀의 뒤를 따라갈까 하다가 이내 호텔 쪽으로 차머리를 돌렸다.

한택주가 도라지를 좋아한다면 이번 의뢰는 손쉽게 해결할 수 있었다. 구태여 라지에게 접근해 한택주에 대한 정보를 빼내지 않아도 된다는 얘기였다.

분명 좋은 소식이었다.

그런데 왜 이렇게 못마땅한 기분이 드는지 모르겠다. 이 불쾌한 감정을 당최 설명할 길이 없었다.

그녀와 조금 친해졌다고 그새 정이라도 든 것일까?

말도 안 돼. 내가 그런 감정을 느낄 리가 없어.

다른 사람도 아니고 젠틀맨이라고 불리는 그가, 그 누구보다 감정조절에 뛰어난 그가, 고작 여자 하나 때문에 이런 이상한 감정을 느낄 리가 없었다.

호텔에서 하룻밤을 잔 그날 일 이후로 그녀에 대해 궁금증이 생긴 건 사실. 아무리 취했다고는 해도 그가 마음도 없는 여자와 하룻밤을 보내진 않았을 테니까 말이다. 분명 이유가 있을 거라고 생각했다. 그래서 그녀에게 접근했다. 한택주에 대한 정보도 얻어내면서 동시에 그녀와 하룻밤을 지낸 이유가 뭔지 알아보고 싶었다.

그런데 대체 무슨 일이 일어난 거지?

짜증스럽게 변해버린 이 감정의 결정체는 뭐란 말인가!

도시락 몇 번 싸줬다고 그녀가 자신과 가까운 사이가 되는 건 아니었다. 그녀는 자신의 목표물 중 하나에 불과했다.

알아! 안다고!

신사의
유혹

그런데…… 설명할 수 없는 이 기분은 뭘까?

한택주가 그녀를 붙잡는 순간 느껴지던 불쾌감은 어떻게 설명할 거지?

찰나지만 속에서 치솟는 불덩이가 얼굴로까지 이어져 열이 솟구쳤다. 당장이라도 차에서 내려 라지를 잡고 있는 택주의 손을 치워버리고, 꺼지라고 소리치고 싶었다. 그 순간의 감정은 그러했다.

'웃기는군! 질투는 한택주가 아니라 내가 하고 있는 꼴이지 않은가!'

뭐? 질투……?

수한은 거칠게 차를 몰아 호텔 주차장에 주차시킨 뒤 문짝이 부서져라 차문을 닫았다. 말도 안 되는 감정에 화가 치밀었다. 십수 년 동안 어떻게 다스리고 조절한 감정인데 이렇게 어이없이 무너져 내리다니, 순순히 받아들일 수 없었다.

주체하지 못한 감정을 스스로가 용납하기 힘들었다.

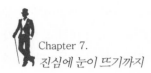

Chapter 7.
진심에 눈이 뜨기까지

   추운 날씨 속에도 촬영장의 움직임은 부산했다. 인적이 드문 한적한 호숫가 근처로 장소를 잡은 그들은 발 빠르게 장비를 설치하고 촬영에 돌입했다.

   갑자기 추워진 탓에 두꺼운 점퍼를 겹겹이 껴입은 스태프, 감독과는 달리 수한은 단출한 블랙 슈트 차림으로 강가에 서서 김이 모락모락 피어오르는 커피 한 잔을 들고 연인을 그리워하는 감정연기에 몰입했다.

   라지는 조금 떨어진 곳에 서서 담요를 꼭 끌어안고 촬영을 초조하게 바라봤다. 오늘부터 급격히 추워진다는 일기예보대로 날씨가 얼음장처럼 싸늘해 얇은 옷 하나로 견디는 그가 걱정되었다. 그녀는 핫팩을 꺼내 열심히 흔들며 휴식시간이 오기를 기다렸다.

   "컷! 20분 쉬었다 갑시다!"

   쉬어간다는 말에 라지는 담요를 들고 수한에게 뛰어갔다. 따뜻한 코트도 걸치지 못하고 촬영을 감행하느라 그의 몸에선 서늘한 기운이 풍겨 나왔다. 그녀는 수한의 어깨에 담요를 걸쳐주며 미리 데워두었던 핫팩을 그의 손에 쥐어줬다.

"춥죠? 이거 들고 있어요, 금방 따뜻한 음료 좀 줄게요."

그가 아무 말 없이 핫팩을 들고 의자에 앉았다.

라지는 보온병에 미리 담아온 유자차를 컵에 따른 뒤 그에게 건넸다. 평소라면 고맙다라던가 같이 마시자던가, 그런 말이라도 건넸을 텐데, 오늘의 그는 너무나 조용했다.

이상하네……?

라지는 꺼림칙한 기분을 지울 수 없었다. 아침에 급한 일이 생겼다며 촬영장에서 바로 만나자고 한 건 그렇다 쳐도 촬영장소로 이동하는 내내 말도 없고 눈길 한 번 제대로 주지 않는 그가 너무 생소했다. 그녀가 어떤 행동을 취하면 반드시 반응하던 그가 오늘은 아무런 행동도 취하지 않으니 더더욱 이상했다.

기분 탓일까?

오늘의 그는 무척이나 차갑다. 필요한 말 이외에는 입을 열지 않는 걸 보니 마치 자신에게 화가 난 것 같기도 했다.

내가 뭐 잘못한 거라도 있나?

문득 그런 생각도 들었지만 딱히 잘못한 건 없었다. 어제 멀쩡히 잘 헤어졌고 오늘 만나서 곧바로 촬영에 들어간 게 다니까 말이다.

아침에 급한 일 있다더니, 혹시 일이 잘 안 됐나?

라지는 이런저런 생각을 하다 그의 눈치를 보며 입을 열었다.

"수한 아니, 성우 씨, 혹시 아침에 있다던 일…… 잘 안 됐어요?"

"잘됐습니다."

"그래요? 그런데 왜…… 아, 아니에요, 잘됐다니 다행이네요. 차 더 마실래요?"

"괜찮습니다."

더 이상 말하고 싶지 않다는 듯 그가 이어폰을 꺼내 귀에 꽂았다. 감정을 잡고 싶을 땐 음악을 듣는 게 좋다고 말한 건 라지 자신이었지만 막상 그가 그런 행동을 취하니 자신과 얘기하고 싶지 않다는 의미로 보였다.

나한테 화난 건 아니겠지? 엊저녁 약속 취소해서 그런가?

짧은 시간이지만 그녀가 겪어본 강수한이라는 남자는 그런 사소한 일로 속 좁게 굴 사람이 아니었다. 그러니 약속 하나 취소했다고 말을 피하지는 않을 것이었다.

그럼 왜 저러는 걸까?

이유를 찾지 못해 기가 한풀 꺾여 있는데 주아가 멀지 않은 곳에서 와보라는 손짓을 보냈다.

할 얘기가 있으면 지가 올 것이지.

투덜거리며 그녀 앞으로 다가가자 주아가 전기난로 앞에서 손을 녹이며 목소리를 낮췄다.

"택주 씨 사고 났다던데, 괜찮은 거야?"

"그걸 어떻게 알았어요?"

"인터넷에 떴으니까 알지."

"그게 벌써 인터넷에 떴어요? 조용히 처리했다고 들었는데."

"유명인들은 이래서 피곤한 거야. 감추려고 해도 감춰지지가 않거든. 택주 씨는 멀쩡해?"

"궁금하면 직접 통화하면 되잖아요."

"냉전 중이야."

"싸웠어요?"

"아니. 꼭 싸워야만 냉전하니? 내가 그 인간에게 매달리는 이유를 되짚어보기 위해서 스스로 냉전하기로 했어."

무슨 말인지 이해가 가지 않았지만 라지는 주아의 말에 토를 달지 않았다. 어차피 말도 안 되는 이유일 게 뻔하니 궁금하지도 않았다.

"할 말 다 끝난 거죠?"

"뭐가 그렇게 급해? 성우 씨가 널 찾는 것도 아닌데. 오빠, 커피."

주아의 말에 우석이 냉큼 커피를 따라 라지에게 건넸다.

"마셔. 오빠가 네 몫도 사왔다고 해서 부른 거니까."

"괜찮아요, 커피 많이 마셨거든요."

"도 매니저, 오빠가 생각해서 주는 건데 좀 먹지?"

주아의 날선 목소리에 우석이 웃으며 커피를 내려놓았다.

"아냐 아냐, 억지로 마실 필요는 없어. 오늘 날도 추운데 핫팩은 안 모자라? 좀 줄까?"

"아뇨, 충분해요."

"아, 그래? 나중에 촬영 들어가면 차로 올래? 차에 히터 틀어놔서 따뜻하거든."

"얇은 옷 입고 고생하는 사람들도 있는데 혼자 차에 있긴 좀 그래서요. 그럼 전 이만 자리로 가볼게요."

라지가 가버리자 주아는 콧방귀를 뀌며 미간을 구겼다.

"누굴 친구라고 생각해서 그렇게 말한 줄 아나? 오빠, 쟤 저렇게 뻣뻣한데 가능하겠어?"

"그러게, 숙맥처럼 보여서 쉬울 줄 알았는데 의외로 틈이 없더라고."

"참나, 오빠 눈이 있는 거야, 없는 거야? 저렇게 잘난 남자가 옆에 떡 하니 있는데 오빠 같은 사람이 눈에 차겠어? 내가 그 머리 촌스럽다고 바꾸라고 그랬지? 치과 가서 누런 이 스케일링도 좀 받고. 여자를 꼬시려면 최소한 자기 상태는 체크해야 하는 거 아냐? 대체 무슨 자신감으로 바로 들이대? 내가 도라지라도 오빠는 눈에 안 차겠다!"

"알았어, 시간 빼서 치과 가면 되잖아."

우석은 몸을 틀며 주아를 향해 입을 비죽였다. 한숨이 절로 나왔지만 그녀에게 티를 내지는 않았다.

우석이 멀어지자 주아는 커피를 들이켜며 수한을 쳐다봤다.

볼수록 마음에 드는 남자. 차가우면서 도도하게 구는 것이 택주보다 더 매력 있었다. 주아는 뒤쪽에서 다가온 유정을 불러 세웠다.

"유정아, 저 사람 참 멋지지 않니?"

그녀의 말에 유정의 표정이 급 밝아지면서 작은 비명을 내질렀다.

"완전요! 볼 때마다 놀라운 거 있죠? 대박 멋져요."

"이 CF 맡길 잘한 것 같아."

"맞아요. 근데 언니 이 CF 어떻게 따냈어요? 전혀 말 없었잖아요."

주아는 붉은 입술을 슬며시 늘이며 야릇한 미소를 지었다.

"다 방법이 있지. 이 언니가 그 정도 능력은 있지 않겠니?"

"어떻게요?"

"알면 다쳐. 넌 화장이나 고쳐."

주아의 말에 유정은 별 대꾸 없이 화장 박스를 열어 파우더를 꺼내 들었다.

주아는 유정에게 얼굴을 맡긴 뒤 두 눈을 감았다.

라지에겐 택주와 냉전 중이라고 말을 꺼내놓았지만 그건 사실이 아니었다. 택주와 연락을 끊은 건 순전히 자신 때문이었다. 지성우란 남자와 촬영을 시작하면서 그에게 마음이 동하고 있었던 것이다. 어려서부터 늘 그랬다. 평소 탐나던 것이 있으면 그것을 가지고 싶어 안달이 났었고 가져야만 직성이 풀렸다. 지금도 마찬가지였다. 탐내던 보석보다 더 좋은 보석을 발견했는데 마음이 옮겨가는 건 인지상정. 그래서 그 보석을 가져보기로 마음을 바꿔 먹은 것이다.

하지만 문제가 있었다. 바로 도라지였다. 전생에 무슨 원수라도 졌는지 그녀가 원하는 보석마다 라지가 지키고 있으니 좋게 보려야 볼 수가 없었다. 아니, 미워서 돌아버릴 지경이었다.

저 진드기 같은 여자를 떼 내야 할 텐데…….

주아는 게슴츠레 눈을 떠 저 멀리 돌아다니는 라지를 노려봤다.

아무리 내가 가지기 싫어졌어도 너 따위한테 택주를 넘겨줄 순 없지.

지성우와 커플로 이루어진다 해도 택주를 라지에게 양보할 생각은 눈곱만큼도 없었다. 그동안 택주에게 들인 공이 얼만가. 그 시간과 돈이 아까워서라도 라지를 얌전히 놔둘 수 없었다. 지금껏 자신을 방해한 라지는 톡톡히 대가를 치러야 했다.

지잉.

"언니, 전화 왔는데요."

유정의 말에 주아는 성의 없이 손을 내밀며 휴대폰을 받아 들었다.

'JH'

발신자를 확인한 주아는 몸을 벌떡 일으켜 사람들과 조금 떨어진 곳으로 걸음을 옮겼다.

"네, 이 시간에 웬일이세요?"

-내 친구들이 정주아 씨 좀 만나고 싶다고 해서 말이야. 다음 주 목요일, 괜찮아?

"친구들이면, 몇 명인데요?"

-한 네 명 되려나?

"네 명이나요?"

-정주아 씨가 다 상대하라는 거 아니야. 정주아 씨 친구들도 데려와. 거 왜 뜨고 싶어 안달이 난 신인들 많잖아? 게 중에 얼굴, 몸매 괜찮고 잘 노는 애들로 골라와 봐. 할 수 있지?

"할 수는 있는데요……."

-대가는 정당하게 치러줄게. 내 친구들도 보통내기들 아니야. 이쯤 말하면 대충 감잡히지?

"네……."

-장소는 지난번 거기로. 시간은 그날 잡아서 연락할게.

"알겠습니다."

-아참! 블랙퀸 CF는 잘 찍고 있나?

"네, 지금 촬영 중이에요."

─거기 내가 꽂아준 거 잊지 말고, 내 생각하면서 열심히 해. 그럼 다음 주에 보자고.

"예, 들어가세요."

전화를 끊은 주아는 촬영을 재개한다는 말에 어깨를 덮고 있던 담요를 의자에 내려놓고 카메라 앞으로 걸어갔다.

급격하게 추워진 날씨 탓에 내부 촬영은 내일로 미뤄지면서 오늘 일정은 끝이 났다. 촬영이 끝나자마자 기회를 엿보던 주아는 수한에게 다가가 친근한 미소를 흘렸다.

"성우 씨, 이 목걸이 어때요? 아까 성우 씨가 걸어줘서 그런지 나하고 너무 잘 어울리는 것 같지 않아요?"

짙은 초록의 가넷 목걸이.

설정상 뱀파이어가 사랑하는 여인에게 목걸이를 걸어주는 장면에서 사용된 소품이었다. 소품이라고는 해도 주문 제작한 고가의 목걸이였다.

가만히 그녀를 쳐다보던 그가 대뜸 휴대폰을 꺼내 들었다.

"사진 한 장 찍어도 될까요?"

"물론이죠."

그녀가 허리에 손을 올리며 섹시한 포즈를 취했다. 수한은 그녀의 얼굴보다 목걸이에 초점을 두며 사진을 찍었다.

담요를 들고 오는 라지를 보며 주아는 들으라는 듯 수한에게 호감을 나타냈다.

"성우 씨, 내일이면 1부 촬영도 끝날 것 같은데, 식사 같이 할래요?"

"글쎄요, 스케줄이 어떻게 될지 몰라서. 라지 씨, 내일 스케줄 어때요?"

라지가 놀란 눈으로 수한을 쳐다봤다. 그는 이번 CF 말고는 다른 활동은 하지 않겠다고 했으니. 내일 촬영이 끝나면 그 뒤론 스케줄이 없었다. 그걸 알면서 일부러 그녀에게 스케줄을 물어봤다는 건 라지에게 허락을 구하는 것이나 마찬가지였다. 그가 주아와 식사를 할지 말지는 라지 본인이 결정하라는 의미였다.

라지는 빠르게 머리를 굴리며 수한에게 말했다.

"내일 촬영 끝나면 소속사 대표님하고 미팅이 잡혀 있어요. 미팅 끝나면 회식도 있고요."

없는 미팅에 회식까지 만들었지만 그는 당황하지 않았다.

"아쉽지만 다음으로 미뤄야 할 것 같네요. 그럼 내일 촬영장에서 뵙죠. 라지 씨, 갑시다."

앞장서서 가는 수한의 뒤를 따르며 라지는 뒤를 돌아봤다. 인상을 꽉 구기고 있을 주아가 의외로 미소를 짓고 있는 게 아닌가.

뭘 잘못 먹었나?

라지는 입을 앞으로 쭉 내밀며 가던 걸음을 재촉했다. 주아가 기분 나빠하든 아니든 그녀가 신경 쓸 일은 아니었다.

그때 라지의 볼에 하얀 덩어리가 떨어졌다. 라지는 걸음을 멈추고 하늘을 올려다봤다.

"눈이다……."

하늘에서 눈이 내리고 있었다. 올해의 첫눈이었다. 눈이 내리면 가는 길이 엄청나게 막힐 테지만 그건 아무래도 좋았다. 지금 이 순간만큼은 하얀 눈송이가 너무 포근해 보였으니까.

하늘을 올려다보며 어린애처럼 좋아하는 그녀의 모습에 수한은 가만히 그녀를 바라봤다. 눈동자를 반짝이며 눈이 온다고 즐거워하는 모습이 순수한 어린애 같아 꽤나 예뻤다.

'아……'

이제야 알 것 같았다. 호텔에서 그녀와 하룻밤을 보냈던 이유가.

바로 이 눈빛 때문이었다. 맑고 티 없는 순수한 눈빛에 저도 모르게 눈이 홀린 것이다.

'훗.'

수한은 잠시 그녀의 예전 모습을 떠올렸다. 처음 그녀에 대해 조사를 할 때만 해도 그녀는 속된 말로 거의 폭탄에 가까웠다. 그런 그녀가 첫 만남부터 지금에 이르기까지 하루가 다르게 변화하고 있었다. 미성숙한 청소년이 성인이 되고부터 아름다운 여인으로 탈바꿈하듯이 말이다. 단순히 겉모습이 예뻐졌다는 의미가 아니었다. 아름다워지려고 노력하는 모습이 예뻤다. 그건 그녀가 자신에게 잘 보이고 싶다는 의미이기도 하니까. 늘 여자다움을 포기하고 지냈던 그녀가 자신을 만나고부터 이렇게 달라지고 있는 게 수한은 싫지 않았다.

이렇게 그녀를 보고 있자니 공과 사를 구분 짓자던 결심이 또다시 흐트러지려 했다. 일부러 냉정하게 굴었는데 금세 무너지고 말다니. 감정이 흐지부지하지 않았던 자신이 왜 그녀에게만은 마음먹은 대로 움직이질 않는 것인가.

수한은 이런 기분을 어떻게 결론지어야 좋을지 헷갈렸다. 그런 그의 마음을 알 리 없는 라지가 그를 보며 빙그레 웃었다.

'!'

하루 종일 냉정하게 굴었는데도 자신을 향해 참 밝게도 웃는 그녀를 보니 수한은 기분이 묘해졌다. 이럴 땐 어떻게 하는 게 옳은지 난감했다. 이도 저도 아닌 이상한 기분을 명확하게 규명할 수가 없으니 말이다.

"수한 아니, 성우 씨, 우리 맛있는 거 먹으러 갈래요?"

"우리 둘이 있을 땐 내 이름 불러도 괜찮아요."

"미안해요, 내가 자주 헷갈리죠? 성우란 이름도 괜찮은데 수한이란 이름이 더 좋아서 그런지 자꾸 원래 이름이 튀어나오네요."

"나도 라지 씨가 내 이름 불러주는 게 좋습니다."

"첫눈 오는 기념으로 내가 쏠게요. 뭐 먹고 싶어요?"

"음…… 쏘는 사람이 정하는 걸로 하죠."

"치즈가 잔뜩 올려진 피자! 어때요?"

"굿 초이스. 갑시다."

수한은 옷을 갈아입고 분장을 지운 뒤 그녀와 명동의 유명 피자집으로 갔다.

첫눈이 온 기념으로 가게에서는 2시간 동안 깜짝 이벤트로 와인 두 잔을 서비스했고 운 좋게 두 사람은 와인까지 마시게 되었다. 창가에 앉은 둘은 길거리를 오가는 많은 사람들을 내려다보며 쉬지 않고 얘기를 나눴다. 물론 주로 말하는 쪽은 라지였다.

"한택주 씨는 이제 괜찮은 겁니까?"

갑작스런 질문에 라지가 한 템포 늦게 입을 열었다.

"그런 것 같아요."

"다친 곳은?"

"없었어요."

신사의 유혹

"다행이군요. 라지 씨가 가볼 정도라 많이 다친 건 아닌가 했거든요."

"다친 건 걱정이 안 되는데 그걸 어떻게 알고 기사가 나서, 그게 더 걱정이에요. 이 바닥에선 길 가다가 넘어만 져도 골절에 입원에, 과장 기사가 나거든요. 멀쩡한 전봇대를 들이박았으니 음주운전이니 어떠니 그런 말이 나올까 걱정이에요."

"촬영장에 들렀다 바로 집으로 갔으니 아마 그런 말이 나오더라도 알리바이가 명확해 골치 아플 일은 없을 겁니다."

"아, 그러네요."

"한택주 씨에 대해 좀 더 말해봐요. 꽤 오랫동안 같이 있었잖아요."

라지는 그의 질문이 좋았다. 촬영장에 있을 때만 해도 그가 말도 잘 안 하고 차갑게 굴어 내심 속이 상했었다. 이렇게 평소의 그로 돌아오니 안심이 된달까? 이 상황에 택주 얘기는 별로 꺼내고 싶지 않았지만 분위기를 깨기는 더 싫었다.

"중학교 동창이었어요. 대학 입학할 때 집이 좀 어려워졌거든요. 아버지 병 때문에 가족들이 시골로 내려갔는데 전 대학 때문에 못 갔어요. 그렇다고 시골에 계신 부모님한테 학비며 생활비며 다 달랄 수도 없었죠. 그래서 택주가 매니저 좀 맡아달라고 했을 때 거절할 수가 없었어요."

"동창이었군요. 한택주 씨는 어떤 사람입니까?"

"어떤 사람이긴요, 한마디로 어린애예요. 음식투정도 심하고 제 멋대로에 남 속도 모르고 벅벅 긁어대는 어. 린. 애."

"알려진 이미지와는 정반대군요."

291

"화면에 보이는 건 연기니까요. 뭐, 연기만큼은 인정해요. 적성에 맞다고나 할까? 화면에 보이는 모습만 보면 정말 멋있어요. 하지만 카메라 밖으로 나오면 초딩이에요."

"라지 씨가 편해서 투정부리는 것일 수도 있죠."

"너무 편해서 문제죠. 걔는 뭐든 지 손으로 하는 게 없어요. 얼마나 매니저들을 괴롭히는지…… 아, 나도 모르게 흥분해서, 방금 얘긴 잊어주세요. 이런 얘기 밖으로 새어나가면 곤란하거든요."

"말하고 싶은 만큼만 편하게 말해요. 아는지 모르겠지만 내가 입 하나는 좀 무거운 편이거든요."

"그러네요. 수한 씨처럼 입 무거운 사람도 없죠. 얼마나 무거운지 저도 수한 씨에 대해 모르는 것투성이니까."

"서운하다는 투정으로 들리는데요?"

"서운하죠. 명색이 수한 씨 매니저인데 아는 게 별로 없잖아요."

마음 같아서는 뭐든 물어보라 하고 싶었지만 그렇게 되면 자신이 하고 있는 일을 말해야 했다. 그렇게 되면 그가 그녀에게 접근한 이유도 탄로 나버린다.

몇 단계 걸러 말한다 해도 지금 하고 있는 일은 법적으로 떳떳한 일은 아니었다. 기업의 위험을 해결해준다는 능력 있는 일을 하고 있지만 결국 음지에서 하는 일. 어떤 식으로든 좋은 이미지가 될 수 없었다.

"지금은…… 말할 수가 없네요."

하지만 언젠가는…….

말하고 싶었다. 그녀라면 왠지 이해해 줄 것 같아서.

"에이, 그냥 해본 말이에요. 심각한 표정 하면 내가 더 미안해지잖아요. 어쨌든 확실하게 내가 아는 건, 수한 씨는 무척 좋은 사람이라는 거예요. 그거면 된 거 아니겠어요?"

빙그레 웃는 그녀를 보며 수한은 가슴이 턱 막혔다. 그녀와 같이 있는 시간이 많아지고 친밀감이 더해질수록 그녀를 대하는 게 편치 않았다. 가볍게 시작한 마음인데 지금은 눈덩이처럼 불어나 무겁기만 했다.

"어쩌면…… 한택주 씨보다 내가 더 라지 씨를 괴롭히고 있는 건지도 모르겠네요."

침묵이 잠시 찾아들었고 수한의 눈치를 살피던 라지가 머뭇거리며 입을 열었다.

"분위기가 가라앉은 것 같은데, 제가 질문 좀 해도 될까요?"

"그러세요."

"아까 정주아 씨랑 한 얘기 말이에요. 그거 단순한 식사 초대 아닌 거죠?"

"글쎄요, 단순한 의미겠죠. 한택주 씨와 연인 사이라고 하지 않았던가요?"

"그야 그렇죠. 그래도……."

라지는 말끝을 흐렸다. 주아가 택주에게 매달리고 있는 상황이지만 그녀의 성격상 진짜 애인도 아닌데 언제 마음이 바뀔지 아무도 몰랐다. 더구나 주아의 하는 행동으로 봐선 수한에게 관심이 있는 듯하니 언제든 수한에게 꼬리를 칠 수 있었다.

그때 두 사람에게 직원이 즉석카메라를 들고 왔다.

"사진 한 장 찍어드릴까요? 첫눈 오는 기념으로 이벤트 삼아 찍어드리고 있는데."

"좋아요!"

대답과 함께 라지가 손을 브이자로 만들었다. 수한은 그녀의 뜻대로 카메라를 향해 자연스럽게 시선을 주었다.

찰칵.

즉석사진기에서 현상된 사진이 나왔다. 직원은 사진을 라지가 아닌 수한에게 건네며 옅은 미소를 지었다.

"여기 있습니다. 그럼 식사 맛있게 하십시오."

직원이 다른 테이블로 가버렸다.

라지는 수한이 건네주는 사진을 받고는 점점 선명해지는 얼굴을 보며 기뻐했다.

"이거 내가 가져도 될까요?"

"그래요."

수한은 홍조 띤 라지의 얼굴을 흥미롭게 바라봤다.

작은 것 하나에 저렇듯 좋아하는 모습을 보니 그저 신기하기만 했다. 보통 여자들은 값비싼 보석이나 명품가방을 좋아하지 않는가. 지금껏 그가 알던 여자들은 다들 그랬다. 그가 돈이 있다는 걸 아는 순간 비싸고 고급스러운 것만 바랐다. 그런데 그녀는 달랐다. 이런 돈 값어치도 없는 사진 한 장에도 어린애처럼 좋아했다.

"수한 씨, 다 먹었으면 나가서 좀 걸을래요?"

"저길요?"

길거리는 사람들로 가득 메워진 상태. 그런 곳을 라지는 흔쾌히 좋다며 나가자 했다. 수한은 잠시 망설이다 그녀가 원하는 대로 거리로 나갔다.

"이렇게 사람 많은 곳은 안 좋아하죠?"

그가 가볍게 고개를 끄덕였다. 그녀는 그럴 줄 알았다는 듯 씨익 웃으며 사람들 사이를 걸어갔다. 아니나 다를까 그를 흘끔흘끔 쳐다보는 사람이 제법 많았다.

"그럴 줄 알았어요. 그러니 길거리 캐스팅이 안 됐겠죠. 사실 나도 이렇게 복잡한 거리는 안 좋아해요. 촬영할 때 항상 정신없이 지내서 사람 많은 건 안 좋아하거든요."

"그럼 왜 나오자고 한 거죠?"

"수한 씨는 이런 경험 별로 없을 것 같아서요. 왜 그런 말 있죠? 고생할수록 기억에 남는다고. 평소에 경험해보지 못한 걸 같이 하면 기억에 더 남지 않을까 싶어서 걷자고 했어요. 그리고 이렇게 걷다 보면 사람 사는 냄새도 나고, 제법 구경할 것도 많아요. 아! 저기 봐요, 군밤 파네요. 군밤 먹어봤어요?"

"아주 어렸을 적에 먹어봤던 것 같기도 하고."

라지가 냉큼 군밤을 사와 그에게 내밀었다.

"먹어 봐요."

그녀가 내민 군밤을 집어든 그는 손바닥 가득 뜨겁게 퍼지는 온기를 느끼며 작은 알맹이를 입 안에 넣었다. 입 전체로 퍼지는 구수한 맛이 제법 괜찮았다.

"어때요? 맛있죠?"

수한이 고개를 끄덕이자 그녀가 이번에는 트럭에서 파는 떡볶이를 가리켰다.

"저건요? 먹어 봤어요? 혹시 저것도 어렸을 때 먹어본 게 다예요?"

그가 고개를 끄덕였다. 부모님이 돌아가신 뒤 그는 한동안 마음의 문을 닫고 지냈었다. 친구들과 어울리지도 않았고 무언가를 찾아 먹으러 다니지도 않았다. 그러다가 유학길에 올라 5년 전 한국에 돌아왔지만 아직까지 길거리를 돌아다니며 뭔가를 사먹어 보지는 않았다.

"길거리 다니면 저런 건 기본으로 먹어줘야 해요. 추운 데서 힘들게 만들어서 파는 음식인데 얼마나 맛있겠어요? 이리 와 봐요."

라지는 그의 손을 이끌고 트럭 앞으로 갔다. 김이 모락모락 피어오르는 음식들이 추운 한파에도 뜨거운 열을 뿜어내고 있었다.

라지는 빨갛게 버무려진 떡볶이를 접시에 담아 떡 하나를 포크로 집어 그에게 내밀었다.

"배부르게 먹으라는 것도 아니고 맛만 보라는 거니까 먹어봐요. 어때요, 맛있죠?"

"좀 맵긴 한데, 맛있네요."

"오뎅 국물도 같이 먹어야죠. 내가 떠줄게요."

그녀는 종이컵에 오뎅 육수까지 떠서 그에게 내밀었다. 입가에 묻은 고추장도 아랑곳하지 않고 활짝 웃는 그녀를 보니 이제야 수한은 그녀에 대해 조금 알 것 같았다.

상대방을 위하는 마음.

그랬다. 그녀는 자신을 알아주기보다는 상대방을 위해 자신이 할 수 있는 걸 할 줄 아는 사람이었다. 자신보다는 상대방을 위해 최선을 다하는 사람, 그녀는 바로 그런 사람이었다.

수한은 매운 떡볶이와 따뜻한 오뎅 국물에 마음 한편이 뜨끈하게 데워지는 기분이 들었다.

이렇게 따뜻하고 착한 사람한테 내가 무슨 짓을 저지르고 있는 걸까?

수한은 문득 걱정이 되었다. 이 모든 일이 끝나고 났을 때의 일이.

그녀는 어떻게 되는 걸까? 과연 내가 이 여자를 떠날 수 있을까? 이 여자가 자신 때문에 가슴 아파하면 어떡하지?

온갖 생각이 머리를 복잡하게 만들었다.

처음부터 이 일은 맡는 게 아니었는데.

뒤늦은 후회가 밀려들었다.

처음 계획은 단순히 친분을 쌓는 것이었다. 하지만 그녀와 자신은 하룻밤을 보냈었고, 그녀는 그를 좋아했다.

이건 생각했던 방향이 아니었다. 이러면 곤란했다.

수한은 이런 기분으로 더 이상 그녀와 있을 수 없었다. 마음이 불편해서 이 자리를 뜨고 싶었다. 그는 옆에서 오뎅 국물을 마시고 있는 그녀에게 말했다.

"미안해요, 그만 가봐야 할 것 같아요."

"벌써요?"

"일이 생겨서 오늘은 데려다 주지 못하겠네요."

"아니에요, 오늘 즐거웠어요. 내일 촬영 있는데 너무 무리한 건 아닌지 모르겠네요."

"라지 씨야말로 많이 피곤하겠네요. 조심히 들어가요."

"수한 씨도요. 그럼 내일 봐요."

인사를 끝내고 수한은 곧바로 회사로 돌아왔다. 늦게까지 사무실에 남아있던 형도가 그의 등장에 놀란 표정을 지었다.

"대표님, 이 시간에 어쩐 일로…… 집으로 바로 퇴근하실 줄 알았는데요. 아! 아까 보내주신 사진 속 목걸이는 구입 가능할 것 같습니다. 수정 씨가 내일까지 알아본다고……."

수한은 말없이 자신의 사무실로 들어갔다. 형도는 심상치 않은 그의 태도에 걱정이 되어 뒤따라 들어갔다.

"대표님, 무슨 일 있었습니까? 표정이 안 좋습니다."

수한은 창가에 서서 어둠이 내려앉은 거리를 멍하니 바라봤다.

"진 비서님."

"예."

"이번 일…… 솔직히 자신이 없습니다."

"예에? 그게 무슨 말씀이십니까, 그 어려운 일들도 척척 해내시는 분께서 고작 이런 일로 자신이 없다니요?"

수한은 입을 다물고 먼 곳을 응시했다. 생경한 그의 모습에 형도의 얼굴에도 근심이 서렸다.

"대표님……."

"한 번도 이런 적이 없었는데…… 요샌 지금 일에 회의가 듭니다. 분명 좋아서 시작한 일인데……."

"혹시…… 도라지라는 여자분 때문에 이러십니까? 사실 대표님과 그 여자분이 조금 걱정스럽긴 했습니다. 그 여자분이 대표님을 좋아하는 거…… 맞지요?"

수한이 놀란 눈으로 형도를 쳐다보자 형도가 입을 열었다.

"정주아가 하는 얘길 들었습니다."

정주아 집은 도청 중이었고 형도는 주로 도청된 걸 사무실에서 확인하는 작업을 맡고 있었다. 그러니 정주아가 라지에 대한 걸 입밖에 냈다면 형도도 알고 있을 터.

신사의 유혹

"정주아가 뭐라 하던가요?"

"도라지 씨가 대표님을 좋아하는 것 같아 기분이 나쁘다고 했습니다."

그리고 분수를 모른다고 길길이 날뛰었습니다.

형도는 그 뒷말은 밖으로 내지 않았다.

"이런 건 예상하지 못했습니다. 사람의 감정을 본의 아니게 휘두르게 되는 건, 제가 원하던 일이 아니었습니다."

"일을 위해 불가피한 선택이었습니다. 그리고 도라지 씨가 대표님을 좋아하게 된 건 그분 마음이지 대표님 잘못은 아니지 않습니까?"

"……."

형도는 예상치 못한 전개에 적잖이 당황스러웠다. 늘 냉철하던 수한이 감정적인 모습을 보인 건 이번이 처음이었기 때문이다.

"대표님, 설마…… 그분 때문에 흔들리시는 건, 아니지요?"

수한은 대답하지 않았다. 그래서 형도는 더욱 불안했다. 누구보다 자신의 감정을 숨기고 드러내지 않던 그였기에.

직원들은 이번 일을 아주 흥미롭게 즐기고 있었지만 형도는 일이 진행될수록 그런 마음이 싹 사라졌다. 자신보다 나이도 어린 수한이 그에게 일의 의뢰를 맡겼을 때는 자신을 믿어주는 것 같아 마냥 기뻤지만 지금은 후회되기 시작했다. 나이를 떠나 수한에게 특별한 믿음이 있었던 그는 진심으로 수한을 믿고 따랐는데 요 근래 수한의 복잡한 표정을 보니 도리어 걱정스러웠다.

도라지 그 여자가 대체 뭐라고…….

✤

어두운 방 안, 쿵쾅대는 음향과 함께 화면 속에는 현란한 액션이 펼쳐지고 있었다.

택주는 조금 전 '다이하드'란 영화를 틀어놓고선 소파에 반쯤 누워 멍하니 화면에 시선을 고정시켰다. 화면 속 남자가 숨 가쁘게 위기를 벗어나려고 하는 아슬아슬한 장면인데도 그는 무표정했다. 마치 영화의 내용은 전혀 관심 없는 사람처럼.

아니나 다를까 그가 한숨을 내쉬더니 곧 영화를 꺼버렸다. 몸을 일으킨 그는 방 안을 서성이다 답답함에 창문까지 활짝 열었다. 추운 겨울바람이 훅 밀려들어와 따뜻하게 데워진 방 안 공기를 순식간에 밀어냈다.

그는 매서운 공기를 들이마시며 조금 전 주아가 한 말을 떠올렸다. 받기 싫은 전활 받았더니 역시나 엉뚱하기 짝이 없는 말만 늘어났다.

"자기, 그거 알아? 여자가 갑자기 변하면 무서운 거거든. 지성우가 도 매니저한테 보통 잘하는 게 아니던데…… 아무래도 매니저 뺏기지 싫은데?"

말도 되지 않는 소리였다. 라지가 얼마나 의리가 깊은 녀석인데 그럴 리가 없었다.

말이 안 되는 건 알고 있는데…….

확인이 해보고 싶은 건 왜일까?

택주는 허벅지 높이의 창턱에 엉덩이를 걸치고 앉아 휴대폰을 내려다봤다. 한참을 폰만 들여다보던 그는 어렵게 통화버튼으로 손을 뻗었다. 하지만 쉽게 버튼을 누르지 못했다. 그렇게 망설이길 수십 번, 결국 그는 통화버튼을 꾹 눌렀다.

뚜르르르.

신호음이 길게 이어졌다.

끊어버리고 싶은 충동이 일었지만 힘들게 결심한 만큼 인내심을 가지고 기다렸다. 통화가 안 되는구나 싶은 생각이 들 찰나 익숙한 목소리가 울렸다.

ㅡ여보세요?

택주는 헛기침을 한 번 한 후에야 덤덤한 척 입을 열었다.

"나야. 뭐해?"

ㅡ뭐하긴. 자려고 누웠지.

"벌써?"

ㅡ벌써는 무슨. 지금 새벽 1시거든?

"아…… 벌써 그렇게 됐구나."

ㅡ무슨 일인데 이 늦은 시간에 전화야? 김군은 갔어?

"어, 아까 저녁 먹고 바로 갔지."

ㅡ넌 안 자고 뭐하는데? 또 영화 봐?

"어……. 근데 다이하드 DVD 어딨는지 아냐?"

ㅡ다이하드? 음…… 그게 어디 있더라. 아! 침대 밑 수납장에 봐 봐. 거기 네가 좋아하는 DVD만 따로 모아놨으니까 거기 있을 거야.

"아…… 그래."

-찾았어?

"어……."

-그래. 영화 본다고 너무 늦게 자지 말고.

전화를 끊으려는 듯한 그녀의 말투에 택주는 조급해졌다.

"도라지!"

-야, 내가 그렇게 부르지 말랬지?

"아, 미안."

-어라? 웬일이야? 네가 사과를 다하고.

"나라고 뭐 시도 때도 없이 장난만 치는 인간인 줄 알았냐?"

-큭큭, 근데 왜 불렀어?

"어?"

-나 불렀잖아. 왜 불렀냐고.

"그게…… 그냥 뭐하고 있나 궁금해서."

-용무도 없으면서 전화를 했다고? 한택주가?

"비꼬지 마. 연예인 한택주 아니고 친구로서 전화한 거니까."

-너 사고 때문에 머리 다친 거 아냐? 왜 안 하던 짓을 하고 그래?

택주는 당장이라도 전화를 끊어버리고 싶은 걸 간신히 참아내며 본론을 꺼냈다.

"지성우는 어때, 쓸 만해?"

그의 질문에 퉁명스럽던 그녀의 음성이 부드럽게 탈바꿈했다.

-저번에 말했잖아. 완전 편하고 재밌어. 새롭기도 하고.

"뭐가 그렇게 편하고 재밌는데?"

-다. 하나부터 열까지 다 편해. 성우 씨랑 있으면 여자가 된 느낌

이랄까? 너도 여자들 앞에 서면 그런 느낌 드니? 막 남자로서의 본능적인 의무감 같은 거.

"그게 무슨 소리야? 알아듣게 좀 말해."

-왜, 그런 거 있잖아. 지금까지 내가 여자인 걸 잊고 살았는데 성우 씨 앞에 서면 내가 여자였구나, 하는 본능적인 성적인 확인사살 같은 거? 그런 걸 자꾸 깨달아.

"설마…… 좋아하는 건 아니지?"

침묵.

그녀에게서 대답이 없다. 안 좋아한다고 펄쩍 뛸 줄 알았는데 이건 의외의 반응이다. 적어도 관심 정도라고 말할지 모른다라고는 생각했었다. 하지만 이런 식의 진지한 침묵은 생각지 못했다. 질문한 사람이 오히려 당황스러웠다.

택주는 이 침묵이 마치 긍정을 얘기하는 것 같아 차라리 화제를 돌리는 게 낫겠다 싶어 대답을 듣기도 전에 먼저 입을 열었다.

"됐어, 말 안 해도……."

-그런 거 같아.

택주의 눈동자가 화등잔만 해졌다.

이런 대답을 바란 건 아니었는데.

순간 어떤 식으로 받아쳐야 할지 난감해졌다. 다행히 그녀가 다시 말을 이어갔다.

-택주 너도 여자 만날 때 그래? 이 여자가 내 여자구나, 하는 생각, 신념 같은 거 들은 적 있어?

택주는 마음속으로 대답했다. 그런 적은 절대 없노라고.

하지만 겉으로 나오는 말은 진실과 다른 것이 튀어나왔다.

"물론이지. 원래 마음에 드는 상대가 나타나면 그런 생각이 드는 거야. 넌 애처럼, 그런 것도 몰랐냐?"

-그런 거였어? 그렇구나…… 너도 알다시피 내가 그런 쪽이랑은 거리가 멀었잖아.

"지성우도 알아? 네가 자기 좋아한다는 거."

-모를걸? 아니, 아냐? 아아, 모르겠다! 일단 입 밖으로 낸 적은 없어.

"잘했어. 원래 남자란 족속은 여자가 먼저 좋다고 하면 흥미가 떨어지는 법이거든. 끝까지 말하지 마."

-그러다 성우 씨가 내가 자기 싫어한다고 생각하면 어떡해? 나한테 성우 씨는 너무 과분한 사람이야. 튕길 입장이 아니라고.

"설사 놓치는 일이 생긴다고 해도 말하지 마. 그건 여자의 마지막 자존심이야. 자존심을 지킬 줄 아는 여자가 남자의 마음도 손에 쥐는 거라고. 쉽게 넘어오는 여자 매력 없어. 금방 질리고."

-그런가……?

"당연하지. 상대방도 마음이 있다면 분명 먼저 신호를 보내올 거야. 그때까지 기다려."

-내가 보기에 성우 씨도 나한테 관심이 없는 것 같진 않아. 여자의 직감으로 볼 때, 분명해. 이 광고도 나 때문에 찍는 거라고 그랬단 말이야.

"너 때문에? 왜?"

-내가 매니저라서 개인적으로 시간 내기가 빠듯하니까 이렇게 하면 같이 있을 수 있다고. 이 정도면 거의 완벽하다고 볼 수 있지 않니?

"완벽……까진 아니지만, 너한테 관심이 아예 없다고 볼 순 없 겠네."

─그치? 너도 그렇게 보이지?

수화기 너머로 그녀의 웃음소리가 전해졌다.

좋아서 어쩔 줄 모르겠다는 웃음소리. 그 소리가 오늘따라 무척 이나 거슬렸다.

그 자식이 널 좋아할 리 없어!

그렇게 소리치고 싶었다. 하지만 차마 그 말은 입 안에서 맴돌 뿐, 밖으로 나오지 못했다. 그녀가 그 사람을 진심으로 좋아하는 게 느껴졌기 때문이다.

입장은 달랐지만 택주도 이런 경우가 종종 있었다. 그가 어떤 여 자를 두고 사귈지 말지 고민할 때면 늘 라지와 의견을 주고받곤 했 었다. 그럴 때면 그녀는 항상 택주의 의견을 먼저 존중해주었다. 정주아와 사귀기로 결심했을 때도 그녀는 끝까지 마음에 들어 하 지 않았지만 그렇다고 그에게 반기를 들지 않았다. 진심이든 아니 든 그의 선택을 믿었던 것이다.

그때 그녀의 기분은 어땠을까? 지금의 자신과 비슷했을까? 늘 곁에 있을 거라고 단단히 믿었던 친구가 어느 날 갑자기 자신을 떠 나 버릴 것 같은 기분 말이다.

옛일을 잠시 떠올리던 택주는 씁쓸한 미소를 입가에 머금었다. 이렇게 입장이 바뀌어 상담을 받게 될 줄은 꿈에도 몰랐다. 그녀는 늘 같은 자리에 있을 줄로만 믿었다. 그렇게 믿었던 그녀에게 새로 운 남자가 생겼다. 인정하기 싫지만 그녀도 매니저이기 이전에 여 자라는 사실을 받아들여야 했다.

"그렇게 좋냐?"

—몰라. 어떻게 하는 게 좋은 건지 모르겠어. 이렇게 잘난 남자한테 이래도 되는 건가 싶기도 하다가도 갑자기 너무 좋기도 하고. 조울증처럼 몇 번씩 생각이 왔다 갔다 해. 네가 보기에도 나 이상하지?

"아니. 보기 좋아."

질투가 날 만큼.

질투?

택주는 스스로의 생각에 실소를 내뱉었다. 질투라니.

내가, 도라지를?

—미운 소리만 골라 하던 네가 웬일로 좋은 말만 해주는 거야? 나한테 잘못한 거라도 있어?

"그런 거 없어. 매니저가 없으니 뒤늦게 그 고마움을 깨닫기라도 한 모양이지."

—오호라, 네가 드디어 나의 진가를 깨달았구나? 응당 그래야지. 좋은 변화야.

"마지막 촬영은 언젠데?"

—다음 주 목요일.

"나흘 남았네? 끝나면 지성우한테 말……할 거야?"

쓸데없는 걸 묻고 말았다. 하지만 가장 궁금한 질문이기도 했다.

택주는 조용히 그녀의 말을 기다렸다.

—응. 마지막 날까지 기다려 보고, 성우 씨가 말 안 하면 나라도 말해보려고. 네가 그랬잖아, 어차피 후회할 거면 도전이라도 해보고 후회하는 게 낫다고.

"그러다 실패하면…… 어쩌려고?"

―그건 그때 가서 생각할래. 그리고 이건 내 느낌인데, 지성우 씨도 날 싫어하는 것 같진 않아.

"그래도 너무 장담하진 마라. 인생이 재밌는 건 바로 반전이 있기 때문이니까."

―악담하는 거야?

"충언이다. 새겨들어. 그럼 끊는다."

―그래, 너도 잘 자.

택주는 전화를 끊고 한숨을 길게 내뿜었다.

충언이니 뭐니 그런 거 다 거짓이다. 그저 그녀의 기분이 상하지 않도록 최선의 말을 선택했을 뿐, 진심은 아니었다. 솔직히 그만두라고, 그놈과 넌 어울리지 않다고, 이렇게 말을 하고 싶었다.

그러나 그렇게 하지 못했다. 자신은 그녀의 오랜 친구이면서 일로 엮인 사이이니 그 이상 간섭하는 건 도리가 아니었다. 그녀의 연애에 감 놔라 배 놔라 할 수 있는 입장은 아니었다.

문득 얼마 전 클럽에서 김군이 했던 말이 떠올랐다.

"라지 누님 좋아하시는 거 아닌가요?"

당시 택주는 김군의 말에 펄쩍 뛰며 아니라고 부정했었다.

그랬는데…… 지금 이 감정은 뭐지?

라지는 그냥 친구일 뿐인데. 다른 사람이 좋다는 그녀의 말에 축하인사부터 건네주어야 하는 게 당연한 건데, 왜…… 짜증이 나지?

택주는 자신의 감정을 이해할 수가 없었다. 머리로는 그녀의 사랑을 기뻐해야 했다. 하지만 가슴이 반대했다. 자신의 것을 빼앗긴 것처럼 불쾌하고 화가 났다. 이런 감정은 그가 가져야 할 것들이 아님을 알기에 황당하기까지 하다. 그럼에도 인정할 수 없는 감정들이 그의 가슴을 들쑤셔놓는다.

탁!

그는 창문을 있는 힘껏 열어젖혔다. 기다렸다는 듯 차가운 공기가 일시에 밀려들어와 안 그래도 식은 그의 몸을 더욱더 얼음장처럼 만들었다. 하지만 식어가는 몸의 온도와는 달리 마음은 그렇지 못했다. 불편한 마음을 가눌 길 없었다. 그는 하염없이 창밖만 내다보며 한숨만 내쉬고 또 내쉬었다.

Chapter 8.
목요일

드디어 막바지 촬영에 접어들었다.

자신에게 따뜻한 커피를 건넨 여자에게 처음으로 사랑을 느낀 뱀파이어가 그녀가 죽은 후에도 그녀를 잊지 못해 커피로 마음을 달래며 몇 백 년을 살아온다는 내용이 지금까지의 촬영 전반이었다.

오늘 촬영은 현대에서 환생한 여자를 찾아낸 뱀파이어가 그녀에게 블랙퀸의 커피를 건네며 호감을 나타내는 내용이었다. 그리고 그 장면도 이제 막 끝이 났다.

"컷! 오케이! 모두 수고 많았어요!"

감독의 컷 소리가 촬영장을 경쾌하게 울렸다. 동시에 처음부터 지금까지 촬영을 지켜보며 참견했던 팀장 경주가 배우들과 스태프들에게 인사를 하러 돌아다니기 시작했다.

수한은 주아와 인사를 나눈 뒤 대기실로 들어갔다. 화장을 지우고 옷을 갈아입으려는 찰나 문이 벌컥 열리며 익숙한 얼굴이 들어섰다.

"어머, 미안해요. 사람이 있는 줄 몰랐네."

입으로는 미안하다고 하면서 그녀의 눈은 뻔뻔하게 그의 몸을 훑었다. 내심 그의 벗은 몸을 보고 싶었던 엉큼한 사람처럼 말이다. 그래도 수한은 당황하지 않았다. 그는 셔츠에 팔을 끼우며 느긋하게 말했다.

"실수로 문을 열었다 해도 금방 나가지 않는 걸 보니 할 말이 있으신가 보군요. 말씀하세요."

"어쩜, 눈치도 있으셔라. 그동안 촬영하면서 정도 들었는데 이대로 헤어지기 섭섭하잖아요. 바빠서 식사 한 번 제대로 못 했는데, 오늘 저녁 어때요?"

"오늘 저녁 말입니까?"

"내가 좋은 곳으로 예약할게요. 이 바닥 선배로서 해줄 얘기도 많고 하니 혼자만 와요. 알았죠?"

그때 둘 사이를 방해하려는 듯 띠링 소리와 함께 그녀의 손에 들린 휴대폰 액정 화면이 켜졌다. 'JH'로부터 온 문자였다. 문자를 확인한 주아의 눈이 동그래졌다.

클럽 나인, 밤 9시.

주아는 고개를 들고 황급히 수한에게 말을 번복했다.

"미안, 오늘 목요일이죠? 오늘 말고 다른 날로 해야겠네. 중요한 약속이 있는 걸 깜빡했지 뭐예요? 미룰 수 있는 거면 미루겠는데 이건 미룰 수가 없는 약속이라…… 다른 날도 괜찮죠?"

조금 당황한 그녀의 얼굴. 정주아답지 않은 모습이었다.

"그러시죠."

"고마워요. 그럼 내일 내가 전화할게요. 참, 전화번호가 어떻게 되죠?"

"휴대폰을 잃어버려서. 라지 씨 통해서 연락해주십시오."

"그래요, 그럼. 나중에 연락할게요. 오늘 수고 많았어요."

주아가 별 꼬투리도 잡지 않고 얌전히 대기실에서 나갔다.

수한은 주아의 이상한 표정에 의문을 두었다. 자기가 원하면 앞뒤 안 가리고 무슨 짓이든 저지르는 여자가 대체 무슨 문자를 받았기에 얼굴 표정이 확 바뀌는 걸까? 더구나 자신과의 약속을 아쉬워하면서도 중요한 약속이라며 미루는 것도 수상했다.

수한은 남은 옷가지를 챙겨 입은 뒤 가방에서 휴대폰을 찾아 꺼내 들었다. 휴대폰을 잃어버렸다는 건 거짓말, 그녀에게 번호를 알려주고 싶지 않아서 둘러댄 핑계였다.

그는 폰 전원을 켜자마자 자신의 비서인 형도에게 전화했다.

ㅡ예, 대표님.

"방금 정주아에게 문자 보낸 사람 좀 알아보세요."

이쪽에서 투입한 가사도우미의 도움으로 정주아의 휴대폰은 실시간으로 해킹이 가능했다.

"수상한 움직임이라도 있는 겁니까?"

"정주아답지 않게 당황하는 것 같기도 하고…… 문자를 보낸 상대에게 눈치를 보는 것 같았습니다."

ㅡ예, 바로 조사해보고 연락을 드리겠습니다.

"그리고 지난주에 준비하라고 했던 물건은 어떻게 됐습니까?"

ㅡ목걸이 말이지요? 안 그래도 한 시간 안으로 도착할 예정이라고

연락 왔었습니다.

"알겠습니다, 대기해 주세요."

ㅡ참! 대표님. 정주아 침실 액자 뒤에 비밀금고가 있는 걸 발견했습니다. 내일 집이 비는 대로 금고를 열어볼 계획입니다. 아마 훔쳐간 이중장부도 거기 있지 않을까 싶습니다.

"그럼 이중장부 찾는 대로 도청장치 및 장비들 빼도록 하세요. 가사도우미도 빼도록 하시고요."

ㅡ예, 그렇게 하겠습니다.

전화를 끊은 수한은 긴 한숨을 내쉬었다.

일이 점점 마무리되어가고 있었다. 정주아가 이중계약으로 소속사를 멋대로 바꾼 증거도 가지고 있고, 무마되긴 했지만 신인 여배우 폭행사건의 자료도 가지고 있다. 또한 술집에 주기적으로 가서 호스트를 데리고 논 자료들도 있다. 이제 이중장부만 손에 들어오면 일의 80퍼센트가 해결된 셈이었다.

남은 건 한택주와 정주아의 결별.

한택주가 도라지를 좋아하니 둘만 이루어진다면 문일중 대표의 뜻대로 정주아는 보기 좋게 차일 수 있었다. 그런데 수한은 그게 내키지 않았다. 가장 확실한 방법이라는 걸 알면서도 직원들에게 그 사실만큼은 쏙 빼놓았다.

더 이상 미룰 수 없다는 건 그도 잘 알고 있다. 이제 어느 쪽이든 선택을 해야만 했다.

'아무래도 오늘 밤…… 확실하게 선을 긋는 게 낫겠지.'

수한은 긴 한숨과 함께 무거운 발걸음을 끌고 주차된 곳으로 향했다. 멀리 차와 라지가 보였다. 그리고 그녀 옆에는 웬 남자가 같이

서 있었다. 바로 한택주였다.

한택주가 여긴 왜……?

"수한 씨!"

그가 다가가자 라지가 먼저 알은척하며 옆에 선 택주를 가리켰다.

"한택주 처음 보죠? 인사해요, 여긴 한택주, 이쪽은 지성우 씨."

그녀의 말에 택주가 못마땅한 듯 인상을 구겼다.

"야, 너 웃긴다? 누군 '씨' 붙이고 누군 안 붙이냐?"

"내가 그랬나? 하하……."

그녀가 어색한 웃음을 흘리자 수한이 먼저 손을 내밀었다.

"말씀 많이 들었습니다, 반갑습니다, 지성우라고 합니다."

택주는 수한의 손을 흘끔 내려다본 뒤 한템포 늦게 손을 잡았다.

"한택주라고 해. 스물일곱이라며? 내가 나이도 많고 대선배니까 말은 당연히 놓는 거니까 고깝게 생각진 말아."

"편한대로 하시죠."

수한이 허락했지만 라지가 태클을 걸었다.

"너 초면에 왜 그래?"

"왜 그러긴, 선배는 다 그런 거야. 너야말로 내 얼굴에 먹칠하지 말고 가만히 좀 있어."

택주의 당당함에 라지가 도리어 수한에게 미안해졌다.

저 몸의 성질머리하곤!

"수한 씨가 이해하세요. 연예계 쪽이 원래 위계질서가 심해요."

"괜찮아요. 그런데 한택주 씨가 여기까지 무슨 일로 오신 겁니까?"

수한의 질문에 택주가 미간을 팍 구겼다. 서학에게 물어 일부러 여기까지 찾아왔다. 말도 안 되는 이유를 갖다 붙이면서까지 말이다. 그가 직접 발걸음을 한 이유는 오늘이 바로 수한의 마지막 촬영이기 때문이었다. 라지가 고백을 진짜 할지 안 할지 궁금해 참을 수가 없었다. 그래서 내키지 않는 걸음을 하였건만 오자마자 라지가 자꾸만 가라고만 하니 오기가 더욱 생겼다.

"저녁 사주러 왔어. 김 대표가 입이 마르고 닳도록 칭찬하는 기대 신인이라기에 이 몸이 특. 별. 히 한 턱 쏘러 온 거라고."

"진짜? 김 대표님이? 이상하네, 나한테 미리 말도 안 하고……."

라지가 휴대폰을 꺼내 서학에게 연락을 하려 하자 택주가 그녀의 폰을 뺏으며 차를 가리켰다.

"김 대표가 바쁘니까 내가 대신 사주러 온 거지! 바쁜 사람 귀찮게 하지 말고 어서 차에 타기나 해. 어이, 신입, 그쪽 먹고 싶은 거로 먹으러 가자고, 타."

그들이 도착한 곳은 촬영 장소와 멀지 않은 대성호텔 30층에 있는 이태리 레스토랑이었다. 금빛이 감도는 화려한 인테리어와 고급스런 감각에 프러포즈 장소로 손꼽히는 곳이기도 했다.

창가 쪽 자리에 안내받은 그들은 동그란 테이블을 두고 정삼각형 구도로 앉았다.

비싼 음식을 눈앞에 두고도 라지는 기쁘지가 않았다. 택주의 달갑지 않은 초대는 그야말로 세 사람을 불편하게 만들었으니까. 택주의 툴툴거리는 말투 때문에 신경이 쓰인 라지는 수한의 눈치를 살피기에 바빴다. 비싼 음식이 입으로 들어가는지 코로 들어가는지 모를 지경이었다. 아니나 다를까 식사 중이던 택주가 또다시 입을 열었다.

"실제 나이가 어떻게 돼?"

"프로필상 스물일곱입니다만."

"이봐, 후배. 내가 그걸 몰라서 실제 나이를 물어보는 거겠어?"

스테이크를 썰던 라지가 손을 우뚝 멈췄다.

"수한 씨 나이는 나도 몰라. 묻지마, 김 대표님도 그렇게 하기로 약속했으니까."

택주는 못마땅한 얼굴로 스테이크를 썰며 그를 흘끔 쳐다봤다. 기 좀 죽어보라고 일부러 최고급 레스토랑으로 데려왔는데 주눅이 들기는커녕 표정 하나 변하지 않았다.

마음에 안 드는 자식!

비밀 많은 놈치고 제대로 된 놈을 보지 못했다.

택주는 고기를 포크로 찍어 거칠게 입안으로 집어넣었다.

"애인은 없어? 뜨고 싶어 환장한 놈 중에 애인 등쳐먹는 놈들이 간혹 있던데."

"없습니다. 그리고 이쪽 일을 계속 할 생각도 없습니다."

"뭐? 그럼 내 매니저는 왜 데려간 건데?"

"이 일을 먼저 제안한 게 라지 씨였습니다. 마침 김 대표님과 블랙퀵 신경주 팀장님도 원했기 때문에 이번 광고만 하기로 한 거죠. 할 생각도 없는 CF를 찍으면서 아는 사람 놔두고 모르는 사람과 일하는 게 더 이상한 거 아닌가요?"

"라지는 내 매니저야. 엄연히 임자 있는 매니저를 붙여달라고 한 게 잘못이라고 말을 하는 거라고."

"강요한 건 아니었습니다. 전 제가 원하는 조건을 말했을 뿐이고,

선택은 김 대표님과 라지 씨가 내린 거죠."

택주는 뒷목으로 급속하게 올라오는 혈압을 느꼈다. 대선배로서 위압감도 주고 어느 정도 밟아주려고 했더니 이건 눈 하나 깜짝하지 않았다. 또박또박 어찌나 말을 잘 받아치는지 얄미울 정도였다.

말문이 막힌 택주는 애꿎은 샐러드를 포크로 쑤시며 투덜댔다.

"아씨, 이놈의 올리브는 샐러드마다 왜 꼭 들어가 박힌 거야?"

택주의 투정에 라지가 샐러드 그릇에 있는 올리브를 자신의 포크로 옮겨 담았다.

"자, 됐지? 올리브오일은 잘도 먹으면서 이건 왜 안 먹으려고 하는지 몰라."

그 모습을 보던 수한의 눈이 가늘어졌다. 기분이 묘해졌다.

그때 휴대폰이 울렸다.

"잠시 실례 좀 하겠습니다."

수한은 레스토랑 밖으로 나오자마자 통화버튼을 눌렀다.

"네, 진 비서님."

─아까 말씀하신 문자 발신자를 추적해보니 문성그룹 사장이었습니다.

"문성그룹이면⋯⋯."

다섯 손가락 안에 꼽히는 대기업이다.

─뿐만이 아닙니다. 정주아가 세 명의 여배우들과 연락을 취해 약속을 잡았습니다.

"그게 언젭니까?"

─9시까지 클럽 나인으로 간다고 했습니다.

문성그룹 사장이 갑작스럽게 문자를 보냈고 정주아는 그 문자를 보자마자 여배우 세 명을 모아 9시까지 클럽 나인으로 간다는 말이었다.

이건 단순한 모임이 아니었다. 수상한 냄새가 났다.

"진 비서님, 제가 부탁한 목걸이, 지금 좀 가져다주셔야겠습니다."

"알겠습니다. 지금 어디 계십니까?"

수한은 자신이 있는 곳을 알려준 뒤 자리로 돌아와 라지에게 말했다.

"라지 씨, 식사 끝나고 바로 집에 가실 거 아니면 저랑 2차 가시죠."

"2차요?"

"촬영도 끝났는데 술은 한 잔 해야죠."

"좋……."

"좋네, 2차! 쫑파티는 역시 클럽이지."

라지와 수한이 뜬금없이 끼어든 택주를 바라보자 택주가 뻔뻔한 웃음으로 대처했다.

"왜? 알았어, 2차도 내가 쏠게. 됐지?"

라지는 수한을 향해 미안한 미소를 지었다. 저렇게까지 하는데 굳이 떼어놓기도 뭐했다.

"미안해요, 수한 씨."

"라지 씨가 미안할 거 없죠."

수한은 꾸역꾸역 스테이크를 먹는 택주를 보며 착잡한 기분이 들었다. 그녀의 눈엔 보이지 않아도 수한의 눈에는 훤히 보였다.

그가 지금 심한 질투를 하고 있다는 사실을.

목적 달성을 위해서는 유치한 투정을 부리는 그의 모습이 달가워야 했다. 그런데 전혀 달갑지 않은 이 상황은 뭐란 말인가. 라지가 택주의 투정을 받아주고 챙기는 그 모습 하나하나가 눈에 거슬릴 뿐이었다. 당장이라도 이 자리에서 꺼지라고 말하고 싶었다. 진심, 그러고 싶었다. 그런데 이성은 그렇지 못했다. 그의 이성은 택주와 라지가 연결되는 시나리오를 그리고 있으니까. 그렇게 수한은 이성과 감정의 경계선에서 이러지도 저러지도 못한 채 헤매고 있었다.

✤

넥 카라에 골드 펄을 가미한 미니멀한 디자인에 어깨 부분의 퍼프소매에 쉬폰 패치를 더해준 시스루 미니 원피스를 입은 주아가 우석이 대기시키고 있는 밴에 오르며 얼굴을 굳혔다. 차에는 미리 연락을 받은 신인 여배우 세 명이 타고 있었다. 주아의 등장에 그녀들은 머리를 숙이며 인사를 건넸고 주아는 차를 출발시켰다. 차를 출발시키고 얼마 지나지 않아 주아는 닫고 있던 입을 열었다.

"유리 말고 다들 처음이지?"

유리라는 여자를 제외한 두 명의 여자가 '네'라고 답했다.

"유리한테 대충 얘기는 들었겠지만 쉬운 일 아냐. 자신 없는 사람은 지금이라도 손들어, 차 세워줄 테니까."

그녀의 말에 다들 침묵을 유지했다. 주아는 잠시 그녀들을 바라보다가 만족스러운 웃음을 지으며 말을 이어갔다.

"뛰어난 외모에 타고난 연기력 덕에 뜨는 배우들 많아. 하지만 너희들은 그게 없어. 외모도 고만고만 연기도 그럭저럭. 그래도 뜨고 싶은 마음은 간절하고. 그치?"

"……"

"그렇다고 기죽을 필요는 없어. 그 애들이라고 처음부터 뜬 건 아니야. 좋은 작품을 만났고 그 기회를 잘 잡았을 뿐. 하지만 그런 기회조차 잡아보지 못한 너희들은 어떻게 해야 할까? 바로 노력. 노력해야지. 기회가 없다면 만들어서라도 그 기회를 잡는 것, 그게 너희들이 해야 할 노력이야."

주아의 다부진 말에 뒷좌석에 자리한 여배우 하나가 조심스레 입을 열었다.

"언니…… 정말 이 일만 잘하면 뭐라도 할 수 있는 건가요?"

"나랑 유리 보면 알잖아. 유리는 영화 찍고 있고, 난 이미 최고의 자리에 올랐어. 이 자리가 타고난 능력 때문에 만들어진 줄 아니? 아니, 나도 너희만 할 때 좌절만 맛봤어. 사람들은 정주아란 이름 석 자조차 몰랐고 스텝들조차 내가 누군지 알아보지 못할 정도였어. 그런 내가 이 자리까지 오를 수 있었던 건, 바로 오늘과 같은 기회가 있었기 때문이야. 수치스럽다고 생각할 필요 없어. 이것도 다 연기야. 힘 있는 사람들 비위 맞춰주면서 옷 좀 벗어주는 게 어때서? 전 국민이 다 보는 베드신도 찍는 게 바로 배우야. 평생 알아주지 않는 배우로 찌질하게 살다 사라지고 싶지 않으면 오늘 그분들 만나 제대로 해. 대가는 반드시 있을 테니까."

그녀들의 얼굴에 비장함이 들어차자 주아는 흡족해하며 입을 닫았다.

그러는 사이 우석이 모는 밴이 차가 막힐 만한 곳을 피해 골목골목을 헤집고 클럽 나인에 당도했다. 미리 연락받고 나온 나인의 직원 하나가 지하주차장으로 차를 안내했다. 은밀히 주차장에 들어선 차에서 주아를 비롯한 여배우들이 내렸고 CCTV를 피해 비상통로로 클럽 안으로 들어갔다.

✦

8시 30분. 클럽 나인 309호.

넓은 룸 안으로 들어간 수한과 택주는 라지를 사이에 두고 양옆으로 자리를 잡았다.

"자, 대선배가 주는 잔이야. 나 아무한테나 술 따라주는 거 아니니 영광인 줄 알아."

택주가 수한의 잔에 술을 따라주며 생색을 냈다. 그 모습을 지켜보는 라지는 아무도 모르게 입을 삐죽였다. 지금 그녀의 눈에는 수한과의 마지막 파티를 방해하는 택주가 불청객으로만 느껴졌다. 얄미웠다.

"너 내일 아침에 인터뷰 있다며, 그만 가서 쉬어."

"잡지 인터뷰라 괜찮아. 그리고 내 체력 알잖아, 며칠씩 밤새도 끄떡없는 거."

무슨 말을 해도 갈 생각이 없어 보이는 택주 때문에 라지는 속이 탔다. 그렇다고 대놓고 집에 가라고 할 수도 없었다.

그녀는 하는 수 없이 잔을 들어 보이며 수한을 향해 건배를 청했다.

"어쨌든 그동안 고생했어요."

챙, 잔이 부딪치고 모두의 잔이 각자의 입으로 향했다. 술잔을 먼저 비운 택주가 치즈카나페 하나를 들어 올리며 볼멘소리로 말했다.

"이 맛없는 비스킷은 왜 꼭 치즈 밑에 까는 거야?"

그의 투정에 라지가 손을 내밀었다.

"이리 줘봐, 내가 떼 줄게."

택주가 라지에게 들고 있는 치즈카나페를 건네주자 라지가 기술 좋게 비스킷만 떼어냈다.

"이야, 너 기술 좋다. 이것도 떼 줘."

아무렇지 않게 택주는 치즈카나페가 담긴 접시를 그녀 앞으로 옮겼다. 그녀는 그가 먹을 카나페 하나를 집어 들고 비스킷을 제거했다. 수한은 그 모습을 지켜보며 저도 모르게 미간을 구기고 말았다. 속에서 알 수 없는 불길이 치솟았다.

"한택주 씨는 손이 없습니까?"

수한의 입에서 의도치 않은 말이 튀어나왔다. 불쾌한 수한의 표정에 택주가 입꼬리를 올렸다.

"우리 원래 이래. 왜, 부러우신가? 우리 도 매니저가 원체 나한테는 헌신적이거든."

유치하다.

수한은 택주의 유치한 말에 어이가 없었다. 상대할 필요조차 없는데 이 뒤틀리는 기분은 뭐지? 저 유치한 말 따위가 거슬리는 건가?

수한은 오늘 마지막 목적을 달성하기 위해 라지에게 이별을 통보해야 했다. 그래야 라지가 실망을 할 테고 그런 라지를 택주가 잡으려 할 것이 분명할 테니까 말이다. 한택주를 조금만 더 자극한다면 그는 라지를 잡기 위해 정주아와의 연인관계를 깰 것이 분명했다. 그럼 이번 의뢰는 완벽하게 끝이 나는 셈이었다.

계획은 완벽했다. 오늘 일정에 택주가 갑자기 끼어든 것을 빼고는 모든 것이 순조로웠다. 그럼에도 엉망진창이 되어버린 이 기분은 뭘까?

지잉.

테이블 위에 놓인 라지의 폰이 울어대자 그녀가 자리에서 슬그머니 일어났다.

"저 전화 좀 받고 올게요."

라지가 나가자 택주가 빈 잔을 채우며 입을 열었다.

"라지가 당신 좋아하는 거 알아?"

수한은 택주가 내민 잔을 받아들며 목소리를 낮췄다.

"남의 감정을 함부로 말하는 건 아니죠."

"함부로 말하는 거 아냐. 경고하려는 거야. 내가 이 바닥에서 다른 건 몰라도 사람 보는 눈 하나는 방석 깔고 앉아도 될 정도가 됐거든. 내가 봤을 때 당신은 아냐. 라지가 아무리 그쪽을 믿어도 그쪽은 가짜라고. 내 말이 틀렸어?"

"……."

"라지한테서 떨어져. 가진 거라곤 깡 하나밖에 없는 애니까 뜯어낼 생각하지 말고 떨어지라고."

수한은 술잔을 단박에 비운 뒤 테이블 위로 강하게 내려놓았다. 항상 이성적이던 그가 이렇게 감정을 표출하는 건 극히 드문 일이었다.

신사의
유혹

"그쪽은 어떻습니까?"

"뭐?"

"지금 하는 말들, 마치 자기 여자 지키려는 남자가 질투하는 투정처럼 들리는데요."

"니, 니가 뭘 안다고 그런 소릴 지껄여?"

흥분한 택주의 얼굴을 보며 수한이 입가에 조소를 머금었다.

"감정 조절이 뛰어난 탑배우께서 겨우 이런 일로 흥분하는 걸 보니 라지 씨를 좋아하는 게 꽤나 진심인가 봅니다."

택주가 어금니를 물며 그를 노려봤다.

"그래, 진심이다. 내 진심이 뭔지 알았으면 그만 꺼져주겠어? 나하고 도라지 인생에서 영원히 아웃하라고."

수한은 택주의 이글거리는 눈을 마주보며 잠시 입을 다물었다.

알겠다고 대답하고 일어서면 게임 오버. 한택주가 알아서 움직여주니 손쉽게 의뢰인의 목적을 모두 달성할 수 있었다.

그런데, 그런데 입이 떨어지지 않았다. 본드로 붙여놓은 것처럼 말이다.

대답 없는 그를 보며 택주가 재촉했다.

"귓구멍 막혔어? 아님 내 말이 말 같지도 않다 이거야?"

"왜 그렇게 생각하십니까, 내가 진심이 아니라고."

"뭐……?"

"방석 깔 정도로 사람을 잘 보신다고 했습니까? 그럼 본인 자신은 어떻습니까, 설마 자신 스스로도 못 보면서 남만 보신다고 하시는 건 아니겠죠?"

"갑자기 무슨 소리야?"

"한택주 당신부터 똑바로 하란 말을 하는 거야. 라지한테서 떨어지라고? 당신이 무슨 권리로 그 여자 일에 간섭하는 거지? 그쪽은 지금까지 라지 씨를 여자로 생각해오지도 않았을 뿐더러 계속해서 무시하고 깔보지 않았었나? 그런데 이제 와서 자기 여자처럼 구는 건 무슨 심보지? 자신의 소유물인 줄 알았던 여자가 막상 다른 남자한테 간다니 어린애처럼 심통이 난 건가?"

"니가 뭘 안 다고 그런 소릴 지껄여?"

"알 건 알지. 한택주가 이기적인 인간이라는 거. 공식적인 애인까지 있는 사람이 이제 와 자기 매니저 뺏길 것 같으니 좋아한다고? 좋아, 백 번 양보해 그 마음 진심이라 쳐 주지. 그런데 다른 사람들도 그렇게 생각할까? 정주아라는 애인을 버젓이 옆에 끼고 매니저를 좋아한다는 당신 말을 믿어줄 것 같냐고."

"……."

"나를 가짜라고 했었나? 그래, 감추고 있는 게 많으니 가짜라고 해주지. 하지만 그 여자 생각하는 내 마음까지 함부로 평가하지 마."

수한의 입바른 소리에 택주의 얼굴이 무참히 일그러졌다. 큰 충격을 받은 건지 택주는 더 이상 말을 하지 못했다. 수한은 그 모습을 바라보다 휴대폰 문자음에 복도로 나왔다.

목표물 도착.

짧은 내용의 문자에 수한은 미간을 구겼다. 기분이 유쾌하지 못했다. 아니, 불쾌했다. 지금은 일이고 뭐고 다 치워 버리고 싶었다.

신사의
유혹

그런데 진행 중인 일을 멈출 수도 없었다.

그는 긴 한숨을 내쉰 뒤 주머니에서 손바닥만 한 상자를 꺼냈다. 아까 레스토랑을 나오기 직전 종호가 가져온 물건이었다. 목걸이에 박힌 가넷 보석에 초소형카메라를 숨긴 특별한 것이었다. 이걸 목에만 걸어주면 룸 안에서 그녀가 무슨 일을 벌이려는지 세세히 알 수 있었다.

수한은 짧은 망설임 끝에 주아에게 전화를 걸었다.

―여보세요?

"접니다, 지성우."

―어머, 성우 씨가 나한테 전화를 다 하고, 웬일이에요?

"마지막 촬영도 끝났고 해서 도 매니저와 클럽에 와 있습니다. 드릴 선물도 있고, 아까 저녁 약속 취소된 것도 마음에 걸리고 해서, 늦어도 괜찮으니 이쪽으로 오셨으면 해서요."

―어쩌지, 내가 움직일 수 있는 상황이 아닌데. 근데 선물이라니, 뭐예요?

역시나 그녀가 선물이라는 말에 반응을 보여 왔다.

"별거 아닙니다. 지난번에 소품용 목걸이가 마음에 드신다고 하셔서 기념으로 드리려고 샀거든요."

―진짜? 그거 엄청 비싼 거라고 하던데…….

"그 정도 능력은 됩니다. 시간 되시면 클럽 나인에 있으니 그리로 오세요."

―잠깐! 클럽 나인이라고요?

"예. 매니저만 보내시면 안 됩니다. 직접 걸어드리고 싶거든요."

수한은 마음에도 없는 말을 뱉었다. 그 말에 수화기 너머 옅은 웃음소리가 귓가로 전해졌다.

 ―자기 은근 로맨틱하다? 알았어요, 마침 요 앞에 지나가는 길이니까 좀만 기다려요. 3, 4분? 그 정도면 될 것 같은데, 3층 복도 끝에서 좀 기다려 줄래요?

 수한은 알겠다고 한 뒤 복도 끝으로 걸어갔다. 택주가 들어 있는 룸 안은 여전히 조용했고 전화를 하러 간 라지는 밖으로 나간 건지 아직도 보이지 않았다.

 머릿속이 복잡했다. 다 된 일을 엎자니 지금까지 쌓아온 젠틀맨의 명성과 직원들이 마음에 걸렸고, 이 일을 계속하자니 라지에게 몹쓸 짓을 할 것 같아 마음이 편치 않았다. 그야말로 진퇴양난의 형국이었다.

╬

 룸으로 들어간 주아는 간단한 주문과 함께 여자들에게 마지막으로 단장할 것을 명했다.

 그리고 수한의 전화를 받자마자 잠시 화장실을 간다며 복도로 나왔다. 백에서 손거울을 꺼내 화장을 확인한 그녀는 선글라스를 쓰고 계단을 올랐다. 어두운 밤인데다 선글라스를 끼고 있어 그녀를 알아보는 사람은 다행히도 없었다. 더더군다나 2층부터는 전부 룸인지라 복도를 돌아다니는 사람도 거의 없었다.

 성우가 클럽 나인에 있다는 소리에 가지 말까도 생각했었다. 하지만 주아는 그가 도라지와 함께 있다는 사실이 마음에 걸렸다. 그동안 촬영을 하면서 도라지가 성우를 대하는 태도가 남다르다는 걸 순간순간 느꼈기 때문이다. 그런 상황에 두 사람이 클럽을 왔으니, 꼭 무슨 일이 생길 것만 같았다.

감히 내 남자를 넘봐?

지성우는 자신이 찜해 놓은 남자였다. 다시 말해 도라지 따위가 넘볼 수 있는 그런 남자가 아니란 뜻이었다.

3층으로 이어진 계단을 오르자 반가운 얼굴이 그녀를 맞았다.

"성우 씨."

수한은 주아의 등장에도 무덤덤했다.

"생각보다 빨리 오셨네요."

"말했잖아요, 바로 요 앞이었다고."

"어……? 수한 씨 왜 나와 있어요? 정주아 씨?"

주아의 뒤를 따라 계단을 올라온 라지가 놀란 눈으로 두 사람을 번갈아봤다. 주아는 주변에 아무도 없음을 확인한 뒤 선글라스를 벗어 라지의 일그러지는 표정을 똑똑히 살폈다.

"라지 씨도 있었네? 난 성우 씨가 전해줄 게 있다고 꼭 좀 보자고 해서 말이야. 성우 씨, 준다던 게 뭐였죠?"

주아가 수한의 한쪽 팔을 감싸며 싱긋 웃었다. 수한은 라지의 굳은 얼굴을 애써 무시하며 주머니에서 상자를 꺼내 주아에게 건넸다.

"어머…… CF 찍을 때 내가 했던 목걸이 소품……?"

주아는 라지가 들으라는 듯 일부러 목소리를 높였다.

"셀레나 김 선생님이 협찬해주신 목걸이를 성우 씨가 어떻게……."

"다른 쪽에 파신다는 걸 어렵게 구매했습니다."

"날 주려고요?"

수한은 떨어지지 않는 입을 억지로 떼어냈다. 마음에도 없는 말을 꺼내는 게 참으로 고역이었다.

"맞아요. 그때 정주아 씨가 이 목걸이를 보고 마음에 들어 했었죠."

주아는 상자 안에서 목걸이를 꺼내 그에게 내밀었다.

"아이, 직접 걸어줘요."

주아는 기고만장한 표정으로 수한의 뒤쪽에 선 라지를 쳐다봤다. 기가 팍 죽은 라지를 보니 십 년 묵은 체증이 쑥 내려가는 것 같았다.

수한은 주아의 말대로 그녀의 목에 목걸이를 걸었다. 주아는 섹시하게 흘러내린 머리카락을 들어 올려 하얀 목덜미를 드러냈다.

"어때요, 잘 어울려요?"

주아가 고개를 치켜들며 포즈를 취했다. 라지는 고개를 돌려버렸다. 이 순간만큼은 주아의 꼴이 너무 보기 싫었다. 그런 그녀의 마음을 모르는 듯 수한은 진지하게 고개를 끄덕였다.

"생각한 것보다 훨씬 더, 잘 어울리네요. 역시 선물하길 잘한 것 같습니다. 값비싼 물건일수록 제 주인을 직접 고른다고들 하던데, 이 물건의 주인은 정주아 씨네요."

"어머머, 성우 씨, 그런 겉치레 말도 할 줄 알아요?"

"전 그런 거 안 합니다. 사실을 말한 것뿐입니다."

주아는 라지를 쳐다보며 터져 나오려는 웃음을 꾹 참았다. 이루 말할 수 없이 통쾌했다.

'봤니? 이 남자, 나한테 관심 있어. 너 아니니까 김칫국 마시지 말고 떨어져.'

신사의
유혹

"전…… 화장실 좀 다녀올게요, 수한 씨."

라지가 꼬리를 내리고 자리를 피했다. 주아는 멀어져가는 라지를 만족스럽게 바라보다가 마지막 말에 의문을 품었다.

"제가 잘못 들었나요? 방금 도 매니저가 성우 씨를 다르게 부른 것 같았는데."

"제대로 들으셨습니다. 실은 제가 이번 촬영을 위해 가명을 쓰고 있거든요."

"어머, 그래요? 본명이 뭔데요?"

"그건 나중에, 차차 알려드리겠습니다."

"그래요, 그럼. 어쨌든 고마워요, 성우 씨. 처음으로 받은 선물인 만큼 특별히 더 소중하게 간직할게요. 너무 마음에 들어요."

"마음에 든다니 다행입니다. 괜한 선물을 하는 건 아닌지 조금 걱정했거든요."

"괜한 선물이라뇨, 이렇게 비싼 걸 주시니 놀라서 당황한 거죠. 진심으로……"

지잉.

"잠시만요."

주아는 수한에게 양해를 구하고 몸을 살짝 틀어 전화를 받았다.

―그분께서 도착하셨습니다. 2분 뒤면 룸으로 오실 것 같습니다.

"알았어요."

빠르게 전화를 끊은 그녀는 특유의 능청맞은 얼굴로 입을 열었다.

"우석 오빠가 빨리 오라고 재촉하네요. 그만 가봐야겠어요."

"그러시죠."

"선물 고마워요. 날 잡아서 저녁식사 대접할 테니 그때 식사나 같이 해요. 그럼 가볼게요."

주아는 시간을 지체할 수 없어 그대로 몸을 돌려 자신의 룸으로 향했다.

✛

화장실로 들어온 라지는 변기 위에 풀썩 내려앉았다. 알 수 없는 뜨거운 무언가가 가슴 밑바닥을 헤집었다.

뭐지? 왜 수한 씨가 정주아한테 목걸이를 주는 거지?

이해할 수가 없었다. 그는 정주아에게 딱히 관심을 두거나 내비친 적도 없었다. 촬영 내내 주아와는 적정한 거리를 유지했었다. 적어도 라지가 보기엔 그랬다. 주로 집적거리는 건 정주아의 몫이었지 그는 아니었다. 그런데 뜬금없이 정주아에게 목걸이를 선물하다니 당최 이해할 수가 없었다. 그것도 한두 푼 하는 것도 아닌 고가의 목걸이를 말이다.

설마 그가 정주아를……?

라지는 고개를 내저었다. 그건 싫다. 정주아가 예쁜 건 사실이지만 그마저 그녀의 미모에 혹해서 관심을 두는 건 정말 싫었다.

지잉.

발신자를 확인하니 택주였다. 전화를 받자 택주의 착 가라앉은 목소리가 전해졌다.

─나 그만 간다.

무슨 일이냐고 물어봐야 했지만 라지의 기분도 엉망이었다. 그의 감정까지 살펴야 할 여유가 없었다.

"어……."

찰칵, 전화가 끊어졌다.

라지는 앞이 막막했다. 오늘 그에게 자신의 마음을 내보이려 했었다. 그에게 거절을 당하더라도 자신의 마음이 이렇다는 걸 알리고 싶었다. 그의 말대로 호텔에서 첫날밤을 보낸 게 육체적 충동 때문만이 아니라면 그도 자신에게 관심이 있다고 여겼으니까.

하지만 지금은 자신이 없어졌다. 사람의 마음은 늘 움직이는 존재였고 변치 않을 것 같았던 그의 마음도 움직이지 않으리란 법이 없으니까 말이다.

라지는 심호흡을 한 뒤 정희에게 전화를 걸었다.

―여보세요?

"나야, 라지."

―알아.

"너한테 급하게 물어볼 말이 있는데…… 이유 묻지 말고 무조건 대답만 해. 알았지?"

―뭔데 이래?

"이유 묻지 말라니까?"

―아아, 알았어. 뭐가 궁금한데?

"저기…… 나 수한 씨한테 고백하려고 하는데 좀 걸리는 게 있어."

―드뎌 고백하기로 결심한 거야? 오오, 큰 결심 했네, 우리 라지! 근데 뭐가 걸려?

"오늘 종파티하려고 클럽에 왔거든? 근데 하필이면 정주아를 만났어."

－어머, 그년이 왜 또 거긴 갔대? 하여튼 클럽 빠순이라니까.

"중요한 건 그게 아냐. 수한 씨가 정주아한테 목걸이를 선물했어. 그것도 엄청 비싼 목걸이."

－정말? 왜?

"나도 모르지, 대체 왜 준 걸까? 말로는 정주아가 촬영하면서 가지고 싶어 해서 줬다는데, 그래도 그게, 그게 아닌 거잖아."

－그렇지. 그게, 그게 아니지.

"혹시 정주아한테 관심 있는 거 아닐까?"

－근데 라지야. 수한 씨 마음이 어떻든 간에 그 남자를 좋아하는 건 네 마음 아냐? 그럼 네 마음 가는 데로 해야지.

"그래도 수한 씨가 정주아한테 관심 있어서 날 이용하는 거면 어떡해? 나 상처 받기 싫단 말이야."

－상처 받기 두려우면 시작할 생각은 꿈도 꾸지 마. 솔직히 남녀가 지지고 볶을 일이 얼마나 많은데 겨우 고백 하나로 재고 따져? 그렇게 따지면 세상에 커플은 하나도 없을 거다. 그냥 지금은 마음 가는 데로 해. 결정은 수한 씨가 하는 거잖아? 너보다 정주아가 좋으면 그년한테 갈 거고, 네가 좋으면 널 선택할 거고.

"나도 좋고, 정주아도 좋아하면 어떡해? 양다리에 완전 선수면?"

－그건…… 네 운명인 거지. 네가 그런 남자를 좋아하는 걸 어떡하냐? 안 그런 사람이길 바라야지, 뭐.

"너라면 어떡할 것 같아?"

－나? 나는 무조건 go지. 멋진 남자에 여자 꼬이는 건 당연한 거 아니겠어? 그런 여자들 젖히고 내가 가져야 진정한 승리인 거지. 너도 자신감 갖고 고백해. 혹시 알아? 진짜 너한테만 마음이 있을지.

"아, 진짜…… 오늘 아침까지만 해도 조금 자신이 있었는데……."

−정주아 그년 때문에 너무 고민하지 마. 인과응보란 말도 몰라? 그년 싸가지 없게 하고 다니는 걸로 봐서 분명 큰 벌을 내려주실 거야. 하늘은 공평한 법이거든.

"그래, 어쨌든 고맙다. 퇴근했어?"

−어, 지금 집이야. 김군 샤워하고 있어.

"김군?"

−우리 섹파잖아. 새벽까지 섹스할 거야. 그러니까 이제 전화하지 마. 고백했다 차여도 내일 전화해.

"아, 진짜! 넌 인간이 어쩜 그렇게 야하니? 부끄럽지도 않냐?"

−내가 말했지, 섹스는 부끄러운 게 아니라고. 섹스를 해야 아기도 생기는 법이라고. 너도 너희 부모님이…….

"됐다! 말을 말아야지."

라지는 전화를 끊고 심호흡을 했다.

어차피 오늘이 마지막이었다. 내일부터는 택주에게 돌아갈 거고 그는 그의 일상으로 돌아갈 거였다. 물론 몇 번 더 소속사와 블랙퀸 광고팀을 만나야 하겠지만 그때는 라지가 가지 않아도 되는 일. 정확하게 그녀와 그의 만남은 오늘 쫑파티까지였다.

어느새 시간이 20분이 훌쩍 흘러 있었다. 아무리 자신의 감정이 어지럽다고 해도 여긴 일을 마친 쫑파티 자리였으니 너무 오래 자리를 비울 수는 없었다.

라지는 다리에 힘을 주며 룸으로 터벅터벅 걸어갔다. 택주가 돌아간 룸에는 수한만이 혼자 남아있었다. 그녀가 들어가자 그는 어두운 얼굴로 그녀의 잔에 술을 채웠고 그녀는 그의 맞은편에 조용히 몸을 내렸다.

"한 잔 해요."

라지는 자신의 앞에 채워진 술잔을 들어 그와 가볍게 잔을 부딪쳤다.

평소 같으면 자리에 앉기도 전에 이런저런 화제로 입을 열 텐데 지금의 라지는 너무 조용했다. 결국 수한이 먼저 입을 열었다.

"그동안 고생 많았어요."

"고생은요…… 수한 씨가 고생했지."

"그 말 진심이에요? 목소리에 힘이 없는 것 같은데."

"진심이에요."

라지는 옅게 웃으며 잔을 비웠다. 진심을 담아 기분 좋게 말을 하고 싶은데 지금은 그럴 기분이 아니었다. 전부 정주아 때문이었다.

생각하고 싶지 않은데 자꾸만 수한이 주아에게 관심이 있는 건 아닌지 의심이 되었다. 관심이 없다면 비싼 목걸이를 사줄 이유가 없지 않은가.

그럼 난 뭘까?

그가 자신에게 사랑을 고백한 건 아니지만 소속사로 그녀를 찾아왔을 때 분명 관심이 있어서라고 했었고 지금까지 한결같이 자상하고 다정했다. 그래서 말만 안 했을 뿐이지 수한이 자신을 조금은 좋아하고 있을지도 모른다고 믿었다. 그래서 그와 작업을 하는 그 시간들이 너무 즐거웠고 행복했다. 그런데 그 믿음이 조금 전 수한이 주아에게 목걸이를 선물하는 순간 와장창 깨져버렸다.

말로는 아니라고 하면서 실은 연예인이 되고 싶었던 건 아닐까. 그래서 명함 잃어버렸다는 핑계로 소속사로 직접 찾아온 거고 말이다. 그것도 블랙퀸 팀장이 소속사를 방문하는 날로 잡아 눈에 띄려고 계획적으로 접근한 것일지도 모른다.

　이상한 상상을 하던 라지는 이내 고개를 절레절레 내저었다.

　연예인이 되고 싶었던 거면 이번 일만 하겠다고 하진 않았을 거야.

　분명 그는 자신의 일터로 돌아가겠다고 하지 않았던가. 계획적이라면 이렇게 좋은 기회를 마다할 리 없었다. 그건 아닌 듯했다.

　"무슨 생각해요?"

　"아…… 그냥 이것저것. 여기 참 비싸겠구나, 하는 생각도 하고."

　수한은 그녀의 빈 잔에 술을 채워주며 아랫입술을 지그시 깨물었다. 너무도 조용한 그녀에게 무슨 말을 꺼내야 좋을지 생각이 나지 않았다. 정주아에 대해 말을 하고 싶어도 말할 수 없었다. 그렇다고 거짓으로 둘러댈 상황도 아니었다. 목걸이를 준 걸 라지가 직접 보지 않았던가. 그녀의 마음이 많이 상했을지도 몰랐다.

　수한은 이대로 자리를 파하고 싶지 않았다.

　"한택주 씨는 돌아간 것 같더군요."

　"네……."

　"괜찮으면 라지 씨 얘기 좀 해봐요."

　"내 얘기요? 뜬금없이…… 무슨 얘기요?"

　"말 그대로 라지 씨 얘기요. 어렸을 때 얘기라든지, 아무거나."

　"그렇게 말하면 어디서부터 무슨 얘길 해야 할지 모르겠어요. 차라리 질문을 해줘요."

"음…… 전공이 동양화라고 했죠? 왜 동양화를 하게 됐어요?"

"그 이유를 알면 되게 시시하다고 생각할 텐데, 그래도 듣고 싶어요?"

"말해봐요."

"제가 어렸을 때 중국 영화를 참 좋아했거든요. 무협드라마 이런 거요. 거기 보면 풍경이 정말 동양적이잖아요. 안개가 살짝 깔린 강 위를 절정고수가 날아다니고 그런 거 보면서 한 폭의 그림 같다, 라고 생각했거든요. 아마 시작은 거기서부터지 싶어요."

라지는 수한의 얼굴을 흘끗 쳐다보더니 볼멘소리로 말했다.

"거봐요, 내가 시시해서 말 안 한다고 했잖아요."

"아직 아무 말도 안 했는데요."

"표정만 봐도 딱 알아요. 지금 괜히 물었다, 싶죠?"

"전혀요. 나하고 비슷해서 재밌다, 라고 생각했는데."

"거짓말."

"이제 보니 라지 씨 스스로가 부끄러워하는 거 같은데요? 무협을 좋아해서 동양화를 전공한 게 뭐 어때서요? 누구나 작은 동기로 결심하는 거 아닌가?"

"그런가……요?"

이 남자가 얘기하면 팥으로 메주로 만든다고 해도 믿을 것 같았다.

"적어도 난 그렇게 생각합니다. 하나도 시시하지 않으니 자신감 갖고 얘기해요."

"고마워요, 그렇게 말해줘서……."

이게 아닌데.

자신은 지금 정주아와 그녀 사이에서 어정쩡한 태도를 보이는 남자 때문에 기분이 유쾌하지 못한 상태였다. 그런데 그걸 잠시 잊어버리고 고맙다는 말을 해버리다니, 순식간에 속없는 여자가 된 것 같았다.

속상함이 밀려들려는 찰나 그의 말이 이어졌다.

"전 어려서부터 사진 찍는 걸 좋아했습니다. 정확히 얘기하자면 어머니가 사진 찍는 걸 좋아해서 자연스럽게 사진을 찍게 됐어요. 그래서 꿈도 사진작가가 꿈이었죠."

"아, 그럼 겨울미술관에 전시하던 사진이……."

"그건 돌아가신 어머니의 작품들이었어요. 사진전시회를 열어보는 게 꿈이셨는데…… 못 이루셨거든요."

"아……."

또다시 그의 비밀을 한 자락 들춰본 기분이 들었다. 하지만 그런 게 무슨 소용 있을까, 그의 진심이 어디로 향해 있는지 알지도 못하는데.

라지는 처지려는 기분을 억지로 끌어올렸다. 아무리 그가 섭섭해도 매니저가 돼서 마지막을 우울하게 보내게 할 순 없었다.

"그, 그나저나 이번 촬영하면서 놀랐어요. 처음이라면서 어쩜 그렇게 연기를 잘하는지……. 지켜보는 내가 다 놀랄 정도였다니까요?"

"그랬습니까? 하라는 대로 했을 뿐인데. 감독님이 잘 찍어주셔서 그렇게 보인 모양입니다."

"겸손도 중증이시네요. 내가 한택주랑 다니면서 얼마나 많은 CF를 찍어봤는데 그거 하나 모르겠어요? 수한 씨는 타고났어요.

말 한마디 없어도 눈에서 느껴지는 카리스마, 그런 게 있다고나 할까? 암튼 눈빛 연기가 짱이었어요."

"라지 씨가 잘했다고 하니 잘한 거겠죠."

"그럼요. 택주 CF 찍는 거 보면서 대충 이건 잘 되겠다, 이건 안되겠다 싶은 게 감이 파파팍 오거든요? 근데 이번 CF는 대박이에요. 분명 3부 분량 나가면 그다음 꺼 찍자는 소리 나올 겁니다. 백퍼."

술잔이 비자 그가 다시 잔을 채웠다.

"이제 촬영도 끝났고…… 라지 씨는 다시 한택주 씨 매니저로 돌아가는 겁니까?"

"그래야죠. 택주도 본격적으로 드라마 준비 들어가야 하고, 이것저것 할 게 많아요."

"힘들지 않아요? 그렇게 작은 몸으로."

"이것도 익숙해져서 그런지 힘들진 않아요. 바쁘니까 시간도 잘 가고요. 아, 시간이 너무 잘 가니 그건 좀 아쉽긴 해요. 하고 싶은 것들을 많이 놓치거든요."

"예를 들면 어떤 것들이요?"

"음…… 친구 생일에 못 가는 거? 그리고 부모님 생신 때, 특별한 기념일 등등 아! 바빠서 내 집 이사도 친구가 대신해준 적 있었어요. 시간 안 나서 애써 잡은 소개팅도 다 펑크 나고 암튼 말하자면 셀 수도 없어요."

마지막 소개팅 얘기는 일부러 꺼냈다. 주아에게 목걸이를 선물한 그가 괘씸했기에 소심한 복수라도 하고 싶었다. 아무도 알아주지 않는 라지만의 뒤끝 있는 말이었다.

"그거 하난 다행이군요. 시간이 안 나서 소개팅도 못했다는 거. 다른 남자가 라지 씨를 먼저 만났더라면…… 지금 내 앞엔 라지 씨가 없었을 수도 있겠네요."

"아마도…… 그랬더라면 애들 키우면서 편하게 살고 있겠죠?"

"처음으로 라지 씨 직업이 마음에 드네요."

라지는 수한의 옅은 미소를 의아하게 쳐다봤다.

왜 저런 소릴 하는 걸까? 사람 헷갈리게…….

순간순간 느낀다. 수한의 마음은 대체 어디를 향해 있는 걸까, 하고.

그녀에게 무척 잘해주다가도 이따금씩 비치는 차가운 표정들, 말투.

그래서 다가가기가 어렵다. 그의 얼굴만 봐도 가슴이 이렇게 떨리는데, 좋아한다고 고백하기가 무섭다.

라지는 투명한 잔에 담긴 호박색의 술을 내려다보며 어금니를 꼭 깨물었다.

'어차피 마지막 날이야. 해도 후회, 안 해도 후회할 거면 차라리 물어보는 게 나아!'

두려움을 무릅쓰고 라지는 결심을 굳혔다.

라지는 고개를 들고 눈에 힘을 주었다.

"수한 씨."

그가 고개를 들어 그녀와 시선을 마주했다.

"아까…… 왜 정주아 씨한테 목걸이…… 줬어요?"

말했다!

라지는 확실히 짚고 넘어가고 싶었다.

불행인지 다행인지 정주아란 이름에 그의 표정은 별 변화가 없었다.

"목걸이, 신경 쓰였습니까?"

그가 당연한 걸 물었다. 그렇다고 아니라고 할 수도 없고, 라지는 최대한 무표정하게 고개를 끄덕였다.

"조금요."

"큰 의미는 없었습니다. 정주아 씨가 촬영하면서 저 목걸이를 가지고 싶어 했고, 우연찮게 손에 들어와 선물하게 된 거니까요."

"그래도 그냥 선물하기엔 좀 비싼 거 아닌가?"

말을 뱉자마자 방금 전 말은 다시 주워 담고 싶어졌다. 마지막 말은 안 하는 게 좋았는데 말이다. 남이 얼마짜리를 선물하든 그게 자신하고 무슨 상관이라고, 너무 좀스럽게 보일 것 같아 쥐구멍에라도 들어가고 싶었다.

"그 이상의 값어치를 할 물건이라 비싸다고 생각지는 않습니다."

"그게 무슨 말이에요?"

띠링.

두 사람의 대화를 방해하며 그에게 문자가 들어왔다.

긴급.

문자를 본 그가 심각한 얼굴로 일어섰다.

"급한 일이라 잠시 통화 좀 하고 오겠습니다."

그가 룸에서 나갔다. 라지는 마지막 그의 대답이 참으로 애매하

340 신사의
유혹

다는 생각이 들었다. 딱딱한 말투에선 티끌만큼의 애정도 묻어나지 않았다. 정주아에게 목걸이를 준 이유는 정말 아무것도 아니라는 듯이 말이다.

대체 뭐가 진짜지?

나 이 남자한테 내 진심을 밝혀도 되는 걸까?

그녀는 휴대폰을 뚫어지게 바라보다 택주에게 전화를 걸었다. 아무것도 안 하고 있으니 그에게 뭐라도 묻고 싶었다. 긴 신호음에도 그는 전화를 받지 않았다.

아직 도착 안 했나?

라지는 다시 한 번 전화를 걸었다. 신호음이 끊기려는 찰나 통화가 연결되었다.

-왜 자꾸 전화야?

"숙소에 도착했어?"

-방금. 왜 전화했는데?

"택주야, 우리가 몇 년 우정이었지……?"

-새삼스레 우정 타령은. 15년 훌쩍 넘었지.

"15년이면 강산도 변한다는데, 우린 어째 그대로다, 그치?"

-서론이 왜 이렇게 길어? 본론부터 말해.

"너 7년 전에 걸그룹 천재이랑 사귈 뻔했던 거 기억나지?"

-언제적 애길 꺼내고 이래?

"암튼 그때 천재이 때문에 네가 나한테 상담 많이 받았었잖아. 기억 안 나?"

-기억나. 기억나니까 천재이 얘기 좀 그만해.

천재이는 택주의 첫사랑이었다. 그녀와 사귀기 위해 택주가 많은 노력을 했지만 결국 천재이는 소속사 대표와 열애설이 났고 그와도 끝장나 버렸다.

"그때 내가 엄청 도와줬잖아. 새벽마다 상담도 해주고."

─그래, 엄청 고마웠다. 됐냐?

"아니, 인사를 받으려고 한 말이 아니고…… 이번엔 네가 날 좀 도와줬으면 해서."

─뭘 도우면 되는데?

"그냥 내가 묻는 말에 솔직하게 대답만 해주면 돼."

─질문이 뭔데?

"나…… 여자로서 매력 없니?"

돌아오는 답이 없다.

라지는 전화가 끊어진 줄 알고 휴대폰 액정까지 확인했다.

"여보세요? 왜 말이 없어, 듣고 있어?"

─지성우한테 무슨 얘기 들었어?

"무슨 얘기?"

그제야 늦은 답이 튀어나왔다.

─못 들었으면 됐어. 그리고 너…… 매력 있어.

"뭐?"

─매력 넘친다고.

"정말? 말하기 귀찮아서 대충 대답하는 거 아냐?"

─귀찮아서 얼버무리는 거 아니고, 진짜, 진심이야. 너 매력 있고, 예뻐. 국민대표 상남자가 말해주는 거니까 믿어도 돼.

"그러니까 더 거짓말 같네. 내가 그렇게 매력 있고, 예뻤으면 예전의 넌 왜 나를 안 좋아했는데?"

신사의 유혹

－그러게, 병신같이, 왜 그걸 몰랐나 몰라.

너무 진지한 말투에 라지는 흠칫 놀랐다.

"농담으로 한 말인데, 왜 욕까지 하고 그래?"

－농담이 아니니까.

"뭐……?"

－너무 늦게 알아서 미안한데…… 그래도 거짓말 같은 내 말이 진심이라면, 나하고 사귈래?

5초간의 짧은 침묵. 그리고 이어지는 라지의 황당한 목소리.

"너, 넌 무슨 농담을 그렇게 리얼하게 하니? 진짠 줄 알았잖아."

－농담 같아?

"그럼 그게 농담이지, 진담이냐? 솔직히 말해, 너 대본연습하고 있는 거지?"

수화기 너머 택주의 웃음소리가 울려 퍼졌다.

－됐다! 전화 들어오니까 끊어.

철컥, 전화가 끊어졌다. 라지는 차가운 물세례를 받은 것처럼 기분이 얼떨떨해졌다. 농담이 분명한데 농담처럼 들리지 않으니 기분이 묘했다.

에이, 괜히 전화했어.

라지는 다시 잔을 채워 입속으로 술을 부은 뒤 놀란 가슴을 진정시켰다. 그때 문이 열리고 수한이 들어왔다.

"미안해요, 급한 전화라."

"괜찮아요."

수한은 방금 전 형도와 통화를 했다. 목걸이에서 실시간으로 촬영되고 있는 영상이 너무 충격적이라 연락을 취해온 것이다.

엄청난 사건을 잡았으니 아마 이 목걸이에 찍힌 영상만으로도 정주아의 연예계 생활은 종지부를 찍을 게 확실했다. 더불어 이 사건도 막바지를 향하고 있었다. 이제 이 여자만 차갑게 내치면 모든 일이 끝이 나는 거였다. 그게 시나리오의 마지막이었다.

그가 심각한 얼굴로 입을 다물더니 술잔을 빙글빙글 돌렸다.

짧은 휴식을 가졌음에도 두 사람은 조금 전 얘기를 이어가는 듯 무거운 분위기를 조성했다.

어느 한 사람도 먼저 입을 열지 않았고 침묵이 길어졌다.

라지는 용기를 내기 위해 술을 단박에 들이켰다. 그리고 그를 향해 시선을 똑바로 마주했다.

"돌려 말하는 거 싫으니까 단도직입적으로 물을게요. 저요, 수한 씨 마음이 궁금해요."

말했다! 한 번 입을 튼 그녀는 더욱 용기를 내 다음 말을 이어 갔다.

"입으로는 나한테 관심이 있다고 해놓고선 정주아 씨한테 목걸이까지 주고…… 그 행동은 어떻게 받아들이면 좋을까요? 정말 내가 아무렇지도 않을 거라고 생각했어요? 나도 여자예요. 눈앞에서 내가 좋아하는 남자가 다른 여자한테 목걸이를 주는데 저건 아무 의미도 없는 단순한 선물일 거야, 라고 생각할 여자가 있는 줄 아세요? 머릿속으로 아무리 진정해라, 저건 아무것도 아니다 생각을 해도 안 되는데, 자꾸 그 목걸이만 생각나는데 어쩌라고요. 속 좁은 여자가 되기 싫어서 억지로 웃고 있어도 실은 화가 나고 짜증이 나는 걸 어떡하라고요? 저 수한 씨 좋아해요! 좋아해서 이런 기분이 들고, 이런 기분이 들어서 짜증도 나고 후회도 돼요."

너무 속 시원히 털어놓은 탓일까? 감정에 북받쳐 눈물이 주책없이 흘렀다. 라지는 급하게 손등으로 눈물을 닦아내며 중얼거렸다.

"아씨, 눈물은 왜 나오고 난리람. 오해하지 마세요. 이건 수한 씨 때문이 아니라 나 때문에 나는 눈물이니까. 너무 억울해서, 나 혼자 이런 생쑈하는 게 우습고 분해서 그런 거니까."

라지는 눈을 질끈 감으며 자리에서 일어났다. 이런 기분으로는 도저히 그의 앞에 앉아 있을 수가 없었다. 자신의 감정이 너무 흥분 상태라 침착하게 그의 애기를 듣고 있을 수가 없었다. 게다가 바보같이 그 앞에서 울어버렸다. 어린애처럼 감정조절도 못 하고 말이다. 창피해서라도 이 자리를 벗어나고 싶었다. 그의 진심이 뭔지는 몰라도 이런 기분으로는 들을 준비가 전혀 되어 있지 않았다.

"나중에 얘기해요, 저 먼저 일어날게요."

라지는 일분일초라도 이곳을 빨리 빠져나가고 싶어 말이 끝나기가 무섭게 몸을 돌려 문을 박차고 나갔다. 하지만 그녀는 몇 걸음도 가지 못해 그의 손에 붙들렸고 그와 다시 마주하게 되었다.

"이렇게 가는 법이 어딨습니까?"

이런 상황에서도 침착한 그의 말투. 대체 그는 흥분이란 걸 하는 사람이 맞을까? 라지 혼자만 흥분한 것 같아 더 창피했다.

"이것 놔주세요. 지금은 말할 기분이 아니에요."

"라지 씨!"

"아무 말도 듣고 싶지 않아요."

"아니, 내 말 들어!"

항상 차분하던 그가 언성을 높이니 놀라지 않을 수 없었다. 라지는 너무 놀라 움직이던 동작도 멈추고 그의 얼굴을 빤히 쳐다봤다. 그녀를 내려다보는 그의 눈빛은 말로 표현하기 힘든 미묘한 감정이 들어 있었다. 자신의 감정에 분해하면서도 무언가를 잡고 싶어 하는 절박한 심정이 묻어 있었다.

"지금은 모든 걸 터놓고 밝히지 못하지만, 안 그래야지 하면서도 어느새 라지 씨가 뭘 하는지 쳐다보고 있고, 다른 업무를 보면서도 문득문득 라지 씨가 뭘 하고 있는지 궁금해졌습니다. 이런 감정을 좋아한다는 말로 표현하지 못한다면 달리 설명할 길이 없겠죠. 그래도 인정하고 싶지 않았습니다. 태어나 한 번도 이런 감정을 가져 본 적이 없었기에…… 인정할 수가 없었습니다. 누군가에게 소속되면 내 모든 걸 밝혀야 하는데, 난 그럴 자신이 없거든요. 그럼에도 불구하고 이 말을 하는 이유는, 어쩌면, 이란 물음표가 생겼기 때문입니다. 어쩌면…… 내 모든 걸 밝힐 수도 있겠구나. 어쩌면 나도 불가능하다고 단정 지었던 것을 뛰어넘을 수 있겠구나. 어쩌면…… 나도 돌아갈 곳이 생길지도 모르겠구나 하는……."

그가 잠시 숨을 고르더니 이내 조금 더 침착해진 목소리로 입을 열었다.

"내 행동이 애매모호했다면 그건 내 잘못이 맞습니다. 하지만 거기엔 나름의 이유가 있음을 밝혀두는 바이고, 정주아 씨와는 결단코 아무 감정이 없습니다. 나중에 다 밝힐 테니 그냥 날 믿어주면 안 되겠습니까?"

라지는 머리가 어지러웠다.

지금 대체 무슨 일이 벌어지고 있는 걸까?

눈으로 보고 귀로 듣고 있으면서도 지금의 상황이 쉽게 받아들여지지지 않았다.

그러니까, 이 남자가 날 좋아한다…… 그 말인가?

너무나 듣고 싶었던 말. 그런데 왜라는 의문이 뒤따랐다. 그가 좋다고 하면 무조건 좋아서 펄쩍 뛸 줄 알았는데 막상 좋아한다는 말을 듣고 보니 쉽사리 이해가 가지 않았다. 또한 밝힐 수 없다는 건 뭐고 인정할 수 없다는 건 뭐란 말인가.

"지, 지금은 뭐가 뭔지 모르겠어요. 돌아가서 생각 좀 하고……."

라지가 도망갈 핑계를 대려는 순간 그의 손이 그녀의 목을 끌어당겼다. 그리고 뜨거운 욕망을 담아 그녀의 입술을 두드렸다. 라지의 입술이 만개한 꽃처럼 스르륵 벌어졌고 그의 혀가 그녀의 입술을 가르고 들어왔다. 그의 입술은 차분한 성격과 달리 너무나 뜨거웠다.

짙은 키스가 길게 이어졌고 마침내 입술을 떼어낸 그가 그녀를 향해 낮게 읊조렸다.

"좋아한다고 말해. 그 소리 못 들으면 미쳐버릴지도 모르니까."

"좋아……해요."

수한의 입이 아름답게 호를 그리며 올라갔고 그 모습을 넋 놓고 보던 라지는 다시금 그의 침략을 받아야만 했다. 길고 긴 키스가 또다시 이어졌고 이번에는 라지도 적극적으로 대응했다.

처음으로 해보는 키스. 영화에서, 또는 택주의 촬영장에서 남녀 간의 키스 장면을 본 적 있지만 이렇듯 직접적으로 해본 건 처음이었다.

더구나 이렇게 사람들이 다니는 개방된 복도에서 하게 될 줄은 꿈에도 상상 못했다. 그런데 더 신기한 건 전혀 창피하지가 않다는 거였다. 그의 입술이 그녀의 입술을 탐하는 데도 키스가 오래오래 지속했으면 싶은 마음뿐이었다.

태어나 처음으로 느껴본 짜릿한 기분과 구름 위를 나는 듯한 이 느낌은 말로 표현하기 힘들었다. 이게 꿈이라면 제발 깨지 않기를 라지는 빌었다.

✛

목걸이를 선물로 받고 룸으로 돌아온 주아는 기분이 날아갈 듯 가벼웠다. 눈엣가시였던 라지를 제대로 짓누르고 승리를 거머쥐었으니 어찌 기쁘지 않겠는가? 그녀는 절로 벌어지는 입가를 자제하지 못하고 같이 한 여자들에게 미소를 뿌렸다.

"다들 준비됐니? 곧 올라오신다니까 일어서."

주아의 말에 여자들이 전부 일어섰다. 곧 문이 열리고 정장을 입은 40대 후반의 중년 남자 네 명이 차례로 들어왔다.

"반갑습니다. 정주압니다."

주아가 공손히 인사를 하자 선두에 서 있는 정호가 뒤를 돌아보며 굵직한 음성으로 덧붙였다.

"다들 알지? 국민 여배우 정주아 씨."

그의 말에 뒤에 선 남자들이 고개를 끄덕이며 자리에 착석했다. 일반인이라면 유명 연예인이라고 막 달려들어 악수라도 청할 텐데, 이들은 달랐다. 그녀를 걸쭉한 눈길로 쳐다볼 뿐 거만한 태도를 유지했다. 그래도 주아는 싫은 내색을 할 수 없었다. 이런 부류의 사람들이야말로 자신을 최고에 오를 수 있도록 만들어준 장본인이니까 말이다.

그녀는 방긋 웃으며 뒤에 선 여자들을 가리키며 소개에 들어갔다.

"이쪽은 요새 뜨고 있는 영화배우 황유리예요. 그리고 이쪽은 신인 모델 조희영, 이쪽은 데뷔 앞두고 있는 배우 문소영."

"안녕하세요!"

유리와 희영, 소영이 힘차게 인사하자 거만하게 앉아 있던 남자들이 흐뭇한 미소를 지었다.

"다들 몇 살?"

"유리는 27살이고, 희영이는 22살, 소영이는 이제 20살이에요. 어머, 그러고 보니 제가 나이가 제일 많네요? 다음부턴 제가 빠지고 다른 아이를 데려와야겠네요. 어르신들 흥 깨질라."

그녀의 유쾌한 말투에 남자들이 처음으로 소리 내어 웃었다. 그때 노크와 함께 직원이 들어와 술과 안주를 테이블에 채우고 사라졌다.

정호가 기다렸다는 듯 주아에게 말했다.

"준비한 거 돌려봐."

그의 말에 주아는 문부터 잠갔다. 그리고 직원이 가져다놓은 양주를 잔에 머릿수대로 채운 뒤 가방에서 하얀 가루가 든 봉지를 꺼내 잔마다 뿌렸다. 주아의 옆에 선 소영이 잔을 받아들며 조용히 물었다.

"뭘 뿌린 거예요, 언니?"

"독약 아니니까 안심하고 마셔. 마시면 기분 좋아지고 시간도 금방 지나가."

정호가 자리에서 일어나 건배를 외치자 다들 하얀 가루가 뿌려진 술잔을 깨끗하게 비웠다.

"약 기운 돌 동안 막내가 분위기도 띄울 겸 노래 하나 뽑아 봐."

정호의 명에 주아는 냉큼 소영의 등짝을 밀며 널찍하게 비워진 공간으로 내보냈다. 얼떨떨하던 소영은 이내 최신곡 하나를 선택해 춤까지 곁들여 노래를 불렀다. 신나는 노래 덕에 분위기가 한층 부드러워졌다.

"정주아 씨는 내 옆으로 오고 나머지는 알아서 제자리 찾아서 앉아봐."

노래가 끝나고 정호가 명령을 내리자 유리와 희영이 알아서 자리를 찾아 남자들의 옆에 엉덩이를 내렸다. 제일 어린 소영은 짓궂은 남자가 걸린 탓에 소파에 엉덩이를 내리지 못하고 다른 요구를 들어야만 했다.

"소영이라고 그랬나? 난 이딴 안주보다 우리 소영이가 안주가 돼줬으면 하는데. 테이블 위에 누워봐."

놀란 소영이 주아를 쳐다봤다. 주아는 무리한 남자의 요구에 그들을 여기로 데려온 정호에게 구원의 눈빛을 보냈다. 하지만 정호는 그들의 편이 아니었다. 도리어 주아에게 눈치를 주며 말했다.

"이런 일 하려고 온 거 아니었어? 이런 식이면 재미없지. 안 그래?"

주아는 어쩔 수 없이 소영에게 하얀 가루를 뿌린 술을 한 잔 더 먹였다. 싫어도 거부할 수 있는 자리가 아니었다. 남자의 요구를 들어주지 않으면 무슨 불이익이 돌아올지 몰랐다.

주아는 재빨리 테이블 위에 빈자리를 마련하고는 그녀를 눕혔다.

"에헤이, 포장지로 둘러싸여 있으면 그 속에 뭐가 들어 있는지 알 수가 없잖아. 정주아 씨, 내 말뜻, 알지?"

주아는 벌벌 떠는 소영의 옷을 남김없이 벗겨 냈다. 그제야 짓궂은 남성의 얼굴이 환하게 밝아졌다.

"옳지! 이래야 술맛이 제대로 나지."

그는 술잔을 단박에 비운 뒤 안주를 먹듯 소영의 가슴을 한입 가득 베어 물고는 유두를 앞니로 잘근잘근 가볍게 씹었다.

"읏……."

소영이 신음했지만 그녀를 구해줄 사람은 아무도 없었다. 주아는 일어서서 노래 한 곡을 더 뽑았고 그 사이 짓궂은 남자는 소영의 가슴을 계속해서 탐했다. 한참을 가슴을 가지고 놀던 남자는 손을 뻗어 소영의 음모 사이로 들어갔다. 소영이 남자의 손을 반사적으로 잡자 남자가 소영의 귓가에 속삭였다.

"CF 하나 줄게. 그러니까 아가, 다리 벌리고 날 즐겁게 해봐. 그럼 더 큰 것도 생각해볼 테니."

남자의 말은 힘이 있었다. 소영은 남자의 손을 막았던 손을 천천히 치웠다. 그리고 남자가 원하는 대로 다리도 벌려주었다. 남자의 손가락이 그녀의 중심을 꿰뚫고 들어왔다. 그런데 신기하게도 점점 기분이 좋아졌다. 주아가 말한 대로 소영은 찡그렸던 인상을 펴고 대담하게 신음하며 웃음을 터트렸다. 뿐만 아니라 남자의 손길에 장단을 맞추듯 엉덩이도 들썩이며 리듬까지 탔다.

소영만 그런 것이 아니었다. 유리도, 희영도 알아서 옷을 벗었고 순식간에 룸 안에 있던 남녀는 알몸이 되었다.

주아도 마찬가지였다. 팬티를 벗어던지며 정호의 다리 사이에 무릎을 꿇고 앉았다. 그리고 정호의 페니스를 붙잡고 손으로 주물럭거리다 이내 입으로 가져갔다. 꿈틀거리는 남성을 입에 머금은 그녀는 능숙한 혀놀림으로 그의 물건을 자극했다. 그가 신음하며 그녀의 머리통을 잡고 엉덩이를 움직였다. 목젖까지 파고드는 그의 페니스에 당황하는 것도 잠시, 주아는 입꼬리를 올리며 일어섰다. 그녀는 그대로 테이블에 엉덩이를 걸치고 다리를 활짝 벌리더니 정호에게 검지를 까딱거렸다.

"컴온."

그녀의 유혹에 정호는 그대로 그녀의 다리 사이에 얼굴을 파묻었다. 여성의 중심을 혀로 가르자 그녀의 엉덩이가 절로 들썩거렸다. 그는 그녀의 다리를 더욱 벌리며 혀를 집어넣었다.

"아앙!"

커진 그녀의 신음만큼이나 그의 기분도 상승했다. 그는 터질 듯 부푼 그의 남성을 참지 못하고 자리에서 일어나 그대로 그녀의 중심으로 돌진했다. 마찰음과 함께 그녀의 몸이 뒤로 밀려났다.

"아훗! 앗!"

정호는 주아의 엉덩이가 더 이상 밀려나지 않도록 허벅지를 양손으로 붙잡고 있는 힘껏 피스톤운동을 실행했다.

주아는 끔찍하게 짜릿한 기분을 맛보며 주변을 둘러봤다. 이쪽 저쪽 제각각 붙은 남녀가 자신처럼 섹스를 하느라 정신이 없었다. 막내 소영까지 남자의 위에 올라타 정신없이 엉덩이를 흔들고 있었다.

주아는 게걸스럽게 자신을 탐하는 정호를 바라보며 깔깔대며 웃었다. 그리고 자신의 목에서 반짝거리며 흔들리는 아름다운 목걸이를 내려다보며 다시 한 번 웃었다. 모든 것이 자신을 중심으로 흘러가고 있었다. 돈도, 사랑도, 명예도. 단 하나도 놓칠 수 없었다. 그리고 그녀는 자신이 원하는 대로 모든 것을 손에 넣었다.

"아아앙…… 아핫!"

주아는 더욱 크게 신음했다. 다른 애들의 신음에 뒤처지지 않으려는 듯 그녀는 있는 힘껏 소리를 지르며 정호를 받아들였다.

그렇게 시작된 섹스는 쉽게 끝나지 않았다. 질펀한 첫 번째 섹스가 끝이 나자 사람들은 다시 술을 들이켜며 약을 했고, 파트너를 바꿔 두 번째 섹스파티를 벌였다. 그리고 파트너를 전부 돌아가며 섹스를 끝난 뒤에야 기분 좋게 파티를 끝내고 룸을 비웠다.

언제나 그렇듯 흔적은 없었다. CCTV가 없는 비밀통로로 안내되어 은밀히 차들이 빠져나갔고 룸은 직원들의 손에 의해 깨끗이 치워졌으니 말이다.

Chapter 9.
뿌린 대로 결실

라지는 고단한 몸에도 이른 아침부터 눈이 떠졌다. 가늘게 뜬 그녀의 시야 사이로 그의 옆모습이 보였다. 그녀는 손을 뻗어 그의 뺨을 건드렸다. 꿈이 아니라 현실이었다. 그녀의 얼굴이 홍당무처럼 붉어졌다.

어젯밤, 그와 극적으로 키스를 나누었다. 그리고 그대로 그의 호텔로 왔고 격한 사랑을 나누기에 이르렀다. 자신이 그렇게 대담하게 그를 받아들일 줄 꿈에도 몰랐다. 스스로도 놀라웠다.

행복해…….

어제까지만 해도 엉망진창인 마음 때문에 어떻게 추슬러야 할지 힘들었었다. 물론 아직 정주아에게 목걸이를 준 이유는 듣지 못했지만 확실한 건 그가 그녀에게 관심이 있어 준 건 아니라는 사실이었다. 그래서 라지는 그를 믿어주기로 했다. 겨울미술관에서 처음 만났을 때, 자신의 엄마가 찍은 사진을 물끄러미 바라보던 그 진지한 눈빛은 거짓을 말할 리가 없으니까.

이렇게 먹구름이 걷히고 나니 하늘을 날아오를 것 같은 행복이 찾아왔다. 그가 자신이 말하지 못했던 것들은 하나씩 천천히 밝히겠다고 했으니 그때까지 그를 믿고 따르는 수밖에.

라지는 믿어지지 않는 현실에 입술을 늘이며 그의 콧대를, 그리고 그의 입술을 가볍게 터치했다. 그의 입술에 손가락이 닿자 그가 입술을 스르륵 벌리며 굳게 닫았던 눈을 떴다.

"유혹하는 겁니까?"

그의 말에 라지의 얼굴이 붉게 물들었다.

"유, 유혹은 수한 씨가 했잖아요!"

그가 씨익 웃으며 몸을 일으키자 운동으로 단련된 탄탄한 가슴이 드러났다. 부끄러움에 라지가 눈을 돌리자 그가 가벼운 미소를 머금은 채 옆에 놓인 가운을 걸쳤다.

"배 안 고파요? 브런치 먹으러 갑시다."

"지금요?"

"지금 안 가면, 다시 잘까요?"

"아, 아뇨! 가요, 가!"

그녀가 이불로 몸을 돌돌 말아 욕실로 콩콩 뛰어갔다.

"씻고 나올 테니 들어오면 안 돼요!"

"들어와 달라는 말로 들리는데요?"

"농담 아니거든요!"

쾅, 욕실 문이 닫혔다.

수한은 주방으로 걸어가며 옅은 미소를 지었다.

계속해서 방황했다. 그녀를 놓을지 잡을지 그 경계선에 서서 끊임없이 생각하고 망설였다. 하지만 어제 그녀의 눈물을 보는 순간 깨달았다. 이 여자를 잡아야 한다는 것을, 그리고 자신도 그녀를 원한다는 사실을.

그녀와 보낸 두 번째 밤. 첫 번째는 기억이 없어 몰랐지만 어젯밤 그녀를 안으면서 느꼈다. 처음 그녀를 안았던 게 단순한 충동 때문만은 아니었다는 것을 말이다. 그의 마음도 그녀를 향하고 있었던 것이다. 일이 진행될수록 불안감도 더해갔다. 그녀와 끝이 날지도 모른다는 두려움도 내내 떠나지 않았다. 그녀를 놓치면 평생 후회할 것도 같았다. 그리고 그런 실수는 하고 싶지 않았다.

그녀의 눈물이 그의 결심을 굳히게 만들었다. 결정을 내리는 순간 마음이 깃털처럼 가뿐해졌다. 동시에 그 동안 벌여왔던 일을 정리해야겠다는 생각도 들었다.

모든 일이 정리되는 순간 그녀에게 고백할 것이다. 그가 살아왔던 그동안의 일들을. 그녀라면 분명 이해해 줄 것이다.

모든 준비를 마친 수한은 그녀와 브런치를 먹고 그녀를 집까지 데려다준 뒤 사무실로 출근했다. 아니나 다를까 형도를 비롯한 직원들이 걱정스러운 얼굴로 그를 맞았다.

"대표님! 전화는 왜 꺼놓으신 겁니까, 걱정했잖습니까?"

"배터리가 다 됐더군요. 일단 회의부터 시작하죠."

그의 말에 사람들이 일사불란하게 회의실로 모였다. 사람들이 자리에 착석하자 형도가 스크린에 동영상을 띄우며 입을 열었다.

"어제 정주아가 차고 있던 목걸이의 소형카메라가 찍은 동영상입니다. 보다시피 마약을 돌려 마시고 여배우들을 접대시키는 것도 모자라 그룹섹스를 하는 동영상이죠. 너무 적나라한 관계로 확

신사의
유혹

인은 일단 저 혼자만 끝냈습니다."

그때 준상이 일어나 두꺼운 검은색 장부를 들어 보였다.

"정주아의 집에서 찾아낸 문일중 대표의 이중장부입니다. 뿐만 아니라 그간 정주아의 몰상식한 행위에 대한 자료들도 모아놨습니다."

전화를 받느라 뒤늦게 들어온 수정이 활짝 웃으며 말했다.

"정주아 쪽에 붙였던 가사도우미에게 연락이 왔는데요. 조금 전 정주아가 한택주와 헤어질 거라고 했답니다."

"가사도우미 어제까지 일한다고 그러지 않았나?"

"후임 구할 때까지만 봐달라고 해서 며칠 연장하기로 했답니다. 매니저분과 얘기하는 걸 들었다고 하니 제대로 된 정보일 것 같습니다."

형도가 수한을 보며 난처한 표정을 지었다.

"대표님, 정주아가 먼저 헤어지자고 하면 곤란한 거 아닙니까?"

수한은 짧은 침묵 후 입을 뗐다.

"차라리 잘됐습니다. 한택주가 정주아를 버리면 이번 비리가 그 때문에 벌어진 괴로움의 결과물이라고 치부될 수도 있습니다. 문일중 대표가 바라는 건 정주아의 파멸입니다. 국민들의 동정은 정주아의 죄를 가볍게 만들어줄 뿐입니다."

"아아……."

"진 비서님, 지금 즉시 모든 자료와 장부를 들고 문일중 대표를 만나십시오. 의뢰금은 이미 준비했을 테니 바로 받을 수 있을 겁니다. 그리고 방금 제가 했던 말을 그대로 전하세요. 아무것도 몰랐던 한택주도 정주아에게 속았던 시나리오라면, 정주아의 악행은

구제받을 길이 없어질 겁니다."

형도가 밝은 얼굴로 자리에서 일어났다.

"옙! 지금 바로 가보겠습니다. 수정 씨, 연락부터 넣어줘."

"네!"

사람들이 바쁘게 움직이며 회의실에서 나갔다.

수한은 자신의 직무실로 돌아와 사무의자에 몸을 내렸다. 밖에서는 직원들이 정신없이 움직이고 있었지만 지금의 그는 평온하기만 했다.

✦

"우리 헤어져."

이른 아침부터 찾아와 대뜸 한다는 소리가 바로 헤어지자는 소리였다. 택주는 주아의 뻔뻔한 얼굴을 보며 심드렁하게 고개를 끄덕거렸다.

"그러든가."

택주의 성의 없는 대답에 주아의 고운 이마가 단박에 일그러졌다.

"이것 봐, 싫든 좋든 그래도 공식 연인 사이였는데 헤어지자는 소리에 어떻게 왜냐는 질문 한 번 없이 그러제?"

"어차피 헤어질 사이였는데 그게 언제가 됐든 무슨 상관이야? 헤어질 때 쿨하게 헤어지기로 처음부터 약속했었잖아."

주아는 코끝을 실룩대다 소파 등받이에 몸을 기대며 다리를 꼬았다.

"어쩜 처음부터 지금까지 택주 씨는 한결같네. 좋아, 쿨하게 굴자고. 나도 택주 씨한테 이제 미련 없어. 그러니까 이 시간 이후로 공식적으로 헤어진 걸로 해. 이유는…… 택주 씨의 외도?"

"내 이미지 때문에 너랑 지금까지 참았는데 그건 안 되지. 차라리 네 외도로 해."

"어머, 여배우 이미지에 금 가게 무슨 그런 무서운 말씀?"

"그럼 다른 이유로 해. 서로 이미지 타격 가지 않게. 차라리 공식발표 없이 서로 바쁘게 지내다 소원해진 걸로 하든가."

"그건 곤란해. 택주 씨만 나한테 관심 없지, 다른 남자들은 날 가지지 못해서 안달이거든. 택주 씨 때문에 내 발목이 잡히면 곤란하지."

"벌써 딴 놈 생긴 거냐?"

"왜, 새삼 내가 아깝니?"

"설마. 고맙다는 인사 좀 하고 싶어서."

"치, 질투하는 거면 솔직하게 질투한다고 해. 애처럼 그게 무슨 말이야?"

"정차순, 이제 와 하는 말이지만 너 자뻑이 너무 심해. 그거 안 고치면 네 외모에 반한 남자들 금방 질려서 도망간다."

"충고는 걸러서 들을게. 어쨌든 이걸로 우리 관계는 끝이야. 기자들한테는 내가 서로 이미지 타격 가지 않는 선에서 잘 말할게."

주아는 자리에서 일어나 택주를 향해 손을 내밀었다.

"작별 인사는 해야지?"

그녀의 말에 택주도 자리에서 일어나 그녀의 손을 맞잡았다.

"잘 지내."

"택주 씨도. 아! 헤어지는 김에 한 가지만 고백할게. 나 그동안 도매니저 질투했었어. 못할 말도 하고, 해선 안 될 짓도 했지만…… 전부 자기 때문에 일어난 일이니까 사과는 안 할래."

택주의 얼굴이 단박에 굳어졌다. 그걸 본 주아는 튀어나오려는 웃음을 억지로 참으며 핸드백을 집어 들었다.

"그럼 난 이만 가볼게. 잘 살아."

주아는 비릿한 미소와 함께 차에 올랐다. 그리고 그새 잠들어버린 우석을 깨워 차를 출발시켰다.

지잉.

발신번호도 없는 전화였다.

"여보세요?"

ㅡ나야, 문일중.

주아는 휘둥그레진 눈으로 휴대폰을 쳐다봤다.

"우리가 사적으로 통화할 일이 남았나?"

ㅡ큭큭, 그래, 그렇게 나와야지 재밌지.

뭐야, 이 인간이 미쳤나? 능글맞게 웃고 지랄이야.

"무슨 일로 전화했어? 나한테 연락하면 내가 이중장부 경찰에 넘긴다고 말했을 텐데."

ㅡ아아, 진정해. 마지막으로 하고 싶은 말이 있어서 전화한 거니까.

마지막이라는 말에 주아는 인내심을 발휘하며 목소리를 깔았다.

"무슨 말인데? 시간 없으니까 빨리 해."

ㅡ너 말이야. 나한테 사랑했다고 한 거, 나 이용하려고 한 거짓말이었냐?

"참나, 그럼 거짓말이지, 그게 진심이겠어? 이것 봐, 문일중 대표님. 나처럼 완벽한 여자가 뭐가 아쉬워 키 작고 배 튀어나온 중년 아저씨를 사랑하겠어? 주제를 아셔야지, 그나마 노총각이라 덜 찜찜하긴 했지만 그래도 거기까지야. 그쪽이랑 침대 위를 뒹굴 때마다 몰래 화장실 가서 구역질할 정도였으니까."

─……그래. 고맙다.

이게 진짜 미쳤나, 뭐가 고맙다는 거야?

주아가 의문을 품을 찰나 그가 다시 말을 이어갔다.

─역시 전화해보길 잘했네, 내 결심을 굳히게 만들어줘 고맙다. 앞으로 건투를 빈다, 정주아.

"그쪽이 건투 안 빌어도 잘 살 거거든? 앞으로 연락하지 마!"

철컥.

주아는 끊어진 전화를 내려다보며 입을 비죽였다.

"기분 되게 묘하네? 건투를 빌다니, 무슨 말이야?"

"누구랑 통화한 거야?"

"문일중 대표."

"대표님이 왜?"

"몰라. 술 처먹고 전화한 모양이지."

주아의 거친 말투에 우석이 고개를 절레절레 흔들며 물었다.

"근데 한택주는 왜 만난 건데?"

"이별 통보할 거라고 말했잖아."

"진짜? 진짜야?"

"그럼 가짜로 헤어지자고 말하는 사람도 있어?"

"지성운가 뭔가 하는 신인 때문에?"

"아니라고는 못해. 그래도 완전 지성우 때문은 아냐. 한택주 그 놈이 날 개무시한 건 사실이잖아? 오빠도 알다시피 그동안 나 많이 노력했어. 하지만 그놈은 내 진심에 콧방귀만 뀌었어. 저나 나나 똑같이 탑연예인인데 뭐가 잘났다고 혼자 도도한 척인지. 이제 그딴 놈 필요 없어. 저보다 훨씬 멋진 남자랑 잘 살 테니까 두고 보라지."

"그래도 몇 년을 공들였는데……."

"됐어! 이제 미련 없어. 솔직히 지금까지 한택주가 제일 멋있었어. 그래서 놓치고 싶지 않았고. 근데 이젠 아니잖아? 그러니 붙잡고 늘어질 이유가 없지."

"기자들 금방 냄새 맡을 텐데, 공식발표는 언제 할 거야?"

"안 그래도 스마일스타 최 기자 불렀어."

"최 기자? 박쥐같이 여기 붙었다 저기 붙었다 하는 남자 기자?"

"박쥐 같긴 해도 사람 비위 하나는 잘 맞춰. 기사도 내가 원하는 대로 써주고."

"그건 그렇지만…… 뭐라고 흘릴 건데?"

"뭐, 똑같지. 공식 행사장에서나 잠깐 얼굴 볼 정도로 서로 시간이 안 맞아서 안 만난 지 좀 됐다고. 서로 연인보다는 친구 사이가 나을 것 같아 친구로 남기로 했다, 요렇게?"

"음, 무난하네."

"은근슬쩍 오빠한테 물어보는 기자들도 있을 거야. 그러니까 알아서 잘 둘러대. 이번 일로 우리 둘 다 이미지 타격 가면 곤란하니까."

"이런 일 한두 번 하나? 걱정을 하덜덜 마셔."

"알면 됐어. 나 피곤하니까 도착하면 깨워."

주아는 안대를 쓰며 몸을 등받이에 묻었다. 몸은 피로해도 기분은 그 어느 때보다 최고였다. 모든 일이 자신이 원하는 대로 순조롭게 돌아가고 있었기 때문이다.

이제 새로운 드라마와 CF를 찍으며 지성우와 함께 전국 여자들이 부러워할 연애만 하면 되는 것이다. 불안하다 싶을 정도로 모든 일이 척척 진행되고 있었다.

주아는 화보 촬영 때문에 역삼동에 있는 뷰티숍으로 향했다. 그곳에서 메이크업한 후 근처 스튜디오로 가 다음 시즌에 나올 의류 화보를 촬영했다. 늦은 오후가 되어서야 화보 촬영은 끝이 났고 주아는 소속사에 볼일이 있어 그쪽으로 방향을 틀었다.

"어? 저 사람들 뭐야?"

소속사 근처에 당도한 우석의 눈이 휘둥그레졌다. 그 소리에 주아가 안대를 빼며 몸을 일으켰다.

"사람들이라니?"

"저기 봐봐. 기자들 같은데?"

"기자들?"

"어? 경찰차도 있네?"

창문에 붙은 블라인드를 올려 밖을 내다본 주아가 고개를 갸우뚱거렸다. 진짜 많은 사람들이 소속사 건물 입구 앞에 모여 있었다. 커다란 스캔들이 터지지 않고서야 이렇게 모이는 건 굉장히 드문 일이었다.

"저게 다 뭐야? 무슨 일 터졌나?"

의문을 가지려는 찰나 그녀의 차를 알아본 기자들이 밴으로 우르르 몰려들었다. 놀란 주아는 후다닥 블라인드를 내리며 우석에게 소리쳤다.

"오빠, 이게 뭐야? 오늘 무슨 날이야? 제작발표회도 아닌데 왜 이래?"

"난들 아냐? 이거 왜들 이러는 거야?"

주아는 서둘러 휴대폰을 꺼내 소속사 대표에게 전화를 걸며 우석에게 소리쳤다.

"지하주차장으로 들어가!"

"사람들이 앞에 서 있는데 어떻게?"

"그냥 밀고 들어가! 알아서 비키겠지! 아씨, 민 대표는 왜 이렇게 전화 안 받는 거야!"

우석이 가속페달을 밟으며 차를 움직이려 하는 순간 경찰이 앞을 가로막았다. 놀란 그가 브레이크를 급하게 밟자 경찰이 문을 두드렸다.

"정주아 씨, 차에서 내리세요."

경찰의 말에 주아가 화들짝 놀라 우석의 어깨를 잡아당겼다.

"오빠! 경찰이 나보고 내리라고 한 거 맞지? 왜? 경찰이 날 왜 찾아왔지?"

우석이 입을 벙긋하려는 찰나 경찰이 다시 문을 두드렸다.

"정주아 씨, 빨리 내리세요!"

불안감에 주아는 진땀까지 났다.

"오빠, 나 어떡하지? 내려야 해?"

"민 대표는 아직 전화 안 받아?"

"안 받아!"

"아, 시팔! 일단 내려. 경찰이 내리라는데 안 내리는 게 더 이상하잖아. 잘못한 거 없으니까 침착하게 내려서 얘기해."

그녀는 처음으로 심장이 바싹 쪼그라드는 기분을 맛보았다. 한택주와의 결별설이 아직 발표 난 것도 아닐 텐데 기자들이 몰려든 것도 이상하고 경찰이 자신을 찾아온 것도 의아스러웠다. 때문에 마음이 조마조마했다.

망설이는 사이 경찰이 다시 한 번 창문을 두드렸고 주아는 심호흡을 한 뒤 차문을 열고 밖으로 나갔다. 그녀의 등장에 기자들이 플래시를 팡팡 터트리며 사진을 찍어댔다. 주아는 선글라스를 쓰며 경찰 앞에 섰다.

"무슨 일이시죠?"

그녀의 당당한 말투에 경찰이 뒤를 돌아다보자 뒤쪽에 서 있던 후줄근하게 생긴 인상 험악한 중년 남자가 한심하다는 한숨과 함께 앞으로 걸어 나와 주머니에서 형사 신분증을 보여주었다.

"강북경찰서에서 나왔습니다. 엊그제 밤 클럽 나인에서 성접대 및 마약하셨죠?"

쿵! 머리 위로 돌덩이가 떨어진 것 같았다.

너무 놀란 나머지 입이 쩍 벌어졌다. 알몸으로 사람들 앞에 서 있는 기분이었다.

그걸 어떻게 알았지?

제일 먼저 든 생각이었다. 분명 CCTV는 없었다. 힘 있는 사람들이라 얼굴 팔리게 몰래카메라를 설치했을 리도 없었다. 때문에 이틀 전 일이 밖으로 새어나가는 일은 절대 있을 수가 없었다. 그런데 경찰이 그때의 일을 운운하니 어떻게 해석해야 좋단 말인가.

주아는 주변의 기자들을 의식해 최대한 침착한 표정을 유지하려 애썼다.

"무, 무슨 말씀인지 모르겠네요? 전 그날 집에 있었는데요……."

주아의 말에 형사가 신분증을 도로 넣으며 인상을 찌푸렸다.

"정주아 씨, 증거 확보 다 됐으니까 발뺌할 생각 마시죠. 엊그제 성접대 시킨 이들 중 십 대도 있던데, 알고도 일부러 데려간 겁니까?"

"십 대라뇨? 지금 무슨 말씀 하시는 거예요, 소영이는 스무 살이지 십 대 아니거든요?"

"그건 한국 나이로 스물이고, 만으로 열아홉인 거 모르셨습니까?"

"그, 그럴 리가 없어요!"

"어쨌든 본인 입으로 반은 실토하신 거네요. 이름이 소영이라고요? 나중에 경찰서에서 만나게 될 테니 일단 서로 좀 가시죠."

경찰이 주아의 팔을 잡았다. 주아는 그 팔을 앙팡지게 뿌리치며 버럭 소리를 질렀다.

"왜 이래요? 나 정주아예요! 아무 잘못도 없는데 왜 내가 거길 가요? 제보자가 누군데? 누가 날 모함하는 거냐고요!"

"거참, 연기 좀 그만하십시오. 제가 말했죠? 발뺌할 수 없는 증거가 있다고. 정주아 씨 입장 생각해서 지금 최대한 말 아끼면서 모셔가는 거니까 모양새 좋게 가자고 할 때 가시죠. 수갑 차고 끌려가고 싶지 않으면."

주아는 눈앞이 하얘졌다. 형사가 이 정도 말을 했다는 건 정말 증거를 가지고 있다는 것이었다. 성접대도 모자라 마약을 한 사실까지 어떻게 알았지? 아니, 중요한 건 그게 아니었다. 이 사실이 밝혀지면 자신의 인생은 끝이었다. 이렇게 많은 기자들이 그 일을 기사로 써내고 국민들이 알게 되면 그야말로 재기불능이었다.

어떡해!

심장이 철렁거리며 바닥으로 떨어지는 것 같았다. 속은 메스껍고 머리는 빙글빙글 돌았다.

우석이 뒤늦게 다가와 기자들을 물리며 주아의 어깨를 감쌌다.

"주아야, 일단 형사님 말씀대로 가자. 이대로 있다간 일만 더 커져. 가서, 상황이 어떻게 된 건지 알아보자."

주아는 간신이 머리를 끄떡이며 우석의 도움을 받아 경찰차에 올랐다. 곧 그들을 태운 경찰차가 수많은 인파를 뚫고 그곳을 벗어나기 시작했다.

✤

서울 시내 한복판, 멋들어진 고층 빌딩이 낮은 건물을 비웃기라도 하듯 하늘 높이 치솟아 있었다.

25층에 자리한 수한의 사무실은 아침부터 북적거렸다. 수한의 지시에 직원들이 급하게 모였다가 다시 제 할 일을 찾아 뿔뿔이 흩어졌다.

급한 일을 마무리한 그는 커피를 마시며 창가에 섰다. 서울 시내 경관이 한눈에 들어와 잠시나마 머릿속이 뻥 뚫리는 기분이었다. 그는 폰을 한참 동안 만지작거리다 라지에게 전화를 걸었다.

라지에게 고백을 하고 난 뒤부터 마음이 편해졌다. 태어나 처음으로 설렘이라는 감정에 적잖이 혼란스럽고 짜증스러웠는데 그 마음을 인정하고 나니 불쾌한 감정이 싹 사라지고 전혀 다른 감정들이 그 자리를 채웠다. 그녀에게 접근할 때만 해도 그저 호기심 정도의 단순한 감정이었는데 어느 순간부터 그녀가 여자로 느껴지기 시작했고 저도 모르게 그 감정이 점점 커지고 말았다. 알 수 없는 감정에 자신에게 화가 났었고 그러한 감정을 어떡하든 없애보려고 노력도 해보았다. 그런데 사람의 감정은 이성이 시키는 대로 움직이지 않았다. 치열한 감정싸움 끝에 결국 수한은 자신의 감정을 인정하기로 결심했고 그녀에게 마음을 털어놓기로 했다.

그녀와 헤어진 후 겨우 하루가 지났을 뿐인데 이렇게 보고 싶어질 줄은 꿈에도 몰랐다.

-수, 수한 씨.

그녀의 목소리가 가느다랗게 떨렸다.

그녀도 자신처럼 떨리는 걸까?

"잘 잤어요?"

-네……. 수한 씨는요?

"잘 잤다고 하면 거짓말인 셈이니 솔직하게 말할게요. 잘 못 잤어요."

-아침은…… 먹었어요?

"아직요. 라지 씨는요?"

-전 먹었어요…….

거짓말이다. 말끝에 망설이듯 얼버무리는 건 거짓말이 익숙하지 못한 그녀의 특징이었다.

"어젠 뭐하고 지냈어요?"

-간만에 청소도 하고…… 친구들도 만나고 그랬어요. 단 하루의 휴가라 그런지 후딱 지나가더라고요, 수한 씨는요?

"마무리할 일이 있어 좀 바빴습니다. 오늘은 뭐해요?"

-일해야죠. 안 그래도 나가려던 참이었어요.

"아, 오늘 소속사 대표님이랑 미팅 잡혀 있죠? 오후 2시였던가? 그러고 보니 2시 되려면 아직 멀었는데 왜 벌써 나가요?"

-택주 숙소에도 가봐야 하고 이래저래 할 일이 있어서요. 오늘 미팅, 수한 씨 때문에 하는 거니까 수한 씨도 나중에 늦지 않게 오세요. 10분 정도 일찍 오면 내가 커피 쏠게요.

"20분 일찍 갈게요. 나중에 소속사에서 봐요."

-저, 저기, 수한 씨.

"네, 라지 씨."

그녀가 우물쭈물하는 모습이 수화기를 통해 생생히 전해졌다. 귀여운 그녀의 행동에 수한은 입술을 지그시 늘렸다.

하나부터 열까지 순수하고 열정적인 그녀의 모습은 정말 사랑스러웠다.

-저녁에 시간 돼요? 지난번에 못 지킨 저녁…… 만들어주고 싶은데…….

"그런 거라면 없는 시간이라도 만들어야죠. 시간 괜찮으니 미팅 끝내고 같이 가요."

-네, 그럼 조금 있다 봐요.

통화를 끝낸 수한의 입매가 보기 좋게 올라갔다.

문일중과의 거래는 끝이 났다. 그동안 라지에게 마음이 흔들린 만큼 죄책감 또한 깊어졌다. 자신의 마음은 이미 진심으로 바뀌어 있었지만 문일중의 의뢰 때문에 라지와 만나고 있다는 강박증에 마음이 고달팠다.

똑똑.

노크와 함께 비서 형도가 들어왔다.

"대표님, 지금 막 정주아 씨에 대한 기사가 떴습니다."

"그래? 생각보다 빨리 움직였군. 어지간히 급했던 모양이야."

수한은 정주아의 증거자료를 어떻게 쓸지는 전적으로 문일중 대표에게 맡겼다.

수한은 정주아의 성접대와 마약 관련 기사 몇 개를 눈으로 훑었다. 유명 연예인인 만큼 정주아에 대한 기사가 여기저기 많이 떠 있었다.

그녀에 대한 기사를 보며 수한은 입술을 비틀었다.

수한은 책상 위에 놓은 목걸이를 어루만졌다. 이 목걸이를 비싼 돈에 구입해 소형 카메라를 설치하느라 애 좀 먹었지만 그 값어치는 충분히 해냈다.

라지가 대충 넘어가주긴 했지만 주아에게 대놓고 목걸이를 걸어준 자신에게 실망했을 게 분명했다. 지금 당장은 참고 있을 테지만 목걸이에 대한 생각을 라지가 잊을 리가 없다. 여자에게 있어서 목걸이와 반지의 의미는 꽤 클 테니.

또 한 가지 걱정스러운 일은 그의 비밀스런 직업을 그녀에게 어떻게 말하냐 하는 거였다. 비밀 유지를 위해 구체적으로 얘기할 수도 없고, 그렇다고 얼버무릴 수도 없고 말이다. 사실대로 얘기하기도 힘들고 거짓말하는 건 더더욱 싫다. 게다가 더 고민스런 일은 그녀와 정식으로 사귀고 미래를 계획하려면 지금의 일을 계속 이어가기 힘들다는 거였다.

"흐음······."

수한은 자리에서 일어나 사무실 안을 둘러봤다. 특정 명칭만 없을 뿐 여느 사무실과 다를 게 없었다. 눈에 보이게 간판 좀 달고 명패만 놓으면 일반 회사처럼 보일지도 몰랐다.

"일단은 그것도 나쁘지 않겠어."

라지에게 자신의 일을 밝히는 대신 일단은 번듯한 개인 회사처럼 말하는 게 좋을 듯싶었다. 그리고 내년부터 천천히 이 일을 그만두고 진짜 개인 회사를 차리면 되는 것이다. 그러면 지금의 일은 조용히 묻어둘 수가 있었다. 그녀를 위해서라도 그렇게 하는 게 옳았다. 더 이상 어두운 구석에서 은밀한 일만 하면서 지낼 수는 없었다.

수한은 형도에게 필요한 지시사항을 내린 뒤 사무실을 나섰다.

✦

무거운 공기가 감도는 작은 방에는 네모난 탁자 하나와 의자 네 개가 다였다.

주아는 넋 나간 얼굴로 의자 하나를 차지하고 앉아 힘겹게 숨을 몰아쉬었다.

날벼락도 이런 날벼락이 있을 수가 없었다. 어떻게 하루아침에 천 길 낭떠러지로 떨어질 수 있단 말인가.

삐그덕.

문이 열리며 우석이 들어왔다. 그는 참참한 표정으로 종이컵을 내밀었다.

"마셔, 커피야."

그녀의 눈에 커피 따위가 들어올 리가 없었다. 성질이 난 그녀가 커피를 쳐버리자 뜨거운 커피가 바닥을 나뒹굴었다. 그녀는 커피를 뒤로하고 우석의 팔을 잡고 늘어졌다.

"거짓말이지? 나 이대로 감옥 가야 하는 거야? 김 변호사는?"

"김 변호사는 지금 사건 파악하고 있는 중이야. 어휴, 넌 어쩌자고 그런 걸 찍혀서……. 지금 기사 쫙 깔려서 전 국민이 네 얘기로 난리야. 경찰서 앞엔 벌써 네 안티들까지 와 있더라."

"아무래도 나 함정에 빠진 것 같아……."

"네가 벌인 일에 함정이 왜 있냐? 그러게 진작 그만두랬지? 내가 그렇게 얘길 해도 안 듣더니……."

"닥쳐! 오빠까지 왜 긁고 난리야, 안 그래도 신경질 나 죽겠는데!"

우석이 입을 다물며 고개를 돌리자 주아가 아랫입술을 물어뜯으며 눈을 부라렸다.

이건 함정이야! 함정이라고!

이런 때일수록 침착해야 한다. 주아는 폭발하는 감정을 억누르며 천천히 상황을 되짚었다. 클럽 나인에서 찍힌 동영상은 전부 자신 위주로 찍혀 있었다. 동영상은 손거울을 쳐다보는 자신의 얼굴부터 시작해 룸 안으로 들어가 집으로 돌아오는 장면까지였다. 즉, 누군가가 그녀의 얼굴이 드러나는 부분부터 중요 부분만 편집해 경찰서에 보냈다는 것이다.

누가……?

여기서 생각할 수 있는 사람은 지성우였다.

지성우가 건넨 목걸이만이 자신의 물건이 아니었다. 손거울에 비친 자신의 모습이라든지 룸 안에서 벌어진 모든 일은 자신의 시점에서 찍혀 있었고 위치로 보아 목 어딘가쯤이었다. 게다가 흔들림도 심했다. 결론은 목걸이에 카메라가 숨겨져 있었다는 말이다.

지성우가 왜? 왜 나한테 그런 짓을…….

순간 번쩍하고 무언가가 떠올랐다.

"그래, 그날 도 매니저가 성우 씨를 다른 이름으로 불렀어……. 뭐라고 했더라……?"

주아는 혼잣말을 중얼거리며 미간을 구겼다. 그때 우석의 휴대폰이 울렸고 발신자를 확인한 그는 놀란 얼굴로 전화를 받았다.

"아, 예, 오랜만입니다, 문 대표님."

문일중 대표? 그 사람이 왜 또…….

주아가 눈을 동그랗게 뜨자 우석이 휴대폰을 그녀에게 내밀었다.

"너 바꾸래. 나 문 앞에 있을 테니까 얘기 나눠. 너 얼굴 생각해서 유치장 아니고 여기 있게 해준 거니까 큰 소리 내지 말고."

마지막 말은 속삭이듯 전하고는 우석이 나갔다. 주아는 휴대폰을 노려보다 전화를 받았다.

─그래, 새로운 안식처는 마음에 드나?

주아는 하마터면 휴대폰을 떨어트릴 뻔했다. 그녀는 떨리는 손으로 휴대폰을 잡으며 입을 열었다.

"내가 경찰서에 있는 거…… 어떻게 알았어요?"

―모르는 게 더 이상하지. 내가 경찰서에 동영상을 제공한 제보 자니까.

순간 목이 졸리는 듯한 압박감이 찾아와 숨이 쉬어지지 않았다. 낮에 갑작스레 전화한 이유를 이제야 알 것 같았다.

그녀는 힘겹게 숨을 몰아쉬며 침착하려 애썼다.

"문 대표님이 어떻게 그 동영상을…… 찍었어요?"

―이제야 존댓말이 나오는 모양이군. 그러게 날 우습게보지 말았어야지. 이중장부 가지고 날 협박했다고, 내가 겁먹었을 줄 아나? 천만에, 내가 아무리 사람이 좋기로서니 날 배반하고 가지고 논 사람한테까지 너그럽진 않아.

"나한테 아직 당신 이중장부가 있다는 걸 모르진 않을 텐데요?"

―이중장부가 아직도 네 손에 있을 거라고? 그럼 내 손에 들려 있는 이건 뭘까? 내 보기엔 네가 훔쳐간 내 장부인 것 같은데.

주아의 눈이 튀어나올 듯 커졌다.

그럴 리가!

―아, 난 손님이 와서 이만 끊어야겠군. 성접대에 마약이라니, 앞으로 평생 꼬리표처럼 따라다닐 단어들이니 미리 정 좀 붙여놔. 옛정을 생각해서 가끔 사식 정도는 넣어주지. 하하!

전화는 일방적으로 끊어졌다. 주아는 머리통이 터져버릴 것 같았다. 화가 치솟아 가만히 앉아 있기 버거울 정도였다.

그래, 모든 것이 순조로웠는데 갑자기 벼랑 끝으로 추락한 데는 다 이유가 있었던 것이다. 그녀는 있는 힘껏 손을 치켜들어 휴대폰을 던져버리려고 했다. 그 순간 그녀의 동작이 리모컨의 일시 정지 버튼을 누른 것처럼 우뚝 멈췄다.

"잠깐……."

주아의 머리가 그 어느 때보다 빠르게 돌아갔다.

그 목걸이는 지성우가 자신의 목에 직접 걸어준 것이었다. 그렇다는 건 그가 문 대표의 사주를 받았다는 말이었다.

문 대표가 지성우와 거래를 했다는 건가? 나를 상대로?

생각이 거기까지 미치자 얘기가 자연스럽게 풀어졌다. 지성우가 왜 그렇게 개인정보를 밝히지 않으려 했는지, 라지가 그를 다른 이름으로 부른 이유, 모두가 설명되었다.

그럼 그 목걸이를 일부러……?

틀림없다. 그렇지 않고서야 카메라가 장착된 목걸이를 자신의 목에 직접 걸어주지도 않았을 거였다.

이제야 앞뒤가 맞아떨어진다.

"말도 안 돼, 어떻게 그런……."

기가 막혀 말도 나오지 않았다.

이럴 수가!

주아는 소름이 돋았다. 그러면서도 화가 나 미칠 지경이었다.

문일중 이 새끼, 이럴 거 알고 낮에 전화한 거였어! 나쁜 새끼!

주아는 마음속으로 수백 번도 넘게 문일중과 지성우를 욕했다. 하지만 아무리 욕한다 한들 분이 풀릴 리가 만무했다.

그럼 연예인을 할 생각도 없으면서 일부러 CF를 찍었단 말이야? 왜?

그녀의 상식으로는 그것도 이상한 일이었다.

그때 우석의 휴대폰에 전화가 들어왔다. 액정을 보니 '도 매니저', 즉 라지의 전화였다. 주아는 비릿한 미소를 지으며 우석에게 전화를 건네받았다.

　─안녕하세요, 이 매니저님. 저 라진데요. 좀 전에 정주아 씨 소식 들었어요. 택주가 어떻게 된 일인지 알아봐 달라고 해서요.

　"나야, 정주아."

　─아, 정주아 씨였어요? 괜찮으세요?

　"괜찮을 리가 있겠어? 문일중 그 자식이 날 완전 함정에 빠트린 거지. 근데 자기 그거 알아?"

　─뭘요?

　"지성우에 관한 진실."

✤

　택주의 숙소에 도착한 라지는 꾸물꾸물한 하늘을 올려다본 뒤 택주의 숙소로 뛰어 들어갔다. 문을 열고 들어서자마자 정면에 보이는 소파에 택주가 얌전히 앉아 있었다.

　"거기 앉아서 뭐해? 아침은? 김군은 아직이야?"

　"하나씩 좀 물어. 여기 앉아서 멍 때리는 중이었고, 아침은 아직이야. 김군은 조금 늦는다고 연락 왔고. 초롱이는 연수 갔다가 다음 주에나 복귀할 거야."

　"초롱이는 안 물어봤는데?"

　"어차피 물어볼 거였잖아."

　"아닌데. 여기 오기 전에 통화했거든."

　놀리는 듯한 라지의 말투에 택주가 일어서며 콧방귀를 뀌었다.

　"유치하긴. 커피나 한 잔 줘."

"예써!"

라지는 가방을 내려놓고 주방으로 들어가 원두를 내리며 콧노래를 흥얼거렸다.

"기분 좋은 일이라도 있냐?"

"어? 어떻게 알았어?"

"네 얼굴에 다 쓰여 있다. 무슨 좋은 일인데? 월급 올랐냐?"

"넌 내가 돈에 환장한 여잔 줄 알아?"

"아니었냐?"

"아니거든."

"그럼 무슨 일인데 입이 헤벌레 벌어졌냐?"

"어머, 티 났어?"

"엄청. 좋은 일이면 같이 좀 알자. 무슨 일인데?"

택주가 주방으로 들어와 라지 앞에 섰다. 라지는 얼굴을 붉히며 뚝뚝 떨어지는 원두커피로 시선을 내렸다.

"조, 좋아하는 사람 생겼어……."

택주의 얼굴이 순식간에 딱딱해졌다. 하지만 라지는 그 표정을 보지 못했다.

"누구……?"

"지성우 씨."

택주는 몸을 살짝 비틀며 식탁에 엉덩이를 기댔다. 역시 지성우였다.

"수한 씨도 내가 좋대. 아, 성우 씨 이름이 원래 수한이야. 너만 알고 있어."

"그 남자가…… 널 좋아한다고?"

"어. 안 믿기지? 나도 안 믿어져. 근데 내가 좋대."

그녀가 수줍게 웃었다. 그 수줍은 미소가 택주는 너무 낯설었다.

그녀는 자신의 친구였다. 오래전부터 그의 연애를 전부 도와주었고 격려도 해주었다. 두 사람은 이성에 대한 얘기도 서슴없이 할 정도로 오래된 친구였다. 남녀를 떠나 진정한 우정을 나누는 친구 말이다. 말하지 않아도 두 사람은 암묵적으로 서로를 믿고 의지했다. 그런데 지금 이 순간, 그 믿음이 깨진 유리조각처럼 와장창 부서졌다.

라지는 내 여자야!

그의 마음이 그렇게 외쳤다. 그녀는 누구에게도 줄 수 없는 자신의 것이라고. 빼앗기지 말라고.

택주는 급격하게 뛰는 심장박동을 느꼈다. 몸속을 휘젓는 뜨거운 무언가가 치고 올라와 감정을 주체하기 힘들었다.

"왜 그래? 안색이 안 좋네. 어디 안 좋아?"

그녀가 가까이 다가와 그의 얼굴을 빤히 쳐다봤다.

택주는 손을 뻗어 라지의 양쪽 어깨를 꽉 잡았다.

"라지야……."

"왜? 어디 아파?"

"응, 아파."

"어디가 아픈데?"

"심장."

"시, 심장? 어떻게? 구급차 부를까? 많이 아파?"

그는 휴대폰을 가지러 가려고 몸을 돌리려는 그녀의 어깨를 힘주어 잡아 자신을 보게 만들었다.

신사의
유혹

"왜 이래, 아프다며? 구급차 불……."

"안 불러도 돼."

"안 불러도 된다고?"

"왜 아픈지 아니까."

"왜…… 아픈데?"

"가지마."

"어?"

"지성우한테 가지 말라고. 그럼 나도 안 아파."

"그게 무슨 소리야? 지성우 씨랑 너랑 무슨 상관이라고……."

"상관있어!"

택주는 목 끝에서 대롱대롱 매달린 그 한마디를 어렵게 꺼내들었다.

"내가 널 좋아하니까."

갑작스런 고백에 라지가 황당한 얼굴이 되었다.

"농담하지 마. 연기 연습하는 거지? 넌 무슨 연기를 이렇게 갑자기……."

"연기 아냐. 농담도 아니야. 오래전부터 널 좋아했어. 병신같이 그동안 몰랐을 뿐이야. 너한테 남자가 생기지 않았다면 아마 평생 몰랐을지도 모르지. 근데 알아버렸어. 내가 널 이렇게 좋아하고 있다는 걸 알아버렸다고!"

라지가 그의 가슴팍을 밀며 뒤로 물러나려 했지만 택주는 물러서지 않았다. 오히려 그녀를 강하게 끌어당겨 자신의 품속에 가뒀다. 순식간에 그의 가슴에 안겨버린 라지는 다급히 그를 뿌리쳤다. 하지만 남자의 힘을 당해낼 수가 없었다.

"야, 한택주! 이거 안 놔? 빨리 놔!"

"가지마. 안 간다고 약속해!"

"어린애처럼 왜 이래?"

"유치하다고 해도 소용없어. 나 너 없으면 안 돼, 그러니까 내 옆에 있어!"

발버둥 치던 라지의 양손이 지쳐 아래로 떨어졌다. 그와 동시에 그녀를 안고 있던 그의 팔 힘도 조금 풀어졌다. 침묵이 두 사람 사이를 오고 갔다.

라지는 숨을 고른 뒤 차분하게 말을 꺼냈다.

"나도 너 좋아해. 아니, 이성으로 좋아했어. 너처럼 잘생긴 남자친구가 옆에 있는데 어떤 여자가 마음이 안 흔들리겠니? 너 데뷔하고 반년도 안 됐을 거야, 그때 내가 너한테 이렇게 물었어. '우리가 연인이 되면 그것도 스캔들이 되는 걸까?'라고. 그때 네가 뭐라고 했는지 알아?"

그가 팔을 풀고 한 걸음 뒤로 물러나며 그때의 일이 전혀 기억이 없다는 표정으로 라지를 바라봤다. 라지도 뒤로 발을 물리며 말을 이어갔다.

"끔찍한 소리 하지 말라고, 그러더라. 우리는 절대 그런 사이가 될 수 없다고. 되어서는 안 된다고. 정색을 하는 네 얼굴 보고 그날로 마음 접었어. 넌 남자가 아니라 내 배우일 뿐이라고. 내 친구일 뿐이라고."

"내가…… 그런 말을 했다고?"

택주는 믿을 수 없다는 듯 고개를 절레절레 내저었다.

"솔직히 그때 상처 좀 받았어. 그래서 내 표정 들키고 싶지 않아서 앞머리랑 안경으로 얼굴 가리고 표정도 숨겼고. 그게 습관이 돼 버려서 지금까지도 그렇게 지냈지만, 이젠 아니야. 수한 씨는 있는 그대로의 나를 좋아해줘. 매니저를 맡은 동안에도 그 사람은 날 매니저가 아닌 여자로 대해줬어. 하나부터 열까지 날 먼저 배려해줬고. 단순히 그 사람이 나한테 잘해줘서 좋아한다는 건 아니야. 처음부터 끌렸어. 그 사람이 가진 분위기, 성격, 말투, 전부 마음에 들었고 가까워지고 싶었어. 어떻게 보면 내가 먼저 그 사람을 좋아했던 건지도 모르겠어. 그 사람 앞에만 서면 예뻐 보이고 싶고 잘하고 싶었거든."

라지는 몸을 돌려 다 내려진 원두커피를 머그잔에 따라 그에게 내밀었다.

"난 그 사람이 좋아. 너도 좋아하지만, 그건 친구로서야. 그리고 우린…… 친구가 어울려."

"어떻게 해도…… 난 안 된다는 거냐?"

"미안."

라지는 가방을 들며 현관을 향해 방향을 틀었다.

"오늘은 이만 가볼게. 이런 얘기, 오늘로 끝내고 털자. 쉬어."

그때 현관문을 열고 김군이 들어오며 소리쳤다.

"두 분 그 얘기 들으셨어요?"

"무슨 얘기?"

"정주아 씨 사고 쳤대요. 대박 사고! 지금 경찰서에 있다는데요?"

라지는 뜬금없는 소식에 눈을 휘둥그레 떴다.

"사고라니 무슨? 자세히 좀 말해봐."

"저도 잘은 모르는데 성매매 알선에 마약 복용까지, 복잡해요."

라지가 택주를 보며 물었다.

"알고 있었어?"

"아니, 나도 지금 들은 거야."

"어떻게 된 거지? 전혀 그런 낌새 없었잖아."

"뜬금없이 나타나 헤어지자고 하더니, 이 일 때문이었나? 아닌데…… 전혀 그런 분위기도 아니었는데……."

"아직 결별 소식 나간 것도 아니잖아, 이러면 곤란한데……. 정주아 씨한테 전화 한 번 해봐. 아니다, 이런 상황에 전화하면 네가 곤란해질 수도 있어. 있어봐, 내가 해볼게."

라지는 만만한 우석에게 전화를 걸었다. 통화가 안 되면 어쩌나 했는데 다행히 몇 번의 신호 끝에 통화가 연결됐다.

"안녕하세요, 이 매니저님. 저 라진데요. 좀 전에 정주아 씨 소식 들었어요. 택주가 어떻게 된 일인지 알아봐 달라고 해서요."

―나야, 정주아.

하필 정주아가 직접 받다니.

"아, 정주아 씨였어요? 괜찮으세요?"

―괜찮을 리가 있겠어? 문일중 그 자식이 날 완전 함정에 빠트린 거지. 근데 자기 그거 알아?

"뭘요?"

―지성우에 관한 진실.

전화를 끊은 라지의 얼굴이 흙빛으로 변했다.

"야, 너 왜 그래? 정주아가 뭐래, 심각하대?"

"누님, 왜 그러십니까?"

택주와 김군이 걱정스럽게 물었지만 라지는 아무 대꾸도 하지 못하고 벽에 몸을 기댔다.

"너 어디 아파? 정주아가 대체 뭐라고 한 거야?"

택주가 다가오자 라지는 고개를 내저으며 이마로 닿으려는 그의 손을 거부했다.

"괜찮아……. 나 잠깐 나갔다 올게……."

라지는 숨이 막혀왔다. 순식간에 천국에서 지옥으로 떨어진 기분이었다. 정주아의 말이 거짓말이라고 믿고 싶었다. 하지만 그러기엔 그는 미심쩍은 부분이 많았다. 그의 모든 것은 비밀이었고, 그녀가 아는 거라곤 그가 비밀스럽다는 것뿐이니까.

"우리 다 지성우 그 자식한테 속았어. 지성우 그놈, 문일중 대표가 고용한 사람이었어. 나한테도 너한테도, 의도적으로 접근한 거라고. 너도 조심해. 네가 제일 만만해서 네 쪽에 붙어 있었던 것 같은데…… 그놈 완전 사기꾼이야. 그놈이 준 목걸이 때문에 난…… 아, 씨팔! 우린 완전 그놈 손 안에서 놀아났던 거라고. 택주 씨한테 전해, 나도 원해서 이렇게 된 건 아니라고."

충격이 아닐 수 없었다. 성우가 사실은 문일중 대표가 고용한 사람이라는 거. 자신이 성우에게 감쪽같이 속았다는 거.

"어떻게…… 어떻게 그럴 수가……."

라지는 고개를 내저으며 어금니를 꽉 깨물었다. 사실 확인이 필요했다. 주아는 예전부터 거짓말에 능숙한 여자였다. 그녀의 말을 백 프로 신용할 순 없었다.

거짓말일 거야. 수한 씨가 그런 사람일 리 없어!

너무 충격적이고 황당한 말이지만 그대로 믿을 수 없었다.

라지는 풀리는 다리에 힘을 주고 버스 대신 택시를 잡아탔다. 12시 20분. 아직 그를 만나려면 시간이 남았다. 마음 같아서는 당장이라도 만나 따지고 싶었지만 경거망동하고 싶진 않았다.

라지는 떨리는 손을 꼭 그러쥐며 제발 자신이 들은 것이 사실이 아니길 기도했다.

소속사에 도착한 그녀는 김 대표와 간단히 인사를 나눈 뒤 미팅을 다음날로 미뤘다. 어차피 무사히 촬영을 끝낸 후에 갖는 당연한 수순의 미팅인 터라 하루 미룬다 해서 큰일이 나는 것도 아니었다.

김 대표의 허락에 그녀는 미팅을 미루고 소속사 근처 커피숍으로 갔다. 그리고 수한에게 문자를 보냈다.

미팅 내일로 미뤄졌어요. 소속사 근처에 '레드테일' 이라는 커피숍에서 기다릴 테니 그쪽으로 오세요.

라지는 뜨거운 커피가 차갑게 식을 동안 손도 대지 않고 생각에 잠겼다. 수한을 믿고 싶은데 생각하면 할수록 이상한 점들이 많았다.

똑똑.

테이블 위를 두드리는 소리에 라지는 생각을 멈추고 정신을 차렸다. 언제 왔는지 눈앞에 그가 서 있었다.

"무슨 생각을 그렇게 골똘히 해요?"

그가 옅은 미소와 함께 맞은편 자리에 앉았다. 라지는 입 안이 바싹바싹 타들어갔다.

물어봐야 해.

오로지 그 생각만이 목구멍을 맴돌며 그녀를 자극했다.

"어디 안 좋아요?"

"수한 씨…… 물어볼 게 있어요."

라지는 어렵게 입을 뗀 후 그의 표정을 살폈다. 평소와 다름없는 그의 얼굴은 어느 때보다 느긋하고 좋아 보였다. 도저히 자신을 속일 사람으로 보이지 않았다.

"말해요."

"수한 씨가 그랬었죠, 개인적인 일은 전부 비밀이라고……. 그 이유, 말해줄 수 있나요?"

그의 표정이 약간 굳어졌다. 말하기 곤란하다는 얼굴. 아니, 말할까 말까 갈등하고 있는 것도 같았다. 그리고 어색한 침묵이 시작되려는 순간 그가 입을 열었다.

"안 그래도 그동안 말하지 못했던 내 개인적인 얘기들…… 라지 씨한테 말하고 싶었습니다."

"말해보세요, 지금. 내가 알아야 할 가장 중요한 게 무엇인지…… 수한 씨가 나한테 하고 싶은 말이 뭔지, 말해보세요."

또 한 번 그의 얼굴에 망설임이 스쳐 지나갔다. 라지는 똑똑히 보았다. 그는 지금의 상황을 어려워하고 있었다. 그리고 그의 망설임은 주아가 알려준 사실과 연관이 있어 보였다.

"더 이상 감출 게 없으니 알고 싶은 걸 물어봐요. 라지 씨한테는 뭐든 솔직하게 말할게요."

"내가 궁금한 건 한 가지밖에 없어요. 솔직하게…… 말해줄래요?"

"물론입니다."

"수한 씨가 나를 좋아하는 이유가…… 정주아 씨 때문인가요?"

그의 얼굴이 딱딱하게 굳어졌다. 표정 변화가 별로 없는 사람이 지만 지금의 표정은 눈에 띌 만큼 달랐다. 그래서 불안했다. 정주 아의 말이 사실일까 봐.

"누가 그런 얘길 했습니까, 정주아 씨가 했습니까?"

"누가 했는지는 중요하지 않아요. 그게 진실인지 아닌지가 중요 한 거지."

그가 시선을 아래로 내렸다. 빗나간 시선은 진실을 회피하고 싶 은 자연스러운 표현. 라지는 심장이 철렁 내려앉았다.

'사실……이란 건가요?'

정주아의 말이 맞았다. 그는 다른 이의 사주를 받아 라지의 곁에 머물렀고 정주아를 위험에 빠트렸다.

어떻게 이럴 수가…….

목에 가시가 박힌 것처럼 따끔거렸다. 그래도 라지는 참고 참으 며 이성적으로 행동하려 노력했다.

"나한테 솔직하게 얘기한다고 했죠? 그럼 말해주세요. 왜 이런 짓을 벌였는지."

"……."

"나한테 진심이긴 했나요? 말해보라고!"

라지의 목소리가 저도 모르게 커졌다. 주변 사람들이 흘끔거리 며 쳐다봤지만 라지는 그것을 신경 쓸 여유가 없었다. 지금은 터질 것 같은 자신의 감정을 다스리는 것조차 버거웠다.

신사의 유혹

그는 한 마디도 입을 열지 않았다. 진실의 무게에 짓눌려 버린 사람처럼 얼굴을 들지 못했다.

붉어진 라지의 뺨으로 뜨거운 눈물 한 줄기가 흘러내렸다. 불과 몇 시간 전까지만 해도 행복으로 가득 찼던 얼굴엔 배신감으로 찌든 분노와 슬픔이 뒤섞여 있었다. 믿고 싶지 않았던 사실이 진실이라는 창이 되어 심장을 관통했다. 그 아픔에 피가 흘러내리는 것 같았다. 심장이 욱신거리며 아픔을 호소했고 손발은 노여움으로 부들부들 떨렸다.

"나쁜 자식……."

어렵게 말을 뱉은 그녀는 자리에서 벌떡 일어났다. 마음 같아서는 뺨이라도 시원하게 내리치고 싶었지만 흥분한 몸이 뻣뻣하게 굳어버려 그 자리를 벗어나는 것만으로도 한계였다.

"라지 씨!"

"이거 놔! 사람 속여서 가지고 노니 재밌었나요? 그래, 가지고 놀다 언제쯤 버릴 생각이었나요? 사람 마음이 당신한테는 그렇게 우습던가요?"

"……."

라지는 그의 손을 뿌리치고 카페를 나왔다. 그리고 무작정 걸었다. 다행히 그는 쫓아오지 않았다. 라지는 건물 모퉁이를 돌아 풀썩 주저앉고 말았다.

"흑……."

그를 믿었다. 진짜 자신을 좋아해주는 남자라고 믿었다. 그러면서도 늘 한편으론 불안하기도 했다. 이렇게 멋진 남자가 자신을 좋아해주는 게 거짓말 같아서. 새삼 남자는 다 똑같다는 택주의 말이 떠올랐다. 그를 믿지 말라며 경계하던 택주가 옳았다.

바보같이…….

한심했다. 수한의 관심에 정신이 팔려 아무런 의심도 하지 못했다. 그가 자신을 가지고 노는 것도 모르고……. 정주아와 둘이서 얼마나 자신을 비웃었을까? 생각만으로도 소름이 끼쳤다.

화가 났다. 화가 나 미칠 것만 같았다. 그런데…….

"아프다…… 가슴이 아파……."

배신감에 화만 나면 좋을 텐데, 미련한 가슴이 아프다고 난리였다. 라지는 가슴을 쓸어내리며 통증을 달랬다. 그래도 달래지지 않는 이 아픔을 어떻게 하면 좋을지 알 수가 없다.

그녀는 후들거리는 몸을 가까스로 일으켜 택시를 잡아탔다. 간신히 목적지를 말하고 눈을 감은 그녀는 집에 도착할 때까지 어금니를 꽉 깨물고 버텼다. 그리고 집에서 꼬박 하루를 지낸 뒤 일을 그만두겠다고 김 대표에게 말하고는 시골로 내려갔다.

Chapter 10.
공모전

"라지 씨가 그만뒀다고요?"

수한의 말에 서학이 아무 일도 아니라는 듯 차를 마시며 고개를 끄덕였다.

"그만둔 건 아니고, 그냥 쉬는 중입니다. 그동안 밀린 휴가를 한꺼번에 줬다고나 할까요, 암튼 쌓인 피로도 풀라는 뜻에서 푹 쉬라고 했습니다. 어차피 촬영도 끝났고, 성우 씨한테 지장 있을 일은 없으니 걱정 놓으세요. 그나저나 정주아 때문에 방송날짜까지 잡아놓고 블랙퀸에서 급하게 여배우를 바꾼다고 하는데……."

수한은 서학의 말이 귀에 들어오지 않았다. 미팅에 나오면 그녀를 만날 수 있을 것 같아 일부러 나온 건데 그녀가 없으니 일에 관한 말들은 필요가 없었다. 대충 얘기를 흘려듣고 소속사를 나온 그는 곧장 사무실로 돌아왔다.

"다들 퇴근해요."

"예?"

"퇴근들 하시란 말입니다."

억지로 직원들을 퇴근시킨 후 수한은 자신의 방에서 다시 한 번 라지에게 전화를 걸었다.

−고객님의 전화기가 꺼져 있어…….

그날 이후 그녀의 휴대폰은 계속해서 꺼져 있었다.

"일까지 그만두고, 대체 어디에 있는 겁니까!"

속이 타들어갔다. 자신의 잘못이었다. 진작 말했어야 했다. 일이 이렇게 되어버린 건 정주아가 아니라 자신 때문이었다. 자신의 마음을 깨닫는 순간부터 솔직하게 밝혔어야 했다.

그랬더라면 일이 이 지경까지 되진 않았을 텐데…….

그렇다고 이대로 그녀를 포기할 생각은 없었다. 어떡하든 그녀에게 자신의 잘못을 용서 받고 예전의 관계를 회복해야 했다. 하지만 어떻게? 방법이 없다.

"후우……."

긴 한숨이 그의 입술 사이로 흘러나왔다. 이 일을 시작한 이래 처음으로 후회가 됐다. 하지만 이 일을 시작하지 않았다면 그녀 역시 만나지 못했으리라.

수한은 긍정적으로 상황을 바라보려 애썼다. 어떻게 됐든 그녀를 만나게 된 건 이 일 덕분이기도 하니까 말이다. 벌어진 상황은 수습하고 잘못은 인정하고, 죄는 용서 받아 지금의 난관을 해결해야 했다.

눈앞에서 눈물을 흘리던 그녀의 모습이 잊히지가 않았다.

털썩, 의자에 몸을 내린 그는 곰곰이 생각에 빠졌다. 어떻게 하면 자신의 상황을 그녀에게 설명할지, 그녀의 화를 풀 수 있는 방법은 뭔지, 생각하고 또 생각했다.

결론은 하나였다. 자신이 지나쳐온 모든 것들을 솔직하게 고백하는 것, 거짓으로 꾸며진 자신의 모습을 제대로 보여주는 것이었다. 하지만 마음만 급하니 머릿속이 엉망진창이었다.

✦

현관을 들어서자마자 택주는 가방부터 집어던졌다. 그 모습에 따라오던 김군이 바짝 졸았지만 택주는 김군을 생각할 여유가 없었다.

"아씨! 대체 어디로 간 거야!"

택주의 말에 김군이 슬며시 다가와 모기만 한 목소리로 속삭였다.

"머리 식히는 중 아닐까요? 그동안 강행군하셨으니 쉬실 때도 됐죠."

"쉴 거면 미리 말을 해줘야지, 이렇게 갑자기가 어딨냐고! 사람 피 말리려는 것도 아니고 행선지 정도는 말을 하고 사라져도 사라져야 할 거 아냐!"

"겨우 하루 지났는데 조금 더 기다려 보세요, 연락 오겠죠."

"연락할 것 같았으면 떠나기 전에 했겠지! 젠장!"

"형님, 진정 좀 하세요. 너무 흥분하신 것 같아요."

"내가 지금 흥분 안 하게 됐냐? 걔가 십 년 넘게 내 옆에 있으면서 말없이 사라진 적이 없었어. 아무래도 그때 정주랑 무슨 얘기가 오간 게 틀림없어."

"그러게요. 대체 무슨 얘길 한 걸까요?"

택주가 김군의 머리를 쥐어박으며 인상을 찌푸렸다.

"난들 아냐? 암튼 김 대표님한테 그만두겠다고 한 걸로 봐서 뭔가 안 좋은 일이 생긴 게 틀림없어."

"안 좋은 일, 뭐요?"

"모르니까 이렇게 속이 타지!"

택주는 휴대폰을 꺼내 정희에게 전화를 걸었다. 다른 사람은 몰라도 라지가 정희에게는 뭔가 말했을 가능성이 높았다.

─택주니? 네가 웬일이야?

"라지한테 무슨 연락 없었어?"

─라지? 라지는 갑자기 왜? 연락 없었는데.

정희에게도 연락을 안 한 모양이었다. 택주는 땅이 꺼져라 한숨을 내쉬며 거칠게 머리를 쓸어 넘겼다.

"라지가 사라졌어."

─사라져? 무슨 소리야?

"이유는 나도 몰라. 어제 김 대표님한테 일도 그만두겠다고 하고, 오늘 집에 가보니 집도 비어 있고, 어디로 갔는지 모르겠어. 짐작 가는 데 없어?"

─갑자기 왜 사라졌지? 애인 생겼다고 엄청 좋아라 했는데. 아! 혹시 잘 안 됐나? 일단 라지 동생한테 전화해서 집에 내려갔는지 물어볼게.

"그래, 뭐 좀 알아내는 대로 연락 좀 줘."

전화를 끊고 초조하게 서성거리는데 5분도 되지 않아 정희로부터 문자 한 통이 들어왔다.

라지 시골집에 있대.

문자를 확인한 택주의 안색이 급 밝아졌다. 김군도 그 내용이 궁금한지 그의 곁에 바짝 붙어 문자 내용을 확인했다.

"어? 시골집이면 재작년에 놀러 갔던 거기 아녜요?"

"맞아. 김군아, 나 스케줄 조정 좀 해야겠다."

"예?"

"나 지금 라지 있는 데 내려갈 거니까 스케줄 좀 빼놔."

"지금 내려가시게요?"

택주는 자신의 방으로 들어가 짐부터 꾸렸다. 그런 그의 뒤를 김군이 졸졸 따라다니며 발을 굴렀다.

"안 되는데, 내일 감독님이랑 미팅 잡혀 있어서……."

"그러니까 빼달라고 부탁하는 거잖아. 난 내려가서 라지 잡아올 테니까 네가 잘 좀 마무리해줘."

택주는 대충 짐을 챙긴 뒤 김군에게 손을 내밀었다.

"줘. 차키."

"안 되는데…… 형님, 이러시면 정말 곤란한데……."

"안 되긴 뭐가 안 돼? 해도 되니까 걱정 말고 차키나 내놔."

"그럼…… 저하고 같이 가요. 제가 운전할게요."

"됐어, 나 혼자 갈 거니까 차키나 내놔. 어서!"

주춤거리는 김군에게서 차키를 뺏어 든 택주는 그대로 주차장으로 내려와 차에 올랐다. 그리고 지체 없이 차를 출발시키며 속도를 올렸다.

어둠이 깔린 한적한 거리, 라지는 시원하게 뚫린 길을 자전거로 달렸다. 간장이 떨어졌다는 소리에 냉큼 사오겠다고 나섰지만 실은 바깥 공기가 쐬고 싶었다.

무작정 내려온 시골은 생각보다 편하지 않았다. 꼬치꼬치 캐묻는 가족들 때문에 고민이 있다고 말하지도 못하고, 눈치 없는 엄마는 빨리 결혼하라는 닦달까지 해댔다. 가슴이 아프다고, 아파 죽을 것 같다고 말하고 싶은 걸 수없이 참아냈다. 다시 서울로 올라갈까도 생각했지만 아직은 가고 싶지 않았다. 그 집으로 돌아가면 왠지 피하고 싶은 얼굴과 마주칠 것만 같아서 가기 싫었다.

간장 하나와 달달한 과자를 산 그녀는 자전거 손잡이에 봉지 손잡이를 걸고, 왔던 길을 달렸다. 차가운 바람이 귓가를 때렸지만 마음속까지 시원해지는 것 같아 기분이 한결 나았다.

집 앞마당으로 들어선 그녀는 자전거를 대충 세운 뒤 안으로 들어갔다. 신발을 벗는데 못 보던 남자 구두가 보였다.

손님 오셨나?

별생각 없이 안으로 들어서자 익숙한 얼굴 하나가 부모님과 차를 마시며 웃고 있었다.

"택주?"

이런, 한택주가 집에 왔다.

그가 그녀를 보더니 활짝 웃으며 손을 흔들어보였다.

"이제 오나? 간장 사러 어디까지 다녀온 거야, 한참 기다렸네."

"여긴 어떻게 온 거야? 아니지, 여기까지 왜 왔어? 스케줄 없어?"

"거참, 한 번에 하나씩만 물으라니까. 아버님, 어머님, 일 때문에 라지랑 얘기 좀 하고 오겠습니다."

그가 깍듯하게 부모님께 양해를 구하더니 라지에게 눈짓을 줬다. 십 년 넘게 일하다 보니 자연스레 맞춰진 호흡. 라지는 손뼉을 마주치며 그의 말에 맞장구를 쳐줬다.

"아, 그렇지! 내가 깜빡했네. 내 방으로 가서 얘기해. 엄마, 얘기 길어질지도 모르니까 식사 먼저 하세요."

라지는 택주를 데리고 방으로 들어오자마자 목소리를 낮춰 소리쳤다.

"네가 여기 왜 있어! 당장 돌아가!"

"혼자는 안 가. 같이 돌아가. 그럼 당장이라도 갈게."

"김 대표님한테 얘기 못 들었어? 나 일 그만뒀어."

"글쎄, 김 대표는 잠시 쉬는 거라고 그러던데?"

"어쨌든 당분간 일은 안 해. 그러니까 너 혼자 돌아가."

"말했지? 나 혼자는 안 돌아간다고. 나도 쉴래."

"미쳤어? 너 다음 달부터 드라마 촬영 들어가잖아. 그전에 할 일이 얼마나 많은데 쉰대? 말도 안 되는 소리 그만하고 어서 돌아가."

"야, 도라지. 너의 뜬금없는 휴가는 말이 되고, 내 휴가는 말이 안 되냐? 그런 억지가 어딨어?"

"억지는 내가 아니라 네가 쓰고 있는 거지. 난 김 대표님이랑 얘기 끝내고 온 거지만 넌 아니잖아? 김 대표님이 알면 펄쩍 뛸 텐데, 뒷감당을 어떻게 하려고 무작정 여길 와?"

방을 두리번거리던 그는 그녀의 잔소리에 침대에 몸을 벌러덩 누우며 이불을 뒤집어썼다.

"아아, 몰라 몰라! 같이 안 가면 나도 안 가."

라지는 그의 막무가내식 행동에 두 손을 들었다. 평소라면 이불을 거둬내고 억지로 일으켜 세워 잔소리를 늘어놓겠지만 지금은 그러고 싶지 않았다.

저러다 제 풀에 지치면 알아서 돌아가겠지.

"맘대로 해. 안 가면 저만 손해지."

라지는 그 말만 툭 던지고는 방을 나와 주방으로 들어가 저녁 준비를 도왔다.

다음날이면 금방 포기하고 올라갈 줄 알았던 택주는 다음날도, 그다음 날도 그리고 그다음 다음날도 돌아가지 않았다. 마치 파업을 선언한 노동조합의 대표처럼 끈질기게 자신의 고집을 꺾지 않았다.

⁜

사무실 책상에 망부석처럼 앉아 있는 수한은 멍하니 있다 인상을 찡그리고, 그러다 다시 멍하니 있고, 그걸 종일 반복했다.

그의 모습을 지켜보는 주변 사람들이 피가 바짝바짝 말랐다. 서로 눈치만 보다가 결국 형도가 나서서 그에게 다가갔다.

"대표님."

"……."

"대표님?"

"……."

"대표님!"

신사의 유혹

형도가 언성을 높이자 그제야 수한의 멍한 시선이 형도의 얼굴 위로 떨어졌다. 살다 살다 수한의 넋 나간 모습은 처음이었다.

"진 비서님……?"

"예, 저 진 비섭니다. 제 얼굴은 알아보시겠어요?"

"물론입니다. 근데 무슨 일이십니까?"

"일은 제가 아니라 대표님께 생기게 생겼습니다. 제발 무슨 일 인지 속 시원히 말씀 좀 하십시오. 이렇게 있다고 해결책이 나오는 건 아니지 않습니까?"

수한 역시 알고 있었다. 이렇게 앉아만 있다고 떠나간 라지가 돌 아오진 않는다는 사실을. 그래서 마음이 더 아팠다.

며칠 새 까칠해진 수한의 모습에 형도가 심각한 얼굴로 말했다.

"대표님께서 제게 이런 말을 하셨죠. 문제가 생기는 걸 두려워 하지 말라고. 어떤 문제든 해결책이 존재하는 거라고. 해결책이 없 는 문제는 이 세상에 없는 거라고, 하시지 않았습니까?"

"……"

"무슨 일인지 몰라도 해결책이 있을 겁니다. 저희가 도울 테니 기운 차리세요! 저희 능력 아시잖습니까? 우리가 하는 일이 뭡니 까, 성공률 100퍼센트 업무해결사들입니다."

책상 위를 맴돌고 있던 그의 눈동자가 서서히 형도의 얼굴로 초 점을 맞췄다.

형도의 말이 맞았다. 그가 하는 일이 바로 문제 해결이었다. 될지 안 될지 모르나 이렇게 손 놓고 있을 순 없었다. 그녀를 잡아야 했 다. 그의 진심을 전하고, 사실을 전하고, 모든 것을 되돌려야 했다.

수한은 천천히 자리에서 일어나 형도를 향해 미소를 지어보였다.

"고맙습니다, 진 비서님."

"예……?"

"덕분에…… 제가 할 일을 찾은 것 같습니다. 일단 도라지 씨의 친한 친구분들 연락처부터 알아야겠습니다."

"도라지 씨요? 아아, 한택주 씨 매니저였던 그 여자분? 근데 그 여자분은 왜……아, 아닙니다! 지금 즉시 알아오도록 하겠습니다!"

형도는 남자의 직감을 뒤로하며 수한의 명을 기쁘게 받아들였다. 사무실을 나가는 그의 발걸음이 한결 가벼워졌다.

✤

어느덧 일주일.

택주는 이곳이 익숙해졌는지 제 집처럼 편하게 지냈다. 올라오라고 난리 치는 김 대표와 김군의 닦달에 오늘부턴 휴대폰까지 아예 꺼버렸다.

"라지야, 장 좀 봐올래?"

엄마의 부탁에 라지가 보던 책을 내려놓고 일어서자 택주도 따라나섰다.

"같이 가자. 내가 데려다 줄게. 너 차 없잖아. 오늘 눈도 내린다는데 추워, 같이 가."

그러고는 그녀의 대답도 듣지 않고 방에서 점퍼를 가져와 입더니 차로 가서 시동을 걸었다. 라지는 택주에게 말을 걸지 않았다. 그럼에도 택주는 그녀에게 끊임없이 말을 걸어왔다.

"야, 너 뉴스 봤냐? 정주아 걔 완전 대박이더라. 뒤가 구린 줄은

398
신사의
유혹

알고 있었지만 그렇게 최악인 줄은 몰랐다. 어떻게 십 대한테 성매매를, 아우, 이번에 그냥 넘어갈 것 같진 않아. 국민들이 제대로 화가 나 주신 거지. 거기다 정주아 동영상이 은밀히 나돈다고 하더라. 아직 난 못 봤지만 그게 그렇게 죽여준대. 남녀 8명이 파트너를 바꿔가며…… 야! 듣고 있나?"

"어."

"흠흠, 암튼 사람들이 나보고 불쌍하대. 김 대표가 연기를 제대로 해주신 거지. 기자들한테 우린 아무것도 몰랐다. 기사 보고 뒤늦게 알았다. 정말 충격적이다. 그동안 택주도 속고 이용당한 거다, 라고 했을 테고, 그 덕에 난 국민 솔로가 된 가련한 피해자가 되었단 말씀. 정주아 잡혀가는 날 이상하긴 했어. 이른 아침에 날 찾아왔잖아. 뜬금없이 왜 왔나 했더니 헤어지자고, 끝내자고, 마치 이런 일이 일어날 걸 알고 있었던 사람처럼. 아니지, 엄청 기분 좋아 보였는데…… 거참 이상하네? 안 그래?"

"……."

"사람이 말을 하면 반응 좀 보여라. 아무리 말하기 싫기로서니 벌써 일주일이다. 그 정도면 충분히 했잖아. 대체 무슨 일인데 천하의 잔소리꾼 입을 이렇게 닫게 만든 거야? 지성우 그 자식이지?"

택주의 입에서 결국 그 이름 석 자가 튀어나왔다. 암묵적으로 지키고 있던 경계선을 드디어 넘어버린 것이다. 말이 터진 김에 택주는 차를 갓길에 세운 뒤 속에 담고 있던 말을 줄줄이 뱉어냈다.

"너 그 자식이랑 무슨 일 있었던 거 맞지? 그 자식 바람폈냐? 양다리였어? 변태 사이코? 그것도 아니면……."

"시끄러워. 운전이나 해."

"답답해서 그런다!"

"답답하면 올라가! 누가 잡아? 안 그래도 머리 터질 것 같으니까 귀찮게 하지 말고 서울 가. 돌아가서 네 일이나 해."

라지의 차가운 태도에 택주는 금세 꼬리를 내렸다.

"아냐. 조용히 운전할게."

하지만 조용한다던 그의 말은 5분도 되지 않아 깨졌다.

"근데 라지야. 네 동생, 내 팬이라는 거 그동안 왜 말 안 했냐? 진작 얘기했으면 사인이라도 잔뜩 해줬을 텐데. 세지가 너한테 여러 번 부탁했었다던데 그때마다 쌩 깠다며? 어제 세지가 열 내면서 얘기하던데, 내가 들어도 네가 좀 너무했더라. 그까짓 사인이 뭐라고……."

"차 세워. 택시 타고 가게."

"아, 알았어! 진짜 입 다물게!"

택주는 저자세로 나오며 라지의 말에 무조건 따랐다. 시장에 도착할 때까지 입을 꾹 다물고 운전에만 집중했다.

마트 주차장에 차를 세우고 들어가려던 두 사람은 마트 출입구에 동양화 신인작가 공모전 포스터가 붙어져 있는 걸 발견했다.

"어? 라지야, 이거 봐! 네가 좋아하는 겨울미술관에서 주최하는 거네?"

라지의 눈이 포스터에 박혔다.

택주의 말대로 겨울미술관에서 주최하는 공모전이었다. 규모가 작긴 해도 상금도 큰데다 겨울미술관에서 전시할 수 있는 기회가 주어지는 좋은 기회였다.

라지가 멍하니 서서 포스터를 보고 있자 택주가 붙어 있는 포스터 중 하나를 떼어 그녀의 손에 쥐어주었다.

"추운데 나중에 집에 가서 천천히 보고, 지금은 장부터 보자. 춥다!"

저녁 메뉴는 해물탕이었다. 아버지의 건강 때문에 조미료를 쓰지 않아 맛은 연했지만 갖가지 야채들과 곁들여 먹는 식사는 고급 한식집보다 맛있었다.

"잘 먹었습니다."

택주는 식성 좋게 두 그릇이나 해치운 뒤 수저를 내려놓았다. 그 모습에 맞은편에 앉아서 밥을 먹던 세지가 감탄을 했다.

"우와! 오빠 어떻게 밥 먹는 것도 예술이에요? CF의 한 장면을 보는 것 같았어요!"

그녀의 칭찬에 그는 어깨에 힘을 주고 가지런한 치아를 드러냈다.

"CF의 황제란 별명이 그냥 나오는 게 아니거든."

두 사람이 주거니 받거니 얘기를 나누는 동안 라지가 수저를 내려놓고 거실로 나갔다. 반이나 남은 밥을 보고 어머니가 걱정스럽게 택주를 쳐다봤다.

"한 번도 밥을 남긴 적이 없었는데…… 요새 계속 그러네. 택주 넌 아니? 라지가 왜 저러는지."

"저도 잘……."

"하긴, 알면 네가 여기 와 있을 리도 없겠네. 아줌마가 괜한 걸 물었다."

택주는 눈치를 보며 주방을 나갔다. 라지는 거실에 앉아 텔레비전을 보고 있었다. 그녀의 곁에 앉자 세지가 냉큼 달려와 그의 옆자리를 차지하고 앉았다.

"오빠, 후식으로 아이스크림 안 먹을래요?"

"이 추운데 아이스크림을 먹자고?"

"추울 때 먹는 아이스크림이 얼마나 맛있는데요. 드실래요?"

세지는 택주에게 말하며 텔레비전으로 시선을 돌렸다. 때마침 텔레비전에서는 블랙퀸에서 새로 출시된 커피 광고가 공중파를 타고 처음으로 세상 밖으로 흘러나오고 있었다.

"어? 우와, 저 남자 누구? 진짜 잘생겼다! 오빠, 저 사람 누군지 알아요? 신인 맞죠? 처음 보는 얼굴인데……."

팟! 텔레비전을 꺼버린 라지가 벌떡 일어나 마당으로 나가버렸다. 세지가 화를 내려고 일어서려는데 택주가 그녀를 잡으며 고개를 내저었다.

"그냥 나둬. 그럴 만한 사정이 있어 그래."

"무슨 사정인데요? CF에 나온 남자랑 아는 사이예요?"

택주는 대답 대신 어색한 미소를 지으며 텔레비전 리모컨을 그녀의 손에 쥐어주었다.

"보고 싶은 거 보고 있어. 나 잠시 얘기 좀 하고 올게."

택주가 밖으로 나가자 라지가 마당 평상에 앉아 밤하늘을 올려다보고 있었다. 그는 근질거리는 입을 닫고 그녀의 옆에 조용히 엉덩이를 내렸다.

추위에 소름이 돋을 무렵이었다. 줄곧 침묵으로 일관하던 그녀가 처음으로 먼저 입을 열었다.

"너 왜 여기 있어? 넌 언제나 네 일이 1순위잖아. 그런 애가 열일 다 제쳐놓고 왜 여기 와 있는데?"

"너 때문에. 지금의 너…… 위태로워 보여. 혼자 둘 수가 없어."

"내가…… 그래 보여?"

"어. 엄청. 무지."

"예전에 네가 그랬었지? 나보고 참 미련하다고, 세상 물정 모른다고. 맞아. 내가 생각해도 그런 것 같아."

"라지야…….."

"돌아가, 택주야. 가서 네 할 일 해."

"같이 간다고 했잖아."

"나 여기 도망 온 거야. 쪽팔려서……. 그러니까 나 좀 내버려두고 가. 쪽팔리는 일이 더 이상 쪽팔리지 않게 되면…… 그때 돌아갈 테니까."

"그때가 언젠데? 일주일이면 되냐? 한 달? 일 년? 도대체 뭘 믿고 무작정 기다리라는 건데? 뭐가 그렇게 쪽팔려서 도망치는 거냐고? 지성우…… 그 자식 때문이지, 그렇지?"

"……."

"그 자식이 뭐라고 했는데 이래?"

"말하고 싶지 않아."

입을 닫아버린 라지의 태도에 택주는 가슴이 답답해 죽을 것 같았다.

"젠장! 좋아, 말하지 마. 말 안 해도 좋으니까 이것만 알아둬. 나너 좋아해. 뒤늦게 깨달아서 미치게 후회되는데, 그래도 진심이다. 이거 진심이야! 그러니까 마음 정리되면 나한테 와. 무조건 기다릴테니까…… 꼭 와라."

택주는 라지의 대답을 듣지도 않고 그대로 몸을 돌려 안으로 들어갔다. 그리고 짐가방을 챙겨 나와 차에 싣고 떠나버렸다. 스케줄을 미루는 것도 이미 한계인데다 라지에게도 개인적인 시간이 필요한 것 같아 어렵게 결정을 내린 것이다.

갑자기 떠난다는 그를 배웅하기 위해 나온 세지가 멀어지는 차를 향해 손을 흔들다 라지의 곁으로 다가왔다.

"언니, 택주 오빠 갔어."

"알아."

"왜 안 잡았어?"

"내가 가라고 한 거야."

"왜? 택주 오빠 언니 좋아하는 거 아냐? 딱 보니 그렇던데. 택주 오빠가 그러는데 정주랑 사귄 것도 진짜 아니라며? 그럼 그만 용서하고 받아들여도 되는 거 아냐?"

세지는 라지가 이러고 있는 게 택주 때문이라고 생각한 모양이었다.

"택주랑 상관없는 일이야. 그리고 택주랑 어떻게 엮일 생각도 없어."

"아니, 택주 오빠처럼 멋진 남자를 왜 마다해? 언니 미쳤어?"

"너랑 말싸움할 기분 아니니까 그만 들어가."

"언니 진짜 이상해! 알아?"

세지는 짜증스럽게 말을 던지곤 안으로 들어가며 문을 쾅 소리 나게 닫았다. 라지는 차갑게 식은 손으로 마른세수를 하며 옅은 신음을 내뱉었다.

"이럴 생각은 아니었는데……."

이곳에 내려오면 생각이 정리될 줄 알았다. 그래서 망설임 없이 짐을 싸서 이곳으로 왔다. 하지만 자신의 생각이 틀린 모양이었다.

신사의
유혹

생각은 생각대로 정리가 되지 않았고 주변 사람들에게 눈치만 보게 만든 꼴이었다. 예민할 대로 예민해져 짜증과 신경질만 부리는 못난 행동만 부리고 있었다.

알고 있다. 이 모든 것이 수한이 아니라 자신 때문이라는 것을.

첫 만남부터 수한은 적극적이지 않았다. 먼저 다가간 것도, 먼저 마음을 준 것도 자신이었다. 그래서 화가 났다. 자신을 이용하려는 사람에게 먼저 마음을 내준 자신이 바보 멍청이 같아 화가 났다. 아니, 진짜 화가 나는 건 그런 이유가 아니었다.

라지는 이 현실이 거짓말 같았다. 불시에 나타난 그가 모든 것이 거짓말이라며 진실은 다르다고 말해주길 바라고 있었다. 그런 일은 절대 일어날 수 없는 일인데 말이다.

"정말 바보 같아……."

이런 상황이 되어서까지 헛된 희망을 바라는 자신이 바보 같았다.

'그는 어떻게 지내고 있을까? 난 그 사람 생각만으로도 이렇게 가슴이 찢어지게 아픈데, 그 사람도 그럴까?

지금껏 자신을 이용한 사람이니 아마 가슴이 아픈 일은 없겠지.

그래도 조금의 죄책감은 느끼고 있을까?

운명적인 사랑이라며 기뻐하고 설레었던 때가 엊그제 같은데 이별의 아픔을 감당해야 하는 지금의 순간이 너무 괴롭기만 하다.

라지는 감기에 걸릴지도 모른다는 부모님의 걱정 어린 소리를 듣고 난 뒤에야 자리를 털고 일어났다.

꽃

일주일 뒤.

"라지, 라지, 도라지! 그동안 잘 지냈니?"

귀찮은 손님이 라지의 집을 찾았다.

"고정희, 네가 여기까지 웬일이야?"

연락도 없이 찾아온 정희는 당연하게 안으로 들어섰다.

"부모님은?"

"밭에 나가셨어. 연락도 없이 어쩐 일이냐니까?"

"소중한 친구가 말도 없이 잠수를 탔으니 왔지. 월차 내서 온 거니까 특별히 고마워해라."

라지는 피식 웃으며 소파를 가리켰다.

"앉기나 해. 커피?"

"내려오면서 마셨어. 점심이나 줘. 배고파."

"나물 많은데, 비빔밥으로 해줄까?"

"좋지."

손 빠르게 비빔밥을 만들어 먹어치운 두 사람은 시골길을 걸으며 바람을 쐤다.

"이야, 시골이라 그런지 공기가 확실히 다르네. 몸 안이 깨끗해지는 기분이야."

"그치? 나도 이 공기가 제일 좋아. 공기가 깨끗해서 그런지 아빠 몸도 많이 좋아졌고."

"세지는 잘 있지?"

"응. 농협에 취직해서 잘 다니고 있어."

"좋아하는 사람은 없고?"

"같이 근무하는 사람 중에 있긴 한가봐. 아직 사귀는 사이는 아니고."

"좋을 때네. 그러다 너보다 먼저 결혼하는 거 아냐?"

"상관없어. 넌 김군이랑 어때?"

김군이란 이름에 정희의 얼굴이 살짝 붉어졌다.

"모르겠어. 이 남자, 알면 알수록 순진한 것 같달까? 여자를 몰라도 너무 몰라. 그런데도 가르치면 가르치는 데로 잘 따라오는 게 마음에 들기도 하고…… 지금까지 만났던 남자들하고 달라. 비밀 하나 말해줄까?"

"뭐?"

"나 김군 만나고 다른 남자랑 잔 적 없어."

"정말?"

이건 정말 놀라운 일이었다. 섹녀 정희가 한 남자하고만 관계를 가지다니 말이다. 같은 남자는 행동 패턴이 똑같아서 재미없다며 늘 새로운 남자를 추구하던 그녀였다.

"내가 지금까지 많은 남자들과 자봐서 아는데, 김군처럼 힘 좋은 남자가 없어. 그래서인지 자꾸 김군만 찾게 되는 거 있지? 볼수록 성격도 마음에 들고, 나한테도 참 잘하는 것 같아."

"그럼 정식으로 사귀는 거야?"

"그럴까 생각 중이야."

"김군이 좋아라 하겠네. 걔처럼 순정파는 마음 준 상대한테만 몸도 주는 법이거든. 잘해서 결혼까지 가봐."

"아직 거기까진 아니고. 가볍게 사귀는 정도로 시작할 거야."

"그래, 천천히 진도 나가는 것도 좋지."

라지는 진심으로 두 사람이 잘되기를 바라며 싱긋 웃었다.

"참! 너 정주아 뉴스 봤니? 완전 대박! 걔랑 엮인 거물급 인사들이 네 명이나 된다며? 줄줄이 요새 그 일로 화제야. 내가 그년이 그렇게 뒤가 구릴 줄 알았다니까! 너한테 깝치고 잘난 척 졸라 떨더니 뒤로 개지랄을 떨고 있었을 줄 누가 알았겠니? 어제는 전 소속사에서 계약 어기고 새 소속사로 옮긴 사실도 드러났잖아. 전 소속사 대표가 사람이 착해서 그동안 참고 있었던 거라더라. 입만 열면 거짓말에 암튼 뻔뻔하고 까면 깔수록 질 나쁜 더러운 년이야."

"왜 이렇게 흥분해? 정주아가 너한테 뭐라고 한 것도 아닌데."

"그냥 싫어. 사람이 하나를 보면 열을 안다고, 너한테 한 것만 봐도 답이 나오잖아. 이번에 감옥 가면 오래 좀 있었으면 좋겠어."

"감옥에 가든 안 가든 어차피 연예계 생활은 끝났어. 그만 미워해. 뜨고 싶은 욕심이 과했던 거지. 솔직히 이 바닥에서 그 정도 욕심 안 부리는 사람이 어딨겠니?"

"하긴. 요샌 안티들까지 난리여서 차라리 감옥이 안전할 거야."

걷다 보니 어느새 번화가였다. 말이 번화가지 도시의 번화가와는 차원이 달랐지만 그래도 마트며 음식점이며 없는 게 없었다.

"어? 공모전 하나 보네? 동양화면 라지 네 전공이잖아."

정희가 입구 쪽 유리문에 붙은 포스터를 보며 말했다. 라지는 자신이 좋아하는 작가의 그림이 그려진 포스터를 보며 고개를 끄덕였다.

"나…… 공모전이나 해볼까?"

지난번 택주가 뜯어준 포스터를 책상 위에 놓고 하루에 몇 번씩 내려다봤다. 어차피 그녀의 꿈은 겨울미술관에서 전시회를 갖는 거니 이번에 당선되면 굳이 적금을 타지 않더라도 빠르게 꿈을 이룰 수 있었다.

"그래, 이런 시골에서 몇 명이나 참가하겠니? 나가면 따논 당상이겠다."

"그런가?"

"그럼! 여기 봐! 상금도 있잖아! 이거 거저먹는 거다, 애. 꼭 해!"

괜찮은 기회였다. 마침 쉬고 있는 중이니 그동안 그려놓은 작품들 중 손 좀 봐서 출품하면 가능할지도 몰랐다.

정희는 다시 걸으며 목소리를 깔았다.

"택주랑은 연락해?"

"아니."

"연락 좀 해줘. 네 연락 기다리는 눈치더라. 어차피 돌아가면 다시 택주 매니저 할 거 아냐, 좋은 게 좋은 거라고 배우 관리한다고 생각하고 미리미리 연락하면서 돌아갈 구멍 좀 만들어놔. 너 적금 부으려면 아직 일해야 한다며? 택주 걔가 철이 없어서 그렇지 배우로선 나쁘지 않잖아."

안 그래도 택주에게서 매일 문자가 들어오고 있었다. 하루에 많게는 스무 개, 적게는 열 개, 답장도 하지 않는데 일방적인 문자를 지치지도 않고 보내왔다. 택주답지 않은 인내심이었다.

"근데 갑자기 집엔 왜 내려간 거야?"

"그냥 생각할 게 좀 있었어."

"그 생각이라는 거…… 혹시 네가 저번에 말한 강수한……이라는 사람 때문이야?"

"……."

"맞구나? 역시 내 직감은 정확하다니까? 그 사람이랑 무슨 일 있었던 거지, 그렇지? 아니고서야 그렇게 좋다고 매일 나한테 전화해서 자랑을 하진 않았겠지."

"그냥 모른 척 넘어가줘. 지금은 아무 말도 하고 싶지 않으니까."

"걱정 마, 아무것도 안 물어봐. 다만 이 언니가 한 가지만 말해두고 싶은 게 있어서 말이야. 사람이라는 게 원래 속을 알 수가 없는 거거든? 그러니 겉으로만 봐서 알 수 있는 게 없단 말이지. 무슨 일인지는 몰라도 냉철해질 필요가 있다는 거야. 상대방의 입장도 생각해보고, 자신의 입장도 생각해보고. 그렇게 생각해본 다음에 결정해도 늦지 않아. 섣부른 결심은 늘 후회를 불러오는 법이거든."

"너답지 않게 뭐가 그렇게 심오해?"

"그러게? 으으! 근데 오늘 날씨 되게 춥다."

정희는 딴청을 피우며 다시 라지의 집으로 돌아왔다.

일주일 전.

퇴근을 하던 정희는 한 통의 전화를 받았다.

─안녕하십니까, 도라지 씨 친구분 고정희 씨 맞으시죠? 갑자기 전화 드려 죄송합니다. 전 강수한이라고 합니다.

그는 라지에 대해 의논할 일이 있다고 했다. 안 그래도 라지가 말도 없이 시골로 간 게 이상하던 참이었는데 잘됐다 싶어 당장 그를 만났다.

처음엔 너무 잘생긴 외모에 깜짝 놀랐다. 하지만 더 놀란 건 그의 차분하고 어른스러운 성격이었다. 보통은 둘 다 갖추기 힘든 법

신사의 유혹

인데 이 남자는 두 가지를 다 갖추고도 겸손하기까지 했다.

"도와주셨으면 합니다."

그는 단도직입적으로 부탁했다. 정희는 당연히 그 이유를 물었다. 라지가 그의 자랑만 했지 헤어진 이유는 전혀 말하지 않았으니까. 다행히 그에게서 간략한 얘기를 들을 수 있었다.

결과만 놓고 보면 그는 나쁜 사람이었다. 라지를 좋아하게 된 동기가 불순하니까. 하지만 그의 상황을 생각해보면 이해가 안 되는 것도 아니었다. 그의 직업은 의뢰를 받아 행하는 일이었고, 우연찮게 정주아와 관련이 생긴 것뿐이다. 물론 이런 종류의 업무를 받은 건 이번이 처음이라고 했다. 복잡하게 얽힌 업무 관계 때문에 더 이상의 깊은 얘기는 하지 않았지만 라지에게 접근한 건 의뢰 때문임은 부정할 수 없는 사실이라고 했다. 하지만 시작만 그럴 뿐, 라지를 진심으로 좋아하게 되었고, 그 때문에 의뢰는 도중에 바꾸었다고 했다.

정희는 수한이 마음에 들었다. 이렇게 해서라도 라지를 붙잡고 싶어 하는 그의 마음이 엿보인 탓일지는 몰라도 그의 진심이 느껴졌다. 이번 일로 택주도 라지에게 마음이 있음을 눈치 채고 있었다. 하지만 정희는 수한 쪽에 한 표를 던져주고 싶었다. 택주와 라지가 연인이 된다면 라지 쪽이 마음고생 할 건 불을 보듯 빤했다.

'이렇게 멋진 남자가 심각하게 반성하는데, 용서해주는 여자가 미남을 얻는 거 아니겠어? 하여튼 이노무 계집애 무슨 재주로 잘난 남자들을 뻑 가게 만든 거야?'

정희는 수한 쪽으로 마음을 굳혔다. 마지막 결정은 라지가 하는 거겠지만 이 남자에게 다시 한 번의 기회를 주는 건 라지를 위해서도 좋다는 생각이 들었다.

"좋아요, 뭘 도우면 되죠?"

그녀의 승낙에 그가 한결 편안해진 얼굴로 말을 이었다.

"라지 씨는 지금 부모님이 계신 곳에 가 있습니다. 그곳에 가셔서 라지 씨와 편한 대화를 나눠주시면 됩니다."

"편한 대화요?"

"평소대로 대해주시면서 라지 씨 마음을 진정시켜주셨으면 합니다."

"뭐, 특별하게 부탁 같은 걸 하는 게 아니고요?"

"라지 씨와 제 일은 스스로 풀어야죠. 정희 씨께서는 라지 씨가 예전의 모습을 찾을 수 있도록 최대한 자연스럽게 대해주시면 됩니다. 아무래도 오랜 친구를 만나다 보면 마음이 누그러지겠죠. 시간 되시는 다른 친구분들도 그렇게 해주시면 좋을 텐데, 정희 씨가 그쪽을 도와주시면 감사하겠습니다."

그날의 일을 회상하던 정희는 저녁까지 먹고 편안하게 얘기를 나누다 자리에서 일어났다.

"도라지! 전생에 나라를 구했냐? 완전 부럽다!"

"무슨 소리야?"

"그런 게 있다! 암튼 민정이도 그렇고 다들 너 보러 내려온다고들 하더라. 그렇게 알어, 그럼 나 간다!"

정희는 두 사람이 잘되기를 기도하며 조금 떨어진 곳에 정차해 있는 자신의 차를 타고 그곳을 벗어났다.

라지는 공모전 준비에 심혈을 기울이기 시작했다.

　지금은 뭔가에 몰두하는 게 나았다. 그래야 복잡한 마음을 추스를 수 있으니까 말이다. 그녀는 모든 걸 잊고 자신의 방에서 폐인처럼 그림만 그렸다. 공모전 마감일이 촉박한 탓도 있었지만 마트를 가거나 거리를 나서기만 하면 주변에 있는 사람들이 공모전에 대한 얘기를 나누며 신경을 자극했다. 별 볼일 없을 줄 알았던 공모전이 생각보다 사람들의 관심을 받고 있다는 건 공모전이 제법 괜찮다는 말이기도 했다.

　라지는 일주일 동안 자신의 오래된 작품도 꺼내 손 보고 떠오르는 새로운 작품도 만들어 포트폴리오를 준비했다. 실로 오랜만에 손 놓고 있던 그림을 잡은 셈이었다. 꽉 막혔던 기분이 이 일에 매달리면서 조금씩 희석되어가는 것 같기도 했다. 실연의 아픔을 겪는 사람들이 왜 미친 듯이 일에 매달리는지 진심으로 이해되었다. 다른 건 몰라도 시간 하나는 잘 갔으니까 말이다. 또한 그만큼 복잡한 머릿속도 가벼워졌다.

　"언니, 어디 가?"

　세지의 말에 라지는 작품들을 챙겨 들고 신발을 신었다.

　"응. 공모전에 작품 내러."

　"드디어?"

　"오늘이 마지막 날이거든. 오늘까진 내야 해."

　"오오, 축하해! 그럼 오늘은 퇴근하면서 삼겹살 사올까? 파티해야지."

"아직 당선된 것도 아닌데 파티는 무슨."

"뭐든 시작이 반이랬어. 도전하는 게 중요하지."

"그럼 내가 이거 내고 오는 길에 사올게."

"정말? 그럼 나야 좋지. 지금 나갈 거랬지? 나도 출근해야 하니까 같이 나가."

라지는 우체국으로 가 작품을 보내고 간만에 커피숍에 앉아 커피도 한 잔 했다. 이렇게 앉아 여유를 부리니 지난 시간들이 오래된 과거처럼 느껴졌다.

욱신. 또 강수한 그 남자의 모습이 아른거린다. 이렇게 여유가 생기면 문득문득 떠올라서 미칠 지경이었다.

띠링.

아침 먹었어? 난 우리 김군이 볶음밥 해줬지롱.

정희의 문자였다. 정희는 지난주부터 김군과 동거를 시작했다.

'좋아 죽네. 이러다 결혼도 가능하겠어.'

띠링.

어제 우리 남편 새벽 3시에 들어온 거 있지? 이걸 죽일까, 살릴까?

현정의 문자였다.

요새 친구들에게 부쩍 연락이 잦았다. 몇몇은 이곳까지 찾아오기도 했다. 서울에 있을 땐 서로 바빠 챙기지도 못했는데 말이다.

안 그래도 우울했는데 잦은 친구들의 연락은 재미없는 그녀의

신사의
유혹

시간을 조금은 활발하게 만들어주었다.

친구들과 문자를 주고받다 점심이 지나서야 집으로 돌아온 그녀는 김 대표의 전화를 받았다.

-대체 언제 올 거야? 이제 쉴 만큼 쉬었잖아. 그만 좀 올라와. 택주는 말도 안 듣고, 아주 죽겠어.

서학이 죽는소리를 했다. 라지도 그동안 생각했다. 이대로 계속 있을 순 없으니까. 가만히 있다고 돈이 생기는 것도 아니고, 이대로 부모님 눈치 보며 집에 주구장창 머무를 수는 없었다.

"다음 주에 올라갈게요."

다음 주 안에 공모전 합격자 발표가 났다. 결과가 어떻게 날지는 몰라도 그 결과는 보고 가고 싶었다.

-잘 생각했어. 그간 푹 쉬었으니 일할 때 됐잖아. 택주도 엄청 기다렸어.

"대표님, 근데 이제 택주 말고 다른 사람 맡고 싶어요."

-뭐어? 갑자기 왜, 그럼 택주가 난리 칠 텐데.

"저 이제 여자 맡을래요. 그렇게 해주세요."

그녀의 진지한 말에 잠시 동안 침묵이 이어졌다. 서학이 고민하는 듯했다. 조금 뒤 서학이 입을 열었다.

-생각해볼게. 어쨌든 다음 주 안에는 와야 해. 알았지?

"네."

전화를 끊은 그녀는 방도 정리할 겸 간만에 집 안 청소를 시작했다. 공모전 준비를 끝냈더니 그것도 일이라도 한시름이 놓였다.

'그래, 서서히 잊는 거야. 잊을 수 있어.'

몇 년씩 사귀다가도 헤어지는 게 연인 사이였다. 라지는 그걸

위안 삼으며 마음을 정리하려 애썼다.

✦

"정말 내일 올라가는 거야?"

저녁을 먹으며 엄마가 물었다. 라지는 고개를 끄덕이며 젓가락을 내려놓았다.

"이제 일해야죠. 미루고 미뤘던 휴가도 몽땅 다 썼고, 가서 열심히 돈 벌어야 먹고 살죠."

"그래도 막상 간다고 하니 또 섭섭하네."

"그러게. 언니 있어서 좋았는데."

세지도 툴툴대며 젓가락을 내려놓았다.

"아빠는 많이 늦으세요? 저녁에 치맥 할까 했는데."

"올 때가 다 됐는데……."

때마침 현관문이 열리며 아빠가 들어섰다.

"라지야, 이거 네 앞으로 온 편지 같은데?"

"저한테요?"

라지가 현관으로 가 아빠에게서 편지를 받아들었다. 편지의 발송인은 겨울미술관이었다.

"앗!"

공모전 결과가 도착한 것이었다. 깜짝 놀란 라지가 봉투를 뜯자 축하한다는 인사말과 함께 내일 겨울미술관으로 와 달라는 메시지가 들어 있었다.

"어떡해! 나 대상이야!"

라지가 놀라 소리치자 세지와 가족들이 모여들었다.

"정말? 대박! 축하해, 언니!"

"그게 무슨 소리냐?"

무슨 소린지 알아듣지 못한 아빠의 말에 엄마가 옆구리를 찌르며 눈치를 줬다.

"이이는, 라지가 얼마 전에 미술관인가 뭔가에 그림 공모전에 참가했잖수. 그거 상 받았대요."

"그래? 그것참 대단하구나!"

순식간에 축제 분위기가 되었다. 라지는 우울했던 마음이 급상승했다. 처음으로 참가해본 공모전에서, 그것도 대상이라니!

지잉.

"여보세요?"

-겨울미술관 미술공모전에서 전화를 드렸습니다. 먼저 당선되신 거 축하합니다.

"감사합니다!"

-수상 및 계약에 대한 설명을 드리려고 하는데, 내일 미술관으로 나오실 수 있나요?

"그럼요!"

-그럼 내일 2시쯤 미술관에서 뵙겠습니다.

전화를 끊은 라지는 그제야 실감이 났다. 택주가 남우주연상을 받았을 때보다 몇 백 배는 좋았다. 무언가를 이뤄낸다는 게 바로 이런 느낌이구나, 싶었다.

"언니! 우리 오늘 밤엔 치맥 말고 와인으로 마시자! 축하파티 해야지!"

"좋아, 내가 쏜다!"

"와아아!"

그 일이 생기고 처음으로 크게 웃었다. 아직 마음 한구석이 저릿한데 그래도 웃음이 났다.

다음날 오후 1시 40분.

라지는 시간에 맞춰 겨울미술관을 찾았다. 입구에 도착하자 회색 정장을 차려입은 여자가 그녀를 맞이했다.

"도라지 씨?"

"네, 제가 도라지인데요."

"반갑습니다, 이쪽으로 따라오시죠."

라지는 여자를 따라 뒤쪽에 있는 사무실로 들어갔다. 여자는 계약서를 들고 와 라지 앞에 내려놓았다.

"읽어보시고 사인하시면 됩니다. 상금은 계약이 되면 일주일 안으로 통장으로 입금될 거고요, 작품들은 몇 개월 안으로 이곳에서 첫 전시회를 가질 겁니다."

"그렇게나 빨리 전시회를 가질 수 있는 건가요?"

"다른 수상자분들도 같이 전시될 거긴 하지만 메인은 도라지 씨 작품이 될 거예요. 계약하시고, 1년에 5점 이상씩만 작품 주시면 2, 3년에 걸쳐 전시회를 가지는 형식으로 이름을 키울 생각입니다. 괜찮으시죠?"

"그, 그럼요. 저야 좋죠. 감사합니다."

라지는 두 번 생각할 거 없이 계약서에 사인을 했다. 계약이 완료되자 여자가 씨익 웃으며 전시실을 가리켰다.

신사의 유혹

"3전시실이 비어 있어서 이번 당선작들을 걸어봤어요. 가서 구경하시고 계세요. 곧 대표님 오실 거니까 대표님 만나보고 가셔야죠."

"대표님이요?"

"이번 공모전 주최하신 대표님이에요."

"네……."

라지는 다른 수상자들도 들어오자 자리를 피해 주기 위해서라도 3전시실로 걸어갔다. 겨울미술관은 언제나처럼 세련되면서도 포근한 분위기가 감돌았다.

"앗, 저기 내 그림이다."

벽에 그녀의 그림이 걸려 있었다. 이렇게 버젓이 액자 속에 들어 있는 자신의 그림을 보니 제법 멋스러웠다.

나중에 정식으로 전시회가 열리면 많은 사람들이 내 그림을 보겠지?

먼 미래에 와 있다는 느낌마저 들었다. 이 순간을 위해 오랜 시간 적금을 들었고 힘든 일을 견뎌왔다. 그런데 이렇게 뜻밖의 기회로 그 순간이 빨리 와 버린 것이다. 아직도 믿어지지 않았다.

한참을 둘러봤는데 어째 들어오는 사람이 하나도 없었다. 분명 수상자가 자신 말고도 몇 명이 더 있었는데 말이다.

그때 문으로 누군가가 들어섰다. 라지는 반사적으로 뒤를 돌아봤다. 그리고 문을 닫고 들어온 남자를 놀란 눈으로 쳐다보았다.

"수한 씨……."

그는 강수한이었다. 조금 수척해진 얼굴이었지만 검은색 정장을 차려입은 그는 시상식에 참석한 사람처럼 깔끔하고 멋진 모습 그대로였다.

"반갑습니다, 이번 공모전 대표입니다."

라지는 천천히 그의 앞으로 다가가 멈춰 섰다. 미치게 화가 났는데 2주 만에 보는 그의 얼굴은 반가웠다. 말도 안 되게 가슴이 설레었다. 잊을 수 있다고 생각했는데 그게 아니었던 모양이다. 그의 목소리가 귀를 파고드는 순간, 그의 얼굴이 시야에 들어오는 순간 가슴이 철렁이며 요동쳤다. 걷잡을 수 없이 커져버린 소용돌이처럼 온몸의 피가 들끓었다.

무슨 말을 해야 할지 몰라 망설이는데 그가 다시 입을 열었다.

"십 분만, 아니 오 분만이라도 좋으니 그대로 있어 주세요."

"……."

수한은 차분하게 입을 열었다.

"처음 이 일을 하게 된 계기는 아는 분의 일을 도와주게 되면서입니다. 다양한 일을 해볼 수 있다는 이점과 남이 해결하지 못하는 일을 해결한다는 쾌감과 도전정신 때문에 그만둘 수가 없었죠. 탑엔터테인먼트 대표인 문일중 씨의 의뢰를 맡은 건 우연이었습니다. 보통 이런 쪽으론 일을 맡지 않는데 제가 해외출장을 가 있는 동안 저희 직원이 이 의뢰를 맡게 되었죠. 문일중 씨의 의뢰는 두 가지였습니다. 첫 번째는 정주아 씨가 훔쳐간 탑엔터테인먼트의 이중장부 그리고 두 번째가 한택주 씨와 정주아 씨의 결별이었죠."

처음으로 듣는 그의 얘기에 라지의 눈동자가 커졌다. 그는 그때의 일이 후회된다는 듯 깊은 한숨을 내쉰 뒤 다음 말을 이어갔다.

"문일중 씨는 정주아 씨에게 개인적인 원한을 가지고 있었습니다. 정주아 씨가 죗값을 받길 원했고, 한택주 씨에게 공식적으로 버림받았으면 했죠. 하지만 한택주 씨에 대한 정보가 모호했습니다. 그래서 제가 라지 씨가 일하는 소속사로 찾아가게 된 거죠. 하지만 그 전에 라지 씨와 클럽 룸에서 만났던 것과 겨울미술관에서 만났던 건 정말 우연이었습니다. 물론 호텔에서의 그날 밤도…… 계획한 일이 아니었습니다. 라지 씨에게 원했던 건 한택주 씨에 대한 정보뿐이었습니다."

"……"

"어쨌든 받지 말아야 할 의뢰였음에도 불구하고 받은 건 제 잘못이었습니다. 인정해요. 후회하고 있고, 되돌릴 수만 있다면 되돌리고 싶을 정도로 반성하고 있습니다. 하지만 결단코 라지 씨를 이용할 생각은 없었습니다."

"그래도…… 계속해서 날 속였잖아요."

"내 마음도 편치 않았습니다. 분명 일 때문에 라지 씨와 함께 있는 건데…… 어느새 일이 아닌 진심이 되어버렸으니까요. 중간 중간 고민도 많이 했습니다. 본의 아니게 차갑게 굴기도 했고요. 그래도 소용없었습니다. 결국 이번 일을 틀기로 했고, 뜻대로 되었는데…… 사실을 말할 기회도 주지 않고 일이 이렇게 돼버렸습니다."

"……"

"내 직업이 정직하지 못하다는 거 압니다. 그래서 쉽게 말할 수 없었습니다. 라지 씨 앞에서 당당하고 싶었고, 그래서 시간이 필요했어요. 지금 내가 하고 있는 일을 음지에서 양지로 끌어내는 게 간단한 건 아니니까요."

"그럼…… 정주아 동영상이라고 말하는 게 수한 씨가 찍은 건가요?"

"클럽 나인에서 정주아 씨에게 걸어준 목걸이에 카메라가 숨겨져 있었습니다. 당시 수상한 낌새가 있었고 그래서 목걸이를 정주아

씨에게 의도적으로 걸어주게 된 거죠. 일부러 그런 동영상을 찍을 의도는 없었습니다. 그런 행동을 벌인 건 정주아 씨 본인이었죠. 전 그 자료를 문일중 씨에게 넘겼고, 문일중 씨의 판단하에 경찰에 넘어가게 된 겁니다."

라지는 흔들렸다. 그의 말이 믿고 싶어졌다. 아니, 믿을 수밖에 없었다. 그는 자신의 모든 것을 알려주었고, 그토록 비밀을 우선시하던 직업에 대한 모든 것까지 오픈했다.

물론 그가 반성한다고 해서 그가 저지른 잘못이 사라지진 않는다. 하지만 적어도 그가 왜 그런 짓을 벌였는지, 얼마나 후회하고 있는지는 알 수 있게 해주었다.

"혼란스러워요…… 당신이 어떤 사람인지…… 모르겠어요."

"방금 보고 들은 것 전부가 납니다."

그의 손이 라지의 어깨 위로 내려앉았다. 그의 손이 떨리고 있었다.

"이번 공모전, 라지 씨를 위해 준비했습니다. 속았다고 말한다면 할 말 없지만…… 아무런 준비도 없이 다가갈 수가 없었습니다. 라지 씨가 그토록 꿈꾸었던 이곳에서 전시를 할 수 있도록 해주고 싶었고, 라지 씨가 잠시라도 웃을 수 있게 해주고 싶었습니다."

"……."

"많이…… 보고 싶었어요. 멀리서 몇 번 보긴 했지만, 이렇게 가까이서…… 보고 싶었습니다."

라지는 그의 얼굴을 올려다보았다. 그의 눈은 진심이었다. 그토록 보고 싶었던 진심.

"두 번 다시 같은 실수 안 할 겁니다. 나한테, 다시 기회를 줘요."

그녀의 상기된 뺨 위로 눈물이 흘러내렸다. 왜 눈물이 나오는지 알 수 없었다. 그가 완벽하게 자신을 속인 게 아니어서일까? 그의 마음만은 진심이었기 때문에? 모르겠다. 한 가지 확실한 건 안심이 된다는 것이었다. 그가 이렇게 눈앞에 있어서. 그가 진심으로 자신을 바라보고 있어서.

"미안해요……."

그가 속삭이듯 말하며 양손으로 그녀의 얼굴을 감쌌다. 그리고 그토록 듣고 싶었던 한 마디를 건넸다.

"사랑해요."

그의 입술이 그녀의 입술 위로 내려앉았다. 그 뜨거운 온기에 그녀는 심장이 녹아내리는 것 같았다. 거부할 수 없었다. 아니, 거부하기 싫었다. 기다렸다. 그의 진심이 거짓이 아님을 확인하는 순간을 내내 기다렸던 것인지도 모른다.

라지는 입술을 열어 그를 받아들였다. 그를 용서한 건 아니었다. 자신을 속인 그가 밉지만 그럼에도 그를 놓치기 싫었다. 어느새 커져버린 사랑은 그녀가 생각하는 것보다 훨씬 컸다.

넓은 전시관 안, 도라지를 위한 공모전은 성공리에 끝이 났다. 창밖으로 하얀 눈이 떨어졌지만 두 사람은 서로를 바라보느라 보지 못했다. 서로를 바라보고, 입 맞추고, 다시 서로를 바라보아도 그저 좋기만 하다는 듯 얼굴 가득 웃음만이 가득했다.

Chapter 11.
3개월 뒤

결혼한 지 3개월.

겨울미술관에서 극적인 화해를 하고 수한은 일주일 만에 라지에게 프러포즈를 했다. 그리고 한 달도 채 지나지 않아 결혼식을 올렸다. 택주의 반대가 막장드라마의 시어머니만큼이나 강했지만 그래도 결혼식은 무사히 치러졌다.

라지의 신혼집은 서울 근교의 전원주택으로 넓고 햇볕도 잘 들고 나무도 많은 그런 곳이었다. 2층은 라지의 작업실과 서재가 있었는데 라지는 그가 출근하면 작업실에서 대부분의 시간을 보낼 정도로 그곳을 좋아했다.

수한은 오늘도 어김없이 작업실에서 잠이 든 라지를 위해 커피를 끓여 작업실로 향했다.

똑똑.

들려오는 대답이 없었다. 수한은 허락도 없이 문을 열고 그녀의 작업실로 들어갔다. 그리고 창문 앞에 놓인 소파에서 잠이 든 라지를 발견했다.

아직 이른 새벽, 하지만 오늘은 특별한 날이었다.

수한은 들고 있던 뜨거운 커피를 소파 앞 테이블에 내려놓은 뒤 테이블 위에 놓인 초대장을 들어올렸다. 라지의 첫 전시회 초대장.

라지는 결혼 후 매니저 일을 그만두고 수한의 부탁대로 다시 그림을 그리기 시작했다. 원래대로라면 5년은 더 일할 생각이었지만 아이도 가져야 하는데다 자신의 꿈을 제대로 이루었으면 좋겠다는 수한의 부탁이 있었기 때문이다.

택주의 매니저는 김군이 메인으로 맡게 되었고 새로운 로드매니저를 따로 고용했다. 초롱은 새로운 로드매니저와 눈이 맞아 현재 깨알 쏟아지게 연애 중이었고, 택주는 라지 보란 듯이 몇몇 여배우들과 스캔들이 나긴 했지만 아직까지 혼자였다.

수한은 초대장을 흐뭇하게 바라보다 라지에게 시선을 돌렸다. 오늘은 라지의 전시회가 열리는 첫날이었다. 비록 공모전이라는 이름으로 그가 발판을 마련해주긴 했지만 이 날을 위해 그녀가 얼마나 많은 시간과 정성을 들였는지 모른다. 어젯밤만 해도 들떠서 잠이 오지 않는다며 한참을 서성거렸다. 결국 그가 먼저 잠이 들었고 그녀는 이곳에서 뒤늦게 잠이 든 모양이었다.

수한은 라지의 뺨을 어루만진 뒤 가볍게 입을 맞췄다.

"으음……."

그녀가 뒤척이더니 천천히 눈을 떴다.

"깼어요?"

"수한 씨…… 지금 몇 시예요?"

"새벽 4시예요. 아직 시간 있으니 더 자요."

그녀는 몸을 일으켜 앉더니 그에게 옆자리를 권했다.

"여기 앉아요. 잠 깼어요. 설레서 잠이 안 와."

수한은 그녀의 옆자리에 앉아 그녀의 어깨를 한 팔로 끌어안았다. 가녀린 그녀의 몸이 품에 쏙 들어오자 그는 습관적으로 그녀의 입술에 입을 맞추었다. 쪽, 소리 나게 입을 맞춘 그가 싱긋 웃으며 커피를 가리켰다.

"마셔요."

"고마워요, 우리 신랑. 어쩜 하는 짓마다 이렇게 예쁠까?"

"긴장돼요? 어제도 잠 설쳤잖아요."

"막상 전시회를 연다고 생각하니 설레서 그런가 봐요. 죽기 전에 한 번만이라도 내 전시회를 가졌으면 했는데, 이렇게 빨리 열게 될 줄은 몰랐거든요."

"잘해낼 겁니다. 초대장은 다 돌렸죠?"

"네."

"부모님이랑 처제는요?"

"오후나 되어야 도착할 거예요. 친구들은 내일 오기로 했고, 정희랑 민정이는 오늘부터 도와주기로 했고요."

"정희 씨도 결혼 준비로 바쁠 텐데, 고맙네요."

정희는 김군과 2주 뒤에 결혼식을 올리기로 했다. 김군의 정력에 홀딱 반해 결국 그에게 넘어간 것이다. 끈질기게 구애를 멈추지 않은 김군도 대단했다.

"수한 씨야말로 이번 출장 안 가도 되는 거예요? 중요한 계약이라면서요?"

수한도 한 달 전에 정식으로 회사 간판을 올렸다. 이제 세금도 내는 당당한 사업자였다.

"진 비서님이 대신 가기로 했으니 걱정 말아요. 라지 씨 첫 전시회인데 그것보다 중요한 일은 없어요."

"아유, 우리 신랑은 어쩜 이렇게 말도 예쁘게 할까?"

"은근슬쩍 반말하는 겁니까? 요새 반말하는 횟수가 점점 늘어나는 것 같습니다만."

"솔직히 수한 씨 나보다 어리잖아요. 솔직히 좀 충격이었어요. 두 살이나 어릴 줄은 몰랐거든."

"……."

나이 얘기만 나오면 라지는 승자였다. 그녀는 그의 떨떠름한 표정에 깔깔 웃으며 그의 목을 끌어안았다.

"우리 전시회만 끝나면 좀 더 노력해서 아기 가져요. 당신 닮은 아이 갖고 싶어."

"쇠뿔도 단김에 빼랬다고, 지금부터 노력해보는 건 어때요?"

최근 전시회 준비로 그와 잠자리를 하지 못했다. 라지는 그의 말에 얼굴을 붉히며 어깨를 으쓱했다.

"몇 시간만 있으면 나가봐야 해요."

그가 벽에 걸린 시계를 보더니 입꼬리를 올렸다.

"아직 세 시간이나 남았잖아요."

"응큼해."

"노력하자고 말한 건 라지 씹니다."

"지금 당장 하잔 소린 아니었어요."

그가 순식간에 그녀를 소파에 눕히더니 그 위에 올라탔다. 그리고 입술을 가르며 그녀의 혀를 마음껏 유린했다.

427

"어때요, 긴장이 좀 풀리죠?"

"아뇨!"

"그래요? 그럼 끝까지 가야겠네."

그가 싱긋 웃으며 다시 입술을 겹쳤다. 키스가 짙어질수록 라지의 몸이 뜨거워졌다. 수한은 그녀의 상의 안으로 손을 넣어 브래지어에 감싸인 가슴을 거머쥐었다. 손 안에 쏙 들어오는 가슴을 주무르다 그는 브래지어를 위로 밀어내버렸다. 동시에 펑퍼짐한 상의 안으로 머리를 집어넣어 그녀의 가슴을 머금었다.

"아아……."

그녀가 옅은 신음을 흘렸다.

그는 좁은 공간 안에서도 그녀의 가슴을 마음껏 빨아 당기며 앞니로 유두를 깨물었다. 그녀가 상체를 비틀며 일어서려하자 그가 그대로 그녀의 상의를 벗겨버렸다. 제 기능을 상실한 브래지어도 빼버렸다. 은은한 조명등 아래 드러난 그녀의 상체에 그는 마른침을 삼켰다.

"수한 씨……."

"사랑해요."

그 한 마디에 라지는 사르르 녹아버렸다. 그대로 그의 입술에 자신의 입술을 갖다 대며 그의 상체를 벗겨냈다. 탄탄한 가슴이 드러나자 그녀는 그의 가슴에 입술 자국을 남기며 아래로 내려갔다. 배꼽쯤에 다다랐을 때였다. 그가 그녀를 다시 소파에 눕힌 뒤 바지와 팬티를 동시에 벗겨냈다. 그리고는 그녀의 다리 사이로 얼굴을 묻었다.

"아홋……."

뜨거운 신음이 그녀의 입술 사이로 흘러나왔다. 그래도 그는 멈추지 않았다. 그의 혀는 늘 그렇듯 집요하게 그녀의 중심을 가르며 안으로 들어갔다. 참을 수 없다는 듯 그녀의 엉덩이가 들썩거렸지만 그는 계속해서 그녀의 중심에 머물렀다. 촉촉한 액체가 흘러나오자 그제야 그 액체를 자신의 입으로 삼켜버린 그가 몸을 일으켰다. 라지가 붉어진 얼굴로 그를 노려봤다.

"그거 하지 말라니까…… 복수할 거야."

그녀가 몸을 일으켜 그의 바지 버클을 풀어냈다. 그리고 바지를 내리고 팬티까지 벗긴 다음 그의 페니스를 입에 갖다 댔다. 두 손으로 그의 중심을 잡은 그녀는 천천히 주무르며 그를 자극한 다음 혀끝으로 살짝 갖다 댔다 떼기를 반복했다. 그가 힘겨운 듯 그녀의 머리를 잡고 자신의 중심을 밀었다. 라지는 조금 더 놀려주려고 했지만 시간 관계상 그의 요구대로 그의 중심을 입에 머금었다. 불기둥처럼 뜨겁게 입 안에서 꿈틀거리는 그의 중심을 앞니로 자극하며 빨았다.

그가 진한 신음을 흘리더니 그녀를 들어 올려 자신의 허벅지 위에 앉혔다. 마주보며 앉은 상태가 되자 그가 그녀의 중심으로 자신의 페니스를 밀어 넣었다. 천천히 밀고 들어오는 그의 물건에 그녀의 몸이 절로 뒤로 휘었다.

"아핫……."

그녀의 몸 깊숙한 곳까지 들어가 자리를 잡은 다음에야 그는 그녀의 엉덩이를 잡았고 그녀는 그의 어깨를 잡았다. 그리고 약속이라도 한 듯 동시에 몸을 움직이며 서로를 품었다. 눈앞에서 출렁이는 그녀의 가슴을 입으로 빨면서도 부지런히 허리를 움직이며 그는 절정으로 치달았다.

"아앗! 핫! 아하핫!"

"흐헙!"

자세를 바꿔가며 열심히 사랑을 나눈 그가 사정을 한 뒤 그녀의 몸을 끌어안으며 속삭였다.

"사랑해요, 라지 씨. 사랑합니다."

사랑 고백은 언제 들어도 가슴이 설레었다. 라지는 그 고백에 흐뭇한 미소를 지으며 고개를 끄덕였다.

"저도요. 저도 사랑해요, 수한 씨."

전시회는 생각 이상으로 관람객이 많았다. 라지의 그림은 한 점도 남김없이 팔렸으며 그녀의 다음 전시회를 기대한다는 사람도 많았다. 전시회 마지막 날, 택주가 찾아와 심술을 부리고 간 것 외에 아무런 문제 없이 전시회는 끝이 났다.

아! 한 가지 더 있었다. 블랙퀸의 광고 기획 팀장이 찾아와 다시 한 번 수한에게 CF를 권했다. 정주아 사건 때문에 급하게 여배우를 바꾸는 문제가 있긴 했지만 CF가 초대박이 난 것이다. 하지만 수한이 후속 CF를 거절하는 바람에 후속 CF를 만들지 못했다. 그래도 경주는 끈질긴 인내심의 소유자답게 기회만 되면 이렇게 나타나 그를 설득하려 애썼다. 수한은 냉정하게 거절했지만 경주 역시 쉽게 포기할 것 같지 않았다.

그리고 한 달 뒤.

"수, 수한 씨, 이것 봐요!"

임신테스트기를 가져온 라지의 말에 수한은 집에 들어서자마자 놀란 눈으로 그녀를 바라봤다.

"설마……."

"맞아요, 임신! 나 임신했어! 어쩜 좋아!"

라지의 말에 수한이 환호성을 지르며 그녀를 들어올렸다. 빙그르르 그녀를 한 바퀴 돌려 안은 그는 그녀의 얼굴 이곳저곳에 잔키스를 하며 그녀를 꼭 껴안았다. 그리고 사랑한다는 말을 질리도록 하며 그녀를 안고 또 안았다.

〈마침〉

작가 후기.

　모든 것엔 궁합이란 게 존재합니다. 커피와 빵, 시와 낭만, 막걸
리와 파전, 침대와 19금, 아, 마지막 건 뺄게요. 어쨌든 무수히 많
은 그런 궁합 중 오늘은 비와 설렘이라는 궁합이 생각납니다. 촉촉
하게 내리는 비와 거기서 풍겨나는 나무와 흙이 섞인 비릿한 비냄
새, 그런 게 마음을 설레게 합니다.

　이 책이 나오기까지 고생하신 조은세상 편집팀 등 모든 분들에
게 감사의 말씀을 올리며 저는 이만 물러갑니다.